La Marie-Louise

Nous remercions la SODEC
et le Conseil des Arts du Canada
de l'aide accordée à notre programme de publication
ainsi que le gouvernement du Québec
– Programme de crédit d'impôt
pour l'édition de livres
– Gestion SODEC.

Nous reconnaissons l'aide financière
du gouvernement du Canada
par l'entremise du Fonds du livre du Canada
pour nos activités d'édition.

Illustration de la couverture :
Luc Normandin

Maquette et montage de la couverture :
Grafikar

Édition électronique :
Infographie CompoMagny enr.

Membre de l'Association nationale des éditeurs de livres

Financé par le gouvernement du Canada
Funded by the government of Canada | Canadä

Daniel Lessard

La Marie-Louise

roman

**ÉDITIONS
PIERRE TISSEYRE**
w w w . t i s s e y r e . c a

155, rue Maurice
Rosemère (Québec) J7A 2S8
Téléphone : 514-335-0777 – Télécopieur : 514-335-6723
Courriel : info@edtisseyre.ca

Certains hommes écoutent le silence de Dieu, d'autres le bruit du diable.

Hafid Aggoune

La plus belle des ruses du diable est de vous persuader qu'il n'existe pas.

Charles Beaudelaire

Matin blême, aube diffuse. Un froufrou d'ailes. Un couple de grands-ducs en robe nuptiale entame son pas de danse. Le grand jour est arrivé. Les œufs viendront, qu'ils couveront à tour de rôle. Hululements amoureux, baisemains et révérences, les ailes ravalées. Elle le bichonne, il lui satine les plumes. Claquements de becs, cris d'amour dans la futaie, dont l'écho s'essaime jusqu'aux confins du territoire. Bientôt, ce sera la becquée des petits ducs.

1

Été 1900

Quand la route de terre arrive de Saint-Odilon-de-Cranbourne, elle déboule la colline et se scinde en deux. Un chemin graveleux tirebouchonne jusqu'à la mission de Saint-Benjamin-du-Lac-à-Busque. L'autre fuit en direction de Saint-Prosper, le village voisin, si votre attelage est assez vigoureux pour grimper toutes les collines qui bossellent le parcours.

La nuit a apaisé le courroux du vent. Aux fenêtres de la vingtaine d'habitations de la mission, des chandelles sautillent comme si elles avaient la danse de Saint-Guy, la curieuse maladie qui affecte le grand Valère-à-la-Pouliot.

Dans la mission de Saint-Benjamin-du-Lac-à-Busque, les enfants naissent toujours la nuit. Belzémire Perras, la sage-femme, ne se souvient pas qu'un seul enfant soit né à la lumière du jour. Pas un seul! Comme s'il valait mieux arriver dans ce Nouveau Monde le plus discrètement possible. Incognito. Trouver son rang parmi les enfants nés depuis les premiers jours de la mission. Comme son frère aîné et ses six sœurs, l'enfant des Gilbert attend patiemment que la nuit avale le canton et que toutes les lampes et bougies s'essoufflent avant de se pointer le nez.

Sa mère, Hermance Gilbert, sait que le moment est arrivé. Son petit n'a pas cessé de bouger depuis le matin. Comme

11

s'il avait le tournis! «Le p'tit escogriffe!» Elle a envoyé son plus vieux prévenir la sage-femme de ne pas aller au lit trop tôt. Hermance est heureuse. Le Bon Dieu sera fier d'elle. Ce huitième enfant la comble. Elle était si inquiète de ne pas se retrouver enceinte aussi rapidement que par le passé. Le curé a posé des questions, sans la disputer. Ce n'est pas son genre. «Priez, ma chère madame, Dieu vous exaucera.»

Dieu a entendu ses prières. L'enfant naîtra après la tempête quand la lune replète donnera le signal que le beau temps est revenu, promesse d'une vie heureuse.

— Je vous salue, Marie, pleine de grâce, marmonne Hermance pour s'assurer que son amie la Sainte Vierge ne dormira pas pendant l'accouchement.

La peau grasse, couleur d'avoine, grêlée de cicatrices, résultat d'une éruption de boutons jamais soignée, Hermance a de jolis petits yeux bruns enfouis dans les orbites et des dents plantées tout de travers.

— J'pense ben que les sauvages vont passer pendant la nuitte, dit-elle à son mari qui revient de l'étable avec un seau de lait et quelques œufs dans la poche de sa veste.

— T'as-tu avarti la Belzémire?

— Oui, j'ai envoyé Firmin, même si j'cré que j'ai pas besoin d'elle.

— Non, non, s'insurge Caius Gilbert, son mari. Tente pas l'diable. J'viens d'entendre le hibou. Avec la Belzémire, y a rien à craindre. L'Bon Dieu y a béni les mains!

Tout en rondeurs, Caius Gilbert est un gros homme débonnaire, jamais pressé, qu'aucun malheur, petit ou grand, ne touche. «On est pas riches, mais on mange trois fois par jour», aime-t-il répéter. Ses yeux rieurs disparaissent parfois sous une imposante tignasse de cheveux noirs. On dirait une vailloche de foin soufflée par le vent. Il est cultivateur, mais l'hiver, après avoir fait boucherie, il abandonne les siens pour aller dans les chantiers et renflouer un peu le budget familial. Cinq longs mois pendant lesquels sa femme et son fils aîné n'ont aucune difficulté à veiller sur la marmaille, en plus de la jument, des quatre vaches, des trois cochons et de la douzaine de poules. Une ferme modeste, comme les autres plantées autour de la mission.

La démarche lourde, Hermance Gilbert prépare le souper de la famille et s'assure que tous les enfants mangent à leur faim. Avec des ressources parfois limitées, elle fait des miracles. Elle ne peut pas endurer l'idée que l'un d'eux ait le ventre creux.

— Y a un peu d'tirasses, dit-elle aux siens, mais c'est d'la bonne viande. Mangez! Pis après, tournez vos assiettes de bord pis varsez-vous un peu de m'lasse.

Après trois coups de fourchette et deux lichettes de pain, la famille est rassasiée.

— Allez jouer dehors, ordonne-t-elle aux enfants, mais pas plus qu'une heure. À soir, vous allez au litte de bonne heure, pis j'veux pas en entendre un r'chigner.

Quand le soleil s'assoupit derrière la grange de Pitre Bolduc, Hermance rapaille ses marmots. Lentement, la nuit plante un décor majestueux pour accueillir le bébé.

— Vite, au litte, tout l'monde!

Les deux filles aînées rouspètent. Leur mère est intraitable. Comme elle ne peut pas suivre les directives du curé et envoyer sa progéniture chez la parenté pendant l'accouchement, elle attendra que tous les enfants dorment avant d'avoir le bébé. Elle ne voudrait pas qu'ils l'entendent gémir. Pourtant, depuis le troisième, elle accouche en silence et ravale la douleur, heureusement moins aiguë que lors des premières mises au monde.

À l'étage du haut, les enfants sont dissipés. Ils savent que la famille s'agrandira encore. Le tablier plissé que leur mère porte à la taille ne trompe pas. Tout comme le petit moïse qu'elle a discrètement ressorti. Et ce ventre arrondi qu'elle attribue à un surplus de poids. Même s'ils ne comprennent pas tous les secrets de la vie, ils devinent qu'un bébé naîtra. Ils sont couchés deux par deux, sur leurs paillasses remplies de paille fraîche la veille, ce qui les rend beaucoup plus confortables. Des draps blancs attachés par de la broche tiennent lieu de cloison. La maison est modeste. Avant le retour de l'hiver, Caius a promis d'acheter un poêle à bois qui remplacera le baril de tôle et sa plaque de fer qui chauffe la maison et sur laquelle Hermance fait les repas. En haut, Firmin, l'aîné, ronfle comme le vieux chien de Bidou Turcotte, signal certain que tous les enfants sont endormis.

— Va la charcher, j'sus parée, ordonne Hermance à son mari.

Il attelle la jument au robétaille et s'engage sur la route qui mène à l'autre extrémité du village où vit Belzémire. Une lampe brûle à la fenêtre de la sage-femme.

— C'est-y l'temps ?

— Oui, viens, embarque.

Ils retournent aussitôt vers la maison. L'air est frais. La lune jette un éclairage diffus sur la route. Elle s'est posée sur la cheminée du magasin de Vénérin Breton, aux premières loges pour surveiller la naissance d'une future reine. Les cigales annoncent du temps plus chaud pour le lendemain. Le chien d'Appolinaire Bolduc aboie au loin. Belzémire et Caius n'échangent pas un mot. Quand ils arrivent à la maison, un enfant couine. Hermance ne les a pas attendus.

— Cré Bon Dieu, t'as fait ça toute seule comme une grande ! constate la sage-femme.

Un sourire illumine son visage chiffonné. Même si son rôle a été limité, elle pourra dire qu'elle a maintenant vu naître 31 enfants.

Assise dans son lit, le bébé gluant dans les bras, le cordon ombilical coupé et attaché, Hermance a un petit sourire. La prochaine fois, elle tiendra tête à son mari et refusera l'aide de Belzémire. Elle n'a plus besoin d'elle. N'a-t-elle pas mis au monde Célina, la troisième, tout fin seul, un soir pluvieux d'octobre ? Au désespoir de Caius, elle avait donné naissance prématurément à sa fille à l'abri d'un bouquet de sapins alors que la famille déménageait de La Touffe de Pins à la mission de Saint-Benjamin-du-Lac-à-Busque.

La sage-femme nettoie la mère et l'enfant. Rien à dire, elle aussi pense qu'Hermance n'a plus besoin d'elle. Sans plus tarder, elle demande à Caius de la ramener à la maison. Aucune raison de traîner. Avant de repartir, Caius, qui était resté discrètement dans la cuisine, étire la tête vers sa femme.

— Pis ?

— C'est une fille, se réjouit-elle. Pis laisse-moé t'dire qu'a l'est pas mal délurée. A gigote comme si a l'avait déjà deux mois !

Caius sourit de plaisir. Le voilà maintenant avec sept filles ! Il s'en accommodera sans rechigner même s'il n'aurait pas dédaigné un garçon pour l'aider à la ferme plus tard. La prochaine fois, il se concentrera davantage sur ses prières. Peut-être que le Bon Dieu l'exaucera et lui donnera un autre fils. Mais garçon ou fille, peu lui importe pourvu que l'enfant soit bien en chair.

— Que c'est que tu dirais si on appelait la p'tite verreuse Marie-Louise, comme grand-maman ?

— Ben oui, répond Hermance, qui n'avait même pas songé au nom qu'elle lui donnerait.

Marie-Louise Gilbert est née avec le nouveau siècle. La province de Québec compte maintenant 1 million six cent quarante mille et un habitants. Et le dominion du Canada, 5 millions trois cent mille et un. Marie-Louise est la septième fille consécutive de la famille.

— A va avoir un don, hein, Caius ? demande Hermance à son mari dès son retour.

— Ben non, les dons, c'est juste les gars qui en ont. Pas les filles !

Hermance n'est pas d'accord. Dès qu'elle a réalisé que la nouveau-née était une fille, une bouffée de chaleur l'a enveloppée, un grand plaisir, la conviction qu'elle venait de donner naissance à un être exceptionnel. Même si Caius soutient dur comme fer que seuls les septièmes garçons ont des dons, Hermance, pour la première fois de sa vie d'épouse, est en désaccord avec lui.

— Rappelle-toé d'Aldérie-à-la-Corneille d'La Touffe de Pins, ricane Caius, a l'est la septième fille de suite, pis on a jamais vu une pareille lambineuse !

Hermance se contente de sourire. Sa fille s'est endormie à ses côtés. Elle est certaine qu'elle sera différente des autres.

2

— T'as su que la Gilbert a passé aux sauvages? J'ai demandé à Blaise de leur apporter des provisions. Ils sont pauvres comme la gale, commente Elmina Breton, l'épouse du marchand général.

— Dis-moi pas qu'ils ont eu une autre fille? demande Vénérin, son mari.

— Oui, une septième de suite.

Elmina fait une pause, l'air inquiet.

— Ma mère prétendait que le septième fils a des dons, mais une septième fille, ça attire le malheur. Elle racontait que les sorcières étaient souvent des septièmes filles. Je suis pas mal certaine qu'Hermance doit être ben inquiète.

— Ben voyons donc, rétorque son mari, c'est des accraires. Demande à monsieur l'curé, il te dira que c'est des folies.

Elmina voudrait bien s'en convaincre, mais les circonstances de la naissance de Marie-Louise Gilbert sont pour le moins curieuses.

— C'est une septième fille, née le sept du septième mois. Que veux-tu de plus?

Son mari ne l'écoute pas.

— L'Apauline est sûre que cette fille-là sera une sorcière.

16

Vénérin s'impatiente et lance son journal sur le comptoir.

— Arrête, Elmina, sois pas si naïve, c'est des plans de fou pis tu l'sais comme moi. Et l'Apauline, c'est rien qu'une vieille radoteuse!

Elmina est loin d'être convaincue. Petite et très jolie, un charme mutin, le nez retroussé et de beaux yeux bleu pâle, Elmina Breton veille à la bonne gestion du magasin général pendant que son mari «placote». Éduquée, elle a été à l'école jusqu'en dixième année. Encouragée par sa mère, elle a fréquenté le couvent des Ursulines de Québec, mais Elmina n'a jamais souhaité devenir religieuse.

Vénérin Breton replonge dans *Le Soleil*, un exemplaire qui remonte à deux jours. Souvent, il reçoit le journal avec une semaine de retard. En hiver, les délais sont parfois plus longs. «Tu lis encore des vieilles gazettes», le taquine sa femme.

— J'te dis que ça va mal en vitamine!

Libéral convaincu, le marchand général se désole en découvrant que la santé du premier ministre du Québec, Félix-Gabriel Marchand, se détériore. Il souffre d'artériosclérose. Mais quel bonheur d'apprendre que sir Wilfrid Laurier, le premier ministre du Canada, viendra à Québec pour rencontrer ses partisans!

— Il faut absolument que j'aille à cette assemblée-là, suggère-t-il à sa femme, Elmina, occupée à déballer les deux boîtes de produits apportées par le charretier.

— Tu vas te rendre là comment? lui demande-t-elle.

Vénérin enlève sa calotte, lisse ses cheveux de la main en réfléchissant un instant.

— Avec Augustin jusqu'à Saint-François-de-Beauce. Ensuite, le train jusqu'à Lévis et le bateau pour traverser à Québec.

— Toute une aventure pour aller écouter un discours politique! Où vas-tu rester?

— Probablement à l'hôtel Lambert de Saint-François, si je manque le train, et au Château Frontenac à Québec. C'est un nouvel hôtel. Ils l'ont ouvert y a pas longtemps. Il paraît que c'est le plus beau de la province de Québec et même du dominion.

— Ça va te coûter une fortune !

Vénérin grimace. Une fortune ! Oui, mais y a-t-il un prix pour rencontrer le plus remarquable Canadien français que la terre ait porté ?

— Pour voir le grand Laurier une fois dans ma vie, il y a pas de prix. Quel homme que ce Laurier ! Pour une fois que c'est un Canadien français qui mène le dominion !

Elmina branle la tête d'incompréhension. La politique ! Les hommes ne pensent qu'à ça ! Une vraie maladie !

— Tu iras bien si tu veux, mais compte pas sur moi. Québec, c'est à l'autre bout de la terre ! Sans compter que la politique, c'est une pure perte de temps !

Voilà Vénérin dédouané ! Jamais il n'aurait cru que ce serait aussi facile ! Il savoure son bonheur. Il n'aurait pas osé défier sa femme si elle s'était opposée à son projet. L'idée de se retrouver dans le brouhaha de la grande ville le chicote un peu, mais le prix à payer pour voir Laurier n'est pas si élevé.

— Je manquerais pas ça pour tout l'or du monde. Vitamine, le grand Laurier !

Vénérin trépigne comme un enfant. Elmina n'est pas d'accord avec une telle dépense. Un moment, elle a songé à l'empêcher d'aller applaudir son héros. Elle a changé d'idée rapidement. Voilà une bataille qu'elle ne tient pas à gagner. Si une heure en compagnie du premier ministre peut rendre son mari heureux, tant mieux ! Ce sont autant de munitions en réserve. Des arguments qui lui conféreront un avantage sur Vénérin dans le débat qu'elle est sur le point de lancer. Une discussion qui s'annonce ardue sur la pertinence d'envoyer tous les enfants dans de bonnes écoles, y compris les filles. La porte du magasin s'ouvre. Essoufflé, Nolasque Boulet entre en branlant la tête.

— Ce ciarge de d'jhibou-là, m'en vas l'tuer, pis pas plus tard qu'aujourd'hui.

— Tu l'as encore vu ? s'inquiète Elmina.

18

— Pas 'ienque vu. Y a picossé la tête du pedleur de Sainte-Germaine. Des plans pour qu'y r'vienne pus dans la mission.

Par sa seule présence, un grand-duc sème la terreur dans la mission depuis quelques jours. Il n'avait encore attaqué personne, se contentant d'observer les gens du haut de son perchoir. Jusqu'à aujourd'hui. Mais Nolasque exagère si souvent!

— M'en vas le tuer, jure-t-il. M'en vas l'empoisonner.

— Comment tu vas t'y prendre? l'interroge Vénérin. Y paraît que ces vitamines d'oiseaux-là sont très intelligents.

Elmina ne les écoute plus. Et si la petite Marie-Louise était arrivée dans la mission accompagnée du diable, incarné dans ce gros hibou? Elle en a des frissons. Pour se changer les idées, elle ouvre la première des trois grosses boîtes près du comptoir. Nolasque paie son tabac et s'en retourne.

— Veux-tu bien me dire pourquoi ils nous envoient ces produits-là. J'ai demandé des bouteilles de sirop du docteur Coderre pour les enfants, mais pas ça, fait Elmina avec dépit.

Il y a une heure, Augustin Leclerc, le charretier, a rapporté de Saint-François-de-Beauce les boîtes de produits commandés à la pharmacie Livernois de Québec. L'été en robétaille, l'hiver en borlot, Augustin Leclerc va chercher le courrier de la mission de Saint-Benjamin-du-Lac-à-Busque chez Esdras Veilleux, à Saint-Francois-de-Beauce, où le train s'arrête deux fois par semaine. Un aller-retour de vingt milles.

— Qu'est-ce que c'est? demande Vénérin.

Elmina tourne dans ses mains une bouteille et en lit l'inscription à voix haute :

— «Le thé de bœuf Oxol donne la force et sustente la vie.»

Son mari s'approche, observe la bouteille et mâchonne sa lèvre inférieure.

— Des folies de la ville. Ils savent plus quoi inventer pour faire dépenser le pauvre monde. On n'en commandera pas. Personne dans la mission va acheter ça. Est-ce qu'il y a d'autres échantillons comme ça?

Elmina tire de la boîte un flacon de pilules accompagné d'une note reproduite du journal *L'Ami du Lecteur*, qu'elle lit aussi à voix haute. «*Pourquoi négliger la santé de vos femmes? Pourquoi refuser le traitement par les Pilules de longue vie Bonard qui ont opéré tant de guérisons et soulagé tant d'infortunés que l'anémie et la débilité entraînaient vers une tombe prématurément entrouverte?*»

— Tu vois bien qu'ils ont pensé à toi, chère Elmina.

Vénérin éclate de rire. Elle lui lance un regard courroucé. Le sens de l'humour ne fait pas partie de la panoplie de qualités d'Elmina. Son mari s'éloigne aussitôt. Trapu, la peau mate, les cheveux bruns ondulés, des yeux rieurs, Vénérin Breton a des sourcils qui se rejoignent et un bouton sur le menton. En attendant l'arrivée d'un curé permanent, il est le seul homme éduqué dans la mission. Une septième année réussie, il sait lire et compter et il a même appris quelques rudiments d'anglais. Il est père de cinq enfants dont Delphis, le plus jeune, a tout juste deux mois. Conseiller municipal, Vénérin voudrait bien devenir maire, mais sa femme s'y oppose et c'est mieux ainsi. Comme les Bleus sont plus nombreux dans le village, ses chances d'être élu semblent plutôt minces.

— Je voulais te dire tantôt de ne pas oublier d'aller porter un cent de farine à la veuve Apauline.

— Non, non, inquiète-toi pas, j'attelle la Brumeuse et j'y vais de ce pas. J'en profiterai pour me faire tirer aux cartes pour être certain que tu m'aimes encore!

Elmina branle la tête, dépassée par la naïveté de son mari. Elle s'assoit derrière le comptoir et ouvre un grand cahier. «Tant de comptes impayés», se désole-t-elle. Tant de miséreux à qui elle est incapable de refuser l'essentiel. Une vingtaine de familles établies autour du magasin dont les hommes passent leur journée entière à bûcher et à faire de l'abattis. Des gens pauvres, sans éducation, de bons catholiques qui aiment prier, mais qui savent aussi s'amuser et, l'alcool aidant, dépasser parfois les limites que l'Église voudrait bien leur imposer.

Petit à petit, le patelin ébauche les lignes de son pourtour au milieu d'une forêt d'érables, d'épinettes, de sapins et

20

de merisiers. Perchée sur le sommet de sa morphologie appalachienne, la mission surplombe le lac-à-Busque d'où s'échappe la rivière Décharge. Déjà, trois rangs convergent vers le village. Beaucoup plus loin s'esquisse le mystérieux fief de Cumberland Mills et ses protestants que les catholiques ne fréquentent pas.

En ce début de siècle, les nouvelles sont bonnes. La chapelle-école accueille maintenant tous les enfants à l'étage supérieur, où on a aménagé une classe et une chambre pour la maîtresse d'école. Et dans un mois, la mission de Saint-Benjamin-du-Lac-à-Busque aura son premier curé résident.

Elmina laisse porter son regard sur le magasin dont elle est si fière. Deux longs comptoirs garnis de produits. Dans le hangar, des cents de farine, des quarts de mélasse, de la broche, des clous et des outils. La famille habite l'étage du haut, un peu à l'étroit, mais à son aise à la condition qu'elle ne s'agrandisse pas. Elle en parlera à son mari, certaine que Vénérin comprendra. Et si le curé pose des questions, elle lui dira qu'elle essaie très fort d'avoir d'autres enfants, sans succès. Un tout petit mensonge, à peine un péché véniel!

3

Le soleil plombe la mission et saupoudre d'or le champ d'avoine de Nolasque Boulet. Quand il aperçoit le hibou dans l'épinette qui ombrage la chapelle, le chien d'Héliodore Bolduc hurle sa peur, recule, puis se cache derrière son maître.

— T'es ben donc pissoutte, Prince. C'est rien qu'un oiseau!

Aujourd'hui encore, le chien accompagne Héliodore à la chapelle. Il dormira devant la porte en attendant la fin de la grand-messe. Grand, mince comme un cierge, le visage chiffonné par le temps, Héliodore a bon cœur. Il n'hésite jamais à faire une prière de plus pour les siens.

— C'est l'année sainte, pis j'ai promis au Bon Dieu de faire un chemin d'croix à toutes les dimanches.

L'année sainte a été décrétée par le bon pape Léon XIII, l'auteur de l'encyclique *Rerum Novarum*, qui dénonce «la concentration de *la richesse entre les mains d'hommes opulents et de ploutocrates qui imposent un joug presque servile à l'infinie multitude des Prolétaires*».

— Pis à part de ça, y faut en profiter, ajoute Héliodore, le curé Leblanc vient pas souvent.

Le vicaire de Saint-Georges célèbre la messe dans la mission de Saint-Benjamin-du-Lac-à-Busque deux fois par mois. Mais Vilmond Leblanc se garde bien de pérorer sur l'encyclique, malgré la recommandation de monseigneur Bégin, l'archevêque du diocèse de Québec. Beaucoup trop compliqué. L'accueil que lui réserve Lucien Veilleux, le bedeau, l'intrigue davantage.

— L'Hermance à Caius a eu une septième fille de suite, monsieur l'curé. Vous savez que c'est le malheur qui vient de se j'ter sus l'village. Elmina dit qu'ça va être une sorcière.

La nouvelle a vite semé l'émoi dans la mission. Certains vont jusqu'à se signer en passant devant la maison de Caius. Des enfants s'agrippent aux fenêtres pour voir la petite démone.

— Ben, voyons donc, monsieur Veilleux. Les sorcières, ça n'existe pas.

Quant à Hermance Gilbert, elle se trouve bien chanceuse d'avoir donné naissance à une fille pendant l'année sainte. Ne vient-elle pas d'accumuler un lot d'indulgences plénières qui lui ouvriront les portes du ciel? De bons points qui en feront une première de classe dans le grand livre de saint Pierre. La petite Marie-Louise a déjà douze jours et même si elle semble en parfaite santé, ses parents n'attendront pas plus longtemps avant de la faire baptiser. Dès aujourd'hui, elle recevra son premier sacrement. «On sait jamais! a dit Caius. S'y fallait qu'on passe au feu ou qu'un ours vienne la manger, a fardocherait l'reste d'sa vie dans les Limbes. Vaut mieux la donner au Bon Dieu au plus sacrant!»

La famille et la nouveau-née se retrouvent dans la chapelle-école en fin d'après-midi. Modeste, en pièces équarries, calfeutrées avec de l'étoupe de lin, la chapelle n'a pas encore de fonts baptismaux. La cérémonie aura lieu devant l'autel.

— Crayez-vous, monsieur l'curé, qu'une septième fille a des dons, comme un gars? lui demande Hermance Gilbert.

Vilmond Leblanc branle la tête, dissimulant une moue incrédule. Presque de l'agacement. Il ne croit pas aux dons. Certains de ses collègues soutiennent qu'il faut les retirer d'un septième enfant au moment du baptême pour éviter qu'il dissémine le mal autour de lui. Mais Vilmond Leblanc préfère s'en remettre aux directives très claires de l'évêché. Décourager ces croyances non fondées. Dieu seul peut faire des miracles. Dieu seul peut arrêter le sang ou vous soulager d'un mal de dents. Lui seul peut faire pousser l'avoine, le foin et les patates. Diplomate, le prélat se garde bien cependant de contredire Hermance.

— Je suis bien certain, madame Gilbert, que ce sera une fille dépareillée et, qui sait, peut-être deviendra-t-elle religieuse... Pour ce qui est des dons, il est toujours préférable de s'en remettre à Dieu. Priez et il vous viendra en aide.

La réplique du prêtre allume un sourire au visage de Caius. Une religieuse? Et pourquoi pas deux ou trois? Même s'il y a du travail pour toutes ses filles sur la terre, il pourrait bien faire un cadeau ou deux au Bon Dieu. D'autant plus qu'il sera difficile de les marier. «À part les gars à Nolasque Boulet, j'vois vraiment pas iousque j'pourrais leu' trouver des bons partis.»

Hermance est déçue de la réponse. Elle est certaine que sa fille a des dons. Hier, une poule qui n'avait jamais pondu lui a donné un gros œuf à l'écaille dure comme de la vitre. Sans compter cette vieille chatte rousse qu'elle a retrouvée sur le pas de sa porte, cette chatte qu'elle croyait morte depuis le printemps. Qui d'autre que Marie-Louise pourrait avoir provoqué ces phénomènes?

— C'est le hasard, a dit son mari. Les chats pis les chiens disparaissent souvent des grands bouttes de temps, pis y finissent par r'venir.

— Pis l'œuf?

L'œuf? Caius a haussé les épaules et n'a pas répondu à sa femme. Même s'il est habitué à ses fantaisies et à ses «accraires», il lui arrive de se poser des questions sur «le raisonnement» d'Hermance, même s'il ne la changerait pas pour toutes les femmes du canton.

Le curé fait signe du menton à la porteuse, Germaine Gilbert, la fille aînée de la famille, de s'approcher avec l'enfant. Grand, la trentaine avancée, des yeux très doux, les cheveux filasse, le vicaire de Saint-Georges se montre attentif, dévoué, espérant devenir le prêtre permanent de la mission. Un bon prélat que les paroissiens de Saint-Georges adorent. Dans l'ombre du vieux curé, il veille sur ses ouailles sans à-coups, toujours empressé de poser ses mains bienveillantes sur leur peine et leur misère. Il ferme souvent les yeux sur leurs travers, en particulier cette coquetterie excessive des femmes à qui il aurait envie de recommander un peu plus de sobriété. Il se retient de le faire. Il leur pardonne toutes leurs fautes et se mêle à leurs célébrations chaque fois qu'ils l'invitent.

— Vous allez l'appeler comment? demande-t-il en saisissant son goupillon pour asperger le bébé et chasser le diable qui tourne sûrement autour de son corps.

— Marie-Louise, déclare fièrement Germaine.

Alors qu'il lève le bras, le prêtre échappe le goupillon, comme si on le lui avait arraché des mains, comme si une force extérieure avait contrôlé son geste. Médusé, il ne comprend pas ce qui lui arrive.

— Je suis franchement désolé, dit-il, en récupérant le goupillon pour asperger de nouveau le groupe et le bébé.

Quand le curé verse de l'eau sur le front de l'enfant pour la baptiser, un malaise s'empare de lui. Il a un petit geste de recul. La petite fille l'observe de ses grands yeux foncés. On dirait qu'elle comprend tout ce qui se passe autour d'elle. L'impression qu'elle le juge, qu'elle a des reproches à lui faire.

— Ce sera une brave fille, bredouille le curé pour se donner une contenance. Elle n'a même pas pleuré quand je l'ai aspergée d'eau bénite.

— A va être comme son arrière-grand-mère, ricane Caius. La Fédora Gilbert a l'a vécu vieille sans bon sens. La famille était pus capable de compter les années. Y ont ben cru qu'a mourrait jamais. Si on m'a dit la vérité, a l'avait un cent ans de faite pis un autre de ben entaillé. Pis comme Marie-Louise vient d'la branche à Zidor-à-Xavier-à-Philias Gilbert, a va vivre ben longtemps, pis a risque de faire étriver ben du monde.

Caius éclate d'un gros rire bruyant. Le curé se contente de lui donner raison de petits gestes saccadés de la tête. Il jette un nouveau coup d'œil à Marie-Louise qui n'a pas cessé de le fixer. En temps normal, il dessinerait une croix sur le front de l'enfant et lui tapoterait la joue, mais là, il n'ose pas. Quel est ce malaise qui l'habite? Est-il en train d'attraper les phobies de ses paroissiens? Leur peur des morts, des revenants et du diable? Va-t-il tomber dans les mêmes ornières? Cette enfant est-elle différente des autres? Il se dépêche de chasser ces pensées futiles. Le prêtre fait son signe de croix, serre la main des parents et met fin à la cérémonie.

— Monsieur Gilbert, venez signer le registre des baptêmes, l'invite le curé.

Caius saisit le crayon dans sa grande main calleuse et trace un gros X sous le nom de sa fille.

— Allez, faites brûler un lampion en sortant et demandez à Dieu de veiller sur Marie-Louise.

— Vous voulez pas v'nir au compérage, m'sieur l'curé?

— Non, non, merci. Je dois retourner à Saint-Georges.

4

Le premier ministre libéral de la province de Québec, Félix-Gabriel Marchand, est mort. Le premier à mourir en fonction. Il sera remplacé par Simon-Napoléon Parent qui cumulera les postes de premier ministre et de maire de la ville de Québec.

Dans la mission, la nouvelle est éclipsée par un autre décès, celui du grand Valère-à-la-Pouliot. En début de soirée hier, il a commencé à battre des mains, à sautiller comme un canard maladroit. Son visage était contorsionné par des grimaces, la mâchoire décrochée. Il s'est étouffé avec sa salive. Paniqué, son petit frère a couru de toutes ses forces jusqu'à l'étable où ses parents faisaient le barda du soir. Trop tard, quand sa mère est revenue, Valère gisait au sol. Mort à vingt-sept ans de la danse de Saint-Guy. À n'y rien comprendre. «J'sus ben sûr que l'diabe l'a possédé, pense Héliodore Bolduc. Ça s'pourrait-y que ce maudit jhibou soueille le diable?»

Vénérin Breton jette un coup d'œil à la fenêtre. Un cultivateur vient d'attacher son cheval à la rambarde du magasin. Des enfants se bousculent en route vers l'école. Quand Caius Gilbert entre, Vénérin est replongé dans son journal. Il ne relève pas la tête immédiatement, encore ébranlé par la nouvelle. De toute façon, il a reconnu Caius à sa démarche lourdaude et à la forte odeur de crottin de cheval qu'il dégage.

— Salut, Vénérin.

Le marchand pose son journal et accueille le visiteur sans entrain. Il sait déjà ce que Caius lui demandera. Quoi lui répondre aujourd'hui ?

— Penses-tu, mon bon Vénérin, que tu pourrais m'faire crédit sus un peu d'broche pis des clous ? J'ai une verreuse de vache qui passe tout l'temps. J'ai fait une clôture de parches, mais a la défait chaque fois. Y m'faut d'la broche.

Le marchand enlève sa calotte, renvoie ses cheveux vers l'arrière et s'approche de Caius.

— M'avais-tu pas promis dernièrement de commencer à me rembourser ce que tu me dois ? Je suis pas riche comme la reine Victoria ! Vitamine, Caius, moi aussi, j'ai une famille à faire vivre.

Embêté, le cultivateur tortille le rebord de son chapeau. Il n'a pas d'argent à donner au marchand. Ses économies ont servi à acheter des coupons du vendeur de guenille pour faire des vêtements aux enfants. Et à payer une partie de sa capitation de deux piastres pour être bien certain que la mission de Saint-Benjamin-du-Lac-à-Busque aura son curé comme l'a promis monseigneur Louis-Nazaire Bégin, l'archevêque de Québec.

— J'sais ben, Vénérin, mais j'te promets que j'vas t'payer dès que j'aurai un peu d'argent.

— Ça veut dire quand ? Tu me dois déjà six piastres. C'est une fortune !

L'autre ravale sa salive, intimidé par le ton belliqueux du marchand. Sa fierté est écorchée. Il n'aimerait rien de mieux que d'acquitter sa dette, mais il n'entrevoit pas le jour où il aura autant d'argent.

— J'pourrais ben t'en payer une partie en nature. Que c'est que tu dirais si j't'apportais deux cordes de bois de chauffage ? J'ai d'la verreuse de belle érable. Pis, j'pourrais t'donner une poche de pétaques si la récolte est bonne.

— Le bois peut-être, mais pas les patates. Garde-les pour ta famille, lance Elmina Breton d'une voix forte, en descendant l'escalier qui mène de la maison au magasin. Tu devrais avoir honte, Vénérin, d'étouffer le pauvre monde.

— Si on fait crédit tout l'temps, c'est nous autres qui aurons plus rien à manger, se défend son mari.

Vénérin sait trop bien qu'il n'infléchira pas sa femme. Quand ils ont bâti ce magasin sur la côte de la mission, elle lui a fait promettre que jamais il ne refuserait de faire crédit. Elle ne pourrait pas vivre en sachant que des gens, surtout des enfants, meurent de faim à cause d'elle. Sur les vingt familles que compte l'agglomération, la moitié n'ont pas de quoi payer. Si seulement le commerçant de Saint-François-de-Beauce pouvait recommencer à acheter le bois.

— Merci ben, madame Elmina, murmure Caius piteusement.

— Comment va ta femme ? On m'a raconté que vous avez fait baptiser dimanche après-midi ? Une autre fille ! Y a pas à dire, tu seras en bonne compagnie !

— Hermance va ben. C'est pas une feluette ! J'ai même pas eu l'temps d'emmener la Belzémire à la maison qu'a l'avait déjà passé au sauvage.

Il éclate d'un gros rire satisfait.

— Ah, pis avant que j'oublie, merci ben pour le pot de confiture que vous avez envoyé. Les enfants s'sont régalés.

— C'est la moindre des choses, enchaîne Elmina. Et puis, une septième fille, ça t'inquiète pas ?

Elle n'ose pas lui dire que le commérage du jour établit un lien entre la mort du grand Valère et la naissance de sa fille. Que des gens pensent que le diable s'est incarné dans le hibou et qu'il est arrivé dans la mission en même temps que sa cadette.

— Pantoute, rigole Caius. Les dons des filles, c'est des inventions. Ma femme y cré dur comme fer, mais j'ai pour mon dire que seulement un septième gars a des dons.

Vénérin est replongé dans son journal. La conversation ne l'intéresse pas. À quoi bon raconter à Caius que le premier ministre libéral de la province vient de mourir ? Il ne sait probablement pas son nom et en plus Vénérin le soupçonne d'avoir voté pour le parti conservateur lors de la dernière élection.

— Mais, laissez-moé vous dire, madame Elmina, que c'est un bizarre de bébé. J'cré pas qu'on l'a entendu brailler une seule fois. A l'est dans son berceau pis a bouge pas. Juste ses p'tits yeux qui nous suivent quand on est alentour. A s'réveille même pas la nuitte!

Elmina fronce les sourcils. «Peut-être qu'elle n'aura pas de don, mais elle pourrait bien avoir un peu de sorcière en elle», songe-t-elle.

— Vénérin, crie sa femme, grouille-toi et donne-lui sa broche et ses clous. Tu penses toujours pas que je vais me rendre dans ton hangar. Et après, tu devrais en profiter pour faire un peu de ménage. J'ai jamais vu une soue à cochons pareille!

Elmina ouvre son cahier de comptes impayés et ajoute quarante-cinq cents au montant que Caius lui doit déjà. Elle s'immobilise, tend l'oreille, son mari peste contre le rouleau de broche qui l'a fait trébucher. Il laisse échapper un juron. Sa femme branle la tête. «Ça t'apprendra, Vénérin Breton, à vivre comme un souillon!»

5

Marie-Louise Gilbert a maintenant deux mois. Elle est « pétante de santé », rigole son père, étonné de constater que l'enfant soit si alerte. Déjà, elle s'agrippe aux barreaux de son berceau comme si elle se préparait à se lever. Parfois, Caius se demande si sa femme n'a pas raison. Et si sa fille avait un don ! Quelques phénomènes, anodins à première vue, se sont produits récemment. Depuis deux jours, son coq a une extinction de cocorico. Incapable de chanter. Pendant que les poules s'égaillent autour de lui, à peine arrive-t-il à émettre un râlement pathétique.

— C'est sûrement à cause de Marie-Louise, conclut Hermance. Ce sapré coq-là, y la réveille à tous les matins. A y a fermé l'gosier pis c'est ben bon pour lui !

Frustré, Caius ne répond pas. Un coq qui a perdu la voix ! Du jamais vu. Le vieux Boromé Poulin s'est moqué de lui. Il pourrait bien devenir la risée du village, surtout si on apprend que sa nouveau-née a jeté un sort au volatile !

« Tue-lé, a suggéré Boromé. Y va t'porter malheur. Tue-lé, mais mange-lé pas. Donne-lé au jhibou. Depus queques jours, y est parché derrière ta maison. On dirait qu'y attend quequ'un. »

— C'est rien que des folies, fait remarquer Caius, dépité, à sa femme qui s'inquiète de la recommandation de Boromé.

— Va voir l'Apauline, la tireuse de cartes, a t'dira ben quoi faire.

Caius hésite avant de rendre visite à l'Apauline, qui vit seule dans sa maison depuis la mort de son mari et le départ de ses deux derniers fils vers Waterville aux États-Unis. À soixante et onze ans, elle est encore alerte, ne manque jamais la messe et effectue tous les grands et petits travaux ménagers sans demander l'aide de personne. Et surtout, elle prédit l'avenir en lisant dans les cartes d'un vieux jeu qu'elle a depuis le couronnement de la reine Victoria en 1838. D'où vient son curieux nom? L'Apauline soutient, mi-sérieuse, qu'elle ne connaît pas son vrai nom. Jeune, on l'appelait «la fille à la Pauline». Avec le temps, elle est devenue l'Apauline. Quand Caius cogne à sa porte, elle lui ouvre aussitôt.

— Bonjour, madame l'Apauline, j'pourrais-tu vous parler queques minutes?

— Ben sûr, entre donc.

Mal à l'aise, Caius lui explique que sa Marie-Louise est la septième fille consécutive et qu'il commence à s'inquiéter, surtout depuis que son coq est devenu aphone. Sa femme et ses voisins croient que l'enfant a le pouvoir de jeter des sorts et que le coq en a été la victime. Si c'est exact, est-ce une malédiction? L'Apauline, ses grands yeux plongés dans ceux de Caius, le rabroue immédiatement.

— Tu sais d'où ça vient, une septième fille?

— Non.

Elle le regarde longuement, l'air de lui reprocher son ignorance. Alourdie par le temps, le visage aux traits fatigués, coiffée de son éternel béret mauve, des yeux d'une rare intensité, la vieille femme est intimidante.

— Des sept douleurs de la Vierge, mon garçon. On rit pas avec ça, sinon tu vas te r'trouver ben vite en enfer.

Les sept douleurs de la Vierge sont ces moments où, en parfaite symbiose avec son fils, la Vierge Marie partageait les souffrances que le sacrifice de Jésus lui imposait.

— Ta fille, ta Marie-Louise, as-tu r'marqué d'aut' chose de spécial à son sujet?

Caius hausse les épaules.

— Ben, a pleure jamais, a nous r'garde comme si a l'était déjà grande, pis a s'réveille pas la nuitte.

— Tu vois ben qu'a l'est différente.

— Ça veut dire qu'a va avoir un don? demande Caius.

— Tu savais-tu que ma mère était une septième fille consécutive pis qu'a l'a quasiment fait des miracles?

Caius ouvre de gros yeux angoissés. Des miracles?

— Ma mère, a l'arrêtait l'sang, le mal de dents, pis a chassait l'diable à chaque fois qu'y approchait d'la maison. A l'avait couru après un soir à La Touffe de Pins. Tu sauras qu'y avait déguerpi rien que sus une patte.

— Le diable?

— Oui, monsieur. Y s'était caché dans un gros jhibou.

Caius ravale sa salive. Il n'ose pas lui dire qu'un grand-duc fréquente sa cour arrière depuis quelques jours. Il est de plus en plus inquiet. Il a toujours refusé de croire ces balivernes, mais le doute l'habite depuis quelque temps. Entre l'Apauline et le curé, il préfère encore faire confiance à ce dernier. Il aimerait tant que sa fille soit normale.

— Pis si tu veux en avoir le cœur net, y a des bons moyens.

— Lesquels? s'enquiert Caius, de plus en plus appréhensif. Les cartes?

L'Apauline se lève, fouille dans un tiroir et en sort un vieux jeu de cartes jaunies, aux coins racornis par les années. Elle les brasse lentement, les coupe et dépose le paquet devant Caius.

— Piges-en une, r'garde-la, pis r'donne-moé-la.

Caius hésite et, d'une main mal assurée, tire une carte. Il la retourne, l'examine, les yeux en point d'interrogation, et la remet à l'Apauline.

— La dame de pique!

La vieille femme ne dit pas à Caius que la dame de pique est la carte d'une femme envieuse, jalouse, manipulatrice et menteuse. Une femme qui aime semer la discorde et nuire à ses proches.

— C'é pas une bonne carte? ose Caius.

— J'sus pas certaine, ment la cartomancienne. Piges-en une autre pis donne-moé-la, mais r'garde-la pas.

Caius s'exécute et remet la carte à l'Apauline. Elle fait une drôle de grimace avec les lèvres et remet la carte dans le paquet. Elle ne dit pas à Caius qu'il a de nouveau tiré la dame de pique. Elle lui soumet aussitôt un autre moyen de vérifier si sa fille a des pouvoirs spéciaux.

— Y a-t-y quequ'un qui a une verrue dans ta famille?

— Firmin, mon plus vieux. Y en a une sur le pouce gauche.

— Dans c'cas-là, prends la main de ta Marie-Louise, pis pose-la sus la verrue d'ton gars. Si a l'a un don, a tombera dans deux ou trois jours.

Caius se lève, demande à l'Apauline s'il peut lui offrir quelque chose pour la remercier.

— Non, non, j'ai pas besoin de rien. Salut.

Elle le pousse dehors.

— Ton coq, Caius, tue-lé, pis enterre-lé dans l'tas d'fumier. Pis ben creux pour pas que l'diable rentre dedans.

Avant de refermer la porte, elle lui fait une dernière recommandation:

— L'plus gros danger, Caius, c'est que l'diable pogne ta fille pis la possède. Toé pis Hermance, vous êtes ben mieux de garder les yeux ouverts.

Bouleversé, Caius s'en retourne. Le grand air lui fait du bien. Il ne veut toujours pas y croire, mais l'Apauline l'a sérieusement ébranlé. Sa réaction en voyant la dame de pique ne mentait pas. Il a le pressentiment qu'elle ne lui a pas tout dit et que la deuxième carte n'annonçait rien de bon. La verrue? Et si elle disparaissait? Mais comment protéger sa fille du diable? Une petite voix lui murmure à l'oreille que sa vie va basculer. Le présumé don de sa Marie-Louise l'alarme. Pourquoi ne serait-elle pas une enfant normale, comme les autres? Rien de plus, rien de moins. Une enfant

34

qui prend son rang sans chercher à s'élever au-dessus de ses frères et sœurs. Caius déteste qu'on dérange son quotidien. Il a horreur de l'imprévu. Il aime une vie toute simple, sans artifices et sans surprises. Être heureux et ne pas provoquer le destin. Et vivre avec ses verrues. Au loin, le hibou hulule. Caius frissonne.

6

La tempête cingle la mission depuis près de six heures. Les vents sont féroces, un grand érable a perdu pied, les vaches de Caius Gilbert se sont blotties contre le flanc de la grange. De gros nuages noirâtres crachent une pluie drue qui pousse la décharge du lac-à-Busque dans les sous-bois, inondant au passage le chemin de halage de Caius. Un orage comme les plus vieux n'en ont jamais vu.

— Veux-tu ben m'dire pourquoi le Bon Dieu nous arrose autant? se plaint-il à sa femme, qui a allumé un lampion devant la statue de la Vierge.

— Ça pourrait-tu être à cause de Marie-Louise? s'inquiète Hermance.

Caius lui jette un regard furibond. Il s'approche de la fenêtre et, l'index pointé, compte ses vaches. Un instant, il a cru que l'une d'elles avait disparu. Pour oublier la tempête, les filles chantent à tue-tête.

«Les cloches sont au fond de l'eau, *trois fois passeront, la dernière, la dernière, trois fois passeront, la dernière y restera.*»

— Les enfants font semblant qu'y ont pas peur, reprend Hermance, mais j'les connais assez pour savoir que c'est pas vrai. Pis Marie-Louise, elle, a bardasse comme si de rien n'était. R'garde, on dirait qu'a tape des mains.

Caius s'impatiente. Il refuse de croire que les dons de sa fille sont à l'origine de la tempête. Il ne manquerait plus que ça !

— Ben voyons donc, dis pas des folies comme ça, Hermance. Marie-Louise a l'a trois mois. Comment veux-tu qu'a l'aille queque chose à voir avec la tempête ?

Hermance se mord la lèvre inférieure et se rassure en pensant que si sa fille a le pouvoir de déclencher la tempête, elle peut probablement l'arrêter ou à tout le moins les protéger. Hermance tire des morceaux de sucre à la crème de son tablier et les distribue aux enfants pour les distraire de la tempête. Ce vieux tablier fait presque partie de son corps. Elle l'utilise pour déplacer un plat brûlant, pour sécher les larmes ou essuyer une bouche cernée de mélasse. Utile aussi au retour du poulailler pour rapporter les œufs, comme soufflet pour ranimer le feu, comme contenant pour transporter des pommes de terre et même des quartiers de bois.

— À moins que ce soit la fin du monde, opine Hermance.

Son mari lui tourne le dos, décontenancé par les élucubrations de sa femme. Pas étonnant qu'on se moque si souvent d'elle dans la mission. Sa femme passe pour une «sans-génie». En plus de Marie-Louise, Caius a d'autres soucis. Hier, Boromé lui a mis dans la tête qu'il doit devenir un vrai cultivateur. Qu'il ne doit plus passer ses hivers dans les chantiers. Qu'il doit défricher de nouveaux lopins et acheter un deuxième cheval. Bonnes idées, mais comment développer sa ferme, l'agrandir sans accumuler trop de dettes ?

— Vénérin a reçu du stock que j'aimerais ben avoir, dit-il pour changer la conversation. J'aurais ben besoin d'une râpe, des clous pis des fers pour rechausser la jument, mais j'pense pas qu'y voudra m'les vendre à crédit. A l'a une patte blessée pis j'ai peur que l'infection se mette là-dedans.

Sa femme le rassure aussitôt.

— Mets-y une bouse de vache sus l'infection. Enroule ça dans un morceau de coton. Mon père l'a essayé, pis au boutte de deux jours, le cheval boitait pus.

Caius opine de la tête. Sa mère aussi avait sa recette contre les infections des hommes et des animaux.

— J'pourrais toujours pogner des sangsues dans l'ruisseau. Y paraît qu'a sucent les infections, mais m'a vas prendre ta recette...

Caius s'arrête soudainement et se tourne vers sa femme.

— Est-ce que Firmin est icitte?

— Oui, y est en haut, pourquoi?

— Firmin, crie son père, viens en bas tout d'suite!

Le jeune garçon, rousselé comme si on lui avait lancé de la rouille au visage, descend l'escalier deux marches à la fois et s'approche de son paternel.

— Montre-moé ta main.

Il tend la main à son père, qui l'examine, la retourne et frotte son gros pouce là où se trouvait la verrue.

— A l'est partie?

— On dirait ben, reconnaît Firmin. J'm'en sus même pas aperçu.

D'un geste, Caius le renvoie à ses jeux. Il y a trois jours, il a profité de l'absence de sa femme pour suivre le conseil de l'Apauline. Il a fait venir Firmin, doucement il a tiré de son lit sa Marie-Louise endormie et il a frotté sa petite main sur la verrue de son fils. Au garçon qui ne comprenait pas la raison d'un tel geste, son père a expliqué qu'il s'agissait simplement de créer des liens encore plus étroits entre l'aîné et la cadette.

Hermance s'approche, prend la main de son fils et s'étonne qu'une si grosse verrue soit disparue aussi rapidement. Elle se tourne vers son mari.

— T'as l'air bâdré. Y a-t-y queque chose qui va pas avec Firmin?

— Non, Firmin est ben correct.

— Tu m'dis pas la vérité, Caius, à moé, ta légitime.

Caius se résigne à tout lui raconter de ce que l'Apauline lui a recommandé. Un conseil qu'il a suivi sans lui en parler, pour ne pas l'inquiéter. Mais là, il n'a pas le choix, même s'il est conscient que la révélation alimentera encore davantage les convictions de son épouse.

— J'cré ben que Marie-Louise a un don, laisse-t-il tomber mollement. J'ai fait c'que l'Apauline m'a dit. Pis la verrue de Firmin est partie. Ça pourrait ben être un hasard, mais...

Sa femme l'interrompt.

— Fais-toé une raison, Caius. Ta fille a un don. A vient d'faire un premier miracle !

Un miracle ? Caius trouve qu'elle y va un peu fort. Elle le dévisage avec intensité. Lui cache-t-il autre chose ?

— A m'a fait piger deux cartes, la première était la dame de pique, mais a m'a pas expliqué c'qu'a voulait dire.

— Pis la deuxième ? demande Hermance.

— A me l'a pas montrée.

Un long silence tombe sur le couple. Ils se tournent tous les deux vers le berceau du bébé, qui dort à poings fermés.

7

La mission de Saint-Benjamin-du-Lac-à-Busque a enfin son prêtre. Il n'est pas trop tôt, pensent les paroissiens. Sinon, le diable aurait fini par prendre toute la place. Sans surprise, Vilmond Leblanc a obtenu la cure à la grande joie des paroissiens. Il est arrivé la veille de Saint-Georges, une petite valise noire à la main. Un bien mince bagage, ont pensé ses ouailles, empressées de l'accueillir et de le conduire chez Lucien Veilleux, où il logera en attendant la construction du presbytère. Le premier curé de la mission n'est pas dépaysé. Il y vient deux fois par mois depuis un an. Aurait-il préféré une plus grosse paroisse? Non, Vilmond Leblanc n'est pas déçu. Au contraire, il est le plus heureux des hommes. Sa paroisse, ses fidèles et, bientôt, son église. Le défi est énorme et il aime l'idée de contribuer au développement de la mission et d'en faire un village prospère.

Le lendemain, tous les villageois sans exception se sont donné rendez-vous à la chapelle-école pour assister à la première messe officielle du curé. Même Bidou Turcotte et Pitre Bolduc, qui entrent habituellement dans la chapelle au milieu de la cérémonie et en disparaissent après la communion, ont fait l'effort de ne pas sortir avant la fin. En arrivant, Caius s'est arrêté pour écouter Nolasque Boulet qui, les baguettes en l'air, soutenait qu'il a finalement éliminé le hibou. Empoisonné au Vert de Paris. Caius est soulagé.

— Mes bien chers frères. Laissez-moi vous dire à quel point je suis heureux de me retrouver parmi vous. Avec l'aide de Dieu, nous allons construire une belle église et un presbytère. Monseigneur Bégin m'en a fait la promesse. Nous pourrons compter sur son aide à toutes les étapes du projet.

Dans la nef, Marie-Louise Gilbert émet de drôles de bruits. Comme si elle voulait parler. Autour d'elle, les fidèles l'épient du coin de l'œil, certains attendris, d'autres apeurés par «la petite sorcière». Sa mère, fière de tenir dans ses bras une enfant prodige, la berce pour l'encourager à dormir, sans succès. Le curé interrompt son prêche, force un sourire et continue.

— Quant à moi, je suis ici pour vous servir. N'hésitez jamais à me rendre visite.

Marie-Louise a un petit rire sardonique qui fait courir un frisson dans le dos des fidèles. À quelques pas d'elle, Vénérin ne l'entend pas. Il a la bougeotte. La longueur du sermon l'importune. Il doit se rendre à Saint-François, monter dans le train qui le conduira à Lévis, prendre le traversier et, si tout va bien, arriver à temps pour s'installer au premier rang pour entendre son bien-aimé Wilfrid Laurier. Avec un peu de chance, il pourra s'en approcher et lui remettre un présent qu'Elmina a habilement enveloppé d'un papier rouge : un paquet de tabac à fumer Motorman que la compagnie The Rock City Tobacco Co. Limited vient de lancer sur le marché.

Dès la messe terminée, Vénérin saute dans le robétaille d'Augustin Leclerc, le charretier.

— Que c'est qu't'as dans ton paquet rouge ? lui demande ce dernier.

— C'est du tabac, un cadeau pour le grand Laurier.

— Ben voyons donc, Vénérin, es-tu tombé sus l'cruchon, catin de Bon Dieu ! Laurier y est consomption ben raide, y fume pas, c'est certain.

Quand il est contrarié ou excité, Augustin retrousse sa moustache avec sa lèvre supérieure. Ventru, court sur pattes, le charretier est opiniâtre. Même quand il a tort, il insiste pour qu'on lui donne raison.

Jeune, Laurier toussait sans arrêt, lui raconte Augustin qui connaît tout de la vie du politicien. Ses mouchoirs étaient parfois tachés de sang. À l'époque, il se croyait victime de la tuberculose. Souvent confiné au lit, Laurier a pratiquement plongé dans la dépression à cause de la maladie, avant qu'on découvre qu'il souffrait d'une bronchite chronique qui l'accompagnerait tout au long de sa vie.

Penaud, Vénérin offre le cadeau à Augustin. Quand ils arrivent à Saint-François, il a juste le temps d'attraper le train de la Quebec Central Railway. Une pluie fine l'accueille à Lévis. Vénérin s'abrite dans la salle d'attente du quai Lauzon, paie les trois cents que coûte la traversée et dès que la sirène annonce le départ, il monte dans le bateau, émerveillé par le majestueux fleuve Saint-Laurent. Au quai Finlay où il descend, il hèle un caléchier qui l'emmène au Château Frontenac. Vénérin est dépaysé. Tous ces cochers à la disposition des clients. Tous ces gens qui parlent et rient très fort.

— Qu'est-ce qui vous amène à Québec? lui demande le portier du Château Frontenac.

— Le grand Laurier, mon ami.

— Vous avez bien raison, j'y serai moi aussi.

En pleine campagne électorale, Laurier a donné rendez-vous à ses partisans sur la terrasse Dufferin. Le temps est beau. Vénérin est béat d'admiration quand son héros monte sur la scène.

Grand, maigre, pâle, Laurier a l'air malade. Ses cheveux châtains roulent en boucles sur ses tempes. Le visage doux et fermé, on dirait toujours qu'il est triste. Une voix tout en nuances, des manières simples, l'homme commande le respect.

Piqué au vif par Henri Bourassa, l'ancien libéral devenu indépendant, qui lui reproche la participation du dominion du Canada à la guerre des Boers, Laurier profite de l'occasion pour lui donner la réplique. «*Bourassa sait bien que s'il est une chose à laquelle je consacre ma vie politique, c'est le développement de l'union et de l'harmonie entre les différents éléments de notre population. Mes amis peuvent*

42

m'abandonner et me retirer leur confiance, mon parti peut m'enlever le commandement qu'il m'a confié, mais jamais je ne dévierai d'une ligne de la politique que je me suis tracée. Quelles que soient les conséquences, que je perde pouvoir, prestige et popularité, je sens que je suis dans le vrai et je sens qu'un jour viendra où tous me rendront pleine et entière justice sur cette question. »

Vénérin est le premier debout, applaudissant à s'en briser les mains, la larme à l'œil, le cœur en miettes. Mais, malgré tous ses efforts, il ne réussira pas à s'approcher du premier ministre pour lui serrer la main.

Début novembre, Wilfrid Laurier est réélu premier ministre du Canada. Il a cinquante-huit députés au Québec, dont le Beauceron Joseph Godbout. Mais dans le comté de Dorchester, c'est le conservateur Louis-Philippe Pelletier qui l'emporte. Une semaine plus tard, Simon-Napoléon Parent, le premier ministre du Québec, annonce des élections générales pour le 7 décembre.

— J'te dis, Elmina, qu'on s'ennuie pas dans la province de Québec. Une élection attend pas l'autre.

Elle se contente de sourire.

— Realises-tu, Vénérin, que si on envoie notre plus vieille au couvent des Ursulines à Québec, tu pourras la visiter chaque fois que tu iras à tes assemblées politiques?

Vénérin n'est pas sans remarquer le rictus moqueur de sa femme.

8

Septembre 1906

À Saint-Benjamin, dans la touffeur de fin d'été, les enfants sont de retour à l'école.

— J'vous attends pour dîner, lance Hermance Gilbert à ses filles en suivant des yeux la plus jeune du groupe.

Marie-Louise Gilbert marche lentement, un peu en retrait. Soucieuse aussi, car on se moque souvent de la «petite sorcière». Ses sœurs Célina, Lucienne, Jovette et Thérèse la précèdent sur le chemin de l'école, en compagnie d'une dizaine d'autres enfants du voisinage. Cette première journée inquiète la fillette.

Elle avance à petits pas dans la seule route de la paroisse, recouverte de «maudite bouette», résidu des pluies abondantes de la veille. Marie-Louise ne voit pas la joyeuse bande de goglus qui se livrent à une dernière cabriole avant leur départ pour des contrées plus chaudes.

— Dépêche-toé, Marie-Louise. T'es ben lambineuse! se moque Célina.

Elle presse le pas, frustrée. Pourquoi Célina ne lui tient-elle pas la main comme sa mère le lui a recommandé? Pourquoi la sœur aînée de Delphis Breton surveille-t-elle les moindres gestes de son frérot, alors que Célina l'ignore, trop occupée à bavarder avec les autres enfants?

44

Marie-Louise se retourne pour vérifier si son chat la suit toujours. À deux reprises, depuis le départ de la maison, elle l'a chassé d'un mouvement brusque de la main. Sans trop de succès apparemment. L'animal n'est pas très loin derrière. Tout noir sauf les extrémités du nez et de la queue qu'on dirait trempées dans le lait, Casseau se colle à Marie-Louise depuis sa naissance. Ils sont inséparables. Toujours ensemble, même pour dormir. Le chat n'en a que pour la fillette, personne d'autre ne peut l'amadouer. «Un chat presque tout noir, c'est pas bon signe. Pis en plus y s'acoquine avec Marie-Louise», s'est inquiété Caius Gilbert qui a déjà songé à faire disparaître la bête.

Comme sa femme, Caius est maintenant convaincu que Marie-Louise n'est pas une enfant comme ses sœurs. «A fait pas d'miracles, dit son père, mais y a de drôles d'affaires qui arrivent.» L'an passé, un incendie dans les restes d'un abattis a brûlé pendant un mois malgré la pluie. Marie-Louise y avait enterré un gros rat que Casseau avait attrapé, mais refusé de manger. C'est finalement le hibou que Nolasque n'a jamais réussi à empoisonner qui a avalé le rat. Quand Jovette a eu un terrible mal de dents, il y a deux ans, Hermance a demandé à Marie-Louise de poser sa petite main sur la joue de sa sœur. Deux jours plus tard, le mal avait disparu.

— Bonjour, les enfants, chantonne Obéline Roy, l'institutrice engagée par la nouvelle paroisse de Saint-Benjamin.

Debout sur le pas de la porte, elle les accueille avec un grand sourire, tout heureuse d'entreprendre une sixième année. Un peu lourdaude, les cheveux courts, des yeux vifs, le nez qui remonte vers le front, Obéline est vieille fille. Sa vie se résume à son école, à ses élèves et à la messe, le dimanche.

— C'est une maîtresse dépareillée, a tranché Nolasque Boulet. L'an passé, a l'a eu une gratification de vingt-cinq piastres du Département de l'instruction publique. Si t'ajoutes ça à sa paye de cinquante piastres, ça y fait une ciarge de bonne année!

Les plus vieux s'engouffrent aussitôt dans la classe, les plus jeunes hésitent. Un gros bouquet de géraniums roses voisine un pot de «paparmanes» sur le bureau de l'institutrice.

À l'invitation d'Obéline, Marie-Louise choisit une place dans la première rangée à côté de Delphis Breton. Ils sont six en première année. En tout, trente-cinq élèves dissipés.

— Silence, les enfants, tonne Obéline. Jovette, récite la prière.

Sans délai, ils se lèvent et, recueillis, répondent trois fois aux *Je vous salue, Marie* de Jovette. Marie-Louise n'a pas remué les lèvres. «Pourtant, elle devrait savoir ses prières, elle est sûrement intimidée, pense Obéline. Tout le contraire de ses sœurs, fanfaronnes et démonstratives.» Mais au-delà de la prière, ce qui dérange Marie-Louise, c'est Casseau qui l'observe, perché sur la tablette de la fenêtre. Quand ils l'aperçoivent, les enfants s'agitent.

— C'est Casseau, s'écrie Jovette. C'est le chat de Marie-Louise!

Les élèves éclatent de rire. Certains se moquent de la fillette qui a baissé les yeux, désappointée que ses sœurs se soient jointes au concert des moqueries. Sa gorge se serre, mais elle ne pleurera pas. À midi, elle enfermera Casseau dans la grange. Et que ses sœurs ne s'avisent pas de la consulter pour un mal de dents ou une plaie qui n'en finit pas de saigner. À six ans, Marie-Louise ne comprend pas d'où vient ce pouvoir, pourquoi on la réclame pour arrêter le sang, éliminer un mal de dents ou même effacer la grosse joue des oreillons. Mais elle aime l'attention, elle se sent importante. Parfois, elle s'amuse à faire disparaître Casseau à l'aide de gestes brusques, de formules improvisées, mais il revient bientôt. Parfois, elle interpelle le grand-duc qui l'observe, impassible.

— Retournez dîner à la maison, lance l'institutrice à la fin de la matinée. Je vous revois vers une heure.

Marie-Louise attend que le groupe sorte de la classe. Obéline s'en approche.

— Ça va, Marie-Louise?

La fillette fait oui de la tête, l'œil sur son chat.

— Tu sais, c'était pas méchant. C'était juste drôle de le voir à la fenêtre. J'imagine qu'il ne s'attendait pas à ce que tu l'abandonnes comme ça!

Marie-Louise force un rictus et sort de l'école. Casseau saute aussitôt de son perchoir et vient se frotter à son amie. Elle feint de l'ignorer pour ne pas s'attirer de nouveaux sarcasmes. Elle marche lentement derrière le groupe, sans prêter attention à Achille Côté, un grand garçon d'une timidité maladive qui la suit de loin.

— J'ai vu que Casseau est parti avec toé à matin, observe sa mère à son retour à la maison.

Marie-Louise songe à lui raconter que ses trois sœurs se sont moquées d'elle avec tous les autres, mais elle y renonce.

— J'vas l'enfermer dans la grange avant de r'partir, dit-elle.

Dans l'après-midi, Marie-Louise apprend à écrire une première lettre, un «a» qu'elle doit reproduire douze fois. Aucun problème, elle enfile les «a» plus vite que tous les enfants de première année. En guise de récompense, elle a droit à une étoile dorée dans son cahier et aux regards jaloux de Delphis, dont les «a» ressemblent à «des chiures de mouche», a rigolé l'institutrice.

À la sortie de l'école, Delphis ralentit le pas et se tourne vers Marie-Louise, encore en retrait.

— Tu marches pas vite, t'attends ton chat? ricane-t-il.

Deux autres garçons éclatent de rire avec Delphis. Seul Achille ne réagit pas. Marie-Louise les ignore. Elle aura sa revanche sur ce prétentieux fils du marchand général qui fréquente l'école dans ses beaux habits du dimanche. Delphis détonne dans son joli veston de tweed et ses souliers vernis. «On verra ben si ses poches sont assez grandes pour deux de mes amies!»

— Salut, la sorcière! lance Delphis, en accélérant le pas pour rejoindre les autres enfants.

Marie-Louise ne relève pas le quolibet. Mais elle sent bien que l'intégration sera difficile. Si seulement elle ressemblait à Célina, la vedette du groupe, dont tous recherchent la compagnie. Inutile de rêver, elle est «différente», ont si souvent répété ses parents. Cette idée l'agace. Pourquoi n'est-elle pas comme ses sœurs? Pourquoi la traite-t-on de sorcière? Pourquoi ne trouve-t-elle aucun plaisir à partager leurs jeux et leurs discussions? Pourquoi n'a-t-elle jamais envie de rire? Marie-Louise préfère la solitude. Elle n'aime rien de mieux que de s'isoler dans la grange avec Casseau. En arrivant à la maison, elle dépose son sac d'école devant la porte et court le retrouver. Le chat l'accueille en remuant la queue, un gros rat dans la gueule. Marie-Louise le serre fort contre elle, lui gratte le cou, l'embrasse sur le museau pendant que Casseau ronronne son bonheur. En sortant de la grange, elle lance le rat au pied de l'épinette où le hibou fera mentir Nolasque et viendra se percher à la tombée du jour.

9

— La loi du dimanche et l'immigration, je me demande bien ce que mon ami Laurier a dans la tête! s'inquiète Vénérin Breton.

Le premier ministre du Canada, Wilfrid Laurier tente de faire adopter une loi sur l'observance du dimanche et un Acte d'immigration qui interdira l'entrée au Canada des prostituées, des retardés mentaux, des épileptiques, des infirmes, des muets et des idiots.

Sa femme Elmina ne l'écoute pas.

— Vitamine, une vraie honte! s'exclame Vénérin. Pour moi, Laurier chavire…

— Moi, je trouve qu'il a raison, réplique Elmina. Après tout, c'est la journée du Bon Dieu.

— Le Bon Dieu nous empêche pas d'avoir du plaisir. La maudite loi défend les parties de cartes, les excursions de pêche ou de chasse, même pas le droit de visiter la parenté, trop c'est trop!

— Arrête donc de toujours te lamenter!

Vénérin hoche la tête d'incompréhension.

— Qu'est-ce que tu dirais, Elmina, si on…

Vénérin n'a pas le temps de compléter sa phrase. Delphis entre en trombe, en état de panique, à bout de souffle, les souliers pleins de boue, le visage blanc comme de la chaux.

— Mon Dieu, Delphis, s'inquiète sa mère en s'approchant, qu'est-ce qui t'arrive?

Le garçonnet ne réussit pas à reprendre son souffle. Elmina appréhende le pire. Un malheur aurait-il frappé l'école?

— Comment ça se fait que t'es pas en classe? demande son père.

Le petit garçon ravale sa salive. À peine parvient-il à bredouiller deux mots.

— Des souris...

Elmina et Vénérin se regardent, puis dévisagent leur fils, de plus en plus inquiets.

— Des souris?

Retenant ses larmes, Delphis essuie son nez du revers de sa manche.

— Oui, dans mes poches, réussit-il à marmonner.

— Des souris dans tes poches?

— Oui.

Accablé, Delphis éclate en sanglots. La porte du magasin s'ouvre une nouvelle fois, laissant entrer Aldérie, sa sœur. Ses parents l'interrogent des yeux. Elle branle la tête d'incompréhension.

— Veux-tu bien me dire ce qui se passe? s'impatiente son père.

Aldérie raconte la mésaventure de Delphis en n'oubliant aucun détail. Après la prière, son frère a mis la main dans la poche de son manteau et l'a retirée vivement en poussant un «cri de mort». Il a enlevé le vêtement, l'a lancé le plus loin possible et a grimpé sur sa chaise. Aussitôt, deux petites souris sont sorties de la poche du manteau et ont couru sur le plancher, semant la panique parmi les plus jeunes enfants, les plus vieux tentant d'écraser les rongeurs de leurs pieds.

— Madame Obéline nous a demandé d'aller dehors et elle a chassé les souris avec son grand balai.

La maîtresse d'école a dû ferrailler pendant cinq bonnes minutes avec les deux souris avant de les exterminer. Tenant les cadavres des deux rongeurs par la queue, Obéline les a montrés aux élèves pour les rassurer. Marie-Louise a baissé les yeux, se mordant les lèvres pour ne pas hurler sa douleur. Naïve, elle n'avait pas réalisé que ses deux souris préférées perdraient la vie dans l'aventure. Pourquoi ne pas avoir suivi sa première idée et glissé un gros «crapotte galeux» dans la poche de Delphis?

— Reprenez vos places, elles sont bien mortes et je vous jure qu'il n'y en a pas d'autres.

Rien n'y fait, impossible de convaincre Delphis qui s'est enfui vers la maison, les jambes pendues au cou.

— Madame Obéline a demandé à Magella d'aller les jeter toutes les deux dans l'bois.

Elmina prend son fils dans ses bras.

— T'es certain qu'il y avait une souris dans ta poche?

— Deux, pleurniche l'enfant.

Comment se sont-elles trouvées dans la poche du beau veston de Delphis? Elmina en a vu quelques-unes dans le magasin. Son mari a promis de les détruire, mais comme toujours, il n'en a rien fait. Les souris pourraient-elles avoir grimpé l'escalier et s'être cachées dans les vêtements? Elle ne parvient pas à y croire.

— As-tu mis les mains dans tes poches avant d'arriver à l'école?

— Oui.

— Et il n'y avait pas de souris?

— Non.

Elmina comprend que quelqu'un a joué un tour pendable à son fils. Elle s'approche d'Aldérie.

— Tu m'as bien dit que Delphis était dans la première rangée?

— Oui, à côté de Marie-Louise Gilbert.

Pensive, la jeune fille fait une pause, les yeux exorbités.

— A l'a peut-être jeté un sort à Delphis?

Sa mère se dépêche de la détourner de cette idée saugrenue, même si un doute germe dans sa tête. Si c'est Marie-Louise, pourquoi aurait-elle joué un tour aussi cruel à son fils? À midi, Elmina raccompagne Delphis à l'école. Dans la cour, toutes les conversations portent sur l'invasion des souris, les plus âgés se moquant des plus jeunes.

— C'est pour ça que Marie-Louise a emmené son chat. La prochaine fois, on devrait le laisser rentrer, suggère un enfant.

Quand Elmina et son fils arrivent, Obéline les accueille en passant sa main dans les cheveux de Delphis.

— Je comprends vraiment pas, dit l'institutrice.

Obéline n'a aucune idée d'où viennent les souris. Elle n'en a jamais vu une seule dans l'école.

— Les plus vieux jouent souvent des tours aux plus jeunes, avance-t-elle. L'an dernier, le grand Magella avait lâché deux grenouilles dans la classe.

Elmina, feignant de ne pas y croire, soumet une autre hypothèse à Obéline.

— Est-ce que ce pourrait être la petite Gilbert qui est assise à côté de Delphis?

L'institutrice fronce les sourcils. Marie-Louise lui semble bien inoffensive malgré les racontars qu'elle a entendus à son sujet. Elle se rebiffe quand on évoque les présumés dons de l'enfant. Une fillette de six ans est-elle capable d'attraper des souris et de les apporter à l'école?

— Ça m'étonnerait beaucoup, mais si ça peut rassurer Delphis, je lui proposerai de changer de place avec Jeannette Rodrigue.

— Merci, dit Elmina en quittant l'institutrice.

De retour à la maison, elle somme son mari d'installer immédiatement deux trappes à souris dans le hangar. Et de recommencer chaque fois qu'il en attrapera une.

— Ton hangar en est plein. Si j'en vois encore une, tu vas avoir affaire à moi.

Vénérin rechigne, persuadé que des souris assez petites pour tenir dans la poche d'un veston ne proviennent sûrement pas de son magasin.

— D'où veux-tu qu'elles viennent? s'impatiente Elmina.

— De la grange de Marie-Louise Gilbert. Cette jeune fille commence à m'énerver.

Sa femme fait quelques pas derrière le comptoir, replace un fuseau de laine et dépose un crayon de plomb dans le tiroir.

— Penses-tu que je devrais en parler au curé?

— T'as rien à perdre, on verra ce qu'il va dire.

Elmina l'approuve d'un geste de la tête.

— Et ce serait peut-être pas une mauvaise idée de demander au docteur Desrochers de Saint-François d'examiner la p'tite.

Une vague inquiétude tenaille Elmina Breton. Est-ce bien raisonnable de se ronger les sens pour une gamine de six ans? Elle ne veut pas se l'avouer, mais cette fillette l'agace. Elle a un pressentiment. Depuis qu'elle est toute jeune fille, son flair ne l'a jamais trompée. Intuitive, elle choisissait bien ses amies et fuyait les indésirables. Elle savait qu'elle prenait la bonne décision en épousant Vénérin. Aucun doute dans son esprit, même si ses parents le trouvaient un peu vantard et fanfaron. «Un péteux d'broue!»

Elmina a besoin de tout contrôler. Grâce à un savant dosage de jugement et d'anticipation, elle évite les mauvaises surprises, répare rapidement les bévues de son mari et s'assure que les enfants marchent dans ses pas. Marie-Louise Gilbert? Elle n'aime pas la façon dont la fillette la regarde. Ces grands yeux accusateurs fixés sur vous comme des sangsues…

10

— Votre enfant est parfaitement normale, madame Gilbert. Cessez de croire qu'elle a des dons. C'est de la pure folie, tranche le docteur Joseph-Henri Desrochers, de Saint-François-de-Beauce, lors de sa visite mensuelle à Saint-Benjamin. Rappelez-vous que tous ces charlatans qui pensent avoir des dons sont souvent à l'origine de blessures ou de maladies graves. Dans la province de Québec, la police les arrête et les enferme en prison. Il y a même une femme qui a été pendue parce qu'elle jetait des sorts.

Le médecin espère que la fermeté de son message aura raison des convictions d'Hermance Gilbert. Elle baisse les yeux, vexée, l'humiliation au cœur. Elle ne croit pas ou ne veut pas accepter le diagnostic du docteur. Il se trompe sûrement. C'est à reculons qu'elle l'a consulté, pressé par son mari et par Obéline Roy, l'institutrice du village.

— Si c'est Marie-Louise qui a mis les souris dans la poche de Delphis, c'est de la méchanceté. Ça n'a rien à voir avec un don ou un sort. Je vous suggère fortement de la faire examiner par le docteur, a recommandé Obéline à Hermance.

Quant à elle, la fillette nie énergiquement avoir glissé les deux souris dans la poche de Delphis. «J'ai jamais pris une souris dans mes mains», se défend-elle. Même son père ne la croit pas. Il l'a vue si souvent attraper souris, couleuvres et crapauds qu'elle enveloppait dans son tablier et transportait dans la grange. Une vraie ménagerie! Pourquoi s'en est-elle prise à Delphis? se demande Caius. L'a-t-il taquinée, provoquée? Marie-Louise rejette toutes ses questions. «J'y parle même pas, à Delphis, c'est un niaiseux!»

Pourtant, le lendemain de l'épisode des souris, Marie-Louise a glissé une «paparmane» dans la main de Delphis, étonné. Il a bredouillé un merci à peine audible. À son retour à la maison, le garçon a informé sa mère qu'il avait reçu un bonbon de Marie-Louise.

— L'as-tu mangé?

— Ben oui!

Elmina Breton en a froid dans le dos. Mais elle se dépêche encore une fois de chasser son malaise. Pourquoi réagit-elle de la sorte aux gestes innocents d'une fillette de six ans? Elle ne peut quand même pas empoisonner son fils. Le lendemain, quand Caius vient au magasin, elle lui demande son avis sur les souris et la «paparmane».

— Quelle paparmane?

En entendant l'explication d'Elmina, Caius comprend immédiatement que Marie-Louise a voulu se faire pardonner.

— Vous devriez la montrer au docteur.

— Ma femme l'a emmenée voir le docteur Desrochers, pis y a dit qu'a l'était ben normale.

— Et le curé? suggère Elmina.

Pour en avoir le cœur net, Caius se rend aussitôt au presbytère. En sortant, le vent violent lui arrache sa calotte qu'il récupère d'un geste vif. «Verreuse de calotte, c'est-y la tête qui m'rapetisse ou si a l'est rendue trop grande?» Le prêtre l'accueille avec plaisir, toujours heureux qu'un paroissien vienne déjouer l'ennui qui l'accable dans cet immense presbytère, dont la construction a été plus rapide que celle de l'église.

— Je suis tout à fait d'accord avec le docteur Desrochers, votre fille est normale, monsieur Gilbert. Cessez de vous inquiéter. Certains enfants sont plus timorés, d'autres plus fanfarons, elle a son propre caractère. Il n'y a pas deux enfants pareils, vous êtes bien placé pour le savoir. De grâce, monsieur Gilbert, arrêtez de lui rentrer dans la tête qu'elle a des dons, elle finira par y croire et ça pourrait avoir des conséquences déplorables. Vous me comprenez?

— J'vous comprends, monsieur l'curé. M'en vas parler à Hermance.

— Et si des gens vous sollicitent pour utiliser ses présumés dons, dites-leur de venir me voir. Avec l'aide du Bon Dieu, je peux tout faire.

— Ben d'accord, monsieur l'curé.

Le prêtre invite Caius à partager un thé avec lui. Il en raffole. Lors de sa dernière visite à l'évêché, il a fait un détour par la rue des Sœurs du Bon Pasteur à Québec et s'est arrêté au magasin de Whitehead & Turner pour faire ample provision de thé Stadacona, arrivé directement du Ceylan.

— Vous êtes trop aimable.

Avec douceur, sans donner l'impression qu'il a des doutes, Vilmond Leblanc pose plusieurs questions à Caius au sujet de sa fille. Se rappelant encore les yeux arrondis de l'enfant lors de son baptême, le prêtre ne parvient pas à dissiper le malaise que Marie-Louise provoque chez lui. À l'occasion de sa première visite à l'école, la fillette ne l'a pas quitté des yeux, sans jamais sourire ni ciller. Le curé lui a remis une image de la Vierge qu'elle a saisie avec hésitation, un regard froid planté dans le sien.

— Est-ce qu'elle réussit bien? a demandé le prêtre à Obéline en repartant.

— C'est la meilleure des premières années. Elle comprend tout et fait tout ce que je lui ordonne sans difficulté. Et plus vite que tous les enfants de son âge que j'ai eus dans cette école. Elle est sûrement assez intelligente pour faire une sœur.

Pantois, Vilmond Leblanc s'est rappelé la remarque qu'Elmina Breton lui a faite dans le confessionnal. «Et si elle était possédée du diable?» Il ne veut pas y croire. Cette fillette le dérange, mais de là à exorciser le démon, il y a une limite qu'il ne franchira pas. Pas pour une simple histoire de souris! Pas maintenant en tout cas. Le baptême suffit.

— Au revoir, monsieur Gilbert, lance le curé en se rendant vérifier l'avancée des travaux de l'église.

Le vent glacial qui balaie le canton depuis deux jours a boursouflé le pied des clôtures d'un remblai de feuilles mortes. Quelques paroissiens ont commencé à calfeutrer les maisons en prévision de l'hiver, qui sera long et froid, a prédit l'Apauline. «Les oignons s'sont greyés de trois épaisseurs de manteaux.»

Vilmond Leblanc n'a pas la tête aux espiègleries de Marie-Louise Gilbert ni aux prédictions de la veuve. Il doit s'assurer que les travaux de construction de l'église progressent bien et qu'une autre étape aura été franchie quand monseigneur Bégin viendra bénir la pierre angulaire. Son évêque sera fier de lui. Saint-Benjamin aura l'une des plus belles églises du comté de Dorchester. Immense, un clocher qui monte jusqu'au ciel, la maison de Dieu domine les alentours du haut de son perchoir. «La plus belle et la plus grosse de Dorchester», se réjouit le curé. Il ne reste plus qu'à compléter l'intérieur, acheter autel et statues, planter des chaises pour les fidèles et il pourra enfin y dire une première messe. Depuis son arrivée, la paroisse fait de grands progrès. Une école a été construite, un presbytère l'année suivante. La forêt recule toujours un peu plus. À la fin de l'année, Saint-Benjamin comptera cinq cents âmes.

11

Revenant d'un bon pas de l'école, la main en pare-soleil sur le visage, Vilmond Leblanc est ébranlé. Ce matin, Obéline lui a demandé de rassurer les enfants. La veille, Marie-Louise Gilbert a jeté un sort à l'un d'entre eux. L'institutrice, même si elle a tenté par tous les moyens de minimiser le geste de la fillette, est secouée.

— Elle a dit très fort : «Gaston Poulin, je te jette un sort pis je demande au diable de te posséder.»

Ahuri, Vilmond Leblanc a haussé les épaules. «Comme si une enfant de six ans avait un tel pouvoir! s'indigne-t-il. C'est sûrement sa naïve de mère qui lui a fait apprendre cette stupide formule.»

— J'ai été obligée de la punir. Gaston a eu la peur de sa vie et maintenant, sa mère refuse qu'il revienne à l'école.

Quand le curé frappe à sa porte, Caius est surpris.

— Puis-je vous parler en privé? demande le prêtre.

Vif froncement de sourcils de la part de Caius quand il est informé du sort que sa fille a lancé à Gaston Poulin.

— Vous et moi, nous savons qu'elle n'a pas de dons particuliers, insiste le prêtre comme pour se convaincre que Caius est sur la même longueur d'onde. Et je sais que vous ne l'encouragez pas, n'est-ce pas?

— Ben non, pas pantoute, monsieur l'curé.

— Et votre femme non plus?

Caius hésite à répondre. Il a souvent entendu les conversations entre Hermance et Marie-Louise. Chaque fois, il lui a reproché de bourrer le crâne de sa fille, de lui mettre dans la tête qu'elle a le pouvoir de bouleverser la vie des gens autour d'elle. À sept ans, Marie-Louise est incapable de faire la part des choses. Elle gobe avec avidité les paroles de sa mère. Caius se demande souvent s'il ne devrait pas nuancer les propos de sa femme, expliquer à sa fille qu'elle est plus intelligente que les autres enfants de son âge, mais que ça ne lui donne pas le droit de leur faire peur.

— A l'a sûrement pas voulu y faire mal. Y a dû la faire étriver. Soyez ben certain que moé pis ma femme on va parler à Marie-Louise.

— En plus, je compte sur vous pour bien la préparer pour la première communion et la confirmation, dimanche. Je ne tolérerai aucun geste déplacé. Merci, monsieur Gilbert.

— Au revoir, monsieur l'curé, dit Caius, visiblement décontenancé.

Quatre jours plus tard, le prêtre est forcé d'annuler la confirmation et la première communion. Tous les enfants sont malades, sauf Marie-Louise. Maux d'estomac, vomissements, il sera impossible de les faire communier. Immédiatement, les mêmes questions sont soulevées. Comment se fait-il que Marie-Louise est la seule qui ne soit pas malade? A-t-elle jeté un sort à tous les écoliers? Même Obéline a des haut-le-cœur.

— A l'a rien faite pantoute, se défend Hermance.

Des parents de plus en plus inquiets exigent que la fillette soit bannie de l'école. Excédé, le curé laisse libre cours à sa colère, pour la première fois depuis son arrivée dans la mission. Dans l'espoir de ramener ses ouailles à la raison. Confirmation et première communion sont reportées à la semaine suivante.

Le lendemain, Pitre Bolduc, Bidou Turcotte et Trefflé Labonté se retrouvent au presbytère.

— Monsieur le curé, on veut pas vous déranger, s'excuse Pitre, mais on se d'mandait si c'est prudent qu'on parte pour Québec. Pensez-vous que l'diable pourrait nous attaquer ? Après c'qui est arrivé avec Marie-Louise, y a ben du monde qu'y ont peur, pis nous autres on se d'mande si c'est pas trop dangereux de prendre la route.

Comme chaque année à l'automne, les trois hommes se proposent d'aller à Québec en voitures à cheval pour y vendre des animaux, du bois, de la laine et un restant de sucre d'érable. Un long trajet de deux jours sur un chemin caillouteux jusqu'à Lévis, et de là, le traversier les amènera au pied du cap Diamant, à Québec.

— Il n'y a aucun danger, cessez de croire ces niaiseries. Attendez, je vais chercher mon étole et mon goupillon pour vous bénir.

Il revient deux minutes plus tard, alors que Bidou peste par anticipation contre les mauvaises conditions des routes.

— Si on avait des beaux ch'mins, ça s'rait plus facile, mais c'est comme voyager dans un ch'min d'bois ! C'est-y parce qu'on est dans l'cul de Lévis que le gouvernement s'occupe pas d'nous autres ?

— Soyez prudents quand même, recommande le prêtre. Je prierai le Seigneur de vous protéger.

Il fait deux pas vers le presbytère et revient vers les trois hommes, l'air embêté.

— J'aurais une petite faveur à vous demander.

— Si on peut vous aider, monsieur l'curé, on s'rait ben contents, dit Trefflé Labonté.

— Ça me gêne un peu et je vous supplierais de ne pas l'ébruiter, mais j'aurais bien besoin d'onguent du Dr Chase. Si je vous donne de l'argent, seriez-vous assez bons pour m'en rapporter une boîte ? Elle est en fer de couleur jaune. Mon évêque estime qu'il n'y en a pas de meilleur. Laissez-moi retourner au presbytère, je vous apporte de quoi payer et j'écris le nom sur un bout de papier.

Les trois hommes se regardent. Aucun d'entre eux ne sait lire.

— Vous n'aurez qu'à montrer le papier au marchand, les rassure le curé, qui a deviné le malaise du trio.

Pendant que le prêtre file vers le presbytère, Bidou se tourne vers Pitre.

— Veux-tu ben m'expliquer pourquoi y a peur qu'on ébrite ça?

— Parce que c'est ben gênant de dire qu'y a besoin de c't'onguent-là pour régler son problème d'hémorouites!

Ils éclatent de rire. Le curé a les hémorroïdes! Pauvre lui! En espérant que l'onguent du Dr Chase aura raison de la honteuse maladie!

— Re-v'là l'curé, avertit Pitre, riez-y pas au nez.

Les trois hommes retrouvent leur contenance. Bidou enfouit le bout de papier et l'argent du prélat dans la poche de son pantalon.

— Je vous remercierai à ma façon, promet Vilmond Leblanc. Bon voyage. Et puis, faites bien attention de ne pas vous faire voler en revenant. Ça n'a rien à voir avec les sorts ou le diable, mais soyez prudents. Séparez-vous jamais et si des étrangers vous abordent, passez votre route.

Voilà qui ne rassure pas les trois cultivateurs et qui suffit à ranimer les vieilles peurs, le souvenir de ces cultivateurs attaqués par des brigands, des loups ou des ours sur le chemin du retour. Des histoires légendaires d'assassinats, parrainés par le diable qui se cachait au détour de cette route boueuse et qui profitait de l'obscurité pour dévaliser ses victimes.

12

En passant devant le magasin général, Marie-Louise Gilbert ralentit le pas, puis s'arrête pour attendre Delphis. Sous la recommandation de l'institutrice, elle s'est absentée de l'école depuis qu'elle a jeté un sort à Gaston Poulin. «Laissez passer quelques jours pour que les enfants se calment», a demandé Obéline à Caius et à Hermance.

Marie-Louise attache les boutons de son manteau pour se donner un peu de chaleur et enfouit ses mains dans ses poches. Un novembre miséreux empoisse Saint-Benjamin. Courtes journées, coups de fouet répétés du vent, la route vaseuse, vivement l'hiver pour blanchir cette misère.

Quand Delphis sort enfin avec ses trois sœurs, il aligne aussitôt son pas sur celui de Marie-Louise. Souvent, ils effectuent le trajet sans dire un mot, heureux d'être ensemble, mais pas ce matin.

— Pourquoi t'es allé raconter à madame Obéline que j'avais jeté un sort à Gaston ?

— Parce que j'ai eu peur que tu m'en jettes un aussi.

— J'y en veux, à Gaston. Y passe son temps à rire de moé pis à m'pousser. À madame Obéline aussi. A l'avait pas d'affaire à m'punir pour ça.

Par la fenêtre du magasin, Elmina pose un regard contrarié sur les deux enfants. Elle s'efforce de refouler ses inquiétudes, de ne pas croire que son fils est menacé par une fillette de sept ans. Souvent, elle encourage Delphis à marcher avec Achille Côté, sans succès. «C'est un niaiseux», dit-il à sa mère. Habitant la maison la plus éloignée de l'école, Achille est presque toujours absent. Ce matin, il est timoré, comme d'habitude. Marie-Louise et Delphis échangent un sourire complice en le désignant des yeux.

— Vite, à vos places, les intime Obéline Roy.

La classe, fraîchement lavée, fleure bon le vinaigre. Apposées sur les murs, de nouvelles images de la Vierge et du Sacré-Cœur se sont ajoutées à la collection déjà imposante de l'institutrice. Plusieurs enfants ont les yeux rivés sur Marie-Louise, qui les ignore. Obéline se tourne vers Achille Côté et s'en approche.

— Qu'est-ce que t'as à te gratter la tête comme ça?

Un immense éclat de rire fuse dans la classe. Achille, le souffre-douleur, rouge comme un radis, s'engonce dans sa chaise. L'institutrice l'observe, se penche au-dessus de lui, écarte quelques mèches de cheveux, secoue sa main avec dédain et tire rapidement sa conclusion.

— T'es plein de poux, Achille!

Nouvelle cascade de rires, moins bruyante cette fois, les plus âgées en comprenant aussitôt les conséquences.

— Arrêtez de ricaner pour rien. Si Achille a des poux, vous en avez tous. En arrivant à la maison, demandez à vos parents de vous nettoyer la tête avec la recette contre les poux.

— Moi, j'en ai pas, dit Marie-Louise Gilbert.

Un silence inquiet tombe sur la classe. Pourquoi serait-elle épargnée? A-t-elle encore jeté un sort à la classe? Est-elle responsable de l'invasion de poux? S'est-elle vengée d'avoir été punie? Obéline s'approche d'elle, relève les cheveux de la fillette, les écarte à la racine, fouille rudement le crâne du bout de ses doigts, mais ne voit rien. Pas un seul pou.

— Si a l'a pas d'poux, avance le grand Réginald, c'est parce que la p'tite sorcière les a jetés sus nous autres!

Murmures et grognements accueillent le propos de Réginald.

Obéline décide de vérifier la tête de tous les enfants, à commencer par Delphis qui se gratte vigoureusement le cuir chevelu. Ils ont tous des poux, sauf Marie-Louise. Obéline se fait rigueur pour ne pas tirer de conclusions erronées. Elle se souvient encore des paroles sévères du curé. «Il ne faut surtout pas encourager ce genre de croyance. Il faut faire comprendre à cette fillette qu'elle est normale et qu'elle n'a pas de don.»

— T'en as peut-être pas aujourd'hui, Marie-Louise, mais ça ne veut pas dire que t'en auras pas demain ou après-demain. Ça s'attrape. Demande à tes parents de te laver les cheveux ce soir.

En arrivant à la maison, les sœurs de Marie-Louise s'empressent de tout raconter à leur mère, qui cache mal sa satisfaction en apprenant que Marie-Louise est la seule que les poux n'ont pas osé attaquer. Au souper, quand elle fait part de l'épisode à son mari, il ouvre de grands yeux incrédules.

— Pas un pou?

— Pas un, Caius. Pis, j's'rais pas surprise qu'a l'aille jeté un sort à toute l'école. Y vont ben arrêter de rire d'elle pis d'ses dons. Le monde la prenne pour une folle, mais, a l'est ben loin de l'être. C'est la plus intelligente du village.

Caius se gratte la tête, de plus en plus inquiet. Sa femme prépare un onguent onctueux, fait d'un peu de graisse douce et de Vert de Paris, une poudre qu'elle dilue habituellement dans l'eau pour éliminer les «bibittes à patates».

— J'en fais pour tout le monde. Toé aussi, Marie-Louise, décrète Hermance Gilbert avant d'envoyer sa marmaille au lit.

— Mais j'en ai pas.

— J'sais ben, mais par précaution, je vais t'en mettre pareil. Pis à ton père itou!

Caius fait non de la tête. Elle frotte le mélange dans les cheveux, sur le chignon, aux tempes et derrière les oreilles de chacun. Elle leur enveloppe ensuite la tête d'un linge qu'ils devront conserver toute la nuit. Au matin, elle lavera les cheveux de tous les enfants.

— Célina, avant de dormir, viens m'aider à ramasser la maison.

Pendant que le reste de la famille va au lit, la jeune fille s'exécute en rechignant. Pour satisfaire la curiosité de sa mère, Célina revient sur l'épisode des poux et la réaction de la classe en découvrant que Marie-Louise avait été épargnée. Hermance boit les paroles de sa fille, convaincue plus que jamais que Marie-Louise est un être supérieur.

— Y la r'gardaient comme si elle était le diable.

— C'est rien qu'une bande de jaloux !

— Pis Malvina a la coqueluche, c'est ben sûr qu'on va tous l'attraper, ajoute Célina. Madame Obéline y a dit de pas venir à l'école pour pas infecter les autres, mais elle vient pareil.

Hermance fronce les sourcils. Elle n'est pas d'accord avec Obéline. Ni avec le curé qui a répété en chaire dimanche dernier que les enfants malades doivent rester à la maison. «Tous les docteurs de la province de Québec le recommandent.» Mais Hermance, comme plusieurs, croit dur comme fer que les enfants doivent avoir toutes les maladies d'enfants : la rubéole, les oreillons, la coqueluche et la picote volante. Peu importe les risques de contagion et les conséquences parfois mortelles. Malgré les avertissements soutenus des médecins hygiénistes et des infirmières visiteuses, le préjugé est tenace. Comme Hermance, de nombreuses mères de famille sont persuadées qu'il est préférable que les enfants extirpent toutes ces maladies de leur corps pour le nettoyer.

— Est-ce que je peux rester à la maison demain ? demande Célina à sa mère.

Hermance a un geste d'impatience. Elle n'aime pas qu'on remette en question ses croyances.

— Non, on fait boucherie demain avec Pitre Bolduc, j'aurai pas le temps de m'occuper de toé, pis j'veux pas que t'entendes crier les deux cochons. J'espère qu'on en aura assez pour passer l'hiver.

Célina est déçue. Elle a peur d'attraper la coqueluche. De souffrir le reste de l'automne et une partie de l'hiver. Vivre avec le souffle court et la morve au nez. Amochée par ces quintes de toux qui n'en finissent plus d'érafler la gorge.

— Si vous faites boucherie, ça veut dire que papa partira dans les chantiers après-demain.

— Y doit partir dimanche avec Pitre pis Bi Côté.

— Y va revenir à Noël?

— Non, c'est trop loin, y r'viendra juste au printemps.

Avec un groupe d'hommes de Saint-Benjamin, Caius se rendra dans les chantiers de la B.C. Howard Lumber de Sherbrooke, en un nouvel endroit baptisé Lac Frontière. Hermance se fait rassurante.

— Mais y m'a juré que l'an prochain, y passera Noël avec nous autres. Va dormir. Je te promets qu'on passera un bel hiver tous ensemble. Si madame Elmina veut me faire un peu de crédit, j'aurai peut-être les moyens de vous acheter des cadeaux à Noël.

Célina se serre dans les bras de sa mère.

— Je t'aime, maman.

— Moé itou, ben gros. Pis avant de t'coucher, assure-toé que Marie-Louise est en d'sous de ses couvartes. A passe son temps à se désabrier.

Célina esquisse un sourire fade. Le départ de son père l'attriste.

— Ça veut dire qu'on aura pas de nouvelles de lui avant qu'il revienne?

Aucune. Pas de lettres, Caius ne sait pas écrire. Mais il a répété à sa femme hier soir que c'était la dernière fois. Comme bien d'autres bûcherons, il déteste cette vie de reclus à travailler douze heures par jour pour presque rien. À être exploité par des contremaîtres américains retors. À vivre dans la promiscuité des chantiers, la saleté et les poux. Quatre mois sans savoir si la famille se tire d'affaire, si la mère ou le père ont survécu à la maladie.

Avant d'aller dormir, Hermance prépare le pocheton de son homme : des mitaines et des bas de grosse laine, de l'onguent pour les blessures, du camphre, un scapulaire et un chapelet.

13

Un an plus tard

À une semaine de la fin de 1907, une magistrale tempête de neige blanchit Saint-Benjamin. Des rafales de quatre-vingts milles à l'heure. Plus de deux pieds en moins de vingt-quatre heures. Des maisons capuchonnées, des arbres esquintés, le cimetière et ses trop petites épitaphes en bois, ensevelis. Héliodore Bolduc est sorti de chez lui par la fenêtre du deuxième étage pour aller déblayer le devant de la maison. Caius Gilbert doit pousser la porte de toutes ses forces pour refouler la neige. Il esquisse une grimace de frustration. «Pour une fois que j'sus à la maison à Noël, j'pourrai même pas aller à la messe de minuit. Tu m'parles d'une verreuse de tempête! Qu'est-ce qu'on a ben pu faire au Bon Dieu?» Péniblement, il se rend à l'étable, s'enfonçant dans la neige jusqu'à la taille.

— Tu penses qu'on va pouvoir aller à la messe de minuit? lui demande sa femme à son retour.

— J'peux pas craire que l'curé Leblanc pourra pas chanter sa première messe de minuit dans notre belle église toute neuve. Ça serait une verreuse de honte.

— Tu me l'dis.

— M'en vas voir les voisins, pis ensemble on va battre un chemin d'hiver jusqu'à l'église.

Caius secoue la neige à grandes tapes sur ses pantalons, accroche son manteau et s'attable pour déjeuner. Avant que les enfants le rejoignent, il souffle à l'oreille de sa femme :

— Marie-Louise a ravaudé dans son litte toute la nuitte. L'as-tu entendue ?

— Oui, j'pense que monsieur l'curé l'a bardassée pas pour rire avant-hier, reconnaît Hermance qui en veut au prêtre.

Il y a deux jours, Uldéric Lachance s'est donné un coup de hache dans le gras de la jambe. Une blessure profonde, du sang partout. Aussitôt, sa femme a envoyé un de ses enfants prévenir le curé et un autre, demander à Marie-Louise de venir arrêter le sang. Apeurée, la fillette a d'abord refusé, mais sa mère l'a amenée de force. Auprès d'Uldéric, elle a enlevé sa mitaine et sur la recommandation de sa mère, elle a posé sa main sur la jambe blessée. Au même moment, le curé entrait dans la maison. Il a vivement hoché la tête et élevé la voix. «Pas de charlatanisme dans cette maison. Je vais lui faire un garrot et on va l'emmener chez le docteur Desrochers à Beauceville. Retournez chez vous avec votre fille, madame Gilbert.» Quand Eugénie Lachance a insisté, Marie-Louise, intimidée par le prêtre, a reculé d'un pas. Les lèvres pincées, les yeux renfrognés, elle a exigé que sa mère la ramène à la maison. «Ne réalise-t-elle pas, s'est demandé le curé, qu'elle risque de perturber sa fille pour la vie ? Pourquoi s'entêter à en faire une héroïne plutôt que de la laisser jouer avec ses catins ?»

Le curé s'en veut de ne pas avoir été plus incisif. Pourquoi n'a-t-il pas semoncé davantage cette femme qui exploite ainsi la naïveté d'une enfant de sept ans ? Toujours cette pudeur, cette retenue qui l'empêchent d'élever la voix, de rabrouer ses fidèles quand ils font fausse route. Comment venir à bout de ces croyances ridicules ? De ces personnes aux pouvoirs mystérieux, ces guérisseurs et charlatans, et même une enfant, en qui ses paroissiens mettent trop souvent leur confiance, à défaut d'avoir un vrai docteur dans le village.

Hermance Gilbert est l'incarnation de ces gens crédules que le curé aurait envie de secouer pour leur faire entendre raison. Mais il aura fort à faire pour infléchir Hermance.

Sur le chemin du retour, elle félicite sa fille, faisant fi des remontrances du prêtre.

— Ça fait deux fois maintenant que t'arrêtes le sang ? T'es plus forte que le Bon Dieu, Marie-Louise. Le sang pis les verrues, t'as un don pour ça !

Marie-Louise est fière d'elle. En juillet dernier, elle a arrêté le sang qui coulait de l'orteil blessé d'Emmanuel Lacasse. Plus tard, à la demande de Delphis, elle a fait disparaître les verrues de son frère aîné. Loin d'être impressionné, Vénérin s'est moqué de la fillette.

— Les verrues seraient tombées par elles-mêmes. Pis des verrues, ç'a jamais tué personne. Y a plein de r'mèdes pour ça dans *Le Soleil*. Sans compter ceux de ma grand-mère. Quand j'étais jeune, je l'ai vue souvent frotter les verrues avec le museau d'un petit cochon ou une tranche d'oignon. Il y avait pas de meilleurs remèdes. Alors, venez pas me dire que la p'tite a des dons. Elle en a pas plus qu'un p'tit cochon !

Quand elle y repense, Elmina sent un frisson lui chatouiller l'échine. La disparition aussi rapide des verrues après l'intervention de Marie-Louise l'avait ébranlée tout autant que l'assurance et le sang-froid de la fillette.

L'arrivée du curé tire Elmina de sa torpeur.

— Bonjour, monsieur l'curé. Est-ce qu'il a fait tempête à votre goût ?

Le prêtre brosse de la main la neige qui le recouvre, frappe ses bottes l'une contre l'autre et déboutonne son manteau.

— Heureusement, nos braves cultivateurs ont battu le chemin, mais j'ai bien peur que les familles les plus éloignées ne pourront pas venir à la messe de minuit demain.

— En tout cas, dit Elmina, enveloppées comme ça, nos maisons seront bien renchaussées contre le vent et le froid.

Vénérin lance le journal sur le comptoir du magasin avec un élan de dépit.

— Des mauvaises nouvelles ? demande le prélat.

— Une année de misère! proclame le marchand.

Le bilan de 1907 dans *Le Soleil* fait une large place à l'effondrement de l'ancrage et de poutres du pont de Québec, qui a causé la mort de 84 ouvriers. Un accident gigantesque qui a secoué la population. Personne n'est en mesure de dire si les travaux reprendront.

— Ç'aurait été si facile d'aller à Québec avec un pont, se désole Vénérin. En tout cas, s'ils décident de recommencer et d'en construire un autre, bien du monde, à commencer par moi, aura peur de passer dessus et...

La porte du magasin s'ouvre avant qu'il n'ait complété sa phrase.

— Salut ben, monsieur l'curé. Vénérin, considère-toi comme salué aussi. Madame, mes hommages.

Le visage d'Elmina s'illumine. La courtoisie empruntée d'Augustin Leclerc l'amuse. Même s'il a eu toute la misère du monde à faire sa troisième année, parfois, il s'efforce de châtier son langage au risque de dénaturer les mots et d'en inventer de nouveaux.

— J'ai empogné votre commande au train hier, mais à cause de la tempête, j'suis revenu trop tard pour vous l'apporter. Je vous déclare qu'elle a un poids des plus pesants, catin de Bon Dieu!

Augustin dépose la boîte sur le comptoir. Elle provient de la Dominion Fish & Fruit Company de Québec.

— Des oranges! s'exclame Elmina. C'est une fantaisie de mon mari. Pour nos enfants bien sûr, mais on va en offrir une à chaque client pour les remercier. Si vous me laissez le temps d'ouvrir la boîte, monsieur Leclerc, je vous donnerai la deuxième. La première, évidemment, ira à monsieur le curé.

— Catin de Bon Dieu, j'en ai jamais mangé! s'exclame Augustin en lissant sa moustache.

— Enlevez la pelure, vous allez voir, c'est très bon.

Maladroitement, Augustin pèle le fruit, l'approche de son nez pour en sentir le parfum et glisse prudemment un croissant d'orange dans la bouche. Il grimace aussitôt.

— Catin de Bon Dieu, c'est sûrette comme les pommettes de l'Apauline!

Un grand éclat de rire résonne dans le magasin. Elmina remet au curé l'orange qui lui est destinée et enfouit dans sa poche un sac de biscuits Viau.

— Vous me gâtez, madame Elmina!

14

L'église est pleine. Le curé Vilmond Leblanc resplendit de bonheur. Sa première messe de minuit. Pour une fois, il ne sera pas le petit vicaire de service. Prêtre dans une vraie paroisse avec tous ces gens qu'il aime. Après la cérémonie, il se réjouit déjà à l'idée d'aller réveillonner avec la famille de Vénérin Breton. Il a préparé un sermon optimiste, susceptible de réchauffer les cœurs et de faire oublier le froid mordant qui a succédé à la tempête. Et toute une ! Les chevaux calaient jusqu'au ventre quand ils ont battu la route. Dans l'après-midi, le curé a organisé une corvée pour pelleter le devant de l'église.

En sortant du presbytère pour aller célébrer la messe de minuit, Vilmond Leblanc est accueilli par une grosse lune laiteuse et sa cour étoilée. Le vent est tombé. Le calme froid après la tempête. Il marche d'un bon pas, relevant sa soutane pour ne pas l'enneiger. Tout est prêt. Belzémire Perras, la sage-femme, chantera le *Minuit chrétien*. Le prêtre aurait préféré un homme, mais le talent se fait rare. Belzémire, que le curé engage une fois la semaine pour s'occuper de l'ordinaire du presbytère, lui a donné un aperçu de ses dons vocaux et même si elle ne fera pas frémir l'assemblée des fidèles, elle a assez de coffre pour bien lancer la cérémonie.

Lucien Veilleux, le bedeau, a allumé une vingtaine de grosses bougies un peu partout dans la nef. Tous les cierges et lampions brûlent. Malgré cela, dans cette église trop grande, la cérémonie se déroulera dans une demi-obscurité. Dans la nef, les paroissiens s'animent. Des enfants, mi-réveillés, se frottent les yeux. À défaut de pouvoir suivre la messe dans leur missel, ils écoutent leur pasteur avec respect et admiration.

Marie-Louise est assise sur les genoux de son père, renfrognée, un œil rougi, mi-fermé, une grosse bosse sur le front, résultats de l'assaut dont elle a été victime la dernière journée de classe avant Noël. Au sortir de l'école, une dizaine d'enfants l'ont bombardée de balles de neige, certaines glacées, avant de s'enfuir. Apeuré, Delphis s'est sauvé à la course, seul Achille a tenté de la protéger. Quand la mitraille s'est éteinte, Marie-Louise ne voyait plus que d'un œil et déjà, elle pensait à sa revanche.

Alors que le prêtre commence à réciter le *Pater Noster*, le tocsin sonne. Les fidèles ne comprennent pas. Un farceur ! Un ivrogne ! Le curé s'arrête, la grande porte s'ouvre. Un homme essoufflé hurle.

— Le feu est pris dans l'bas du village.

Un silence inquiet envahit l'assemblée. Le feu ? Par une nuit pareille !

— J'pense que c'est ta maison, Caius.

Il se lève de son banc comme si un ressort l'avait propulsé dans les airs, lui qui est toujours si indolent.

— Quoi ? C'est pas des verreuses de farces à faire, braille-t-il pendant que sa femme se signe.

Caius sort en trombe de l'église suivi de Firmin, son fils aîné, et de tous les hommes. Hermance s'est effondrée sur sa chaise. Les deux plus jeunes enfants sont restés à la maison avec leur vieille tante Hélène, venue passer les fêtes avec eux. À quatre-vingt-trois ans, elle se déplace difficilement. Marie-Louise est la seule qui ne pleure pas, sa gorge trop serrée l'en empêchant. Elle pense à Casseau. A-t-il été capable d'échapper à l'incendie et de se réfugier dans la grange ? Quand elle est partie, il minaudait plus que d'habitude. Sentait-il le feu tout près ? Dire qu'elle l'a repoussé du pied, trop contente d'aller à la messe de minuit après avoir tourmenté

74

sa mère pendant une heure. Elle a un frisson en pensant à ses deux petits frères. Ont-ils eu le réflexe de sauter par la seule fenêtre du haut? Leur sort aurait pu être le sien. Le curé s'approche de la famille.

— Madame Belzémire, emmenez les enfants au presbytère. Rallumez le poêle et installez-les comme il faut, je vais aller aider les hommes. Venez avec moi, madame Hermance.

En sortant, il aperçoit Héliodore Bolduc en route vers l'incendie. Il le hèle, fait monter Hermance dans le borlot et se plante debout sur la lame arrière du traîneau. Le spectacle est effarant. Une boule de feu engloutit la maison de Caius. Des prières roulent sur les lèvres du prêtre, dépassé par l'ampleur du drame. «En pleine messe de minuit, si ç'a du bon sens!» Quand il arrive tout près, il se précipite vers Caius qui crie à tue-tête son désespoir.

— Hélène, beugle-t-il de tous ses poumons.

Peine perdue, sa tante ne lui répond pas. Elle est sûrement morte. Ses deux jeunes fils aussi.

— Vas-y, Caius, fais queque chose, le supplie sa femme.

— Non, non, dit le curé, vous n'en sortirez pas vivant.

Hermance s'approche, mais Héliodore lui barre aussitôt la route. Caius s'écrase à genoux dans la neige pendant que des hommes munis de pelles ou avec leurs mains tentent bien inutilement d'éteindre le brasier. En quelques minutes, la maison s'écroule, des étincelles font reculer le groupe. Vilmond Leblanc, les larmes aux yeux, asperge le feu d'eau bénite et, les lèvres tremblantes, marmonne une courte prière. Certains se signent, d'autres sont impassibles, incapables de comprendre pourquoi leur cher Bon Dieu les punit de la sorte. Dans les bras l'un de l'autre, Hermance et Caius sont inconsolables. Après toutes ces filles, ils étaient si fiers de ces deux fils. Déjà, Caius avait choisi les terres où il les installerait. Après la naissance de Marie-Louise, il avait dû patienter presque deux ans avant que le Ciel lui donne Dorilas et Anselme, deux beaux garçons qu'Il vient de lui reprendre.

— Non, non. Dorilas! Anselme!

Les cris d'Hermance transpercent le cœur des hommes. Elle repousse Caius qui veut la consoler. Le curé s'approche, lui met la main sur le bras. Elle se dégage aussitôt et fait un pas vers le brasier, s'arrête, se retourne et se laisse tomber à genoux dans la neige à côté de son mari. Ils pleurent si fort que plusieurs ont baissé les yeux, détourné la tête, écrasés par tant de douleur.

Héliodore et Vénérin promettent à Caius d'organiser une grande corvée pour rebâtir la maison dès qu'on aura retrouvé les restes des trois victimes. Le marchand fera les démarches pour faire scier le bois que les voisins donneront à Caius. Vénérin dirigera les opérations.

— J'aurais donc dû changer mon verreux de vieux poêle, pleure Caius. C'est d'ma faute s'y sont morts.

Le prêtre lui entoure l'épaule de son bras.

— Il ne faut pas dire cela, monsieur Caius. C'est Dieu qui décide de tout et Dieu seul.

— Vous pensez pas que c'est à cause de la Marie-Louise? Ça se pourrait-y qu'a soit possédée du diable pis qu'on soueille punis pour ça?

Vilmond Leblanc sent un frisson lui courir dans le dos. Encore ces balivernes! Mais le moment est mal choisi pour rabrouer Caius. Il s'efforce plutôt de le rassurer. Marie-Louise n'a rien à voir avec l'incendie. Les desseins de Dieu sont insondables.

Insondables et si cruels, se surprend à penser le prêtre. Pourquoi imposer un tel châtiment à de bons catholiques qui ne le méritent pas? Cette nuit, sa foi s'est fissurée. Demain, il priera de toutes ses forces pour la replâtrer.

— Venez, madame Hermance.

Le prêtre lui tend le bras et la conduit jusqu'au borlot d'Héliodore. Elle le suit à reculons.

— Monsieur Héliodore, pouvez-vous nous ramener au presbytère?

Pendant que les hommes, muets, regardent l'incendie qui s'éteint lentement, Hermance, debout dans le traîneau, n'arrive pas à détourner les yeux du triste spectacle. Parviendra-t-elle se faire à l'idée que plus jamais elle ne prendra Dorilas et Anselme dans ses bras?

— Vous pourrez rester au presbytère aussi longtemps que vous le voudrez, lui promet le curé. C'est très grand et il y a de la place pour toute la famille. Ne vous inquiétez surtout pas.

La gorge nouée par la peine, Hermance le remercie d'un petit geste de la tête.

— Et dès demain, les hommes du village vont commencer à rebâtir votre maison.

Une corvée en plein hiver, toute une commande, pense le prélat. En espérant que Dieu nous épargne des tempêtes comme la dernière. «Si seulement la paroisse avait un moulin à scie. Il ne serait pas nécessaire d'aller faire couper le bois à Saint-François et de perdre un temps précieux. Ce sera ma prochaine mission.»

Quand ils reviennent au presbytère, tous les enfants sont dans la cuisine avec Belzémire, sauf Marie-Louise. En voyant leur mère, ils comprennent aussitôt qu'ils ont perdu leurs deux petits frères. Les pleurs s'entremêlent, déchirants. Le curé cherche les mots pour les consoler, mais ne les trouve pas.

— Où est Marie-Louise? sanglote Hermance.

— Couchée, réplique Célina.

Belzémire a installé des lits de fortune pour les filles plus jeunes. Les autres viendront dormir chez elle.

— Madame Hermance, prenez mon lit, dit le curé, je dormirai sur le plancher.

Elle le regarde, surprise par tant de bonté. Elle voudrait refuser, mais n'a pas la force d'argumenter avec le prêtre.

— Merci, bredouille-t-elle.

Une fois Belzémire partie et Hermance au lit, le curé met une bûche dans le poêle et s'assure que les ronds sont bien fermés. Un bruit venant de la remise le fait sursauter. Sur une pile de sacs de jute dort Marie-Louise. Il s'en approche, hésite un instant et recule d'un pas quand la fillette se tourne vers lui. Dans l'obscurité, il ne peut distinguer ses yeux. En devinant sa présence, Marie-Louise se retourne et tire la couverture par-dessus sa tête. Le prêtre la bénit et referme la porte, incapable de chasser le malaise qu'elle lui cause.

15

1913

Hermance Gilbert est morte, il y a un an. À la fin du printemps de 1912, dans les éclaboussures d'une journée froide et pluvieuse. La nuit précédente, Marie-Louise a vu une étoile tomber du ciel. Le hibou a protesté. Longs hululements qui se sont étirés jusqu'au matin. Hermance ne s'est jamais relevée de la mort de ses deux fils dans ce terrible incendie qui a détruit sa maison cinq ans plus tôt. Une douleur trop vive, alimentée par le sentiment d'une profonde injustice. Un mal qui l'a minée lentement, irrémédiablement. Dans les jours qui ont suivi la tragédie, la mère éplorée a fouillé dans les restes du brasier, malgré un froid mordant, récupérant quelques ossements noircis, des boutons en fer et les attaches de la paire de bretelles dont Dorilas était si fier. Elle a tout conservé dans une boîte en métal. Autant de reliques qui protégeraient sa famille. Les ossements des enfants ont été enterrés dans une fosse commune au printemps. Dans le cimetière de Saint-Benjamin, sous le couvert d'un vieux merisier, une épitaphe rustique veille sur le sommeil éternel d'Anselme et de Dorilas Gilbert, tous deux dans le même cercueil en bois « pas plus grand qu'une cannisse de sirop d'érable ».

Marie-Louise n'a jamais retrouvé Casseau. Au lendemain de l'incendie, elle l'a cherché partout, espérant qu'il se soit échappé de la maison en flammes et réfugié dans la grange.

Peine perdue. La seule pensée qu'il ait brûlé vif lui donne encore des haut-le-cœur. Ces images l'empêchent souvent de dormir. Son Casseau, son seul véritable ami qui l'aimait sans réserve, qu'elle aimait de tout son cœur. Son protecteur. Casseau n'a jamais reculé devant le danger. Il s'est immobilisé la première fois qu'il a vu le grand hibou gris-brun dans un arbre. Il a feulé, dressé les moustaches, mais il n'a jamais reculé. Même quand le grand-duc prenait son envol et lui frôlait la tête, Casseau le défiait. Elle ne le reverra jamais. Pourquoi une telle injustice? Pourquoi le Dieu dont parle Obéline avec émerveillement est-il si méchant?

Petit à petit, la santé d'Hermance a décliné. À la fin, elle ne pesait plus que 85 livres. Elle tremblait comme une quenouille battue par le vent. Incapable de tenir une cuiller dans ses mains, ses filles la faisaient manger. Une toux continue lui arrachait les poumons. «A l'était consomption ben raide», a conclu son mari. Graduellement, elle a cessé de faire appel aux dons de sa fille pour la tirer de sa torpeur, la guérir de ce mal qui lui déchirait les entrailles. Marie-Louise n'y pouvait rien. Elle a tout essayé, sans succès. Elle en était rendue à douter de ses pouvoirs. «Faut pas, Marie-Louise. Promets-moi que tu douteras jamais. Avec tes dons, tu seras toujours la plus forte.»

Caius a vécu un long deuil. Combien de fois ses enfants l'ont-ils surpris, le cœur en charpie, les yeux pleins de larmes, rencogné dans sa chaise, mordant dans une pipe éteinte? Sans eux, il n'aurait pas survécu à la mort de sa bien-aimée Hermance.

Avant et après le décès, ses filles cadettes ont pris la relève. Lucienne, Jovette, Thérèse et Marie-Louise se sont partagé les travaux de la maison après les départs de Firmin, l'aîné, et des trois plus vieilles, mariées et bien établies sur de nouvelles terres à Beauceville. Tôt ou tard, Lucienne, qui a un «cavalier sérieux», et Jovette, sollicitée par les bourgeois de Québec toujours à la recherche de servantes, partiront aussi. Quant à Thérèse, la plus timorée de la famille, Caius s'en inquiète et s'en réjouit en même temps. «C'est ben sûr qu'a va rester vieille fille, mais ça me fera de la compagnie et quequ'un pour s'occuper de la maison pendant mes vieux jours. » Une maison toute neuve, bâtie un peu en retrait de l'ancienne pour «ne pas attirer le malheur». Une jolie maison avec un vrai poêle et une bécosse rattachée au mur arrière, ce qui évite les froides sorties en hiver.

Si ses sœurs, Thérèse en particulier, ont été très affectées par la disparition de leur mère, Marie-Louise, fidèle à elle-même, a pleuré, mais discrètement, jamais devant les siens. C'est elle qui a lavé la morte, qui l'a habillée et qui lui a mis du vinaigre dans la bouche. C'est encore elle qui a fait brûler de la résine au troisième jour pour chasser les odeurs. Le visage indéchiffrable, elle a passé beaucoup de temps devant la dépouille, n'ouvrant pas les lèvres quand on récitait le chapelet ou fuyant dès qu'une personne lui tendait la main pour lui offrir ses condoléances.

Le dernier matin, très tôt, elle s'est levée et, sur la pointe des pieds, elle s'est rendue auprès de sa mère. Elle l'a embrassée sur le front et lui a caressé les joues. Elle a serré ses mains dans les siennes, en ravalant ses larmes. Puis, tout en délicatesse comme si elle craignait de la réveiller, elle lui a soulevé la tête et arraché une petite touffe de cheveux, relique qui la protégera le reste de sa vie et qui lui permettra d'exercer ses dons. Sa mère n'a-t-elle pas été la seule à y croire et à l'encourager?

Marie-Louise a quitté l'école après sa septième année. Elle a obtenu de bons résultats sans trop d'effort. Quand son père la félicitait, elle avait toujours la même réplique : «C'est facile, à part Delphis pis moi, les autres sont des cruches!» Pour «en débarrasser la paroisse», le curé voudrait bien l'envoyer au couvent, mais la jeune fille s'y oppose vigoureusement. Son père a renoncé à en faire une religieuse. «T'aurais faite une verreuse de bonne sœur!» Mais elle entrevoit la vie différemment. À treize ans, Marie-Louise est déjà une adulte. Ses longs cheveux bruns sont attachés en tresses, quand elle peut convaincre Thérèse de les natter. Des yeux noisette, vifs et moqueurs, un visage rond, une bouche espiègle, Marie-Louise n'est pas jolie, mais elle a du charme.

Et ses dons? Même si elle ne sait pas toujours comment s'en servir, elle en est de plus en plus consciente, parce qu'on la sollicite chaque fois qu'un mal de dents devient trop violent, qu'une blessure saigne trop longtemps ou qu'une douleur mystérieuse tenaille un habitant du village. Elle aime se sentir importante. Quoi de plus agréable que de se faire désirer, croire qu'on est indispensable, incontournable? Manipulatrice, disent ses sœurs. À quelques reprises, elle a jeté des sorts au curé, qu'elle déteste par-dessus tout. À au moins une occasion, le stratagème semble avoir fonctionné. Vilmond Leblanc s'est brisé la cheville en glissant dans l'escalier du presbytère, un matin de tempête de neige. Il y a deux ans, elle a invoqué des esprits secrets, pour punir Gaston Poulin qui avait recommencé à la harceler et qui bousculait Delphis dès qu'il volait à son secours. L'imprudent a aussitôt attrapé une terrible coqueluche et on ne l'a pas revu le reste de l'année scolaire. Thérèse soutient que sa sœur parle au diable et que le diable, c'est ce grand hibou dont tous se méfient.

Au village, les gens lui vouent un mélange d'admiration et de méfiance. Héroïne malgré elle! «De la pure folie!» dit Obéline. Le curé répète sans arrêt que Marie-Louise n'a aucun don, aucun pouvoir, et que les malheurs qui surviennent après ses prétendues invocations ne sont rien d'autre que des incidents naturels. «Je me suis brisé le pied parce que j'étais distrait ce matin-là. Et Gaston Poulin qui se promenait nu-tête en plein hiver aurait fini par attraper la coqueluche de toute façon.»

Mais, ils sont encore nombreux à croire en ses pouvoirs, à faire appel à la jeune fille, souvent discrètement, quand une verrue enlaidit une main ou que le souffle d'un enfant devient sifflotant. L'an dernier, lorsque le hibou a pris l'habitude de se percher dans la grande épinette du cimetière, les paroissiens se sont beaucoup inquiétés. Le diable? Personne n'osait l'approcher. Le bedeau a refusé de creuser la tombe de Philomène Veilleux. Quand l'Apauline a demandé à Marie-Louise d'utiliser ses dons pour chasser la bête, elle s'en est approchée, les yeux plantés dans ceux du grand-duc, qui a d'abord piétiné sur sa branche avant de regagner son territoire. Était-ce le diable? Marie-Louise a-t-elle fait un pacte avec lui? En échange de pouvoirs additionnels?

— Vous voyez ben, s'est exclamée l'Apauline, que Marie-Louise y a dit de sacrer son camp pis d'nous lâcher la sainte paix !

Le curé a branlé la tête de dépit. Au-delà des fantaisies de Marie-Louise, il est de plus en plus inquiet du sort des jeunes filles de la paroisse. Elles se marient et s'engagent trop jeunes. Aucune d'entre elles n'est attirée par le couvent. Il reproche aux parents de ne pas surveiller attentivement les fréquentations de leurs filles et de ne pas les encourager à prier. Comment se fait-il que deux jeunes filles d'à peine seize ans soient enceintes et qu'en plus, l'identité des pères ne soit pas connue ? En désespoir de cause, le prêtre a remis à toutes les jeunes filles qui fréquentent encore l'école le billet publié récemment dans plusieurs journaux de la province de Québec, assurément à la demande de l'Église.

UNE JEUNE FILLE DOIT APPRENDRE

À cuire
À coudre
À être gentille
À raccommoder les bas
À fuir l'oisiveté
À garder un secret
À faire du bon pain
À soigner les malades
À être vive et joyeuse
À prendre soin du bébé
À tenir la maison propre
À maîtriser son caractère
À marier un homme pour son mérite
À égayer un homme morose
À voir une souris sans se pâmer
À lire d'autres livres que des romans
À être l'appui et la force de son mari
À être une femme forte en toute circonstance

16

— Ben voyons donc, c'est des maudites folies! s'écrie Nolasque Boulet. Pourquoi est-ce que vous avez peur d'un jhibou? Pis pourquoi vous crayez que la folle à Caius y a fait peur? Y s'est en allé tout seul.

— Si t'avais réussi à nous en débarrasser, Nolasque, plutôt que de faire le fanfaron, réplique Vénérin, on aurait pas à endurer ces maudites folies, comme tu dis.

Insulté, Nolasque sort du magasin. Il a bien essayé de convaincre les paroissiens qu'il avait tué le hibou et qu'un autre avait aussitôt pris sa place. Personne ne l'a cru. Vénérin hausse les épaules et replonge dans son journal.

«L'Europe est en feu», titre *L'Éclaireur*. L'Angleterre vient de déclarer la guerre à l'Allemagne. La lutte sera terrible et probablement de courte durée, conclut le journal de Beauceville. Mais à Ottawa, le gouvernement Borden est plus pessimiste. Une session d'urgence sera inaugurée aujourd'hui par Son Altesse Royale, le duc de Connaught. Le ministre de la Milice et de la Défense, Sam Hughes, se croit déjà en guerre. Ce grand pourfendeur des Canadiens français veut envoyer des millions de piastres et des milliers d'hommes à la rescousse de la mère patrie.

— Tout un jingo, ce ministre-là, dit Vénérin Breton avec dépit au curé qui vient d'arriver.

Le curé l'approuve d'un geste de la tête. Il s'étonne toujours de la hargne de ces va-t'en guerre du gouvernement conservateur, qui prône une seule nation, anglo-saxonne et militariste.

— Je compte sur Laurier pour leur faire entendre raison, poursuit le prêtre. Comme chef de l'opposition, il a beaucoup d'influence.

— En tout cas, j'espère que vous ne ferez pas comme votre voisin de Beauceville, le curé Lambert, qui se permet de donner des leçons de patriotisme. On n'a pas à faire la guerre des Anglais.

Vilmond Leblanc dissimule mal son embarras. Il n'est pas d'accord avec son collègue de Beauceville, mais il attendra les directives de l'archidiocèse avant d'adopter une ligne de conduite. À ceux qui seraient tentés de fuir et de se cacher, le curé Louis-Zoël Lambert a rappelé : « Ce n'est pas la conduite d'un homme de cœur, d'un patriote sincère qui aime son pays. On ignore ce qu'est le vrai patriotisme et c'est toute une éducation à faire. »

À Saint-Benjamin, le temps n'est pas à la guerre, mais à la tempête. Les derniers jours ont été chauds et humides, le vent retrousse les feuilles, les hirondelles volent en rase-mottes et les topinambours d'Elzéar Veilleux ont baissé la tête, autant de signes annonciateurs d'un orage électrique. « Ça va péter en catin de Bon Dieu », prédit Augustin Leclerc, le charretier.

Mais dans le sous-bois, derrière le magasin, Marie-Louise Gilbert et Delphis Breton ne voient pas les nuages qui noircissent le ciel au-dessus d'eux. Ils achèvent de manger les bonbons que Delphis a subtilisés sur le comptoir du magasin de son père, à la suggestion de Marie-Louise.

— Baisse tes culottes, lui demande-t-elle.

Le jeune homme grimace de surprise. Il force un sourire, croyant qu'il s'agit d'une blague.

— Baisser mes culottes ? Pourquoi ?

— Je veux voir ta pitoune.

Delphis est estomaqué. Marie-Louise a son visage sérieux des mauvais jours. Son audace le dépasse.

— Mais tu sais ben que c'est péché et même péché mortel. On va aller tout droit en enfer.

Marie-Louise éclate de rire. À treize ans, elle considère qu'elle est encore loin de l'enfer et qu'elle a tout le temps nécessaire pour se faire pardonner ses fautes.

— Envoye, arrête de faire le niaiseux. Baisse tes culottes ou je te lance un sort.

— J'y crois pas à tes sorts. Papa a dit que seulement les hommes peuvent jeter des sorts.

— Tu veux que j'appelle le hibou?

Coincé, Delphis descend ses bretelles, en les retenant dans l'espoir qu'elle change d'idée, mais laisse finalement tomber son pantalon. Marie-Louise l'observe, intriguée.

— Baisse tes caleçons.

— Non.

— Tu veux que je te jette un sort pis que...

Avant qu'elle ne termine sa phrase, Delphis enlève ses caleçons et place ses deux mains devant son sexe. Surprise, Marie-Louise se rapproche, écarte les bras de Delphis et prend le pénis dans sa main.

— C'est ben laid, dit-elle. Pis pourquoi y devient dur comme ça?

Rapidement, l'organe se gonfle. Delphis se contorsionne, rouge de honte. Quand Marie-Louise le serre un peu, un liquide gluant s'en échappe en un jet puissant.

— Yeurke! s'écrie-t-elle. Que c'est ça?

Delphis ne lui répond pas. Sa mère lui a déjà expliqué que c'était du sperme et que c'était normal, mais sûrement pas en présence d'une fille. Une seule idée lui trotte en tête, se rhabiller et filer à la maison. Il remet ses caleçons et remonte son pantalon en vitesse.

— Veux-tu que je te montre ma bizoune? demande la jeune fille.

Delphis vient bien près de s'étouffer. Il fait vigoureusement non de la tête. Assez de découvertes pour la journée!

— Plus tard, il faut que j'aille dîner, sinon ma mère va m'envoyer en pénitence.

Marie-Louise le retient.

— Promets-moi, Delphis, qu'on sera toujours ensemble et qu'on va se marier.

L'autre hésite. Si sa mère l'apprenait! Elle le met si souvent en garde contre Marie-Louise. Elmina a depuis longtemps compris que Delphis est très influençable, vulnérable. À l'évidence, Marie-Louise le mène par le bout du nez. Combien de fois son fils a-t-il été ébloui par les prouesses de la jeune fille!

— Tu me promets? insiste-t-elle.

Delphis hésite encore longuement et fait un timide oui de la tête.

— T'as pas l'air sûr, s'indigne-t-elle. Tu m'aimes pas?

Elle lui colle un malhabile baiser sur les lèvres. Il se dégage et essuie sa bouche du revers de sa manche de chemise.

— Tu réponds pas?

Delphis ne sait pas comment lui dire que ses parents ont décidé de l'envoyer au collège du Sacré-Cœur, à Beauceville, en septembre. Pensionnaire. Pour parfaire son éducation, bien sûr, mais surtout pour l'éloigner de Marie-Louise.

— Oui, je t'aime.

Tout à coup, l'orage éclate. Violent. Un torrent d'eau leur tombe sur la tête. Ils cherchent à s'abriter dans un fourré de sapins. Un coup de tonnerre assourdissant les fait sursauter. Delphis se réfugie dans les bras de Marie-Louise qui le serre fort contre elle, oubliant tous les dangers, de l'orage jusqu'aux remontrances des parents.

17

— Je peux pas croire, monsieur le curé, que sir Lomer Gouin et lady Gouin arrivent à Saint-Benjamin cet après-midi!

— Et tu vas me dire, se moque sa femme, que c'est à cause de toi? Qu'il vient spécialement pour toi?

Vénérin hoche la tête. Les railleries d'Elmina ne l'atteignent pas.

— Il y est pour beaucoup, chère madame Elmina, le défend Vilmond Leblanc. Tout est prêt, ajoute le prêtre en se tournant vers Vénérin, on va le recevoir devant l'église.

Le prêtre fait une pause, songeur.

— Qu'est-ce qui vous inquiète, monsieur le curé? l'interroge Elmina.

— Je pensais à Marie-Louise Gilbert. Vous savez bien que je ne crois pas à toutes ces balivernes, mais tellement de paroissiens y croient que je me demandais si sa présence ne risquait pas de faire dérailler notre cérémonie.

— Vous vous en faites pour rien, elle viendra pas. Elle est trop sauvage pour ça, tranche Vénérin.

— J'espère que vous avez raison. J'avais pensé en parler à Caius, mais admettez que c'est délicat. C'est sa fille après tout.

— Arrêtez de vous inquiéter. Tout est prêt. Ça va marcher sur des roulettes! clame le marchand en étirant ses bretelles.

Après son discours, les dignitaires retrouveront le premier ministre au presbytère pour prendre le thé et quelques sucreries que Belzémire a préparés. Vénérin contient mal sa joie.

— J'ai bien hâte d'entendre son discours. En tout cas, j'espère qu'il nous annoncera pas qu'il quitte la politique provinciale.

Faire part de sa démission à Saint-Benjamin? La naïveté de Vénérin fait sourire le prêtre. Sir Lomer Gouin dirige la province depuis dix ans. Récemment, la rumeur l'envoyait à Ottawa aux côtés de sir Wilfrid Laurier, mais elle a été rapidement démentie. «Ceci est un canard de la pire espèce», s'est indigné un ministre libéral. Car, si elle s'est améliorée, la relation entre Gouin et Laurier n'a jamais été très cordiale.

Elmina en a assez de leurs palabres. On dirait deux garçons la veille de Noël!

— Dis-moi donc, Vénérin, pourquoi t'as commandé cette nouvelle farine, la Fleur de Lis, tu penses qu'on va en vendre?

— C'est The St Lawrence Flour Mills Company de Montréal qui nous propose de l'essayer, répond-il dans son anglais approximatif.

— Je suis toujours étonné de vous entendre parler en anglais, Vénérin, observe le curé. Vous m'impressionnez.

— J'aime pas les Anglais, fanfaronne Vénérin, mais je suis capable de leur parler dans la face.

Le curé quitte le magasin. Elmina se tourne vers son mari.

— As-tu vu Delphis?

— Non, il est sorti tantôt, mais il m'a pas dit où il s'en allait.

— Probablement encore avec la Marie-Louise, grogne sa femme. Ils passent beaucoup trop de temps ensemble. Heureusement qu'il partira au collège dans deux semaines.

— En tout cas, il est mieux d'être là avec tous les enfants du village pour accueillir sir Lomer devant l'église. C'est un grand moment pour notre famille et notre paroisse. Je veux que mon fils en soit témoin.

Delphis et Marie-Louise se sont retrouvés dans le sous-bois qui leur sert de cachette. Le jeune homme est plus nerveux que d'habitude. Marie-Louise souhaite en connaître la raison. Delphis craint sa réaction.

— Je m'en vais au collège de Beauceville dans deux semaines. Mes parents ont décidé ça.

Marie-Louise est bouche bée. À Beauceville? Dans un pensionnat! Pas possible! Elle ne le reverra pas avant Noël. Elle explose.

— Mais pourquoi tu dis pas non, comme moé quand le curé a voulu m'envoyer chez les sœurs? Même mon père a pas réussi à me faire changer d'idée! T'es rien qu'une poule mouillée, Delphis Breton. Je te hais!

— Attends un peu...

Peine perdue, elle se lève et s'enfuit à la course, sa chienne Elma sur les talons. Elma, un nom que Delphis déteste, un raccourci d'Elmina, que Marie-Louise exècre. Delphis est décontenancé. Comment la rattraper, la rassurer, la convaincre d'être patiente? Penaud, il rentre à la maison. Demain, il tentera de lui faire entendre raison.

Au milieu de l'après-midi, Obéline rassemble tous les élèves et leur ordonne de former deux rangées bien droites, sorte de haie d'honneur devant l'église. Ils sont nerveux, s'interrogeant pour la plupart sur la nature de cette visite. Pourquoi est-elle si importante? Un évêque, ils comprendraient, mais un premier ministre?

— Où est Marie-Louise? demande une jeune fille.

— Marie-Louise ne vient plus à l'école, répond Obéline. Elle doit être dans la foule avec ses parents.

Delphis la cherche des yeux. Il espérait la retrouver après la cérémonie, mais non, elle boude, même sir Lomer Gouin! Quand Caius, à l'étroit dans son costume trop petit, arrive en compagnie de Thérèse, il n'a pas plus de réponse. Il était convaincu que Marie-Louise les avait devancés.

— L'as-tu vue? demande-t-il à sa fille.

— Non, répond Thérèse. A doit encore faire à sa tête de cochon.

Où est-elle? Dans le sous-bois? Delphis voudrait l'y rejoindre, mais ses parents ne lui pardonneraient jamais une telle incartade.

— Attention, il arrive, déclare Vénérin.

C'est le charretier Augustin Leclerc qui est allé accueillir le premier ministre à l'entrée du village. Pour l'occasion, Augustin a enfilé son seul complet, sur une chemise blanche dont le collet lui coupe la gorge. Comme celle du premier ministre, sa moustache est bien lisse, les extrémités en pointes comme celles des oreilles du lynx qu'il jure avoir aperçu entre Beauceville et Saint-Benjamin. On lui a fait promettre de ne pas importuner sir Lomer et de ne pas dépasser le «bonjour, monsieur le premier ministre». Quand la foule aperçoit le robétaille, elle s'exclame. Fier comme un coq, Augustin guide sa jument jusque devant l'église. Vénérin et le curé s'empressent d'aider lady Gouin et sir Lomer à descendre de la voiture. À l'invitation d'Obéline, les enfants lui servent une longue ovation. Élégant, le premier ministre porte un complet trois-pièces gris charbon, une veste sur sa chemise amidonnée et une cravate de soie, la couleur des souris que Marie-Louise garde dans une boîte de carton. Lady Gouin est rayonnante sous son grand chapeau à plumes.

— Bonjour, mes amis, dit le premier ministre, l'air sérieux.

Sir Lomer Gouin a la réputation d'être froid, taciturne, de ne pas soulever les foules et d'être même un peu distant. Par contre, ses admirateurs parlent d'un homme réfléchi qui fait appel à l'intelligence de ses concitoyens plutôt qu'à leurs sentiments.

— Mes chers amis, commence Gouin, vous avez une très belle paroisse dont les progrès, compte tenu de sa création récente, sont impressionnants.

Heureusement, le discours n'est pas très long, à peine quelques mots rassurants sur le beau temps, la guerre et la santé économique remarquable de la province. Le soleil plombe. Les femmes et les hommes suent à grosses gouttes dans leurs habits du dimanche. Après avoir serré la main des paroissiens, le chef du gouvernement se retrouve au presbytère où le maire conservateur, avec la complicité du curé, n'a pas été invité. «C'est pas vrai qu'il aura le crédit du moulin», s'est promis Vénérin.

— Un moulin à scie, c'est une très bonne idée, dit le premier ministre à Vénérin. C'est un moteur de développement essentiel pour nos villages. Je suis certain que mon ami Lucien saura vous aider.

À l'extérieur, l'assemblée se disperse. À l'insu de sa mère, Delphis s'éclipse discrètement et court de toutes ses jambes vers le sous-bois. En vain, Marie-Louise n'y est pas.

18

Dès après le déjeuner, le lendemain, Delphis se dépêche d'effectuer les travaux que son père lui a confiés. Profitant du brouhaha du magasin, il attrape quelques bonbons dans le grand pot sur le comptoir et file par la porte du hangar.

Dehors, les moutons de Nolasque Boulet bêlent comme si un ours les menaçait. Quand le bélier s'avance dangereusement vers lui, Delphis saute par-dessus la clôture et emprunte un sentier qui l'éloigne de son but, mais qui sera moins hasardeux.

Quelle n'est pas sa surprise en arrivant dans le sous-bois d'y découvrir non seulement Marie-Louise, mais Achille Côté !

— Salut, dit Delphis. Qu'est-ce que tu fais ?

Elle libère aussitôt une couleuvre d'un petit sac qu'elle cachait sous sa jupe. Le reptile s'enroule autour de sa main, son dard menaçant battant le vide. Delphis est terrorisé. Elle sait qu'il a peur des reptiles. Pourquoi l'effrayer de la sorte ? Quant à lui, Achille est amusé. Il frotte même la tête de la couleuvre avec son doigt.

— Qu'est-ce qu'il fait ici ? s'inquiète Delphis.

— C'est simple, si tu t'en vas, j'ai besoin d'un autre ami. Achille est un beau gars, tu trouves pas ? Et lui, y est pas pissou comme toé. Y a pas peur des couleuvres.

Le ton de la jeune fille est railleur, décidément méchant. Achille rit béatement. Il est grand, beaucoup plus robuste que Delphis, et sa longue chevelure frisée lui fait une belle tête. Maigrichon, pâlot, les cheveux bruns coupés trop court, une perpétuelle inquiétude dans les yeux, Delphis ne fait pas le poids. Certes, il a une meilleure éducation qu'Achille, qu'il a très peu vu depuis qu'il a abandonné l'école au milieu de la quatrième année, avant d'avoir maîtrisé l'alphabet et les nombres. Forcé de rester à la maison pour aider sa mère après l'accident de son père : le pied cassé par un arbre. Sa mère lui a confié l'entretien de la modeste ferme, ses frères plus âgés ayant quitté la maison.

— Tu dis rien ? insiste Marie-Louise. C'est la couleuvre qui te fait si peur ? Tu penses que je vais m'en servir pour te jeter un sort ? C'est pas l'envie qui manque.

Pour toute réponse, il lui tend un bonbon qu'elle s'empresse de remettre à Achille. Il l'enfouit aussitôt dans sa bouche, en rattrapant de sa langue la bave qui roule sur ses lèvres. Delphis est frustré, mais il n'ose pas faire de remontrances à Marie-Louise. Il le fait rarement et il ne le fera pas plus aujourd'hui, craignant qu'elle lui lance la couleuvre.

— J'ai rien à dire. Si t'aimes mieux Achille, ça te regarde.

Le visage de la jeune fille se rembrunit. Elle le fusille des yeux.

— Au moins, lui, y s'en va pas. J'pourrai toujours compter sur Achille.

Delphis en a assez entendu. La gorge serrée, au bord des larmes, il préfère partir avant d'éclater en sanglots et de se ridiculiser encore plus. Elma vient se frotter contre lui. Il lui tapote la tête. Derrière, Marie-Louise et Achille rient bruyamment, un rire forcé pour blesser Delphis davantage. Il retourne au magasin par le même sentier, entre par la porte du hangar et s'assoit contre un gros sac de farine, laissant libre cours à ses larmes.

Au bout de quelques minutes, il est tiré de son abattement par des voix d'hommes. Une conversation animée éclate dans le magasin entre le curé, Augustin Leclerc et son père. Delphis tend l'oreille.

— Ces maudits Anglais de l'Ontario! jure Augustin.

Vénérin lit à voix haute l'article de *L'Éclaireur*, que vient d'apporter Augustin : «*Un ministre de la couronne à Ottawa, militariste, francophobe et orangiste enragé, Sam Hugues, vient, dans un discours, d'insulter la race canadienne-française et de traiter les patriotes de 1837-1838 de lâches et de traîtres. Il ne s'est pas rencontré un seul nationaliste à Ottawa pour ouvrir la bouche et protester, pas un seul, vautrés qu'ils sont dans la crèche, à la solde et sous la botte de Borden.*»

— Incroyable, murmure le curé. Je plains notre bon Laurier d'avoir à se défendre contre ces racistes, les mêmes qui veulent empêcher nos frères canadiens-français de l'Ontario d'avoir leurs écoles. Quelle honte!

Le cœur de Vénérin bat trop vite. Des frissons de colère lui courent dans le dos. Les veines saillent sur ses poings, qu'il serre à s'en faire mal.

— Borden, dit Augustin Leclerc, c'est un catin de Bon Dieu de fainéant. Que j'aimerais donc ça y prendre la face pis y soincer les ouïes.

— Attendez, fait Vénérin, qui vient de tomber sur un billet d'Honoré Mercier, voici un article qui va vous réchauffer les entrailles : «*Quand la tyrannie et le fanatisme vous écrasent, on prend tous les moyens pour broyer ceux qui vous persécutent et quand tous les moyens constitutionnels ont été épuisés et qu'alors justice nous est refusée, on devient justifiable d'avoir même recours à la révolution.*»

— Ben en accord, commente Augustin, les yeux remplis de rage.

Dans le hangar, la poussée nationaliste de ses aînés n'a pas impressionné Delphis. Il s'est endormi. Quand sa mère le découvre une heure plus tard, elle voit bien, à ses yeux rougis, qu'il a pleuré. Malgré toutes ses tentatives, elle n'arrive pas à convaincre son fils de lui dire la vérité.

— C'est à cause de Marie-Louise?

— Non.

Elmina lui tend la main et l'invite à la suivre à l'étage supérieur, loin du va-et-vient du magasin.

— Tu sais, Delphis, que t'es bien trop jeune pour t'amouracher d'une fille. T'as bien le temps d'en rencontrer d'autres. Combien d'entre elles souhaiteront un jour fréquenter un gars instruit comme toi! Et qui sait, peut-être que le Bon Dieu t'appellera et que tu deviendras prêtre. Ce serait tout un honneur pour la famille.

Delphis ne l'entend pas. Devenir prêtre? L'idée ne lui a jamais traversé l'esprit. Toute sa vie tourne autour de Marie-Louise, même si elle l'a blessé. Son cœur s'en remettra-t-il un jour? «Je dois absolument la revoir une dernière fois avant de partir», pense-t-il.

— Après-demain, on t'emmène à Beauceville. Avant de te laisser au collège, on arrêtera chez P.-F. Renault pour t'acheter du beau linge.

Delphis aurait très envie de lui dire qu'il ne veut pas aller au pensionnat, qu'il préférerait travailler au magasin et ne pas s'éloigner de Marie-Louise. Mais il ne se sent pas la force d'entreprendre cette conversation avec sa mère.

19

Augustin Leclerc n'arrête pas de parler. Vénérin, distrait, l'écoute à peine. Elmina est perdue dans ses rêveries. Parfois, Delphis se bouche les oreilles pour ne pas entendre le charretier. Il ne veut penser qu'à Marie-Louise, qu'il a revue en fin de journée, hier. Une rencontre qui a mal tourné. Devant l'intransigeance et l'arrogance de la jeune fille, il s'est emporté pour la première fois de sa vie. «Ma mère voudra jamais que je sorte avec une sorcière comme toi. Et mon père pense que je mérite mieux que la fille d'un cultivateur qui pue la merde de cheval.» Blessée, Marie-Louise l'a giflé. «Tu vas me payer ça un jour.» Elle est partie à la course. Le visage enfoui dans ses mains, Delphis se demande comment il pourra se faire pardonner pareilles injures.

— Savais-tu, Vénérin, qu'Henri Renault de Beauceville vient d'acheter une jument rouge qui a gagné les rubans de l'exposition?

Vénérin ne peut s'empêcher de sourire, la main agrippée au rebord du siège du robétaille qui sautille sur la route.

— Une jument Hackney, Augustin, une jument de race d'un roux foncé qui a gagné le *Blue Ribbon* de l'exposition provinciale. Il doit avoir payé ça un prix de fou.

— Catin de Bon Dieu, renchérit Augustin, m'a vas être le premier rendu au rond de Beauceville dimanche prochain pour voir c'ta jument-là.

— Henri Renault gaspillera sûrement pas une jument comme ça dans une tire de chevaux. Il l'a achetée pour se pavaner et faire le coq.

Le chemin de terre qui mène de Saint-Benjamin à Beauceville est en mauvais état. Brûlé par le soleil, il n'a pas été nivelé de l'été. Les sabots de la jument d'Augustin claquent comme si elle marchait sur un plancher de merisier. Chaque aspérité de la route secoue les voyageurs, menaçant à tout moment de les projeter hors du robétaille.

— En tout cas, je l'ai vue l'autre jour et laisse-moé te dire que c'est une catin de Bon Dieu de belle bête.

— J'en doute pas une seconde.

En arrivant à Beauceville, Delphis a un pincement au cœur, les larmes au bord des yeux. Impossible de revenir en arrière. Il ne lui reste plus qu'à espérer que Marie-Louise lui pardonnera et l'attendra. Et surtout, qu'elle ne se vengera pas et ne jettera pas de sort à sa famille. Achille? Il est persuadé que Marie-Louise lui fait du chantage et qu'elle est trop intelligente pour s'amouracher de ce simple d'esprit. Mais après les insultes de la veille, il est saisi d'un doute qui le tourmente.

— Regarde le collège, Delphis. On est rendus, se réjouit son père.

Le jeune homme lève des yeux indifférents sur un bel édifice de quatre étages qui surplombe la rivière Chaudière, juste assez en retrait pour échapper aux inondations printanières. Sur le toit, un dôme sert de piédestal à une statue du Sacré-Cœur. Faite en métal retroussé, d'une hauteur de treize pieds, elle est l'œuvre du grand sculpteur Louis Jobin, de Sainte-Anne-de-Beaupré. Pour accéder à l'institution, le visiteur doit passer sous une élégante coupole flanquée de quatre colonnes en briques.

Le collège du Sacré-Cœur, l'ancien collège Saint-Louis construit en 1894, reçoit des élèves de partout, même de nombreux Franco-Américains. Dirigé par les frères maristes, il offre un enseignement commercial bilingue. Il a tant de succès que les frères ont entrepris de l'agrandir l'an dernier.

Delphis et ses parents sont accueillis par le frère Marie Théophane, qui dirige l'établissement sans compromis.

— Bienvenue, mon petit Delphis. Tu verras, on fera un homme de toi!

Instinctivement, le garçon cherche la main de sa mère, mais se dépêche de retenir son geste. Son cœur qui bat trop vite lui fait mal. Ses mains sont moites, son souffle trop court.

— Suis-moi, dit le frère, je vais te montrer ta place dans le dortoir, tu pourras y déposer tes affaires.

Delphis a la mort dans l'âme. Il n'entend pas les encouragements de ses parents. Autour de lui, d'autres étudiants ont l'air tout aussi malheureux. Mince consolation, l'un d'entre eux lui sourit.

— Viens, Vénérin, lui ordonne sa femme, pressée de laisser Delphis se débrouiller dans son nouveau milieu sans qu'il soit toujours nécessaire de le rassurer et de le dorloter.

Le marchand tire une enveloppe de la poche de sa veste et la tend au frère Marie-Théophane.

— Pour vous payer jusqu'à Noël, avec un petit surplus.

— Merci beaucoup, monsieur Breton. Dieu vous le rendra. Et ne vous inquiétez pas, nous prendrons bien soin de votre fils.

— Je n'ai aucune crainte et puis, si vous pouvez, montrez-lui l'anglais. Comme ça, il deviendra riche, ricane-t-il.

Quand ils retrouvent le robétaille d'Augustin, le charretier n'y est pas. Vénérin balaie les environs des yeux et l'aperçoit en grande discussion avec d'autres hommes.

— Viens-t'en, Augustin, on s'en retourne.

Le charretier sursaute, tire sa montre de poche, s'étonne de l'heure et marche rapidement vers son attelage. Il claque les cordeaux sur le dos de la jument et reprend la route vers Saint-Benjamin.

— Penses-tu qu'on a réussi à le séparer de Marie-Louise pour de bon? demande Elmina à son mari.

— Je l'espère bien. Il ne reviendra pas à la maison avant les fêtes. Il a tout le temps de l'oublier.

— Oui, mais elle ?

Augustin ne peut pas s'empêcher de se glisser dans la conversation.

— J'sus ben d'accord avec toé, Vénérin. A l'est ben d'trop délurée. Vous saurez me l'dire, a va faire comme ses sœurs pis a va s'marier ben vite, pis pas avec Delphis.

Les voilà rassurés, soulagés d'un immense poids qui pesait surtout sur les épaules d'Elmina. Quand Delphis reviendra à Noël, elle s'assurera qu'il ne la reverra pas, si jamais il pense encore à elle.

— En tout cas, Vénérin, tu pourras pas deviner ce que j'ai entendu tantôt ?

— Quoi donc ?

— Catin de Bon Dieu, les charretiers de Beauceville se font voler leur job par une compagnie anglaise, la Dominion pressée.

— La Dominion Express Company, précise Vénérin. C'est une compagnie de Québec qui livre les paquets directement à la maison, et gratis en plus.

— Catin de Bon Dieu, c'est ben sûr que je vais perdre ma job.

Vénérin rit de bon cœur. Sa femme ne comprend pas trop pourquoi.

— Ça prendra un bout de temps avant que la Dominion Express Company se rende jusqu'à Saint-Benjamin. Tu peux dormir en paix, mon Augustin !

20

Delphis Breton a mal dormi. Une nuit ponctuée de cauchemars, peuplée de souris qui frétillaient dans ses poches, provoquant le rire satanique de Marie-Louise. Quand la cloche le tire brutalement du sommeil, il se frotte les yeux et regarde tout autour de lui.

— Vite, il est cinq heures et demie. On s'habille et on se met en rang pour aller à la chapelle, ordonne le frère Vitalicus.

Delphis enfile ses vêtements et replace la couverture sur son lit. Dans la chapelle, les religieux ont leur visage des mauvais jours. Delphis s'en inquiète. Il aura bientôt une explication. Le frère Marie-Théophane s'approche d'un prie-Dieu et les informe de la mort du pape Pie X, lui dont la devise était «Tout restaurer dans le Christ» et qui avait fait si plaisir aux catholiques de la province de Québec, quelques semaines plus tôt, en remettant la pourpre cardinalice à Sa Grandeur, monseigneur Louis-Nazaire Bégin, l'archevêque de Québec.

À la fin de la cérémonie, les élèves apprennent que les premiers jours seront consacrés à une retraite. Par la suite, ils seront astreints à un horaire très strict : lever à cinq heures, coucher à huit heures, une journée entrecoupée de messe, de prières, de classes, d'études, de récréation et de repas.

Les frères maristes veulent faire du collège Sacré-Cœur l'un des meilleurs de la province de Québec, au même titre que ces grandes écoles qui font déjà la fierté des villes de Québec et Montréal : l'école polytechnique, l'école technique et l'école des hautes études commerciales.

Six mois plus tôt, lors de la cérémonie d'inauguration en présence du premier ministre Lomer Gouin et de lady Gouin, le frère Antonin a été très clair sur la nécessité d'apprendre aux élèves l'usage pratique de l'anglais : «*Nous voudrions que parmi leurs concitoyens de langue anglaise, nos jeunes Canadiens eussent un bon rang.*» En plus, il a beaucoup insisté pour que le collège ouvre ses portes aux enfants des petits villages voisins, comme Saint-Benjamin. Ouvrir les portes à la modernité : «*Il fallait aller au peuple de nos campagnes, lui présenter les mêmes avantages sous des dehors plus humbles et, par la création d'écoles industrielles du genre de celle que nous inaugurons aujourd'hui, faire pénétrer chez lui les grands bienfaits du progrès, de la civilisation moderne et des sciences appliquées.*»

Tour à tour, le premier ministre et le député de Dorchester, Lucien Cannon, ont remercié les frères maristes pour leur travail remarquable : «L'*éducateur naturel du peuple, c'est le clergé*», a conclu le député.

La messe terminée, Delphis se retrouve dans le spacieux réfectoire de l'école. Après le déjeuner, le frère Vitalicus fait visiter aux nouveaux venus les parloirs, l'infirmerie, les salles de récréation, la grande salle d'étude percée de quatorze fenêtres et les classes de sténographie, de clavigraphie, de même que d'affaires et de sciences.

— Tous ceux qui voudront faire partie du corps de cadets, rappelle le frère, vous me donnerez vos noms. Je vous recommande fortement de le faire. Soyez patriotes !

L'encouragement ne vient pas seulement des frères, mais du gouvernement fédéral qui fournit fusils, ceinturons, chapeaux et cibles.

— Et toi, Delphis, tu viendras ?

L'invitation du frère Vitalicus le tire de sa torpeur. Encore une fois, sa tête était à Saint-Benjamin, dans les bras de Marie-Louise. Il ne sait pas trop quoi répondre. L'idée de manipuler une arme à feu lui fait peur.

— Je vais y penser, marmonne-t-il.

21

Quand elle sort de la maison à la brunante, Obéline Roy aperçoit de nouveau le grand hibou au plumage gris-brun légèrement rayé, perché dans la même épinette que la veille. «Je n'aime pas cet oiseau de malheur», pense-t-elle. Lorsqu'elle s'accroupit pour prendre une brassée de bois, le grand-duc tourne la tête complètement et la suit des yeux sans que son corps bouge. Comment fait-il pour ne pas se casser le cou? se demande l'institutrice.

— Les hiboux et les buses qui volent souvent au-dessus du lac-à-Busque, lui dit le curé après la basse messe, sont des rapaces, mais ils n'attaquent pas les humains. Et dans le cas du grand-duc, très souvent, les corneilles le chassent des environs.

Il aurait pu ajouter que l'oiseau est un chasseur émérite. Les ailes repliées, il plane au ras du sol et saisit sa proie, qu'il tue instantanément de ses serres crochues.

— Certains pensent qu'il est l'incarnation du démon, mais encore là, ce n'est pas vrai. Croire que Marie-Louise Gilbert interpelle le diable en parlant au hibou est de la pure folie. Je ne comprends pas pourquoi Nolasque s'obstine à vouloir le tuer. De toute façon, il ne réussira pas, l'oiseau est beaucoup trop intelligent.

Obéline n'est pas rassurée, mais elle voulait d'abord voir le curé pour lui demander son avis sur Marie-Louise, pas sur les hiboux. Devrait-elle faire appel à la jeune fille pour la remplacer pendant quelques heures, le temps qu'elle recouvre la santé?

— Vous n'y pensez pas, s'indigne le curé.

Au-delà des travaux domestiques, Obéline souhaiterait que la jeune fille prenne la relève, qu'elle la remplace l'après-midi, ce qui lui permettrait de se reposer. Pendant quelques semaines, un mois tout au plus.

— Je vois personne d'autre, plaide Obéline. Marie-Louise a bien des défauts, mais elle aime les enfants et elle est très intelligente.

L'institutrice évite de dire au prêtre qu'elle lui en a déjà parlé et qu'après une courte hésitation, elle s'est montrée très intéressée. L'offre d'Obéline lui aurait permis de faire un pied de nez à tous ceux qui la méprisent.

— Est-ce que votre santé s'améliore? s'enquiert le prêtre.

— Tranquillement, pas vite.

Malade et affaiblie par un mal que même le docteur Desrochers ne peut pas identifier, Obéline est forcée de ralentir ses activités.

— Cette fille a causé trop de problèmes dans la paroisse. Les parents n'accepteront jamais qu'elle vous remplace.

Malgré la réputation de la jeune fille, l'institutrice plaide que Marie-Louise, si elle est capable du pire, peut aussi faire preuve de compassion et de bonté. Quand elle lui demandait de raccompagner un enfant malade à la maison, d'apporter un peu de nourriture à un vieillard, d'expliquer un problème de mathématique ou de conjugaison à un élève plus jeune, elle ne se faisait jamais tirer l'oreille. Elle a fait preuve d'une surprenante maturité pour une fille de son âge. Par contre, lorsque Obéline tentait de la convaincre de renoncer à ses dons, le visage de Marie-Louise se durcissait. Elle se cabrait comme le cheval d'Héliodore Bolduc quand il refuse d'avancer. Souvent, elle s'esquivait avant la fin de la conversation.

Les arguments d'Obéline ne suffisent pas. Le curé est intraitable.

— Non, je refuse. Je viendrai tous les matins pour vous remplacer. Maintenant que le diable en est sorti, je ne le laisserai pas revenir dans l'école. Qu'elle se trouve un travail! Et de préférence, en dehors de la paroisse. J'en ai d'ailleurs parlé à son père.

Depuis la fin de sa sixième année, Caius harcèle sa fille pour qu'elle «arrête de perdre son temps à l'école» et qu'elle travaille comme toutes les filles de son âge. Encore hier soir, il l'a semoncée.

— Marie-Louise, y est temps que tu t'prennes en main! Le curé m'a dit de t'engager queque part. Y charchent des femmes dans les shops à Saint-Georges pis à Québec. Tu s'rais pas pire que ta sœur qui gagne de grosses gages dans une bonne famille.

Marie-Louise n'écoute pas les remontrances de son père. Elle n'a pas l'intention d'aller travailler à Saint-Georges, encore moins à Québec. Depuis le départ de Delphis, elle est souvent d'humeur exécrable. Elle lui en veut. Elle se vengera. À la maison, Thérèse doit tout le temps lui pousser dans le dos pour qu'elle accomplisse sa part de tâches ménagères. Elle passe le plus clair de son temps avec Achille, qu'elle mène par le bout du nez. La veille, ils se sont retrouvés en forêt pour installer des collets à lièvres. Une fois l'opération terminée, Marie-Louise a demandé à Achille de rassembler des brindilles et de l'écorce de bouleau pour allumer un feu. «J'vais te montrer, prends l'allumette, frotte-la sur une roche pis met le feu au bouleau pour commencer.

— Maman veut pas que j'touche aux allumettes.

— C'est pas dangereux, le rassure Marie-Louise, pis tu vas voir, c'est facile.

Inquiet, Achille craque l'allumette et enflamme le monticule de brindilles et d'écorce. Il est fier de lui. «Tu vois, tu l'as eu du premier coup», le félicite Marie-Louise. Quand elle dépose des branches de sapin sur le brasier, une épaisse fumée blanche en jaillit, au grand plaisir du jeune homme.

— Qu'est-ce que tu dirais, Achille, si on faisait un vrai gros feu?

L'autre rit comme un niais en tapant des mains.

Allumer un feu! Comme celui qui avait englouti sa maison. Profiter de l'obscurité pour forcer Achille à le faire. Dès demain matin. Se venger de Delphis, mais surtout de ses parents dont la seule motivation était de la séparer de leur fils. De ces gens méprisants qui dénigrent son père.

— Viens me voir demain matin avant de tirer les vaches, demande-t-elle à Achille en le quittant.

22

En sortant de chez lui dans la froidure d'un matin blanchi par la gelée, Héliodore Bolduc aperçoit de la fumée derrière le magasin de Vénérin Breton. Beaucoup de fumée, comme si on avait jeté des branches de sapin sur un brasier. Au loin, la silhouette d'un homme qui s'enfuit. Il croit le reconnaître à la tignasse de cheveux noirs qui volettent au vent. Héliodore court vers le magasin et frappe de toutes ses forces dans la porte. Vénérin vient aussitôt lui ouvrir.

— Vitamine, veux-tu bien m'dire…

L'autre l'interrompt rapidement.

— Le feu est pris en arrière de ton magasin.

Vénérin jette un manteau sur ses épaules. Les deux hommes s'emparent de pelles et, à grands coups, ils éteignent facilement le feu qui brûlait sur les marches arrière. Heureusement, l'œuvre d'un novice qui n'avait pas réalisé que quelques brindilles, même alimentées par deux grosses branches de sapin, ne viendraient pas à bout d'un magasin de cette taille.

— C'est impossible que le feu ait pris tout seul dans les marches. J'y comprends rien, se lamente Vénérin. Regarde les branches de sapin. Quelqu'un les a apportées.

Le marchand est médusé.

— J'ai vu quequ'un qui courait à la fine épouvante, pis qui est allé s'cacher dans l'bois, lui révèle Héliodore. De loin, y r'semblait au gars à Bi Côté.

— Achille?

— J'pense que oui.

— Mais pourquoi y aurait fait ça?

Vénérin branle la tête. Les deux hommes décident de suivre les traces de pas dans la neige. Au bout d'une dizaine de minutes, ils arrivent derrière la maison de Bi Côté. À n'en pas douter, le coupable habite ici. Devraient-ils entrer et l'interroger?

— Non, décide Vénérin. On va demander au curé de s'en occuper. À nous autres, il dira rien.

Malgré tous ses efforts, le prêtre ne réussit pas à tirer un seul mot d'Achille. Muet comme une carpe! Quelqu'un l'a-t-il incité à commettre le crime? Achille fixe le vide et ne répond pas. Vilmond Leblanc a souvent vu Achille dans le sillage de Marie-Louise Gilbert. Pourrait-elle être à l'origine du méfait? Si oui, pourquoi? Il se souvient d'une confidence d'Elmina, très inquiète de l'attachement de son fils à Marie-Louise. Aurait-elle voulu se venger parce que la famille a expédié Delphis au collège du Sacré-Cœur?

À midi, le prêtre va cogner à la porte de Marie-Louise.

— J'en sais rien, absolument rien. Je vois pas pourquoi vous me posez des questions comme ça.

— Et pourquoi Achille aurait-il mis le feu?

— Achille, c'est un grand niaiseux, tranche brutalement la jeune fille. Pis, si vous voulez le savoir, allez lui demander.

— Je l'ai déjà questionné.

Marie-Louise le regarde durement. Achille l'a-t-il incriminée? A-t-il cédé à l'intimidation du curé? Elle en serait étonnée, mais si Achille a tout avoué, elle se défendra férocement. Ce sera sa parole contre la sienne.

— Pis?

— Il jure qu'il ne sait rien, répond le curé.

Marie-Louise est soulagée. Elle fait rapidement demi-tour et s'éloigne de lui. Elle est frustrée que l'opération ait échoué. Contrariée par l'incapacité d'Achille à réaliser des choses simples. Elle lui avait pourtant expliqué de s'assurer que les flammes montent le long du mur du magasin. Il s'est contenté d'allumer le feu au bout de la galerie. En faisant appel à Achille, Marie-Louise comprend qu'elle a été imprudente. Son désir de vengeance est trop grand. Elle devra être plus patiente, plus rusée, car chaque fois qu'un incident du genre surviendra dans le village, le curé la montrera du doigt. À n'en pas douter, ce prêtre qui remet ses dons en question avec mépris lui a déclaré la guerre. «Les gens qui jettent des sorts sont éventuellement possédés du diable», lui a-t-il dit récemment pour la décourager.

Le curé est exaspéré. Quel piètre enquêteur fait-il! Incapable de soutirer la moindre information à Achille et à Marie-Louise. Il est pourtant persuadé qu'elle est mêlée à l'incident. Comment le prouver? Forcer Achille à avouer qu'il a été poussé par Marie-Louise? L'accuser d'un crime dont il n'a probablement été que l'instrument? Il revient au magasin. Vénérin est encore ébranlé. Qui, dans le village, a des raisons de lui en vouloir? Un adversaire politique? Un client qui lui doit de l'argent? Vénérin a beau retourner les questions dans sa tête, aucune réponse n'apparaît évidente. Sa femme est songeuse. Achille a passé beaucoup de temps avec Marie-Louise, qui n'a sûrement pas digéré le départ de son fils.

— Avez-vous des raisons de croire qu'elle a voulu se venger parce que Delphis est parti? demande le prêtre.

— Ils étaient souvent ensemble, lui et Marie-Louise. Et avant de s'en aller au collège, il était bouleversé. Je suis certaine que c'est à cause d'elle.

— Oui, enchaîne Vénérin, mais de là à faire brûler un magasin pour se venger, j'peux pas croire qu'elle est si méchante que ça!

Elmina voudrait bien s'en convaincre.

— Il n'y a pas de témoins? demande le curé. Personne n'est venu vous raconter qu'il avait vu Achille allumer le feu?

— À part Héliodore, personne a vu quoi que ce soit, mais les traces conduisaient à la maison de Bi Côté. Héliodore peut pas jurer sur la Bible que c'était Achille, mais ça lui ressemblait en vitamine.

Le prêtre est ambivalent. Appeler la police et lancer une enquête qui ébranlera le village ou convaincre Elmina et Vénérin de passer l'éponge? Le couple échange un long regard et Elmina fait un oui de la tête, pour signifier au curé qu'ils acceptent de fermer les yeux.

— Merci, je crois que c'est la bonne solution pour l'instant.

Le prêtre retourne chez Achille et ses parents.

— Des témoins ont bel et bien vu Achille se sauver en courant, dit-il au père du jeune homme. Je pourrais confier l'affaire à la police, mais Vénérin et sa femme ont choisi de passer l'éponge et de donner à Achille une autre chance.

— Vous êtes ben sûr que c'était mon gars? réplique Bi Côté.

Le curé branle la tête pour marquer sa certitude. Bi se tourne vers son fils, le regard courroucé.

— C'est-y toé qui a fait ça?

— Non.

Calotte en permanence sur la tête, une barbe mal rasée, Bi Côté est un homme discret, qui préfère rester à l'écart du bavardage quotidien. Bi Côté ne comprend pas. Certes, il arrive qu'on se moque de son fils au magasin, mais de là à se venger et à commettre un tel crime, il a du mal à y croire. L'influence de Marie-Louise? Cela lui semble exagéré. Quand Achille est sorti de la maison, ce matin avant le lever du jour, Bi a tenu pour acquis que son fils allait relever ses pièges.

— Il ne faudrait surtout pas qu'il s'avise de recommencer, avertit le prêtre.

Bi Côté acquiesce d'un signe de tête, pas convaincu de la culpabilité de son fils.

23

Novembre 1918

— Enfin finie, cette vitamine de guerre ! J'espère que les maudits Allemands ont compris qu'ils ne gagneront jamais contre le reste du monde, enrage Vénérin.

Les Alliés ont écrasé les Allemands. Volées de cloches en France, débordement de joie partout ailleurs. Toujours aussi paresseux, le ventre qui déborde, des bajoues de porc trop longtemps engraissé, le bedeau de Saint-Benjamin s'est fait tirer l'oreille. «Va pour l'Angélus trois fois par jour, s'est dit Lucien Veilleux, mais si j'dois sonner les cloches chaque fois qu'un événement un peu spécial arrive, j'vais passer le reste de ma vie accroché aux câbles.» Le gros homme n'a pas eu le choix : selon le curé, un refus n'aurait été rien de moins qu'un péché mortel. Lucien a finalement cédé.

— Le gars de Nolasque devrait revenir bientôt, dit Elmina, à moins qu'il lui soit arrivé un malheur dans les derniers jours.

Le bilan de la guerre est cauchemardesque : plus de huit millions de morts, de mutilés et d'invalides. Parmi les Canadiens, 59 544 tués et 172 950 blessés.

Les soldats canadiens qui ont survécu sont attendus avec impatience par leurs parents, même si on craint qu'ils rapportent dans leurs valises des germes de la grippe espagnole. Cette terrible épidémie est en voie de faire autant de ravages que la Grande Guerre. La grippe emporte les adultes en santé en moins de soixante-douze heures. Quand on a appris, la semaine dernière, que quatre personnes en sont mortes dans le rang Fraser, à l'entrée de Beauceville, un vent de panique a balayé la région.

Le service d'hygiène de la province de Québec a ordonné la fermeture des écoles, des cinémas, des théâtres, des magasins et même des églises. À Saint-Benjamin, l'école est fermée, mais pas l'église. Pas encore, le curé est convaincu que Dieu protégera ses fidèles. Comment éviter l'atroce maladie? *«Prenez un bon verre de gin»*, suggèrent des médecins, mi-sérieux. *«Ou de l'huile de foie de morue Wampole»*, recommandent d'autres. À Saint-Benjamin, Pitre Bolduc a son propre remède qui consiste à faire bouillir dans un peu d'eau un demi-verre de whisky, un quart de verre de vinaigre et un demi-verre de sucre. La mixture a fait ses preuves pour d'autres maladies! *«Avant tout, recourons à la prière*, propose l'Église. *Supplions le Seigneur d'épargner notre cité et notre pays. Recourons à la Vierge Marie, Notre-Dame-de-Bon-Secours, et disons fidèlement le chapelet à cette intention.»*

— Non et non, s'impatiente Marie-Louise Gilbert, je ne guéris pas la grippe espagnole. Arrêtez de m'achaler.

Grippe espagnole? Nora Bolduc n'a aucune idée de ce que raconte Marie-Louise. Tout ce qu'elle sait, c'est que sa grand-mère tousse à s'en décoller les poumons depuis deux jours et que seule Marie-Louise peut la sauver. Malgré le regard implorant de Nora, elle ne se laisse pas infléchir. Désespérée, en larmes, la jeune fille retourne sur ses pas.

À Saint-Benjamin, quelques cas de grippe espagnole ont été signalés. Une personne en est morte, mais comme a dit Marie-Louise, qui a refusé de se rendre à son chevet: «Passé quatre-vingt-dix ans, Miranda Lacasse, a l'était assez vieille pour faire une morte!»

À dix-huit ans, Marie-Louise Gilbert est maintenant une femme robuste. Fière allure, mais rien d'extravagant. Des cheveux qu'elle coupe elle-même très court, de beaux yeux intimidants, le nez légèrement retroussé, elle a éconduit «plusieurs cavaliers», pendant que Delphis poursuivait ses études au collège Sacré-Cœur de Beauceville. Depuis son retour, elle s'inquiète de n'avoir aucun signal de sa part. À la messe du dimanche, elle n'a pas réussi à croiser son regard. La boude-t-il? A-t-il une autre amoureuse?

Avec le temps, Marie-Louise a fini par gommer les insultes de Delphis. Elle a passé l'éponge, mais un relent d'amertume subsiste. Elle n'est plus certaine d'aimer Delphis, mais c'est le fils du marchand et le «meilleur parti du village»! Et quelle plus belle vengeance à l'endroit d'Elmina et de Vénérin que de leur voler leur «bébé»...

Delphis est enfin devenu un homme. Encore fragile, pâlot, grande échalote à la démarche pataude. Vénérin raconte à qui veut l'entendre qu'il prendra la relève au magasin. Auparavant, il acquerra de l'expérience à la Breakey Company, la plus importante société forestière de la province de Québec, qui emploie plus de six cents travailleurs et trois cents chevaux partout en Beauce et dans Dorchester.

— Tu vois, lui dit son père, que ça vaut la peine de parler anglais. J'ai pas eu de misère à convaincre le député de te faire engager par la Breakey.

Delphis s'étonne des propos de son père, lui qui passe beaucoup de temps à rechigner contre les Anglais, et les pourfend dès que l'un d'entre eux picore sur le dos des Canadiens français.

— Il me semblait, à t'écouter jaser avec le curé, que t'aimes pas les Anglais?

Pris à contrepied par son propre fils, Vénérin rallume sa pipe.

— C'est pas une question de les aimer, c'est d'être capable de leur parler et de pas se laisser mener par le bout du nez par eux autres.

Le ton est cassant. Delphis retourne à son travail.

— As-tu revu la Marie-Louise depuis que t'es revenu?

— Non, fait sèchement le fils. Il lui est arrivé un malheur?

— Non, non, c'était juste pour savoir.

Vénérin fait une pause.

114

— Il paraît qu'elle refuse de guérir tous ceux qui ont la grippe espagnole.

— Je comprends, la défend Delphis. Il paraît que c'est très contagieux. Elle pourrait en mourir. Je me suis laissé dire qu'il y a même des docteurs qui veulent pas toucher aux malades de la grippe.

La semaine précédente, *L'Éclaireur* racontait que plus de dix mille personnes ont été atteintes de la grippe espagnole en Beauce et que cent vingt-deux en sont mortes. Dans l'ensemble de la province, l'épidémie a fait quatorze mille victimes.

Si Marie-Louise refuse de faire appel à ses dons pour soigner la grippe, elle n'hésite pas à intervenir si elle est sûre de réussir mieux que le curé. Grâce à quelques succès dans la guérison de verrues, maux de dents et saignements, les paroissiens font de plus en plus appel à ses talents particuliers. Parfois, il en vient même des villages voisins. On la sollicite souvent en dernier recours, quand la prière et le prêtre ont échoué. Mais la fiche du curé n'est pas reluisante, de telle sorte que la compétition tourne presque toujours à l'avantage de Marie-Louise. Le prélat ne rate pas une occasion de la discréditer. «C'est de la supercherie. Même le septième fils consécutif d'une famille n'a pas de don, cessez de croire ces sornettes.»

Mais chaque fois qu'un incident les perturbe ou qu'une maladie les inquiète, les villageois font appel à l'un des deux sauveurs. Qui ne se souvient pas du cheval miraculé de Nérée Veilleux qui refusait depuis une semaine de se lever? Ce matin-là, Nérée file au presbytère, convaincu que le prêtre pourra prolonger la vie de sa bête. «Que diriez-vous d'une neuvaine à la Vierge, mon bon monsieur Nérée?» Quand, au bout de deux jours, la Sainte Vierge n'a pas réussi à remettre le «piton» de Nérée sur pattes, sa femme lui suggère de consulter Marie-Louise.

— Vas-y. Si a l'a mis une tête de joual devant sa maison, ça veut dire qu'a s'y connaît. Va la charcher.

Pour ne pas attirer l'attention, Nérée attend la fin du jour avant de se rendre chez Marie-Louise qui vit maintenant seule avec son père. Sa sœur Thérèse, excédée par cette vie monotone, persuadée qu'elle ne trouvera jamais le bon parti, a choisi le couvent des sœurs du Bon Pasteur à Saint-Georges. Elle deviendra religieuse et, douce revanche, la personne la plus importante de la famille.

Nérée a un geste de recul en voyant le crâne desséché d'un cheval fiché sur un poteau de clôture devant la maison de Caius Gilbert.

— Peux-tu ben m'dire, Caius, pourquoi t'as mis une pareille amanchure sus l'poteau?

— C'est les plans d'fou d'Marie-Louise pour nous protéger contre le malheur pis faire savoir au diable qu'on a pas peur de lui.

Nérée n'est plus certain de vouloir demander à la jeune femme d'intervenir auprès de son cheval. L'idée qu'elle le fasse mourir pour récupérer le crâne lui traverse l'esprit.

— A l'est-y icitte, ta Marie-Louise? C'est par rapport à mon joual. J'pense qu'y en a pus pour ben longtemps.

Bien engoncé dans sa chaise, occupant ses journées à regarder passer le temps, Caius appelle sa fille d'une voix chevrotante. Quand elle sort de la maison, Nérée lui explique la raison de sa visite.

— Avez-vous parlé au curé? demande-t-elle.

— Y m'a dit de faire une neuvaine. On en a même fait deux pis mon joual est pas mieux.

— Y a quel âge, votre joual?

Nérée fronce les sourcils.

— J'ai acheté ça dans l'décours du siècle, c'est pas d'hier.

Marie-Louise comprend que l'animal est rendu en fin de vie et qu'elle perdra sa réputation à tenter de guérir un cheval sans âge. Mais pourquoi ne pas essayer discrètement? Les conséquences seront minimes si elle ne réussit pas.

— Y est dans l'pacage derrière votre grange?

— Oui. Y est effalé à côté du ruisseau. J'vas y porter des brassées de foin pour pas qui meure de faim. Mais j'arrive pas à le r'mettre sus ses pattes.

116

— J'irai l'voir quand y fera ben noir. Mais pour que ça marche, y faut pas en parler à personne. Vous m'avez compris?

Intrigué, Nérée fait oui de la tête. Pourquoi tant de précautions? Viendra-t-elle avec le diable?

— J'pourrais peut-être le r'dresser, mais d'là à faire travailler un vieux joual comme le vôtre, ça prendrait un miracle. J'pense ben que vous allez devoir en acheter un autre.

— J'ai pas d'argent pour ça.

Marie-Louise a une moue d'impuissance. Nérée retourne à la maison, sort une chaise sur la galerie qui donne sur les pâturages et attend patiemment l'arrivée de Marie-Louise. Mais il s'endort au bout de quelques minutes, affalé dans sa chaise. Ce n'est qu'une heure avant l'aube qu'elle rend visite à la bête, qui renâcle piteusement en la voyant. Elle s'accroupit auprès d'elle, lui caresse le naseau, empoigne la bride et l'incite à se lever. Après quelques tentatives, le cheval y parvient en chancelant. Marie-Louise lui fait faire quelques pas jusqu'au bord de la route pour être bien certaine que tous ceux qui passeront par là constateront que l'animal est debout, après avoir été couché pendant si longtemps et condamné à mourir. Elle arrache des poignées de foin, les offre au cheval et retourne à la maison en espérant que la bête ne s'effondrera pas. Si le cheval recommence à marcher sans aide, elle permettra à Nérée d'expliquer que c'est elle qui l'a remis sur pattes. Sinon, elle niera s'en être approchée.

24

— Maudits Anglais. Ils ne comprendront jamais rien. J'peux pas croire que nos députés à Ottawa ont laissé passer ça! Bande de suivants-culs!

— Vénérin, le supplie sa femme, pourquoi tu te mets dans tous tes états? Tu vas te rendre malade, si t'arrêtes pas. De quoi parles-tu au juste?

Avec un peu de retard, Saint-Benjamin vient de recevoir ses premiers sous canadiens et Vénérin les détaille avec colère. Des sous plus légers que leurs cousins américains, mais, insulte suprême, en anglais seulement. Pas un mot de français du côté du roi Georges V ni sur celui des feuilles d'érable entrelacées. Comme l'écrit *L'Éclaireur*: «*On dirait que le gouvernement se soucie moins de se rendre au désir de la population française que de ménager la clique orangiste, fanatique et tapageuse.*»

— Ça devrait être interdit, vocifère Vénérin. Maudits Anglais!

Pince-sans-rire, Elmina laisse tomber, en feignant de s'intéresser à une boîte de conserve:

— Maintenant que t'es maire de Saint-Benjamin, tu devrais descendre à Ottawa et leur dire ta façon de penser.

— Et tant qu'à faire, renchérit Delphis, je pourrais aller avec toi et traduire ce que tu ne comprendras pas. Mes cours d'anglais serviraient à quelque chose!

Vénérin lance le journal sur le comptoir avec dépit et bat en retraite, furieux qu'on ne le prenne pas au sérieux. Ses éclats de voix, ses fausses colères, son théâtre n'impressionnent plus les siens. Il a trop souvent fait le même numéro.

Vénérin est maire de Saint-Benjamin depuis deux semaines, élu sans opposition. «Grâce à lui», la paroisse a ses moulins à scie et à farine, et une beurrerie. Il est persuadé que ses démarches auprès «des autorités compétentes» permettront bientôt l'implantation d'une boucherie. Le progrès! Le village de Saint-Benjamin compte à présent mille âmes. «Avant longtemps, a promis Vénérin le soir de son élection, nous serons la plus grosse paroisse de Dorchester.»

S'il a atteint son but, il le doit à Elmina qui lui a enfin permis de solliciter le poste tant convoité. «Maintenant que les enfants sont instruits et bien placés, t'auras plus de temps à perdre en frivolités», a-t-elle rigolé. Elle est très fière de sa progéniture. Blaise est notaire à Québec, Joséphine est religieuse de Jésus-Marie, Aldérie et Mathilde sont bien mariées et leur ont déjà donné trois petits-enfants, alors que Delphis, fraîchement diplômé du collège Sacré-Cœur de Beauceville, entreprend ce que sa mère prévoit être une carrière florissante, à la condition que Marie-Louise Gilbert, «la sorcière», ne le fasse pas trébucher.

Et c'est bien ce qui inquiète Elmina. Elle espérait que Marie-Louise se désintéresserait de son fils pendant sa très longue absence. Qu'elle s'impatienterait et trouverait consolation dans les bras d'un autre. Mais non, la jeune femme a attendu inlassablement le retour de son amoureux. Plus encore, elle s'est juré qu'il ne repartirait plus jamais sans elle. À dix-neuf ans, Marie-Louise estime qu'ils sont assez vieux pour s'épouser et fonder une famille, son grand rêve. Une famille, des enfants et la ferme de son père dont elle héritera bientôt. Caius a vieilli prématurément. La terre ne l'intéresse plus, mais sa fille cadette l'a empêché de la vendre. Son frère et ses sœurs ont accepté de lui laisser le bien familial, à la condition, a dit Célina, «que tu t'occupes de papa jusqu'à sa mort». Marie-Louise a pris le contrôle de la ferme et trouve beaucoup de plaisir à l'exploiter. Elle est très fière de son petit troupeau de vaches, de ses moutons et cochons, sans compter une jeune jument fringante qu'elle a achetée avec les profits de la vente de veaux. Delphis pourra-t-il renoncer à ses beaux vêtements, à sa vie douillette, et devenir cultivateur à ses côtés? La transition sera difficile, mais elle sera patiente. S'il préfère, il pourra toujours travailler dans la forêt pour la Breakey, mais elle est convaincue que cet emploi ne lui plaira pas. Et le magasin de son père? Vénérin est encore jeune, ce n'est pas demain qu'il en cédera le contrôle à Delphis. Elle aura eu le temps de le domestiquer avant la passation des pouvoirs.

Après la messe, Marie-Louise et Delphis se retrouvent enfin. À la communion, elle a croisé son regard et répondu à son sourire. En les observant à la dérobée, Elmina roule des yeux rageurs. Elle branle furieusement la tête quand elle voit son fils emboîter le pas à Marie-Louise pour retourner à la maison. Visiblement, ils ont du plaisir à renouer connaissance.

— T'aimes ta job? lui demande-t-elle.

— Pour tout de suite, c'est pas trop éreintant, j'ai pas à me plaindre.

Marie-Louise sent le peu d'enthousiasme dans la réponse de Delphis. À l'évidence, il n'est pas emballé par le travail. Elle n'est pas surprise. Élevé dans les jupes de sa mère, surprotégé, le jeune homme reste fragile, toujours prêt à renoncer, à reculer.

— J'suis contente que tu sois r'venu pour de bon. On pourra sortir ensemble pis s'marier.

Delphis ne répond pas. Il n'ose même pas imaginer la réaction de ses parents, de sa mère en particulier, si un jour il leur annonce son mariage avec Marie-Louise. Mais elle lui plaît. Son audace, sa confiance en elle l'impressionnent. Aucune autre fille ne l'attire. Avec le temps, se dit-il, sa famille finira bien par l'accepter.

— Il y a pas d'urgence, réplique Delphis. Y a rien qui presse.

Marie-Louise déteste cette réponse teintée d'hésitation et de crainte. L'aime-t-il assez pour l'épouser un jour? Aura-t-il le courage de se tenir debout devant sa mère? Marie-Louise ne veut pas répondre à ce genre de questions, pas davantage qu'à celles qui lui trottent dans la tête. Aime-t-elle Delphis? Est-ce plutôt le défi qu'il représente? La sécurité qu'il lui apportera? Pourrait-elle renoncer à sa ferme pour veiller à la bonne marche du magasin à ses côtés? Le fils de la famille la plus riche de la paroisse ne peut être autrement qu'un très bon parti! C'est tout ce qui compte.

— On aura de beaux enfants ensemble, le taquine Marie-Louise en mettant sa main sur le bras de Delphis.

Elle resserre son emprise, il en a un grand frisson.

De retour, Elmina fait les cent pas en attendant son mari. À la sortie de l'église, il fanfaronnait sur le perron, parlant fort, hurlant son indignation à propos de tout et de rien, excité par toute l'attention dont il est l'objet depuis qu'il est maire. Quand il arrive enfin, Elmina l'apostrophe.

— T'as vu ton fils et la Marie-Louise?

— Oui, de loin.

— Et ça te dérange pas?

Vénérin hausse les épaules, impuissant. Delphis n'est plus un enfant et ses études au collège du Sacré-Cœur l'ont rendu plus confiant. Il ne se soumettra pas docilement à toutes les directives de ses parents.

— J'sais ben pas ce qu'on pourrait faire pour les séparer. Peut-être que la Breakey accepterait de l'envoyer travailler dans un de ses chantiers loin d'ici? Le temps qu'il l'oublie. Une fois pour toutes, mais...

Vénérin enlève son chapeau et se gratte la tête.

— Mais quoi? s'impatiente Elmina.

— Mais s'il l'a pas oubliée pendant toutes ses années de pensionnat, j'ai pour mon dire que ça va être difficile de les désunir.

— Je sais vraiment pas ce qu'on pourrait faire, se désole Elmina. Elle partira jamais du village. Elle l'attend depuis tellement longtemps.

— T'es sûre qu'a l'a pas un autre cavalier?

Elmina en est certaine. La femme d'Héliodore Bolduc lui a souvent dit qu'en l'absence de Delphis, Marie-Louise ne s'intéressait à aucun homme. Il y a bien Achille qu'elle engage à l'occasion pour de petits travaux, mais il est clair qu'elle n'a aucun béguin pour ce chie-en-culotte. Depuis qu'il a tenté de mettre le feu au magasin, Achille est plus timoré, peureux. Il ne vient presque jamais au village.

— Il faut absolument trouver une façon de les séparer, dit Elmina. Je n'accepterai jamais que Delphis l'épouse et encore moins qu'elle s'occupe du magasin avec lui quand on partira.

— T'as ben raison, mais comment on les empêche de se voir?

25

Sir Wilfrid Laurier est mort dans sa résidence d'Ottawa après des heures de souffrance. Trois hémorragies, une paralysie, ses dernières paroles à lady Zoé Lafontaine, son inséparable compagne, ont été : «*C'est la fin.*» Il avait soixante-seize ans. Vénérin pleure le départ de son héros, mais se réjouit en même temps de l'évolution considérable du dominion sous sa gouverne. Une époque de progrès qui ne fait pas l'unanimité et que des journaux de la province dénoncent parfois comme une course à la richesse, régie par la cupidité et le chacun-pour-soi. L'argent coule à flots. Les automobiles envahissent les routes. Toutes les occasions sont bonnes pour dépenser. «*L'argent est rond, il doit rouler*, disent les nouveaux riches. *L'argent est plat, c'est pour l'empiler*», recommandent les plus sages.

— En tout cas, fanfaronne Vénérin, moi j'ai pas honte d'avoir des bidous. J'ai gagné ça à la sueur de mon front et grâce aux études que mes parents m'ont payées au prix de gros sacrifices.

Elmina songe à le taquiner et à lui proposer d'essuyer la sueur de son front, mais elle n'a pas le temps de le faire. Héliodore Bolduc entre dans le magasin.

— Vous savez pas c'qui vient d'arriver ? demande-t-il.

À l'air déconfit d'Héliodore, Elmina et Vénérin devinent la mauvaise nouvelle.

— Vas-y, dis-le, s'impatiente Vénérin.

— Trefflé Labonté s'est donné un coup de hache dans le mollet, à matin. Y s'est quasiment coupé la jambe.

Une blessure très profonde qui pissait le sang. La femme de Trefflé a aussitôt fait appel à Marie-Louise Gilbert qui a froncé les sourcils devant l'ampleur de l'entaille. Elle a fait quelques invocations et recommandé de lui appliquer un garrot. «J'ai arrêté le sang, mais j'ai pas l'pouvoir de r'fermer une plaie comme ça.» Quand le curé est arrivé, Marie-Louise n'a pas bronché. Lorsqu'il lui a ordonné, d'un geste de la tête, de sortir de la maison, elle a été cinglante.

— Vous arrivez trop tard, comme d'habitude.

Le prêtre a songé à la relancer, mais il est allé au plus urgent. Il a tout de suite demandé au fils de Trefflé d'aller chercher le docteur Desrochers à Beauceville. Heureusement, le temps était beau. Tiré par une jeune pouliche, le borlot volait sur la neige durcie. Malgré cela, il aura fallu plus de trois heures avant l'arrivée du médecin. Il a examiné la jambe de Trefflé, il a grimacé, désinfecté la plaie béante, fait un pansement temporaire et il l'a expédié à l'hôpital.

Les voisins ont emmitouflé Trefflé dans de grosses couvertures de cheval et l'ont étendu sur un traîneau pour le transporter à Beauceville. De là, le train l'a emmené à l'hôpital l'Hôtel-Dieu de Québec, où il a été confié aux bons soins des Augustines, les religieuses hospitalières. Son fils aîné l'a accompagné.

— Pauvre Trefflé, se désole Elmina. En tant que maire, Vénérin, c'est ton devoir de rendre visite à sa femme tout de suite et de t'assurer qu'elle ne manque de rien.

— T'as bien raison, ses grands gars sont sûrement capables de s'occuper du barda, mais j'y vais de ce pas.

Le froid, le retard du train, la fièvre, Trefflé Labonté était très mal en point quand il est finalement arrivé à l'Hôtel-Dieu de Québec. Le médecin a lui aussi grimacé en voyant la plaie. Infection, gangrène? Il hésite avant de rendre son verdict. Un collègue confirme le diagnostic. Il faudra lui amputer la jambe. Trefflé fait non de la tête. Son fils est désespéré. Le

124

docteur compatit avec eux, mais répète, sur un ton ferme, qu'il ne peut pas attendre, l'amputation doit être faite le plus rapidement possible. Trefflé se tourne vers le mur. Pourquoi le destin lui réserve-t-il un tel châtiment?

— Le lendemain, c'est le charretier, Augustin Leclerc qui annonce la mauvaise nouvelle au curé, en grande discussion avec Vénérin au magasin.

— J'viens de ramener le Ronald à Trefflé. Catin de Bon Dieu que la vie est pas juste! Y ont été obligés d'y couper la patte!

— T'es ben sûr de ça, Augustin? demande Elmina.

— Son gars aurait pas inventé une histoire pareille. Y va sortir de l'hôpital dans une semaine où deux.

Le prêtre se signe et baisse la tête. Les trois autres se recueillent dans un moment de silence. «Une vie brisée», se consterne Elmina. «Un homme aussi courageux et fort comme un cheval», regrette Vénérin. Le curé est abattu. Aurait-il pu faire mieux? Après tout, il n'est pas docteur. Le garrot avec lequel le fils de Trefflé a enserré sa jambe pour arrêter le sang était la meilleure solution. Ensuite, il n'avait d'autre choix que de mander le médecin le plus proche.

— Ça s'peut-tu que la Marie-Louise y ait jeté un sort? demande Augustin.

Le prêtre branle la tête, visiblement très agacé, comme chaque fois qu'on évoque devant lui les pouvoirs de la jeune femme. Et même si c'était vrai, pourquoi aurait-elle jeté un sort à Trefflé? Elle n'a aucune raison de lui en vouloir. Aurait-elle agi par pure méchanceté?

— La famille a fait venir Marie-Louise? demande Elmina, surprise.

— Elle était là quand je suis arrivé, rappelle le prêtre. Elle marmonnait ses niaiseries habituelles, mais c'est évident qu'elle ne pouvait absolument rien faire. Dès qu'elle m'a vu, elle s'est sauvée comme une peureuse.

Le ton du curé est mordant. Il ne cache plus son mépris pour cette jeune fille qui sème la confusion dans les âmes.

125

À quelques reprises ces dernières semaines, il a convoqué Marie-Louise au presbytère. Il lui a d'abord demandé, d'une voix douce, mais ferme, de ne plus faire croire au monde qu'elle avait des dons spéciaux. Quand elle a récidivé, le prêtre l'a sommée de mettre fin à «ses folies», sous menace d'excommunication. Sans succès.

— Si elle a touché à Trefflé et qu'elle l'a infecté, ça pourrait ressembler à un crime. On pourrait en parler à la police provinciale, suggère Vénérin.

Même si les motifs d'incrimination sont très minces, Elmina aime bien l'idée. N'importe quoi pour éloigner cette femme de son fils. La veille, le contremaître de la Breakey a promis qu'il tenterait de transférer Delphis dans la région de Lévis, mais pas avant quelques mois.

— Une enquête en bonne et due forme, renchérit Vénérin. Si la police conclut qu'elle a mal agi avec Trefflé, ils pourraient l'arrêter et, si on est chanceux, la jeter en prison.

— Je suis pas certain que la police voudra se pencher sur un cas de charlatanisme. Mais on n'a rien à perdre à essayer, reconnaît le prélat.

Voilà une solution inespérée. Mais d'abord, il faut convaincre Trefflé de porter plainte contre Marie-Louise Gilbert avant de demander une enquête.

— Vous avez bien raison, dit Elmina. Puis, si ça ouvre les yeux de Delphis et lui démontre que cette femme n'est pas pour lui, on aura au moins gagné ça.

Le curé l'approuve de petits coups de tête. L'opération a-t-elle la moindre chance de succès? La police provinciale dépêchera-t-elle un enquêteur de Québec? À lui de convaincre les autorités. Dans le pire des cas, la démarche permettra de discréditer Marie-Louise et de persuader les paroissiens qu'ils ont tort de lui faire confiance. Faire en sorte, espère Vilmond Leblanc, qu'ils s'en remettront à lui plutôt qu'à elle quand un malheur les frappe.

26

Le diable est diable parce qu'il se croit bon.

Ramiro de Maeztu

Ce n'est que quatre jours plus tard qu'un policier arrive dans la paroisse pour enquêter sur les agissements de Marie-Louise Gilbert. Une plainte a été formulée par les «autorités de Saint-Benjamin». Trefflé a carrément refusé de le faire.

— Vous pouvez ben d'mander à la police de v'nir me voir, j'dirai rien d'mal contre Marie-Louise.

Depuis l'accident et l'amputation, le village bouillonne de ragots. Alimentée par Vénérin, la rumeur accuse Marie-Louise d'avoir empoisonné Trefflé de ses mains de diablesse et de lui avoir jeté un sort. «Ciarge, moé j'pense qu'a l'est possédée du diable», s'est indigné Nolasque Boulet. Quand Héliodore Bolduc lui a reproché de n'avoir rien fait pour son ami Trefflé, il soutient qu'elle a hurlé des invectives, si fort que le cheval s'est cabré avant de partir à la fine épouvante. «Vous voyez ben que l'diable la possède», a conclu Héliodore. Depuis l'incident, Marie-Louise sort très peu. Elle attend que l'orage se dissipe.

Le jeune policier Robert Prudhomme s'arrête au village en route vers Saint-Prosper, où il doit enquêter sur une série de vols. Ses supérieurs l'ont mis en garde. «La province de Québec regorge d'imposteurs qui prétendent être plus forts que le Bon Dieu. Ne crois pas toutes les sornettes qu'on te

127

racontera. C'est à l'Église de décourager le charlatanisme, pas à la police. » Il se rend d'abord au magasin pour entendre le maire et se faire indiquer où il trouvera la présumée coupable.

— Votre plainte allègue qu'elle a mis la vie d'un individu en danger. Si on peut démontrer qu'elle a commis un geste criminel causant l'amputation de la jambe de la victime, il y a matière à enquête, mais s'il s'agit seulement de charlatanisme, c'est au curé à s'en occuper.

Vénérin est embêté.

— Il faudra le demander à la famille, à la Marie-Louise et au curé. Ils étaient tous là quand Trefflé a perdu son sang.

— Vous êtes intervenu, ce soir-là ?

— Non. En tant que maire, j'ai pas...

— Ça va, ça va. Un non me suffit.

Sans plus de politesse, Robert Prudhomme demande où habite Marie-Louise et il quitte le magasin. Vénérin est déçu. Elmina le rassure.

— Peu importe le résultat, sa seule présence fera réfléchir les adorateurs de Marie-Louise.

Quand le policier arrive chez elle, Marie-Louise s'étonne de trouver un étranger à sa porte.

— Marie-Louise Gilbert ?

— Oui.

Quand il lui dit qu'il est policier, elle se fige et le laisse entrer de mauvais gré.

— Robert Prudhomme de la police provinciale. C'est votre père ? demande-t-il en pointant Caius du doigt.

— Qui voulez-vous que ce soit ?

Le ton bagarreur de la jeune femme ne l'intimide pas. Rien, à comparer avec cet homme qu'il a arrêté à Lauzon la semaine dernière et qui le menaçait d'une fourche.

— J'ai quelques questions à vous poser au sujet de Trefflé Labonté.

Marie-Louise ne l'invite pas à s'asseoir. En retrait, sur sa chaise berçante, Caius semble étranger à la scène. Ceux qui l'ont vu récemment racontent qu'il n'a plus ses esprits, qu'il ne reconnaît plus les siens et qu'il sombre lentement dans la démence.

— Vous vous êtes rendue chez Trefflé Labonté après l'accident?

— Oui.

Le policier s'approche de la table, tire une chaise et s'assoit. Marie-Louise est contrariée.

— Pourquoi?

— Parce que sa femme m'a fait venir.

— Pour quelle raison?

— Pour voir si je pouvais arrêter le sang.

Il l'observe un moment. On lui a souvent parlé d'hommes qui prétendaient avoir des dons, mais jamais d'une femme. Comment arrête-t-elle le sang? Qu'a-t-elle fait exactement? A-t-elle fait appel à des esprits malveillants, au diable? Les pupilles rivées dans les siennes, Marie-Louise le dévisage sans ciller. L'autre baisse les yeux.

— J'ai prié l'Bon Dieu, laisse-t-elle tomber d'une voix insolente.

— Le Bon Dieu?

— Oui.

Robert Prudhomme est étonné. Un charlatan qui invoque le Bon Dieu, voilà qui est plutôt rare. La plupart du temps, ils attribuent leurs dons à des êtres mystérieux, quand ce n'est pas carrément au diable.

— Et le blessé, vous l'avez touché?

— Non.

— Vous avez mis vos mains sur sa jambe?

— Non.

— Vous en êtes certaine?

— Oui. Je l'jure sur la tête de mon père.

— Pourquoi ne pas avoir laissé la place au curé dans ce cas-là?

— Parce que c'est moé qu'on a appelée en premier. Et quand il est arrivé, j'ai déguerpi.

Le policier écrit quelques mots dans un carnet. Est-elle sincère? Chose certaine, elle fait preuve d'une assurance peu commune. L'incident vaut-il la peine qu'il interroge des témoins? Même la présumée victime de Marie-Louise ne veut pas parler. Est-il en train de perdre son temps? Il a pourtant une enquête beaucoup plus importante à mener. Quand la remarque de son supérieur lui revient à l'esprit, il se lève, remet son chapeau et, sans plus d'explications, s'en va. Marie-Louise est soulagée, mais elle aura des comptes à régler. Qui a appelé le policier sans aucune raison, sinon pour la discréditer? Elle sait que ce n'est pas Trefflé. Le curé, le maire? Les deux?

Au presbytère, Robert Prudhomme n'obtiendra pas d'information incriminante. La nervosité du prélat lui fait croire que la plainte n'est pas très crédible. A-t-il vu Marie-Louise toucher à la victime? A-t-il le plus petit indice que sa conduite a aggravé la blessure? La femme et les enfants de Trefflé Labonté lui ont-ils fait des récriminations à son sujet? Dans un éventuel procès, serait-il prêt à témoigner que la jeune femme a eu le moindre geste criminel? Le curé fait une longue pause avant de répondre.

— Non, je ne pourrais pas.

Le policier remet son carnet de notes dans la poche de sa chemise.

— Vous croyez aux jeteuses de sorts, monsieur le curé?

— Non, bien sûr.

— Alors, pourquoi le maire me fait-il perdre mon temps?

Le prêtre hausse les épaules.

— Elle m'a dit qu'elle a prié le Bon Dieu pour arrêter le sang de Trefflé Labonté. On est bien loin du diable!

Le curé n'en croit pas ses oreilles. Elle a invoqué le Bon Dieu? Quelle intrigante! Le policier se lève et s'en va en branlant furieusement la tête.

— Je ne veux pas être impoli, monsieur le curé, mais la prochaine fois, assurez-vous qu'on ne dérange pas la police provinciale pour des niaiseries comme ça!

Fin de l'affaire. Robert Prudhomme est parti. Le prêtre est penaud. Seul encore une fois contre Marie-Louise, qui ne manquera pas de faire savoir à tous qu'il s'agissait d'une enquête bidon commandée par un maire et un curé faiblards.

Quand on frappe de nouveau à sa porte, Marie-Louise Gilbert se braque, prête à chasser le visiteur à coups de balai s'il le faut. Mais à sa surprise, elle trouve Delphis dans l'encadrement.

— Je peux rentrer?

Le jeune homme enlève son manteau, jette un coup d'œil à Caius qui n'a pas bougé et s'approche de Marie-Louise. Quand il tente de la prendre dans ses bras, elle le repousse.

— C'est ton père qui a appelé la police?

Delphis hésite à lui dire la vérité. Il n'en est pas certain. À quelques occasions, il a entendu des bribes de conversations qui s'éteignaient dès qu'il s'approchait.

— Mes parents vont tout faire pour te nuire.

— Tu les laisseras faire?

Delphis a une nouvelle moue contrariée. Les pressions contraires qu'exercent sur lui ses parents et Marie-Louise le rendent malade.

— Pourquoi tu dis pas à tout l'monde que tu n'as pas de dons ou que si t'en as, tu renonces à les utiliser?

Marie-Louise se contracte. La colère monte en elle. La proposition de Delphis l'exaspère. Renier ses dons? Et pourquoi? Les résultats ne sont pas toujours probants, mais elle a quand même fait beaucoup de bien autour d'elle. Bien sûr, il lui est arrivé de jeter des sorts en invoquant quelques mystérieux esprits, mais seulement à des personnes qui le méritaient, comme le curé.

— Tu ne réponds pas, insiste Delphis.

— J'ai besoin d'y penser. C'est pas aussi simple que ça. Quand ça marche, ça aide le monde et quand ça marche pas, comme avec Trefflé, c'est parce que ça réussira pour personne, encore moins le curé.

— Mes parents me laisseront jamais te marier si tu continues à jeter des sorts et à prétendre que tu peux guérir.

Elle le dévisage, excédée. Quelle manie de toujours demander la permission à ses parents, chaque fois que Delphis doit prendre une décision importante !

— Dis-toé ben, Delphis Breton, que tes parents, je m'en sacre. Ton père est pas mieux qu'un crapotte galeux. Je passerai pas ma vie à attendre après toé. Si tu peux rien faire par toé-même, sacre ton camp !

Delphis ne prend pas la défense de son père.

— Tu veux pas y renoncer ?

— Je te répète que j'y penserai, mais si tu m'aimes pas assez pour me prendre comme j'suis, y est peut-être temps que j'commence à regarder ailleurs. Salut, Delphis.

Elle lui lance son manteau, lui indique la porte et la claque derrière lui. De retour au magasin, Delphis ignore son père plongé dans son journal, trop absorbé par la manchette du jour : le parti libéral du Canada a un nouveau chef. Mackenzie King succédera au grand Laurier. Les libéraux de la province de Québec l'ont même invité à se présenter dans Québec-Est, le comté de sir Wilfrid.

27

«Voilà la formule pour que Delphis m'aime», songe Marie-Louise Gilbert en déposant la copie du *Petit Albert* sur la table de la cuisine. La veille, un colporteur l'a convaincue d'acheter ce grimoire, qui lui indiquera comment obtenir tout ce qu'elle veut.

— J'me suis laissé dire que t'avais des dons. Sais-tu lire ? lui a demandé le colporteur.

— Ben sûr, a répondu Marie-Louise, insultée. Autant que toi, le pedleur !

Un homme débraillé, mais dont le talent pour la vente ne faisait aucun doute. Récemment, *L'Action sociale* mettait les bons Canadiens français en garde contre ces «pedleurs juifs» qui parcourent les campagnes à la recherche de clients naïfs. *«Ils ont été et seront toujours les voleurs du temple, cyniques, haineux, canailles, microbes pullulants et vénéneux au sein de la civilisation chrétienne»*, concluait le journal.

— Dans ce cas-là, donne-moé cinquante cennes pis t'auras en main un livre qui va t'avantager.

— Comment ? demande-t-elle.

— C'est un livre de formules pour que les hommes t'aiment et pour rencontrer le diable, si t'en as pas peur.

133

Marie-Louise a feuilleté rapidement *Le Petit Albert*. Dès les premières pages, elle a découvert une recette pour se faire aimer. Sans plus de questions, elle a acheté le livre. A-t-elle fait preuve de naïveté? Probablement. Mais à bout de moyens, désireuse de renforcer ses dons, elle a besoin de nouvelles ressources. Qui mieux que le diable pour l'aider? Faire un pacte avec lui? L'idée lui fait peur et la titille à la fois. Que dira Delphis? Marie-Louise choisit de l'ignorer. Avant d'utiliser *Le Petit Albert*, lui a recommandé le colporteur, il faut que le recueil soit béni, sinon il sera impossible d'en tirer quoi que ce soit.

— J't'avertis tout de suite que ce sera pas facile, parce que tous les curés de la province de Québec croient dur comme fer que ce livre a été écrit par le diable en personne.

— C'est pas vrai? demande Marie-Louise.

Le colporteur se donne un air mystérieux. Le plus grand guérisseur qu'il a rencontré dans sa tournée jurait que *Le Petit Albert* avait été rédigé par Lucifer. Marie-Louise a un sourire méchant. Le diable? Elle s'en fera un allié. Mais, comment arriver à faire bénir *Le Petit Albert* par ce curé, qui se méfie d'elle comme du loup solitaire qu'on a vu derrière l'étable de Nolasque Boulet? Jamais à bout de ressources, Marie-Louise, qui avait renoncé à faire ses Pâques, change d'idée. Elle cachera *Le Petit Albert* à l'intérieur de son manteau et après s'être confessée, elle ira communier et se signera quand le prêtre bénira l'assemblée à la fin de la messe. Vilmond Leblanc ne saura jamais qu'il a consacré le missel de son ami le diable!

Le petit Albert est-il fiable? Le colporteur soutient que c'est le livre le plus vendu en France, surtout dans les campagnes, et ce, depuis 1668. Là-bas, on en attribue la paternité à saint Albert le Grand. Aujourd'hui, l'Église catholique qualifie ce recueil de «sorcellerie et de ramassis d'erreurs et de grossièretés. *Un vulgaire livre de fausses recettes!*».

Après le départ du colporteur, Marie-Louise revient à cette recette magique qui rendra Delphis follement amoureux d'elle et qui pourra le soustraire à l'emprise de sa mère. Depuis quelque temps, il lui arrive de douter des vrais sentiments du garçon. Toutes ces hésitations lui laissent croire que son amour ne sera jamais assez fort pour abattre le mur que ses parents élèvent entre Delphis et elle.

Une fois qu'elle aura mis Delphis dans sa poche, elle utilisera une autre recette du *Petit Albert* pour faire un pacte avec le diable et obtenir beaucoup d'argent. Mais il lui faudra d'abord trouver une poule noire : «*En la sacrifiant à minuit à la lisière d'un bois, ou à la fourche de trois chemins, on engage le diable à venir faire un pacte. Prononcer la conjuration, ne point retourner, faire un trou en terre, y répandre le sang de la poule et l'y enterrer. Neuf jours après, le diable vient et donne de l'argent ou une autre poule noire, une poule aux œufs d'or.*»

Mais en attendant de trouver une poule noire, elle ensorcellera Delphis, dès que le soleil de fin mars réchauffera le village. Néanmoins, la recette l'embête un peu.

«*Pour l'amour, tirez de votre sang un vendredi du printemps; mettez-le à sécher au four dans un petit pot avec deux couillons de lièvre et le foie d'une colombe. Réduisez le tout en une poudre fine, en faites avaler à la personne sur qui vous aurez quelques desseins, environ la quantité d'une demi-drachme. Si l'effet ne suit pas à la première fois, réitérez jusqu'à trois fois et vous serez aimée.*»

Marie-Louise ne connaît pas la signification de deux mots qu'elle n'a jamais vus auparavant. Couillon? De quoi s'agit-il exactement? Devrait-elle le demander à Obéline? Et si, comme elle le croit, ce sont les parties intimes de l'animal, l'institutrice se moquera sûrement d'elle! Au pire, sera-t-elle réprimandée ou devra-t-elle expliquer pourquoi elle cherche la signification de ce mot? Une drachme? Marie-Louise se gratte la tête quand un éclair surgit. Plutôt que d'éveiller les soupçons d'Obéline, elle profitera de la messe pour s'introduire dans l'école et vérifier le sens des mots dans le dictionnaire que l'enseignante a toujours sur le coin de son bureau. Autre problème, où trouver une colombe? Le foie d'une tourterelle ferait-il l'affaire?

Au village, la nouvelle de l'acquisition du *Petit Albert* par Marie-Louise se répand comme une poudrerie de pissenlits fanés. Le colporteur a prévenu Bidou Turcotte que la femme à qui il a vendu le livre deviendra ultra-puissante et dangereuse.

— À qui t'as vendu ça?

— Une certaine Marie-Louise.

Bidou grimace.

— M'en vas aller l'dire à monsieur l'curé, drette-là.

Le colporteur rit dans sa barbe. La prochaine fois, il leur proposera un médicament bidon pour se protéger des mauvais sorts.

Vilmond Leblanc branle la tête de dépit quand Bidou lui annonce la nouvelle. *Le Petit Albert* à Saint-Benjamin! Si son évêque l'apprenait! L'ouvrage n'est pas très répandu dans la province de Québec, mais partout, les prêtres ont reçu l'ordre de le confisquer et de le brûler.

Le curé exigera que Marie-Louise lui remette le livre maudit, dès qu'il la verra. Et si elle refuse d'obtempérer, il prendra les grands moyens... mais lesquels? Cette femme l'exaspère. Il se serait bien passé du *Petit Albert*, trop occupé à déchiffrer la lettre que monseigneur Louis-Nazaire Bégin, l'archevêque de Québec, a fait parvenir aux prêtres du diocèse. Vilmond Leblanc essaie de se convaincre que la missive vise davantage ses collègues des villes que ceux de petites agglomérations comme la sienne. À moins qu'il utilise la mise en garde épiscopale pour dénoncer Marie-Louise.

À une semaine de Noël, l'église est pleine comme toujours.

— Mes bien chers frères, j'ai reçu un message important de notre évêque.

Le prêtre se racle la gorge et lit le texte intégralement:

«Nous vivons dans des temps particulièrement difficiles et féconds en dangers de toutes sortes pour la santé morale de nos braves populations catholiques. Notre jeunesse surtout se voit exposée aux séductions les plus perfides. Au coin des rues, dans les carrefours, dans la promiscuité des usines et des autres champs de travail, le loup ravisseur guette sa proie, le démon tend ses pièges, les âmes jusque-là innocentes font les chutes les plus lamentables. Vous ne sauriez exhorter trop fortement les parents chrétiens à redoubler de vigilance vis-à-vis de leurs enfants. Demandez aux pères et mères de famille de bien contrôler toutes les sorties de leurs fils et de leurs filles. »

Le prêtre lève les yeux vers l'assemblée des fidèles. Ils ont l'air confus, comme s'ils n'avaient rien compris de son message. De quoi parle-t-il au juste ? Quelle est la grande inquiétude qui tiraille monseigneur Bégin ? Qu'a-t-il à reprocher à la jeunesse de Saint-Benjamin ? Bien sûr, le village compte quelques écervelés, quelques filles écourtichées, mais rien pour allécher le loup ravisseur !

— Dans notre belle paroisse, continue le curé, certains jeunes n'hésitent pas à se procurer des livres censurés, rejetés par l'Église. Être en possession de ces écrits est un péché mortel. Je demande à tous ceux qui auraient des informations à ce sujet de me les communiquer le plus rapidement possible.

Le Petit Albert de Marie-Louise ? La rumeur est encore imprécise et à ceux qui s'inquiètent, elle a une réponse rassurante.

— Y paraît que t'as acheté un livre de sorts ? lui a soufflé à l'oreille Thérèse Côté à l'entrée de l'église.

— Ben non, a rétorqué Marie-Louise, avec un coup d'œil complice à l'Apauline, c'est un vieux livre de recettes et de remèdes que j'ai acheté au pedleur.

Pour rien au monde elle ne se départira de son précieux trésor. Elle n'a que faire des craintes des paroissiens et de la mise en garde du curé. Son unique objectif est d'aller communier avec *Le Petit Albert* dans la doublure de son manteau, ce qui équivaudra, selon elle, à la bénédiction de l'infâme écrit qui alarme tant les gens.

En la voyant agenouillée à la balustrade avec tous les autres, le prêtre hésite. Peut-il empêcher une fidèle de communier ? Marie-Louise s'est confessée à la sauvette, mais elle l'a fait. Elle a nié vigoureusement être en possession du *Petit Albert*. A-t-il une seule bonne raison de lui refuser le sacrement ? Les mains jointes, les yeux mi-clos, la langue sur le bout des lèvres, Marie-Louise attend patiemment son tour.

Mais, nerveux, Vilmond Leblanc échappe l'hostie qui glisse sur la patène tenue maladroitement par le servant de messe. Le prêtre se penche, ramasse le corps du Christ et le dépose dans la poche de sa soutane. Il prend une autre hostie dans le calice et se dépêche de faire communier Marie-Louise. «Corpus *Christi! Amen!*»

28

Le cheval de Nérée Veilleux prend du mieux. La vieille bête n'a plus assez de forces pour tirer une lourde charge, mais elle broute parmi les vaches et n'affiche plus aucun signe de détresse.

— Vous voyez ben, se réjouit Nérée, que la Marie-Louise l'a sauvé. C'te joual-là était mort ben raide, pis a l'a r'mis sus l'piton.

Étonnant en effet que le cheval soit toujours vivant. Même le maquignon de Saint-Prosper, un connaisseur, ne lui donnait pas plus qu'un jour ou deux.

Quand Nérée rend visite à son ami Trefflé, la jambe gauche de son pantalon retroussée jusqu'à la taille, il a un geste de recul. La nouvelle silhouette de son voisin le rend mal à l'aise, il cherche les bons mots pour encourager Trefflé, d'ordinaire si optimiste.

— Tu vas rire, mais mon vieux joual est encore en vie.

— J'te cré pas! s'exclame Trefflé.

— La Marie-Louise l'a sauvé.

Nérée fait une pause et regarde longuement l'unique jambe de Trefflé.

— Pis, pour toé, y paraît qu'a l'a pas pu t'arrêter l'sang?

— C'est pas d'sa faute, réplique Trefflé, j'avais déjà perdu tout l'sang que j'avais à perdre quand a l'est arrivée. C'est elle qui a dit à mon gars de m'serrer la cuisse avec une guenille pour pas que j'me vide complètement. Sans elle, j'serais mort.

Malgré les bons mots de Nérée et de Trefflé, Marie-Louise Gilbert inspire la peur depuis qu'on la soupçonne d'avoir entre les mains un livre écrit par le diable lui-même. Le curé et le maire, avec l'aide de quelques paroissiens, véhiculent une théorie terrifiante. «Non seulement elle a fait un pacte avec le diable, mais elle est le diable en personne.» Des enfants l'invectivent en se sauvant, des adultes la menacent. Marie-Louise les ignore, mais évite de les provoquer davantage. Elle confie à Achille le soin de faire ses courses. Parfois, elle allait au magasin pour narguer Elmina et Vénérin, mais depuis quelques jours elle s'en abstient. Un pacte avec le diable? Est-ce une erreur qui va l'isoler complètement? Devrait-elle y renoncer? Retrouver un semblant de vie normale? Elle ne veut même pas y penser. L'acquisition du *Petit Albert* la stimule, lui laisse croire qu'elle aura dorénavant des pouvoirs infinis et qu'elle pourra se venger de ses tortionnaires. L'idée d'être plus forte que le curé la réjouit. Maintenant, elle a besoin d'un coup d'éclat pour établir sa supériorité, son ascendant sur le village.

Quant à Delphis, elle lui servira son philtre d'amour dès que le printemps sera revenu. En attendant, elle l'ignorera et feindra de ne plus être intéressée. S'il le faut, elle se montrera en compagnie d'Achille, ce qui a le don d'enrager Delphis. Marie-Louise souhaite que le fils du marchand rampe à ses pieds. Elle le veut soumis, obéissant. Avant tout, elle cherche un bon père pour ses enfants. De nombreux enfants.

— Salut, Achille, lui dit-elle, quand elle le retrouve dans la sucrerie de son père.

L'autre est toujours heureux de la revoir. Il rêve du jour où Marie-Louise voudra l'épouser. Trop naïf pour comprendre qu'elle l'utilise, qu'elle profite de sa faiblesse.

— Salut, fait-il, un grand sourire accroché aux lèvres.

— Toé, Achille, qui connaît tout le monde dans la paroisse, sais-tu où je pourrais trouver une poule noire?

140

— Une poule noire? fait l'autre, étonné.

— Oui, toute noire.

— Pourquoi?

Elle évite de lui dire la vérité. Pas maintenant et probablement jamais. À quoi bon lui faire peur avec ses histoires de diable? D'autant plus qu'elle aura besoin de lui dans les prochains jours.

— Il paraît, ment-elle, que les poules noires sont les meilleures pondeuses! J'aimerais bien avoir quelques œufs pour les faire couver par une de mes poules.

— J'pense que monsieur Nolasque en a une, se rappelle Achille.

Marie-Louise en est fort aise. Mais comment l'obtenir? Acheter une poule, une seule, avivera les soupçons. Nolasque Boulet fait partie de ceux qui se moquent d'elle et qui la méprisent. La voler? Arrivera-t-elle à convaincre Achille de subtiliser le volatile pendant la grand-messe? Avec la neige qui fond à vue d'œil, les poules recommenceront bientôt à sortir du poulailler, ce qui devrait lui faciliter la tâche.

— Ferais-tu ça pour moé? J'ai besoin de quelques œufs, pis après, on la rapportera à monsieur Nolasque.

Achille se tortille, n'osant pas lui dire non, même si l'opération l'inquiète. S'il refuse, il a peur qu'elle se fâche et lui jette un sort. Mais il craint tout autant le curé et le maire. S'ils apprennent qu'il a volé une poule, il risque la prison. Depuis la tentative d'incendie du magasin et les menaces du curé, Achille est resté bien tranquille. Marie-Louise soutient son regard.

— Quand?

— D'ici à deux semaines.

Achille détourne les yeux, visiblement mal à l'aise. Marie-Louise peut-elle compter sur lui? Cette fois, elle lui indiquera clairement comment s'y prendre. Elle lui coule un baiser sur la joue. Achille en est remué. Quand Marie-Louise revient à la maison, elle est agacée de trouver le curé sur le pas de sa porte.

— Comment va ton père? demande le prêtre pour l'amadouer.

— Y a pas changé, répond-elle sèchement.

Le curé entre, s'approche de Caius, le bénit et tente de le faire communier, mais Caius n'ouvre pas la bouche. Le prêtre s'assoit et lève les yeux vers Marie-Louise.

— C'est vrai que t'as acheté un livre de magie? Un livre défendu?

Elle hausse les épaules et ne répond pas. Jamais elle ne lui remettra son livre, bien caché dans les ravalements de la maison.

— C'est vrai ou c'est faux? s'impatiente le prélat. Le peddleur l'a dit à Bidou Turcotte.

Elle le regarde droit dans les yeux sans ciller. Lui mentir? Doit-elle lui dire, comme elle l'a raconté à d'autres, qu'elle s'est procuré un vieux livre de recettes et de remèdes qui lui rappelait sa mère?

— Vous croyez les pedleurs?

— C'est mon devoir de protéger la paroisse contre les mauvaises influences et *Le Petit Albert* est interdit par l'Église. Si t'en as un, je t'ordonne de me le donner immédiatement.

Marie-Louise fouille dans la commode et remet au curé le livre de messe de sa mère. La toisant un instant du regard, le curé laisse tomber le missel sur la table, se lève et s'en va.

29

Plus a le diable, plus il veut avoir.

(Proverbe belge)

Une nuit charbonneuse tombe sur Saint-Benjamin. Un fin crachin lustre les arbres. Achille dans sa foulée, Marie-Louise se rend à la lisière du bois, tenant fermement la poule noire dans ses bras, en lui pinçant le bec pour l'empêcher de caqueter.

La veille, Achille a dérobé la poule noire de Nolasque, pendant que toute la famille était à la messe. Habile, le geste vif, il n'a eu aucune difficulté à l'attraper et à la rapporter à Marie-Louise sans être vu. Malgré cela, l'inquiétude le ronge. Nolasque s'est sûrement rendu compte de la disparition de sa seule poule complètement noire. Il voudra savoir où elle est passée. Achille a pris soin de ne laisser aucune trace, mais il est habité par un immense sentiment de culpabilité. Le curé frappera-t-il à sa porte, comme le jour de l'incendie raté? Lui pardonnera-t-il sa faute cette fois? Marie-Louise lui viendra-t-elle en aide?

— Arrête de t'en faire, lui dit-elle, Nolasque va penser qu'un renard l'a mangée. J'en ai vu partout ces derniers temps. Ou même un loup, ajoute-t-elle. Paraît-il qu'il y en a un qui rôde autour…

Quand Marie-Louise s'immobilise à l'orée de la forêt et tord le cou de la poule, Achille sursaute. Le volatile se débat, lutte contre la mort, saute haut dans les airs avant de retomber, inanimé, ses ultimes soubresauts annonçant la fin. Avec une bêche, elle creuse un trou, puis tire un couteau de sa poche. Achille la suit des yeux, ahuri. Elle éventre la poule qui continue de frétiller, répand le sang dans le trou, y jette le volatile et l'enterre. Elle marmonne une conjuration qu'il ne comprend pas et lui ordonne de la suivre sans jamais se retourner. Un hibou hulule. Au bout de quelques minutes, Achille lui prend le bras.

— Pourquoi t'as fait ça? lui demande-t-il, secoué. T'avais dit qu'on la rapporterait à monsieur Nolasque.

— Tu me promets de garder un secret?

Achille fait un signe de tête consentant.

— Dans neuf jours, nous serons riches, dit-elle avec un air mystérieux.

— À cause de la poule de monsieur Nolasque?

— Oui, mais t'en parles à personne, tu m'as bien compris? Sinon, ça marchera pas.

Marie-Louise songe à lui expliquer que si *Le Petit Albert* a raison, le diable viendra au même endroit dans neuf jours pour signer un pacte avec elle ou lui remettre une poule aux œufs d'or. Elle évite de lui fournir ces détails pour ne pas l'épouvanter. Comme bien d'autres, Achille tremble de tous ses membres en entendant le mot *diable*.

30

Roméo Poulin a disparu. Le petit garçon de cinq ans a été vu pour la dernière fois près de la grange de ses parents, à l'extrémité du village. Aucune nouvelle depuis trois heures. Pendant que son mari et les plus vieux poursuivent les recherches, Antoinette Bolduc accourt au presbytère, en larmes.

— Quelqu'un est mort ? s'alarme le curé.

— Non, c'est Roméo qui a disparu. Ça fait trois heures, pis on sait pas où y est passé.

— Ne vous inquiétez pas, on le retrouvera. Je prie tout de suite le Bon Dieu de nous aider et je vais de ce pas demander au maire de regrouper tous les hommes disponibles.

Pendant qu'Antoinette retourne chez elle, le curé se rend d'un bon pas au magasin général. Avec Vénérin, ils font le tour du village et mobilisent toutes les personnes capables de contribuer aux recherches.

Alors que Vénérin piétine, ne sachant trop comment organiser le travail, le prêtre l'écarte et prend les commandes.

— Nous allons faire une battue en formant une grande rangée qui avancera lentement, en fouillant tous les recoins du champ derrière la maison de Roméo. Si on ne l'a pas retrouvé, rendus à la forêt, nous pénétrerons dans le bois de la même façon. Mais regardez bien où vous mettez les pieds pour ne pas l'écraser. Il s'est probablement endormi quelque part.

Depuis une semaine, un soleil ardent darde le village. Les derniers vestiges de l'hiver se sont évaporés. En plusieurs endroits, le sol est détrempé. De grandes mares d'eau dissimulent les anfractuosités. Roméo est-il tombé dans un de ces trous? S'est-il noyé? S'est-il embourbé dans la boue épaisse qui longe les cours d'eau?

Un mur d'une trentaine d'hommes avance lentement dans le champ, écartant les branchages, fouillant dans les bosquets, ne laissant rien au hasard. À l'orée du bois, le groupe fait une pause. Théophile Bolduc, le père de l'enfant, s'écroule, désespéré.

— On l'trouvera jamais!

— Ne dites pas ça, je suis certain qu'on va y arriver, affirme le curé. Avant d'entrer dans la forêt, récitons un *Notre Père* pour demander à Dieu de nous aider.

Après la courte prière, les hommes s'enfoncent dans un épais bouquet de sapins. À quelques reprises, Théophile hurle le prénom de son fils. Une perdrix apeurée s'envole dans un claquement d'ailes. À la tombée du jour, le curé interrompt les recherches.

— Je sollicite votre avis. Est-ce qu'on poursuit pendant la nuit ou si on reprend demain, dès le lever du jour?

Le visage long, les traits tirés, les hommes ne répondent pas. Théophile veut continuer, mais ses deux fils aînés le persuadent de se reposer quelques heures. Le temps est doux, la nuit ne sera pas froide, Roméo survivra.

— Pis si des bêtes l'trouvent pis l'mangent! s'objecte Théophile.

— Dieu le protégera, s'empresse de le rassurer le curé.

Au retour des hommes, Antoinette Bolduc dépose le souper sur la table et sort de la maison sans dire où elle va. Elle marche rapidement dans l'obscurité. Quand elle frappe à sa porte, l'Apauline semble surprise.

— Toé, à une heure pareille! Y a-t-y un malheur?

146

— Oui, on a perdu Roméo. Y l'ont cherché pendant six heures, pis y l'ont pas trouvé.

Antoinette, les yeux rougis, ne sait pas trop comment aborder le sujet avec l'Apauline.

— Penses-tu que tu pourrais r'garder dans tes cartes ?

L'Apauline a une moue contrariée. Retrouver un enfant avec des cartes ? Elle craint surtout d'y découvrir des signes de malheur, d'y voir surgir la mort. Elle ouvre le tiroir de la commode près de sa berceuse, enlève l'élastique qui enserre le jeu de cartes et les brasse longuement.

— Piges-en une.

D'un geste incertain, Antoinette choisit une carte, la regarde et la remet à l'Apauline. La cartomancienne a un mouvement de recul. La dame de pique ! Pourquoi une mauvaise femme serait-elle impliquée dans la disparition du petit Roméo ?

— Tu t'es pas chicanée avec tes voisines ou ta parenté ?

— Pantoute, jure Antoinette.

L'Apauline rebrasse les cartes très lentement, le regard au loin. Un vague tracas l'accable. Elle n'arrive pas à bien le cerner.

— Prends-en une autre.

Antoinette en choisit une, l'observe, fronce les sourcils et la remet à l'Apauline qui n'en croit pas ses yeux. La dame de pique encore une fois ? Lourdement, l'Apauline se lève, se rend à la fenêtre et reste silencieuse un long moment.

— C'est des mauvaises nouvelles ? demande Antoinette, la voix cassée.

La cartomancienne revient vers elle.

— Va voir la Marie-Louise tout de suite. Perds pas une seconde.

Antoinette hésite, ayant en mémoire le dernier sermon du prêtre qui a vigoureusement dénoncé les «agissements inacceptables d'une certaine jeune femme de la paroisse», qu'il n'a jamais nommée. Mais tous ont deviné qu'il s'agissait de Marie-Louise Gilbert, dont il «fallait se méfier comme du diable en personne».

— Mais l'curé a dit…

L'Apauline l'interrompt.

— Veux-tu r'trouver ton p'tit?

— Oui.

— T'es ben mieux d'oublier l'curé pis d'courir voir la Marie-Louise.

Antoinette a compris. Elle quitte rapidement la maison et trottine jusqu'à celle de Marie-Louise. Informée de la disparition de l'enfant par Achille, qui a participé aux recherches, la jeune femme n'est pas surprise quand Antoinette se pointe chez elle.

— Peux-tu l'trouver avec tes dons?

Marie-Louise plisse les lèvres. Le moment est mal choisi. À minuit, elle a rendez-vous avec le diable. Seule, sans Achille. Neuf jours après l'enfouissement de la poule, tel que l'écrit *Le Petit Albert*.

— Y paraît que l'curé a dit à la grand-messe que j'étais le diable en personne. Ça vous fait pas peur?

— Oui, mais c'est l'Apauline qui m'a convaincue de v'nir icitte.

— Elle vous a tiré aux cartes? demande Marie-Louise.

L'autre fait signe que oui.

— Quelle carte?

— La dame de pique.

— La dame de pique! sursaute Marie-Louise.

— Oui, deux fois.

Marie-Louise est ébranlée. Deux fois! À l'évidence, l'Apauline ne lui a pas envoyé Antoinette pour rien.

— J'verrai c'que je peux faire. R'tournez chez vous.

— Tu vas essayer?

— R'tournez chez vous.

Déçue, Antoinette rentre à la maison, le cœur en charpie. Un peu avant minuit, Marie-Louise jette un manteau sur ses épaules et marche lentement vers l'orée du bois où elle a enterré la poule. Quelques bruits anodins, la nuit est calme, comme figée dans le temps. Soudain, le grand-duc hulule. Un autre lui répond. Les hululements se rapprochent, terrifiants. Marie-Louise a les lèvres sèches et le cœur qui bat trop vite. Elle regarde tout autour dans l'espoir d'y voir apparaître le démon. Viendra-t-il comme dans les livres, fourche à la main, la silhouette dégingandée? S'incarnera-t-il dans le hibou? A-t-elle bien suivi la recette du *Petit Albert* qui suggérait aussi d'enterrer la poule à la croisée de trois chemins? Doit-elle la déterrer? Gênée par l'obscurité, elle a de la difficulté à retrouver l'endroit exact. Puis, le tintamarre des grands-ducs se tait. Une légère brise brouille le silence.

Soudainement, elle heurte du pied un corps mou. Un animal? Elle hésite un peu, se penche et, craintive, touche la chose. Une bottine, une jambe? Elle repousse les branchailles et y trouve un garçonnet endormi. Roméo? À n'en pas douter. Mais que fait-il ici? Le diable l'y a-t-il déposé? Comment l'Apauline savait-elle que Marie-Louise était la seule à pouvoir le retrouver?

Elle le soulève délicatement, s'assure qu'il respire encore, le recouvre de son manteau et avant de revenir à la maison, elle vérifie que la terre où elle a enterré la poule n'a pas été retournée par un animal sauvage, ce qui aurait fait échouer l'affaire. Rien. Marie-Louise est confuse. Elle n'a pas vu le diable, mais ce n'est pas un hasard si elle a retrouvé Roméo là où elle avait enterré la poule. Quel est le message? Que doit-elle comprendre? Un instant, elle se demande si elle ne devrait pas éliminer l'enfant pour éviter les complications, les questions qui pleuvront sur elle comme les grêlons de la veille. Comment réagiront les villageois quand ils apprendront qu'elle l'a découvert au beau milieu de la nuit? Tous ceux qui doutaient d'elle trouveront-ils dans cet épisode la preuve qu'elle a des pouvoirs exceptionnels? Ils seront tout aussi nombreux à l'accuser d'attirer le diable dans la paroisse. Elle chasse vivement ces idées saugrenues. Elle n'arriverait jamais à tuer un enfant.

Elle retourne rapidement à la maison, le garçonnet collé contre sa poitrine, dissimulé sous son manteau pour le garder bien au chaud. Marie-Louise aime cette sensation. Plus que jamais, elle veut des enfants. Les tenir dans ses bras, les cajoler, les embrasser, les entendre rire. De retour, elle allume une bougie près de l'évier et à l'aide d'un chiffon, nettoie le visage de Roméo, piqué de saletés et de boursouflures. Sa peau est froide, ses vêtements mouillés. Il tremble. Est-il trop tard? Marie-Louise reste calme. Elle tente de le faire boire, mais il grogne comme s'il n'avait plus la force de réagir. Elle humecte sa langue à plusieurs reprises, l'enveloppe dans son manteau et court chez Antoinette. Elle doit frapper fort et longtemps à la porte avant qu'on vienne lui ouvrir. Quand elle aperçoit son fils dans les bras de Marie-Louise, Antoinette éclate en sanglots. Son mari arrive aussitôt. Ses yeux vont de Roméo à Marie-Louise, incrédules. Antoinette prend l'enfant que l'autre lui tend et ne trouve pas de mots pour la remercier. Marie-Louise les salue d'un petit geste de la main et disparaît dans la nuit.

— C'est-y toé qui est allée la voir? demande Théophile à sa femme.

— Oui.

Pendant qu'Antoinette, en larmes, emmène l'enfant au chaud, Théophile reste immobile sur le pas de la porte. Que doit-il comprendre? Qui lui a redonné son fils? Dieu ou le diable? La silhouette de Marie-Louise s'évanouit dans l'obscurité.

31

Quand les hommes et le curé reviennent le lendemain en même temps que les premiers clins d'œil du soleil, ils sont accueillis par Théophile. Il semble embarrassé.

— La Marie-Louise a retrouvé mon gars la nuitte passée. Y est un peu fatigué, mais ben en vie.

Théophile referme la porte derrière lui et disparaît dans la maison pour ne pas avoir à s'expliquer davantage. Bouche bée, les yeux hagards, les hommes ne sont pas certains d'avoir bien compris. La Marie-Louise l'a retrouvé en pleine noirceur? Où? Comment savait-elle où il se trouvait?

— Pour moé, murmure Héliodore, c'est l'diable qui l'a aidée. Charche si le p'tit sera pas possédé du démon!

Le prélat, encore sous le choc, en a assez entendu.

— Rentrez chez vous. Retournez à vos travaux et cessez de faire des suppositions ridicules.

Les hommes se dispersent lentement, convaincus que Marie-Louise est plus forte que le curé. Pourquoi le Bon Dieu n'a-t-il pas conduit les chercheurs vers l'endroit où se trouvait le garçonnet? Un mélange d'inquiétude et de peur les habite. Et si Marie-Louise avait le pouvoir de changer leur vie? Si *Le Petit Albert* était plus fort que la Bible! Si le diable devenait le maître du village!

Vilmond Leblanc veut en avoir le cœur net, mais Théophile et Antoinette n'ont pas de réponse. Tout ce qu'ils savent, c'est que Marie-Louise a ramené Roméo «passé minuit».

— A l'a pas dit un mot, explique Théophile au prêtre. A l'a mis Roméo dans les bras d'ma femme, a nous r'gardés avec un drôle d'air, pis a l'est repartie ben vite. ·

— Lui avez-vous demandé de vous aider?

Antoinette baisse la tête. Elle se sent coupable d'avoir désobéi, mais peut-elle se reprocher d'avoir cherché par tous les moyens à retrouver son fils?

— J'savais pus quoi faire, larmoie Antoinette. J'sus allée voir l'Apauline, pis a m'a dit que seulement la Marie-Louise pouvait me r'donner mon gars.

Le curé est désespéré. Son pire cauchemar se réalise. L'Apauline, une tireuse de cartes inoffensive, ne l'inquiète pas outre mesure. Mais Marie-Louise, à n'en pas douter, rede-viendra l'héroïne du village, celle que tous solliciteront chaque fois qu'un incident surviendra. Vilmond Leblanc pensait bien avoir détruit sa réputation en l'associant au diable, mais là, tout est à recommencer. Il fallait entendre Boromé Poulin : «A l'a fait un miracle!» Comment a-t-elle pu retrouver l'enfant au beau milieu de la nuit? se demande le prêtre. Il tourne les talons et va s'agenouiller dans l'église. Sa longue prière est interrompue par des bruits de pas derrière lui. Des paroissiens viennent assister à la basse messe et se recueillir pour Roméo. Impatient, le prêtre leur explique que le garçon est de retour à la maison, sans plus de détails. Il les invite à retourner chez eux. La cérémonie est annulée. En rentrant au presbytère, plusieurs idées lui passent par la tête. Devrait-il exorciser le démon qui habite sûrement Marie-Louise? Devrait-il demander à son évêque d'envoyer à Saint-Benjamin un remplaçant plus en mesure de lutter contre Lucifer?

Marie-Louise a mal dormi. Elle est confuse et inquiète. La même question revient sans cesse la hanter. Quel rôle a joué le diable dans la découverte du petit garçon? S'il n'y est pour rien, comment se fait-il qu'elle ait retrouvé Roméo à l'endroit exact où elle a enterré la poule? Le hasard? Ce soir, elle ira voir l'Apauline. Elle pourrait être de bon conseil. On frappe à la porte.

— Bonjour, Marie-Louise. Je pourrais vous poser quelques questions?

Elle dévisage le curé, mais ne répond pas. Il entre dans la maison, jette un œil à Caius, puis va directement au but.

— Où l'as-tu retrouvé?

Marie-Louise hausse les épaules.

— J'ai entendu un chien japper, j'suis allée voir ce qui s'passait, pis j'ai trouvé le garçon derrière un tas de branches, ment-elle.

— Un chien ou le diable?

Surprise, Marie-Louise ne comprend pas qu'un prêtre pose pareille question.

— Vous croyez au diable, monsieur l'curé?

Le ton est persifleur. Vilmond Leblanc se mord les lèvres, frustré.

— Moi non, mais bien des gens dans le village y croient. Ils ont peur. Certains d'entre eux m'ont même demandé de le faire sortir de ton corps.

— C'est un crime de retrouver un enfant? Vous allez quand même pas m'blâmer pour avoir fait c'que vous avez pas été capable de faire.

Chaque fois qu'il se retrouve devant cette femme, le prêtre est désarçonné. Il ne trouve pas les bons mots, les répliques qui pourraient clouer le bec à cette insolente. Vilmond Leblanc ravale sa frustration. La menacer d'excommunication? Lui ordonner de partir au loin? De renoncer à ses dons? Rien de tout cela n'a fonctionné dans le passé et rien ne changera dans un avenir prévisible. Il a perdu la bataille.

À son retour, il s'arrête au magasin. Plusieurs paroissiens y sont rassemblés autour du maire. Tous, ils cherchent à comprendre.

— Moi, je soutiens que c'est le hasard, qu'elle l'a retrouvé par chance, avance Elmina.

— Mais que faisait-elle dehors à minuit? se demande Vénérin.

— C'est ben sûr qu'a l'allait rencontrer l'diable, pis y l'a aidée pour trouver Roméo.

Le débat reprend de plus belle. Marie-Louise, ange ou possédée? Visionnaire ou sorcière? Une femme dotée d'un don particulier pour trouver les êtres et les choses? La spéculation va bon train quand le curé fait son entrée dans le magasin. À son air dépité, ils comprennent tous qu'il n'en sait pas plus.

— Les parents m'ont dit qu'ils lui avaient demandé de retrouver leur fils. Elle a essayé de me faire croire qu'un chien l'a réveillée. Qu'elle est sortie et qu'elle a entendu un enfant pleurer.

— Ça s'peut, laisse tomber Nolasque Boulet. Le ciarge de chien à Trefflé passe ses nuittes à japper.

Malgré cela, le curé reste persuadé que Marie-Louise lui a menti.

— Pis qui c'est qui vous dit que la Marie-Louise a pas emmené le p'tit dans l'bois, pis a l'a fait à semblant de le r'trouver, pour prouver qu'elle a des dons?

Encore là, le prêtre voudrait bien croire l'hypothèse de Nolasque, mais elle lui paraît exagérée. Héliodore Bolduc qui entre au même moment a tôt fait de contredire Nolasque.

— Le p'tit gars a raconté à ses parents qu'y s'est pardu en cherchant son chat. Y s'rappelle pas pantoute d'la personne qui l'a r'trouvé pis ramené à la maison.

À la tombée du jour, Marie-Louise jette un châle sur ses épaules et va frapper à la porte de l'Apauline, qui l'attendait.

— J'savais que tu viendrais.

— Pourquoi vous m'avez envoyé Antoinette Bolduc?

— Parce que j'ai vu dans les cartes que t'étais la seule qui pouvait le r'trouver, mort ou vivant.

L'Apauline fait une pause.

— As-tu demandé au diable de t'aider?

154

Marie-Louise baisse la tête. Doit-elle lui dire la vérité?

— Dis-moé tout, insiste l'Apauline, sinon j'pourrai rien faire. Contrairement à toé, j'ai pas d'don. On a toujours ri de moé parce que tout c'que j'peux faire, c'est de voir des affaires dans les cartes.

— Voulez-vous me montrer? demande Marie-Louise.

— Pas avant que tu m'eilles tout raconté.

Marie-Louise se résigne. *Le Petit Albert*, les recettes magiques, la poule noire, le sang répandu, le philtre pour attirer Delphis, elle ne néglige aucun détail. L'Apauline la regarde longuement, intensément, comme si son interlocutrice arrivait tout droit d'une autre planète.

— Si j'comprends ben, tu fais affaire avec le diable?

— Je l'ai pas vu. Juste un hibou qui est toujours autour, que j'entends, mais j'sus pas sûre que c'est lui. La nuitte passée, y en avait deux. Y criaient tellement fort que c'en était épeurant. J'pense que l'diable voulait m'dire que le p'tit garçon était là.

Marie-Louise fait une pause.

— Pensez-vous qu'y existe, le diable?

L'Apauline s'enflamme.

— S'y existe pas, pourquoi le curé en parle tant? Pourquoi y en a aussi peur? Les prêtres, les évêques pis même le pape passent leu temps à nous faire accraire qu'on ira en enfer avec le diable si on a pas une bonne vie. Selon moé, y existe pis y t'a choisie. C'est épeurant, mais si t'es patiente, un jour, tu vas le rencontrer. Mais ça peut être long. Y voudra être ben sûr qu'y peut t'faire confiance.

Marie-Louise ne sait pas si elle doit se réjouir ou se désoler. La partenaire du diable? Voilà qui lui donnerait plein de pouvoirs, mais à quel prix? Autant elle l'a souhaité, autant elle n'est plus certaine que c'est une bonne idée.

— Pis les cartes?

— Commence par te trouver un vieux jeu qui a appartenu à ta famille depuis toujours. Un jeu qui a du vécu. Ensuite, tu devras l'mettre à ta main. Ça prend du temps, mais si j'meurs pas avant, j'te montrerai.

— Voulez-vous m'tirer aux cartes? J'aimerais savoir si Delphis me mariera pis combien d'enfants on aura.

— Non, pas tout de suite, tranche l'Apauline. Attends que ça s'calme un peu autour de toé. Pour que les cartes disent la vérité, y faut que tu fasses du ménage dans ta tête.

Marie-Louise se lève, la remercie d'un clignement d'yeux et s'en va. L'autre l'intercepte.

— Tout c'que j'peux t'dire pour Delphis, c'est que tu devrais jamais marier un homme que t'aimes pas. Ça va t'attirer ben du trouble.

32

Avril 1920

On peut jouer avec le diable sans pour autant être convaincu de son existence.

Jean-François Pasques, *La bascule.*

Marie-Louise Gilbert avance lentement dans le sentier de neige fondante, perdant pied à l'occasion, évitant les flaques profondes, recouvertes de minces frisures de glace brésillée. Elle n'entend pas les chuchotements tiédis du printemps, elle ne voit pas la volée d'alouettes cornues qui s'élève devant elle, trop absorbée par ce qu'elle espère découvrir à l'orée du bois. La poule noire s'est-elle évaporée dans les méandres de l'hiver? Elle y retourne pour la première fois depuis que le froid a gelé la terre, l'automne dernier, en espérant que l'endroit sera complètement dégagé et le sol, malléable.

Au bord de la forêt, la neige a disparu. Marie-Louise est rassurée. Elle repère l'épinette dont les branches basses chapeautent l'emplacement où elle a enterré la poule noire. Avec la paume de sa main, elle repousse la terre, tire une grosse cuiller de métal de sa poche et creuse le sol vaseux. À plusieurs reprises, l'automne dernier, elle a songé à fouiller cet endroit sans jamais oser. Cette fois, elle veut en avoir le cœur net.

Au bout d'un instant, une patte de la poule surgit. Minutieusement, elle la dégage, mais décide de ne pas aller plus loin. À l'évidence, le cadavre a survécu à l'hiver.

Et le diable pourrait lui en vouloir de le bousculer ainsi. Le hululement d'un hibou la fait sursauter. Toujours le même. Les aigrettes pointées, il est perché dans l'épinette. Il plonge ses yeux globuleux dans ceux de Marie-Louise. Elle en a un frisson. De gros yeux jaunes, menaçants, trop grands pour la face aplatie du rapace. La jeune femme n'ose pas soutenir son regard. Elle repousse la terre sur la patte de la poule noire et tourne les talons.

Au retour, les mêmes questions reviennent la hanter. Comment se fait-il qu'aucun animal sauvage n'ait senti la poule et ne l'ait déterrée? Les renards, en particulier, ont le don de retrouver les carcasses sous la surface du sol. Le diable l'a-t-il protégée? S'est-il incarné dans l'animal? Ou dans ce hibou menaçant? Devrait-elle offrir un deuxième présent à Satan? Ces questions l'ont tourmentée pendant tout l'hiver. Souvent, elle s'est demandé si sa cupidité n'avait pas fait fuir Satan. A-t-il cru qu'elle n'en avait que pour les œufs d'or? Que pour l'argent? Même s'il est un être maléfique, il souhaite probablement une relation moins vénale.

— Ça s'pourrait ben, lui a dit l'Apauline, qu'il te trouve trop jeune pour te faire confiance. Cours pas après. Laisse-lé v'nir à toé.

— Vous pensez pas que j'devrais essayer avec une autre poule noire?

L'Apauline branle la tête en grimaçant. Après réflexion, l'idée que Marie-Louise devienne la partenaire du diable l'agace, lui fait peur. Ainsi possédée, la jeune femme ne serait habitée que par le mal. Tout ce que voudrait Satan, ce serait des âmes. Pour y arriver, il pourrait même entraîner Marie-Louise à commettre des crimes.

— As-tu besoin de lui? Parce que si tu deviens sa proie, c'est l'enfer qui t'attend. L'diable, c'est l'mal. Y te découragera de faire du bien, y t'poussera à faire juste du mal pis des péchés. Pis y va exiger que tu lui fournisses des âmes pour remplir son enfer. C'est-tu vraiment ça que tu veux?

Marie-Louise a baissé la tête. L'Apauline revient à la charge.

— Depus que t'as r'trouvé le gars à Toinette, l'monde a confiance en toé sans bon sens. Parce que t'as fait queque chose de bien. T'as r'donné un enfant à sa famille, y a pas plus beau qu'ça! Tu peux maintenant faire tout ce que tu veux. Quand les deux p'tits Boily ont été enterrés dans le tunnel de neige, qui c'est que les parents sont allés charcher tout d'suite? Toé. Ils les ont sortis de là avant que t'arrives, mais c'est à toé qu'ils avaient confiance. L'monde t'aime si tu fais du bien, ils te haïront si tu fais l'mal.

L'Apauline fait une pause, se lève péniblement de sa chaise et met de l'eau à bouillir sur le poêle pour le thé. Elle revient vers Marie-Louise.

— Si tu veux mon idée, oublie-lé. As-tu vraiment besoin d'lui?

Questions lancinantes. Marie-Louise a-t-elle vraiment besoin du diable? Elle aimerait mieux ne pas contredire l'Apauline, mais elle est convaincue que c'est lui qui a dirigé le petit Roméo jusqu'à la poule noire. Que sans Lucifer, elle n'aurait jamais retrouvé l'enfant. La tentation est forte de gagner son amitié et d'obtenir encore plus de pouvoirs. Si elle s'acoquine avec Satan, que demandera-t-il en retour? Ne voudra-t-il pas ses enfants quand elle en aura? Doit-elle se contenter de ce qu'elle a? Elle peut jeter des sorts et faire beaucoup de bien sans lui. Et même se venger lorsqu'il le faut. En janvier, elle a jeté un sort au curé, qui a attrapé un hoquet incontrôlable alors qu'il la dénonçait du haut de la chaire. Elle y est arrivée sans recourir au diable.

Elle a aussi une nouvelle flèche dans son carquois. Grâce à l'aide de l'Apauline, elle peut maintenant lire les cartes. Elle a découvert un vieux jeu que son père gardait dans une boîte de fer-blanc enterrée sous la paille, dans la grange avec d'autres souvenirs, dont un vieux chapelet de sa mère qu'elle a caché dans la maison pour ne pas importuner Satan. «Ç'a appartenait à mémère», a dit Caius. L'Apauline a longuement détaillé le jeu avant de lui donner sa bénédiction. Quoi de mieux que des cartes écornées, usées par le temps, pour fouiller le repli des âmes? Elle a enseigné à Marie-Louise la signification des plus importantes. La veille de la mort de

Rosita Lachance, la fille de cette dernière a tiré deux fois le sept de pique, jumelé à l'as. Marie-Louise savait que Rosita allait mourir, mais elle n'a pas voulu le dire à sa fille. Souvent, elle essaie de prédire son propre avenir à l'aide des cartes. Chaque fois qu'elle tire l'as de pique associé à un cœur, le symbole de la rupture amoureuse, elle lance le jeu sur la table et réalise que Delphis n'est pas le mari idéal.

33

«La femme Gagnon, coupable de meurtre, est condamnée à être pendue le 1ᵉʳ octobre», titre L'Action catholique. Marie-Anne Houde, l'épouse en secondes noces de Télesphore Gagnon, de Sainte-Philomène, a été reconnue coupable du meurtre de la petite Aurore Gagnon, dix ans, à qui la marâtre a infligé de terribles supplices. Pendant les sept jours qu'a duré le procès devant la cour du banc du roi du district de Québec, les détails dégoûtants rapportés par les journaux ont attisé la colère des Québécois.

— Qu'elle meure au bout de la corde! Une autre possédée du diable comme Marie-Louise Gilbert.

Elmina Breton esquisse une grimace de réprobation. Tant de cruauté à l'endroit d'une innocente fillette! Elle pose le journal sur le comptoir, dépitée.

— T'as lu la nouvelle pour la petite Aurore? demande-t-elle à Delphis. Sa mère adoptive sera pendue et c'est bien bon pour elle. Ça lui apprendra à pactiser avec Satan!

Il fait non de la tête sans saisir l'allusion de sa mère. Le drame qui a tenu la province de Québec en haleine depuis février ne l'intéresse pas. Il doit retrouver Marie-Louise avant de retourner dans les chantiers de la Breakey, près de Lévis, où il a finalement été muté sur l'insistance de son père.

— Où vas-tu ? lui demande sa mère.

— Prendre l'air, se contente de répondre Delphis en sortant du magasin.

Elmina se mord la lèvre inférieure. Malgré toutes ses tentatives, tous ses avertissements, elle n'a pas réussi à éloigner son fils de Marie-Louise Gilbert. Au contraire, depuis que la jeune femme l'a menacé de chercher un autre prétendant, il insiste pour revenir des chantiers chaque fin de semaine et il la retrouve dès qu'il a une minute de libre. Elmina a bien tenté à quelques reprises de le convaincre de fréquenter Fleurima Pépin, une jolie fille de bonne famille, mais sans succès. Vénérin, dans un élan de colère, a menacé de le déshériter et de tout léguer à ses frères et sœurs, rien n'y a fait. À bout de ressources, Elmina et son mari envisagent d'expédier Delphis à Waterville aux États-Unis, où un oncle lui offre du travail dans sa compagnie de bois. Le temps que Marie-Louise se désintéresse de lui et épouse quelqu'un d'autre. Elmina va à la fenêtre et constate avec déplaisir que son fils s'en va chez «la maudite Marie-Louise».

Delphis marche d'un bon pas. Une bande de carouges à épaulettes se disputent un perchoir sur la tête d'une quenouille défraîchie par l'hiver. Un soleil étincelant bondit sur les flaques d'eau. Quand il frappe à la porte de Marie-Louise, elle met du temps à lui ouvrir. Depuis une heure, elle met au point le philtre d'amour qu'elle fera avaler à Delphis, dissimulé dans une pointe de tarte. Elle a tous les ingrédients : les couillons de lièvre, le foie d'une tourterelle et une tasse de son propre sang. Elle a décortiqué les ingrédients et les a fait sécher dans un petit pot de fer avant de réduire le tout en une poudre fine comme le recommande la formule du *Petit Albert*. Elle en a une bonne quantité, assez pour répéter l'expérience deux ou trois fois si la passion met trop de temps à allumer le cœur de son ami.

Pourquoi se donne-t-elle tout ce mal ? Pourquoi ne pas suivre les conseils de l'Apauline et larguer Delphis ? Ce serait la solution facile, mais où trouvera-t-elle le père idéal pour ses enfants ? Le père instruit et bien né ? L'aime-t-elle ? L'amour n'est-il pas une notion folichonne ? Elle connaît Delphis depuis

162

la petite école. Elle sait qu'elle pourra le dominer, le manipuler à sa guise. Le philtre d'amour le rendra encore plus dépendant.

— Qu'est-ce que tu prépares? lui demande-t-il.

— Une tarte au sucre. J'sus ben certaine que tu l'aimeras.

Marie-Louise lui offre la pointe de tarte qui contient la potion magique et lui sert un thé. Delphis l'avale rapidement sans se douter que la jeune femme a mis au point un subterfuge pour renforcer son amour.

— Tu m'dis jamais qu'tu m'aimes?

Delphis s'impatiente. Toujours les mêmes questions. Oui, il l'aime, mais il sait très bien que ses parents ne voudront jamais qu'il l'épouse. Comme il ne peut rien faire pour l'instant, il laissera le temps arranger les choses. Pas question d'envisager les autres solutions. Il ne rompra pas avec sa mère et son père. Il n'abandonnera pas son emploi pour vivre avec Marie-Louise et ainsi subir les foudres du curé, l'allié inconditionnel de ses parents. Il ne veut même pas y songer.

— Faut juste attendre le bon moment, soumet Delphis.

Marie-Louise bondit.

— J'sus tannée d'attendre. Déguerpis. J'veux pus t'voir. T'es rien qu'un flanc mou. Tu t'décideras jamais. Sors de ma maison.

— Attends un peu, l'implore Delphis.

Elle ne l'entend plus. Un frisson de colère hérisse son corps. Quand il franchit le pas de la porte, elle lui lance un dernier message.

— Et ne te bâdre pus de revenir. J'vas trouver quelqu'un d'autre.

34

Vénérin est déçu. Le premier ministre de la province de Québec, sir Lomer Gouin, a démissionné pour se joindre aux libéraux de Mackenzie King, à Ottawa. Louis-Alexandre Taschereau le remplacera.

— Ça fait vingt ans que Taschereau est à l'Assemblée législative, dit Nolasque Boulet, y doit ben savoir c'qu'y fait. Sans compter que son oncle était archevêque de Québec et le premier cardinal né dans le dominion, c'est pas rien. Y vient d'une ciarge de bonne famille !

— J'suis ben sûr, renchérit Augustin Leclerc, que ça va faire un catin de Bon Dieu de bon premier ministre !

Derrière le comptoir, Elmina ne les écoute pas. Elle n'arrive pas à se concentrer sur le cahier des comptes. Sa dernière querelle avec Delphis a sapé son énergie. Impossible de discuter calmement avec lui. Son fils se contente de mâchonner des réponses incompréhensibles, entrecoupées de grognements insignifiants. Sa mère est désarmée, ses paroles ne l'atteignent plus. Delphis ne veut pas engager la conversation.

Quand la porte du magasin s'ouvre sur le curé, tous remarquent aussitôt son air dépité. Il enlève son chapeau et s'approche du comptoir.

— Est-ce qu'il vous est arrivé un malheur, monsieur le curé? demande Elmina.

Il plisse les lèvres comme s'il allait pleurer. Il se frotte le menton et laisse tomber d'une voix à peine audible :

— Mon évêque m'envoie dans une autre paroisse, près de Québec. Je pars dans deux semaines.

Stupeur dans le magasin. Voilà une nouvelle fracassante, sûrement la plus importante dans la courte histoire du village. Elmina et les hommes mettent du temps à retrouver la voix.

— Mais pourquoi, catin de Bon Dieu? demande Augustin Leclerc. Que c'est qu'y vous r'proche?

Le curé hausse les épaules. La lettre du cardinal Bégin était brève et laconique. Il l'a lue et relue plusieurs fois. Hors de tout doute, il est muté parce qu'il n'a pas eu raison de Marie-Louise Gilbert.

Monsieur le curé Leblanc,

L'évêché aime s'assurer que ses prêtres plus expérimentés font profiter nos bons catholiques de leur grand talent. Vos vingt années passées dans notre belle paroisse de Saint-Benjamin font de vous un de nos doyens. Les problèmes qui ont surgi chez vous n'étaient pas toujours faciles à régler. Certaines croyances ont la vie dure. Votre dernière lettre nous laisse croire que l'exorcisation de cette jeune femme est au-delà de vos forces. Peut-être qu'une approche différente donnera des résultats opposés. Vous avez fait un travail exceptionnel et nous estimons que vous méritez un changement d'affectation. Nous avons la certitude que vous pourrez rendre de très grands services à Limoilou. Au nom du Seigneur, je vous remercie de votre précieuse collaboration. Pour ce qui est des détails, mon secrétaire communiquera avec vous dans les prochaines heures.

Je vous prie d'agréer mes salutations distinguées.

Louis-Nazaire Bégin, cardinal de Québec

— Je pense, répond le prêtre, que l'évêché me reproche de ne pas avoir su détourner les paroissiens de ces croyances ridicules, de cette femme qui les ensorcelle et leur fait croire qu'elle est plus forte que Dieu.

— Vous parlez d'la Marie-Louise Gilbert? s'enquiert Augustin.

Vilmond Leblanc l'approuve d'un léger geste de la tête. À n'en pas douter, elle a eu raison de lui et gagné la confiance de la majorité des habitants du village. À la dérobée, ils se précipitent chez elle dès qu'un problème survient. Mais pourquoi? se demande-t-il. Son seul fait d'armes est d'avoir retrouvé le petit Roméo, assurément aidée par le hasard... pour ne pas dire le diable. Tout le reste n'est que balivernes. Elle s'est vantée d'avoir provoqué le hoquet du prêtre pendant deux de ses sermons, mais Vilmond Leblanc prétend qu'il a souvent le hoquet, que Marie-Louise Gilbert soit ou non dans les parages.

— Vous êtes en train de nous dire que c'est le diable qui a gagné? s'inquiète Augustin. J'l'ai toujours cru, que la Marie-Louise a l'est possédée du démon. Moé, j'ose pus l'approcher.

Elmina a le souffle court. Voilà le pire scénario. Le curé, son principal allié, s'en va. Les laissant seuls avec une possédée du diable! Elmina a longtemps tenté de se convaincre que Marie-Louise n'était rien d'autre qu'une enjôleuse, une minable jeteuse de sorts. À l'évidence, elle a un magnétisme certain. Mais de là à être sous l'emprise du démon? Jusqu'à aujourd'hui, elle a refusé de le reconnaître. Mais si Marie-Louise a été assez forte pour avoir détrôné le curé, aura-t-elle aussi raison de son fils, avec l'aide de Satan? Elle tremble à la pensée que Delphis pourrait être possédé un jour.

— Pouvez-vous nous débarrasser d'elle avant de partir? demande Vénérin.

Le prélat branle vivement la tête. Il refuse d'admettre que le diable l'a vaincu. Avec l'aide de Dieu, le prêtre est invincible. L'est-il vraiment? Vilmond Leblanc a souvent douté de ses forces. À l'occasion, la nuit, des grincements inusités le réveillaient. On aurait dit quelqu'un qui grattait de ses ongles le plafond de la cuisine. Un bruit persistant. D'autres fois, l'horloge s'arrêtait de sonner après six coups alors qu'il

166

était minuit. A-t-il été trahi par son imagination? Toutes ces sornettes, ces croyances de ses paroissiens ont-elles fini par s'incruster dans son cerveau? Étaient-ce les sorts que Marie-Louise lui a jetés? À bien y réfléchir, quitter Saint-Benjamin lui fera probablement le plus grand bien.

— Avant de vous en aller, monsieur le curé, vous devriez lui ordonner de venir à l'église et la purifier, propose Vénérin. Vous avez le pouvoir de chasser le démon de son corps?

— Ce n'est pas si simple que ça.

À quelques reprises, il a pensé exorciser le démon qui habite sûrement Marie-Louise Gilbert. Mais comment s'y prendre?

Elle ne vient plus à l'église. Elle ne fait pas ses Pâques, ne se confesse plus, ni ne communie. Certes, elle paie sa dîme au nom de son père, mais sa piété ne va pas plus loin. Lors de la dernière visite paroissiale du curé, elle s'est sauvée, le laissant seul avec Caius.

— Pourquoi pas? insiste Augustin.

— Je n'y arriverai pas, tranche le prêtre. Ce combat m'épuise. Mon successeur sera en meilleure position que moi. Je lui expliquerai la situation.

— Vous le connaissez, celui qui prendra votre place? demande Elmina.

— Non.

Le lendemain, Augustin Leclerc répand la grande nouvelle. Les fidèles de Saint-Benjamin n'ont qu'à bien se tenir, Marie-Louise Gilbert au premier chef. Leur nouveau prélat, Fernando Drouin, a la réputation de ne pas s'en laisser imposer. Dans le village de la Gaspésie d'où il vient, il a gagné ses batailles contre Lucifer. Deux fois, il a exorcisé des hommes possédés du démon qui, depuis, ont retrouvé une vie normale et le chemin de l'église.

35

Quelle bonne nouvelle! Le premier ministre conservateur Robert Borden démissionne. Les Canadiens français ne lui ont jamais pardonné d'avoir imposé la conscription, assortie de déclarations incendiaires du ministre de la Milice Sam Hughes à leur endroit. À Saint-Benjamin, comme ailleurs, on sait peu de choses de son remplaçant, Arthur Meighen. Mais ce matin, cette information n'est pas la plus importante. C'est davantage la naissance des jumeaux, Jeanne d'Arc et Roch-Jean Gagnon, qui soulève les passions. Les enfants de Marie-Anne Houde, la tortionnaire de la petite Aurore Gagnon, sont nés dans la prison de Québec. Une fois l'allaitement terminé, ils seront transférés à la Crèche Saint-Vincent-de-Paul et leur mère restera au pénitencier en attendant d'être pendue.

— J'en connais une autre, dit Nolasque Boulet en se tournant vers Delphis, qui devrait être pendue.

Le fils du marchand n'écoute pas la conversation du magasin. Il se faufile par la porte arrière et se dirige vers la maison de Marie-Louise, espérant qu'elle sera de meilleure humeur. Quand il arrive, elle est affairée à passer le harnais à la jument qu'elle a achetée l'an dernier.

— Qu'est-ce que tu fais?

— J'ai du foin à rentrer, répond-elle sèchement.

168

Les travaux de la ferme occupent tout son temps. Elle a augmenté ses troupeaux de vaches et de moutons et laissé couver deux poules, de telle sorte que le poulailler est devenu trop petit. Bref, elle n'a rien à envier aux cultivateurs de Saint-Benjamin. Elle sème des patates, récolte des carottes, des choux de Siam et des betteraves, et l'automne dernier, après avoir labouré un champ, elle a fait boucherie. Un porc qu'elle a égorgé, vidé de ses entrailles et suspendu fièrement dans la porte de la grange, avec l'aide d'Achille.

— C'est ben du travail, laisse tomber Delphis pour relancer la conversation.

— J'ai pas peur de l'ouvrage, moé! Et je peux toujours compter sur Achille. Il se fait jamais prier pour m'donner un coup de main.

Elle lui tourne le dos, saute dans la voiture et ordonne à la jument d'avancer.

— Attends-moi.

Delphis monte à son tour et s'accroche aux haridelles pour ne pas culbuter. En le voyant en équilibre précaire, Marie-Louise branle la tête avec dépit.

— T'es venu pour quoi, au juste?

— Te dire que je t'aime et te demander de patienter encore un peu.

Elle force la jument à s'immobiliser, le visage renfrogné. L'arrêt est brusque, Delphis vient bien près de basculer.

— Non, j'attendrai pas plus longtemps. Tes parents n'accepteront jamais qu'on se marie, jamais. Arrête de te faire des accraires.

— Mais je t'aime.

Marie-Louise le regarde droit dans les yeux. C'est la première fois qu'il lui déclare son amour aussi spontanément. Le philtre a fait son œuvre. Elle pourra plus facilement le manipuler et le convaincre de passer à l'étape suivante : quitter son emploi pour la Breakey et vivre avec elle à la ferme.

— Si tu m'aimes, tu dois l'prouver.

Delphis détourne son regard. De belles rangées de vailloches de foin s'étendent dans le champ. Quand le soleil aura séché la rosée du matin, Marie-Louise les chargera dans la voiture pour les transporter dans la grange.

— Je parlerai à ma mère, dit Delphis d'une voix misérable.

Marie-Louise branle la tête de frustration. Le voilà encore qui cherche à gagner du temps!

— Ça donnera absolument rien, comme d'habitude. A l'acceptera jamais, t'es assez intelligent pour comprendre ça. Voici c'que j't'offre. C'est à prendre ou à laisser. Si tu dis non, tu pars pis tu reviens pus jamais.

Delphis a ce regard inquiet qui le caractérise dans les moments difficiles. Que lui proposera-t-elle? Quitter son emploi immédiatement et déménager chez elle?

— On va faire un bébé, décrète Marie-Louise. Quand j's'rai en famille de toé, y pourront pus rien faire contre nous autres. C'est la seule façon.

Le visage de Delphis blêmit. Un enfant? Il n'y a jamais pensé. Être père? L'idée ne lui plaît vraiment pas. Pourquoi se mettre une telle responsabilité sur les épaules?

— On peut pas attendre un peu...

— Non, l'interrompt-elle brutalement. C'est maintenant, au bord du bois, ou tu t'en vas pour de bon.

Delphis est sans voix. Marie-Louise tape gentiment sur le dos de la jument avec les cordeaux et la dirige vers l'orée de la forêt. Elle descend de la voiture et, les deux mains sur les hanches, surveille la réaction de Delphis. Il fait un pas, hésite, puis la rejoint derrière une touffe de sapins.

— Déshabille-toé.

Il s'exécute lentement, les yeux rivés sur Marie-Louise qui retire sa chemise, enlève ses pantalons et ses sous-vêtements, et s'allonge sur la mousse. Malhabilement, Delphis s'approche, l'embrasse et s'étend sur elle. Tout va très vite. Marie-Louise n'éprouve aucun plaisir et se rhabille aussitôt. Penaud, Delphis cherche les bons mots, mais elle ne lui laisse pas le temps de parler.

— On recommencera demain pour être ben certains. Tu r'tournes dans les chantiers lundi ?

— Oui.

— Tu viendras m'voir la fin de semaine prochaine. On l'fera aussi longtemps que j's'rai pas en famille.

La froideur calculatrice de Marie-Louise désarçonne Delphis. Il avait imaginé autrement leurs premiers ébats amoureux.

— Si on est pour avoir un enfant, tu vas renoncer à jeter des sorts au monde pis à parler au diable ?

Marie-Louise baisse la tête, contrariée. En quoi être mère l'empêcherait de venir en aide à ceux qui ont besoin d'elle ?

— J'ai pas de problème que tu fasses du bien, reconnaît Delphis, mais je veux pas que mon enfant soit possédé du démon.

— Tu crois que je suis possédée du démon ?

— C'est ce qu'on raconte au village…

Elle l'interrompt aussitôt.

— C'est ce que le curé disait, mais il n'a jamais rien prouvé. C'est pour ça qu'il s'en va de la paroisse.

— T'es pas contrôlée par le diable ?

Marie-Louise éclate de rire. Delphis sent un frisson lui courir dans le dos.

36

Pour la deuxième fois de la nuit, Marie-Louise est réveillée par le hibou. Le hululement est tout proche, comme si le grand-duc était perché au-dessus de sa fenêtre. Après hésitation, elle se lève, tire la couverture sur son père endormi et sort de la maison. Elle jette quelques regards à droite et à gauche. Une pleine lune gris fer se détache derrière le merisier. Quelques balbutiements de feuilles, au loin le craquètement des cigales, la touffeur d'une nuit de fin juillet. Elle va rentrer quand un bruissement d'aile lui frôle le cou. Si proche qu'elle a l'impression que l'oiseau lui a touché l'épaule. Elle a juste le temps d'apercevoir la silhouette du grand-duc qui disparaît aussitôt le long de la grange. Marie-Louise reste un moment sans bouger. Les bruits de la nuit se sont tus.

Le diable? Elle en est certaine. Que veut-il? Comment déchiffrer son message? S'oppose-t-il à sa décision d'avoir un enfant avec Delphis ou lui signale-t-il que l'enfant lui appartiendra? Elle retourne dans la maison, mais n'arrive pas à dormir. La vieille horloge sonne quatre heures. Au lever du soleil, elle ira dans la grange et attrapera quelques souris. Ensuite, elle les offrira au hibou et elle déterrera la poule noire. Elle a besoin de savoir.

Dès que le soleil pointe à l'horizon, Marie-Louise rassemble les vaches et les conduit à l'étable. Après la traite, elle verse le lait dans un grand bidon qu'Achille portera à la nouvelle beurrerie, en même temps que le sien et celui de Pitre Bolduc.

Après le déjeuner, elle installe son père sur la galerie et ordonne à Elma de rester bien sagement près de lui. Elle récupère les souris qu'elle avait enfermées dans une petite boîte au couvercle grillagé et file vers la forêt par un sentier dérobé, pour ne pas attirer l'attention des voisins.

Quand elle arrive près de l'épinette, elle observe les environs, tend l'oreille à la recherche du hibou. Un grand pic-bois la fait sursauter. L'oiseau se pose dans un vieil érable et commence à forer un trou comme si sa vie en dépendait. Un bruit de roulement de tonnerre. Marie-Louise n'a jamais rien vu de pareil. Elle chasse aussitôt l'idée que le diable se soit incarné dans ce gros oiseau.

Elle presse légèrement le sac de jute dans lequel elle a enfermé les souris, pour s'assurer qu'elles sont bien vivantes. Dès que le grand pic aura terminé ses travaux d'excavation, elle laissera sortir un premier rongeur dans l'espoir d'attirer le grand-duc... ou le diable. En attendant, elle déterre les restes de la poule noire avec une petite bêche qu'elle utilise pour sarcler son jardin. Très lentement, elle racle la surface et repousse le sol un peu plus loin. Un premier ergot est dégagé, sûrement le même que la dernière fois. Elle enlève la terre autour de la patte, continue de creuser méticuleusement pour ne pas abîmer la carcasse s'il y en a toujours une. Plus elle fouille, plus elle se rend compte que le temps a eu raison de la poule. À la fin, Marie-Louise devra se contenter d'osselets et de quelques plumes qui ont survécu à la décomposition. Aucun signe de Satan. Encore moins de l'argent qui devait la rendre riche. Elle est déçue. À moins qu'elle n'ait pas bien suivi la formule. Le diable est-il si capricieux? Elle enterre le tout avec sa botte et relève la tête. Elle s'immobilise, médusée. Le hibou la contemple, perché au même endroit. Un autre s'envole, pas très loin. Probablement la femelle, pense Marie-Louise. Doucement, pour ne pas l'effrayer, elle sort une souris du sac de jute et la laisse courir dans le sous-bois. Le rapace suit chacun de ses mouvements, tourne la tête complètement sans que son corps bouge, mais ne s'envole pas. La jeune femme attend un peu, observe les environs et relâche un deuxième mammifère. Le grand-duc réagit à peine. Un bref regard sur la bestiole et il replonge aussitôt ses yeux dans ceux de la jeune femme.

— Es-tu le diable? lui demande-t-elle en désespoir de cause.

Le hibou ne bronche pas, imperturbable. Marie-Louise reste un long moment à fixer l'animal. Quand il s'envole enfin, en frôlant sa tête, elle comprend que Lucifer ne veut pas d'elle ni de ses souris. Le temps est-il venu de mettre fin à cette relation loufoque? D'arrêter d'être aussi naïve? Pourquoi ne pas suivre le conseil de Delphis et s'en tenir à ses seuls dons qui rendent la vie des gens plus heureuse? À son retour, elle replacera le rameau béni au-dessus du miroir de la cuisine. Dimanche, elle ira à la messe et communiera pour impressionner le nouveau curé. Un froissement d'ailes la fait sursauter. Le hibou s'est posé à sa hauteur, les deux souris dans le bec.

37

Automne 1920

Les paroissiens ne l'avaient pas imaginé aussi frêle. Ils sont surpris, presque déçus, eux qui attendaient un curé costaud, large d'épaules, des mains de géant et une voix tonitruante. Celui qui écraserait Lucifer sous son talon. Fernando Drouin est tout le contraire. La cinquantaine avancée, petit, les épaules tombantes, de rares cheveux, une voix de crécelle, mais il a des yeux de feu.

Dès son arrivée, il a convoqué les marguilliers pour leur reprocher la saleté du presbytère, pour se plaindre du potager envahi par les mauvaises herbes et de la poussière qui recouvre les statues de la Vierge et de saint Joseph dans la nef de l'église. Penauds, les trois hommes ont baissé la tête, surpris par le ton belliqueux de leur nouveau pasteur.

— Voulez-vous qu'on trouve une autre servante? demande le marguillier du banc. La Belzémire, a commence à s'faire vieille pis a l'a peut-être pus les capacités pour s'occuper du nécessaire.

— Je compte sur vous pour régler tous les problèmes de la Fabrique. On m'a envoyé ici pour sauver les âmes et chasser le diable, pas pour passer le balai ni pour sarcler le jardin. Prenez vos responsabilités.

Le lendemain, le curé sort du presbytère et jette un long coup d'œil au village, se frottant les mains d'aise devant le défi qui l'attend. Expurger la paroisse de ses démons et ramener

175

ces brebis égarées dans le droit chemin. Maintenant qu'il a intimidé les trois marguilliers, au tour du maire. D'un bon pas, il se rend au magasin où sont déjà rassemblés quelques habitués.

— Bonjour, monsieur le curé. Je suis Vénérin Breton, marchand général et maire de la plus belle paroisse de Dorchester. Bienvenue chez nous.

Un peu à l'écart, Elmina détaille le nouveau prêtre. Elle aussi s'attendait à un Louis Cyr. Petit homme, certes, mais à l'allure très déterminée. Elle a un vague pressentiment. «En voilà un qui ne se laissera pas amadouer par un sac de biscuits Viau!»

— Merci, répond le prêtre, sans serrer la main tendue du maire ni des quelques personnes qui se trouvent dans le magasin.

«De ben drôles de manières!» pense Héliodore Bolduc. «Un ciarge de sauvage!» se dit Nolasque Boulet. Un malaise flotte parmi le groupe. Ce prêtre est-il à ce point désolé de se retrouver à Saint-Benjamin?

— Vous verrez, monsieur l'curé, reprend Vénérin, que vous allez vous plaire parmi nous. De la vitamine de bon monde!

Le prêtre les dévisage un à un. Fernando Drouin n'a jamais été très porté sur les conversations anodines, sur les ragots de magasin général. Dans son village de la Gaspésie, il n'a jamais fréquenté ses paroissiens autrement que pour des raisons religieuses.

— Du bon monde, à l'exception de cette possédée, m'a-t-on dit. C'est pour cela qu'on m'a envoyé parmi vous, avant que le diable vous tienne tous dans ses griffes. Je vais vous expliquer ce que j'ai l'intention de faire dans mon premier sermon, dimanche. J'espère que le village au grand complet sera dans l'église, y compris la démone.

Voilà le message qu'il voulait transmettre, conscient que la rumeur du magasin fera vite le tour de la paroisse. Le curé sort en trombe sans saluer ses ouailles et retourne au presbytère. Bouche bée, Vénérin et les siens se regardent longuement.

— J'te dis qu'y a pas l'air d'adon! Catin de Bon Dieu! se désespère Augustin.

— C'est clair, enchaîne Vénérin, que monseigneur Bégin l'a pas envoyé ici pour perdre son temps. À mon avis, il chassera le diable et repartira aussi vite. S'il peut nous débarrasser de la Marie-Louise, on va pas se plaindre.

— Sûrement pas, laisse tomber Elmina.

Augustin n'ajoute pas sa voix aux murmures d'approbation. Discrètement, il est allé se faire tirer aux cartes par Marie-Louise, il y a deux semaines. Craignant que le transport du courrier soit confié à une compagnie de Beauceville, il a demandé à Marie-Louise s'il avait raison de s'inquiéter. Amusée, elle l'a invité à piger plusieurs cartes, elle a froncé les sourcils, au grand dam d'Augustin qui s'attendait au pire. Elle a multiplié les expressions, de la joie à la déception, pour bien lui faire sentir qu'elle était en pleine possession de ses moyens et que l'exercice serait concluant. À la fin, elle lui a demandé de tirer une dernière carte, décisive. Avec appréhension, Augustin en a choisi une qui a allumé un grand sourire dans le visage de Marie-Louise. «Vous n'avez aucune raison de vous inquiéter. Vous avez le temps de mourir deux fois avant que quelqu'un d'autre vous vole votre ronne de malle.» Heureux, il n'a pas hésité à payer le coût de la consultation, une belle piastre du dominion.

— A l'a fait du bien à ben du monde dans la paroisse, affirme Augustin. C'curé-là est mieux de faire des miracles, s'y veut se débarrasser d'la Marie-Louise.

La moitié du village se fait tirer aux cartes par Marie-Louise. Pour connaître le meilleur temps d'ensemencer la terre, d'aller à la chasse ou de commencer les foins. Tous ceux qui avaient l'habitude de s'en remettre à l'Apauline visitent maintenant Marie-Louise. L'Apauline ne s'en émeut pas, au contraire. «J'sus rendue trop vieille. J'sens pus les cartes pis ben souvent, j'ai d'la misère à les voir, ma vue est trop chétive. Pis, comme c'est moé qui a montré à la Marie-Louise, vous êtes entre bonnes mains.»

— J'me d'mande, dit Héliodore Bolduc, s'y est pas trop tard. A fait pas d'mal. Ben du monde lui font confiance. Pis

177

moé, j'pense que la Marie-Louise a l'a des dons qui ont rien à voir avec le diable.

Elmina et Vénérin sont contrariés. Vrai que Marie-Louise a peu de gestes répréhensibles à son actif. Si ce n'était de sa relation avec Delphis, ils ne s'en préoccuperaient même pas.

Deux jours plus tard, l'église est pleine. Ils sont tous là sauf les grands malades, les trop vieux, les infirmes et Marie-Louise. Des regards inquiets sont fixés sur Fernando Drouin. Il voudrait se faire rassurant, leur avouer qu'il est heureux d'être parmi eux, qu'il les conduira tous au ciel, mais il n'a pas l'habitude de ce genre de propos. Il a horreur des paroles vides et du faire semblant. C'est contre sa nature. Il préfère aller droit au but, le plus directement et le plus rapidement possible.

— Mes bien chers frères, je ne suis pas venu à Saint-Benjamin pour vous dire que vous êtes beaux et fins. Ce n'est pas la mission que l'évêché m'a confiée. Je suis ici parce que vous avez été trop faibles pour vous tenir debout et que vous avez été ensorcelés par une femme d'à peine vingt ans. C'est regrettable et il me faudra prendre les grands moyens. Je vois qu'elle n'a pas eu le courage d'assister à la messe. Je saurai bien la trouver, la débusquer et l'exorciser. Vous pouvez compter sur moi. Mais en attendant, laissez-moi vous dire que le diable a la vie dure et que vous êtes tous menacés.

Le curé fait une pause, s'essuie les commissures des lèvres du revers de sa langue et relève les yeux sur ses fidèles. Un profond silence étouffe tous les bruits, même le babillage des enfants. On se croirait dans une assemblée d'âmes damnées, dans l'antichambre de l'enfer.

— À partir de maintenant, je vous interdis de fréquenter cette dame et de vous faire tirer aux cartes. Si vous l'avez fait, vous avez ordre de vous confesser immédiatement et il n'est pas dit que je vous donnerai l'absolution. Chasser le diable de cette paroisse va demander beaucoup d'efforts et chacun d'entre vous devra y mettre du sien. Le démon, c'est le Mal, qui se faufilera dans vos maisons et volera l'âme de vos enfants. Méfiez-vous. Il peut épouser la forme d'un chat, d'un chien, d'un hibou ou d'un cheval. Si vous décelez des comportements inhabituels chez vos animaux, débarrassez-vous-en.

178

Des hommes s'échangent des regards interrogateurs. Nolasque Boulet pense à sa jument qui prend le mors aux dents pour un rien. Héliodore Bolduc se demande si son vieux chien n'est pas possédé du démon, lui qui disparaît si souvent.

— Dimanche prochain, après la messe, nous défilerons en procession dans la paroisse pour implorer Dieu de nous venir en aide. J'exige que vous soyez tous là.

Le curé redescend rapidement de la chaire et continue la célébration. Dans la nef, la stupeur a fait place à la peur.

38

Sous le choc, les fidèles quittent l'église en silence. Pas d'attroupement sur le perron. Personne n'a le goût de grandes péroraisons, pas même Vénérin qui tente de rattraper Delphis, visiblement ébranlé par l'offensive que prépare le nouveau curé contre sa bien-aimée.

— Tu vois bien, Delphis, que cette femme est dangereuse et que tu dois cesser de la fréquenter.

— Elle va te faire perdre ton âme et ruiner ta vie, renchérit sa mère.

Delphis ne les écoute pas. Il file tout droit chez Marie-Louise. Elle a un petit sourire narquois quand il lui résume les propos du prêtre.

— Il veut même organiser une procession après la messe dimanche prochain.

— Une procession ?

— Pour chasser le diable de la paroisse, qu'il a dit.

— Quel diable ? demande Marie-Louise d'un ton sibyllin. Je savais pas que le diable vivait à Saint-Benjamin. Il doit le connaître pas mal mieux que moé pour en parler comme ça ! Ça fait combien d'temps qu'y est arrivé par icitte ? se moque-t-elle.

— Tu sais très bien que c'est à toi qu'il fait allusion. Il est certain que t'es possédée et qu'il faut t'aider. Mon père a dit au magasin que ce nouveau curé vient ici juste pour te guérir.

Marie-Louise éclate de rire. La guérir ? De quoi ? Depuis que le hibou a récupéré les deux souris, elle est convaincue que le diable s'incarne dans le grand oiseau. Elle n'a pas cherché à le revoir. Pour l'instant, elle n'a rien à lui demander.

— Qu'est-ce que tu penses qu'il fera, ton nouveau curé, si je décide de l'prendre au mot pis de participer à la procession ?

Delphis relève vivement la tête. Elle ne sera jamais assez insolente pour défier le prêtre de la sorte. Jamais. Il n'ose pas imaginer le chaos que provoquerait la présence de sa bien-aimée. Ses appuis sont nombreux dans la paroisse et plusieurs de ceux à qui elle a rendu de grands services hésiteront avant de la dénoncer, mais le curé, c'est le curé et son pouvoir est immense.

— Je pense pas que c'est une très bonne idée, murmure Delphis, qui connaît assez Marie-Louise pour savoir que rien ne l'arrêtera, surtout si on la défie.

Le dimanche suivant, Marie-Louise va à l'église, mais reste debout derrière, près du bénitier. Dès qu'il l'aperçoit, le marguillier du banc fonce dans la sacristie pour prévenir le prêtre. Il est embêté. Que faire ? L'exorciser devant tout le monde ? Et si elle refuse de participer à la cérémonie ? Ne devrait-il pas la rencontrer en privé avant de tenter de la guérir ?

— Pour la messe, ça va. Elle peut bien rester, mais pour la procession, c'est différent. J'en parlerai dans mon sermon.

Quand il entre dans l'église, il est accueilli par un brouhaha. Les yeux sont tournés vers Marie-Louise, qui fixe l'assemblée et sourit à ceux qu'elle a aidés récemment. Les conversations et chuchotements spéculent sur le sort que le curé lui réservera. De son banc, l'Apauline l'invite à se joindre à elle, mais Marie-Louise préfère demeurer à l'arrière.

— Mes bien chers frères. Vous êtes en mesure de réaliser jusqu'à quel point le diable est sans gêne et prêt à tout pour vous pervertir. Je vois dans ses yeux le signe du désespoir, car bientôt il devra quitter la paroisse.

Marie-Louise, les bras croisés, le dévisage sans ciller. Elle ne sortira pas de l'église avant la fin et ne se laissera pas intimider. Elle ira même communier pour montrer à tous qu'elle ne craint pas ce nouveau curé.

— Pour que la procession soit un succès, vous devez tous être en paix avec Dieu. Si vous avez fait des péchés mortels, si vous n'avez pas fait vos Pâques, sortez de mon église et rentrez à la maison, je ne veux pas de pécheurs autour de moi.

Des hommes se retournent pour vérifier la réaction de Marie-Louise qui n'a pas fait ses Pâques. Delphis souhaite qu'elle parte avant la fin de la cérémonie. Pour éviter le scandale. À ses côtés, ses parents sont tellement tendus qu'il craint l'explosion. La veille, son père a renouvelé sa menace de le déshériter.

À l'eucharistie, Marie-Louise s'avance, attend son tour près de la balustrade et s'agenouille. Tous les yeux sont braqués sur elle. Fernando Drouin la dévisage et passe tout droit, refusant de la faire communier. Humiliée, Marie-Louise se relève, sort de l'église et rentre chez elle. «À nous deux! se dit-elle. Il va me payer ça.»

À la fin de la messe, une pluie drue mouille le village. Le curé est frustré. Après avoir échangé quelques mots avec les marguilliers, il décide de reporter la procession au dimanche suivant. Ça lui donnera le temps de bien planifier la visite qu'il fera à Marie-Louise pendant la semaine.

39

Quand elle aperçoit Fernando Drouin au bout de la route, Marie-Louise jette un coup d'œil à son père, bien calé dans sa chaise, et décide de l'abandonner au prêtre. Caius s'enfonce de plus en plus dans la démence. La plupart du temps, il est recroquevillé dans sa coquille, inconscient du reste du monde. Elle lui flatte la joue et s'esquive par la porte arrière, forçant Elma à demeurer auprès de son père, sachant que le chien se chargera du visiteur.

— Laisse pas rentrer personne, lui intime Marie-Louise.

Déçue, la chienne va se réfugier aux pieds de Caius. Dès que le curé frappe à la porte, elle bondit et l'accueille avec une salve d'aboiements menaçants. Le prêtre cogne de nouveau avec le revers du poing. Sans succès. Il se dirige à la fenêtre, tend le cou et tape sur la vitre pour attirer l'attention de Caius. Le chien hurle de tous ses poumons. Dans la grange, Marie-Louise a un grand sourire. Quand deux gros rats filent entre ses jambes, une idée lui vient en tête. Il est temps de les éliminer sans les faire mourir. Elle demandera à Achille de l'aider. Frustré, le curé se rend à l'étable et frappe à deux mains sur la porte.

— Marie-Louise Gilbert, je vous ordonne de sortir immédiatement. Je sais que vous vous cachez.

Elle ne répond pas et s'enfonce dans un tas de foin. «Qu'il essaye de me trouver!» Le curé pousse la porte, jette un rapide coup d'œil et rebrousse chemin. Il reviendra. Marie-Louise reste cachée un bon moment. Avant de sortir de la grange, elle s'assure qu'il est parti.

— Vous l'avez vue quelque part? demande le prêtre à Bi Côté.

— Non, a l'est probablement dans l'bois.

La calotte sur le coin de la tête, le visage grenelé par le soleil, le vent et le froid, petit homme bourru, Bi Côté n'est pas très porté sur la conversation.

— Vous l'avez déjà entendue parler au diable?

Bi regarde le curé avec des yeux exorbités. Parler au diable?

— On m'a dit que votre fils passe beaucoup de temps avec elle. Est-ce qu'elle lui a mentionné qu'elle parlait au diable?

— Non.

Le curé est exaspéré. L'homme tente-t-il de protéger sa voisine ou joue-t-il à l'idiot? Combien de villageois se rangeront derrière la possédée comme le fait Bi Côté? N'ont-ils pas compris son message? Pourtant, il n'y est pas allé de main morte. S'il en avait été témoin, son évêque lui aurait sûrement reproché d'avoir exagéré. Encore une fois! Qu'à cela ne tienne, son prochain sermon sera encore plus mordant.

— En d'autres mots, vous voulez la protéger?

Bi Côté dévisage le curé sans lui répondre. Marie-Louise Gilbert traite bien Achille. Elle lui donne toujours de l'argent quand il effectue des travaux pour elle. Lorsque Bi a eu une infection au pied qui l'empêchait de se déplacer, il a fait appel à Marie-Louise, qui l'a guéri. Elle a nettoyé la plaie avec de l'iode brun, elle a appliqué de la gomme d'épinette et marmonné quelques invocations. Trois jours plus tard, Bi avait repris ses occupations normales.

— Vous ne répondez pas? s'insurge le curé.

Pour toute réaction, Bi hausse les épaules et s'éloigne d'un pas pour lui signifier qu'il n'a rien d'autre à dire.

184

— Vous êtes bien mieux de ne pas manquer la messe, dimanche, menace le prêtre, sinon c'est l'enfer qui vous attend. Avec le diable !

Bi Côté trouve la mise en garde du curé exagérée et inutile. Il mène une vie honnête, fait bien vivre sa famille et n'a jamais eu le plus petit accrochage avec Marie-Louise et Caius, de bons voisins. Le diable ? Il n'en a jamais vu la moindre manifestation.

*

— Mes bien chers frères.

Quelques espaces sont libres dans l'église. Le curé maugrée intérieurement. Il avait pourtant ordonné à tous les fidèles de ne pas manquer la messe et la procession. Cette fois, le temps est radieux et le défilé s'ébranlera dès la cérémonie terminée.

— Le diable, laisse tomber le curé au début de son sermon, sur un ton dépité, n'est pas une invention de l'esprit. Il fait partie de la réalité. Pourquoi l'Église aurait-elle des prêtres comme moi, spécialisés dans l'exorcisme, s'il n'existait pas ? Lucifer n'a qu'un seul but : vous détourner de Dieu et vous soumettre aux forces du Mal par toutes sortes de tentations. Dites-vous que…

Le prélat fait une pause. Le silence est complet. Il balaie l'assemblée d'un regard menaçant.

— … la Grande Guerre qui vient de se terminer était l'œuvre du diable. Des crimes horribles ont été commis en son nom. Des villages ont été détruits. Des millions de gens tués à cause de lui. Est-ce cela que vous souhaitez ?

Fernando Drouin s'arrête de nouveau. Il cherche Marie-Louise au fond de la nef, mais elle n'y est pas. Delphis subit l'orage sans relever la tête. Achille Côté et son père sont sortis fumer avant le début du sermon.

— Êtes-vous assez naïfs pour croire que le diable n'existe pas ? Dites-moi, qui tente le Christ dans l'Évangile ? Qui d'autre que Satan ? La plus belle ruse du diable, c'est de faire croire qu'il n'existe pas, ajoute le curé, plagiant sans crainte Charles Baudelaire, ce poète à l'index dont aucun paroissien ne peut avoir entendu parler. Le diable, conclut-il, blasphème, se réincarne dans les animaux. Il pille les tabernacles et dérobe les os dans les tombes. Il cogne aux portes des couvents et des églises. Il nous menace ici même, à travers cette femme maudite qu'il me faudra exorciser.

Exorciser Marie-Louise ? Delphis n'en croit pas ses oreilles. De toute façon, elle n'acceptera jamais de se prêter à ce jeu. Elle se braquera, comme elle le fait toujours quand elle est contrariée. Et qui dit qu'elle ne se mettra pas à invoquer le diable plus souvent ?

Pour les paroissiens, l'exorcisme est un exercice terrifiant. Presque tous ont un lointain ancêtre qui a été possédé par le démon. Ils sont au courant des souffrances qu'il a endurées pendant la cérémonie. Le sang, la bave, les hurlements de Satan lorsqu'il sortait enfin du corps. Comment le curé s'y prendra-t-il ? Fernando Drouin n'a rien dit, mais il a un plan. Il lancera un ultimatum à Marie-Louise et si elle refuse, il aura recours à la force. Avec l'aide des marguilliers et du maire.

40

Marie-Louise vient d'attraper un onzième rat. Il courait le long de la mangeoire des vaches. Vive comme un chat, elle a bondi sur le rongeur, l'a saisi par la peau du dos pour ne pas être mordue et l'a déposé dans la grande cage grillagée qu'elle utilise pour trapper. La grange en est pleine et par sa faute. Elle aime tous les animaux, même les nuisibles, et ne se résigne pas à les chasser. Chaque matin, elle a l'impression que les rats sont plus nombreux que la veille. Elle cherchait une façon d'en réduire la population : elle l'a trouvée. Les attraper vivants et les relâcher beaucoup plus loin pour qu'ils ne reviennent pas. Elle demande l'aide d'Achille :

— Y a encore des rats dans vot' grange ?

— A l'est pleine de ces maudits rats. Tu devrais venir leu j'ter un sort !

Marie-Louise grimace. Elle refuse de jeter des sorts aux animaux.

— T'es capable de les pogner pis de m'les apporter vivants ?

— Vivants ? s'étonne Achille.

— Oui. C'est pour donner à un ami. Un cadeau !

Achille, la bouche ouverte, n'est pas certain de bien comprendre. Même s'il ne se surprend plus du comportement souvent insolite de Marie-Louise, l'idée d'offrir en cadeau des rats vivants le dépasse.

— À qui?

— C'est mon secret, mais j'promets de tout t'raconter quand ce sera le temps. Attends, tu vas rire à t'en taper les cuisses.

— C'est pour le diable? ose Achille.

— Ben non, pourquoi tu crois ces niaiseries-là?

Penaud, mal rassuré, Achille retourne à la maison. Au bout de deux heures, il revient avec un sac de toile dans lequel se débattent six gros rats gris. Un grand sourire allume le visage de la jeune femme. Elle en a maintenant vingt qu'elle devra garder bien en vie jusqu'à dimanche. Dans la cage soudainement devenue trop étroite, les rats couinent, se bousculent et tentent désespérément d'élargir les ouvertures dans le grillage. Marie-Louise humecte du pain qu'elle leur lance par petits morceaux pour éviter qu'ils meurent de faim ou de soif.

Après la messe, quand la procession se met en branle, Marie-Louise recouvre la cage des rats, encore tous vivants, d'une grosse catalogne pour ne pas attirer l'attention, puis la dépose derrière le siège de son robétaille. Elle attelle sa jument, part dans la direction opposée du défilé religieux et s'arrête en retrait, près de la porte arrière du presbytère. Elle l'ouvre, laisse s'échapper les vingt rongeurs, la referme et repart aussitôt. En chemin, elle aperçoit le cortège immobilisé devant sa maison, le temps d'une prière, l'occasion pour le curé de hurler sa haine au démon et de promettre de l'annihiler. Marie-Louise attend sagement que tout ce beau monde s'éloigne pour rentrer chez elle, fière de son coup.

Quand Fernando Drouin revient au presbytère avec Belzémire, satisfait de son expédition, convaincu que ses fidèles n'ont plus aucun doute sur l'existence de Satan, il ouvre la porte et un gros rat lui file entre les jambes.

— Qu'est-ce c'est ça? hurle-t-il. Un chat?

— Un rat, monsieur le curé. Ça m'surprend, j'en ai jamais vu un seul avant aujourd'hui.

Le curé fait quelques pas dans le couloir. Deux autres rats s'enfuient. Belzémire sursaute. Il y en a trois dans la cuisine, dont un attablé devant un reste de rôti.

— Donnez-moi votre balai, ordonne-t-il.

Fernando Drouin s'élance à la poursuite des rongeurs. Ils sont partout. Malhabile, le prêtre ne réussit pas à en tuer un seul. Il s'arrête et regarde fixement Belzémire. D'où viennent-ils ? Elle n'a pas de réponse.

— Comment on se débarrasse de cette engeance-là ? Il y en a des dizaines.

Au même moment, un rat déboule dans l'escalier qui conduit à l'étage supérieur.

— Ils sont déjà rendus en haut dans ma chambre. Il faut trouver une solution.

Belzémire hausse les épaules, puis balbutie une proposition.

— La Marie-Louise, a l'a probablement un don pour chasser les rats et…

— Jamais ! Vous m'avez compris ? Jamais ! Allez au magasin et achetez du poison. Et vite !

Belzémire ne se fait pas prier plus longtemps pour sortir de là. Elle est décontenancée. Comment autant de rats ont-ils pu s'introduire dans la maison du prêtre aussi rapidement ? Vénérin et les habitués sont ahuris. Envahi par les rats en l'espace de deux petites heures ! Seule la Marie-Louise, avec le diable, a pu commettre un pareil méfait. Et si elle a le pouvoir de contrôler les allées et venues des rats, c'est sûrement parce que Satan l'a aidée. Ainsi possédés, ils l'ont suivie docilement jusqu'au presbytère. Ces rats sont l'incarnation du Mal. L'inquiétude se lit sur tous les visages.

— Moi, j'pense que c'est pire que ça, avance Héliodore Bolduc.

— Ben voyons donc ! s'objecte Vénérin, qui ne cache plus sa crainte.

— Oui, reprend Héliodore. Le curé a décidé d'exorciser la Marie-Louise, de chiper le diable de la paroisse, ben vous saurez me l'dire si c'est pas l'diable qui chassera ce curé-là du village. Les rats, c'est rien que le commencement. J'ai pour mon dire qu'on a encore rien vu.

Personne n'ose commenter la prédiction d'Héliodore. Elmina, le visage pâle comme de la craie, glisse une boîte de Vert de Paris et un peu d'arsenic dans un sac, et le remet à Belzémire.

— Mélangez les deux ensemble, recommande-t-elle, et mettez-en dans des morceaux de pain.

41

Belzémire a mis trois jours pour éliminer les rats qui se trouvaient encore dans le presbytère. Les trois soirs, le curé a dormi dans la sacristie en attendant que le poison fasse son œuvre. Quand il a eu la conviction que tous les rongeurs avaient été détruits, alors seulement il a réintégré sa chambre.

— Belzémire, assurez-vous de nettoyer au complet et de jeter toute la nourriture qu'il y avait dans la cuisine. Vous laverez tous les draps et les rideaux. Tout doit être désinfecté! Vous êtes certaine qu'il n'en reste plus un seul?

— J'en ai attrapé cinq, les autres sont sortis tout seuls.

Comment ces damnés rats sont-ils entrés dans le presbytère, le temps d'une messe et d'une procession? Le prêtre est certain que toutes les portes étaient bien fermées. La Marie-Louise? Il refuse de le croire. Comment aurait-elle réussi à attraper et à transporter autant de rongeurs? Impossible, même avec de l'aide. Au village, les théories abondent. Marie-Louise a demandé aux rats de la suivre jusqu'au presbytère. D'autres croient que le diable, à l'invitation de la jeune femme, s'est chargé de les conduire dans la demeure du prêtre.

— Y en a tellement de ces ciarges de bébittes, dit Nolasque Boulet, que ça s'peut ben qu'y s'répandent partout pour trouver d'quoi manger.

Toutes ces explications enragent le curé. Tant de naïveté! Mais depuis ce matin, une idée lui trotte en tête. S'il exploitait cette crédulité? S'il s'en servait pour constituer une preuve encore plus solide contre Marie-Louise, pour effrayer les fidèles et démontrer l'urgence de l'exorciser? Avant tout, il a besoin d'un témoin qui aurait vu Marie-Louise se rendre au presbytère, dimanche dernier pendant la messe.

Quand il frappe à la porte, Bi Côté l'accueille froidement.

— Ton garçon est ici?

Bi Côté se retourne et cherche son fils.

— Achille, viens icitte.

Il arrive aussitôt, mais s'immobilise en apercevant le prêtre.

— J'ai juste une question à te poser. As-tu aidé Marie-Louise Gilbert à attraper des rats et à les relâcher dans le presbytère?

Achille fronce les sourcils avec un petit mouvement de recul.

— Non, j'en ai ben trop peur, ment-il.

Quand il a appris que les rats avaient infesté le presbytère, Achille a ri à s'en faire mal aux côtes. Marie-Louise lui a fait promettre de ne rien dire, même pas à son père.

— Et vous? demande le prêtre en se tournant vers Bi Côté.

— Et moé quoi?

— Vous l'avez aidée?

Bi Côté s'impatiente. Deux fois maintenant que ce curé vient l'importuner. De quoi les accuse-t-il? Il n'a rien à voir avec les rats, pas plus qu'Achille d'ailleurs.

— Si vous restez longtemps dans l'village, monsieur l'curé, vous allez apprendre que la Marie-Louise, a l'a pas besoin de parsonne pour faire ce qu'a l'a à faire. Pis marci de vot' visite.

Bi le pousse sans ménagement dans le dos. Pantois, le prélat hésite entre l'admonester ou partir. Devant la fermeté de Bi, il choisit la dernière solution. En sortant, il aperçoit Marie-Louise en train de laver le visage de son père sur la galerie. Il s'arrête un instant puis s'en approche. Elma fonce

192

sur lui en jappant furieusement, mais Marie-Louise ne fait rien pour la retenir. Le prêtre donne un coup de pied à l'animal qui mord son soulier.

— Elma, assez! finit par ordonner Marie-Louise.

Elle continue d'éponger le front de son père, souffrant depuis quelques jours. Elle enroule une serviette autour des épaules de Caius, trempe son blaireau dans une mousse savonneuse et lui rase la barbe. Le curé s'approche un peu plus. Le chien grogne.

— C'est toi qui as envoyé tous ces rats dans le presbytère?

Marie-Louise ne peut retenir un petit rire sardonique. Elle le regarde en fronçant les sourcils et branlant furieusement la tête, comme si sa question était la plus idiote qu'elle n'ait jamais entendue.

— T'es même pas assez bien élevée pour répondre à un prêtre!

— J'réponds jamais aux questions niaiseuses.

Fernando Drouin fulmine. Après Bi Côté, voilà qu'un autre paroissien ne le respecte pas. Le temps est venu de passer à l'action.

— Dimanche prochain, avant la grand-messe, je t'exorciserai et t'es mieux d'être là, sinon tu auras affaire à moi.

— Ça va, papa?

Marie-Louise agit comme si le prêtre n'était plus là. Délicatement, elle finit de raser son père et lui essuie le visage. Fernando Drouin tourne les talons. Ce premier contact avec Marie-Louise avive sa haine pour cette femme, même s'il la connaît à peine. À n'en pas douter, la tâche qu'il s'est donnée sera difficile.

Il s'attendait à rencontrer une personne acariâtre, mal fagotée, un balai de sorcière à la main. À l'évidence, elle n'a rien à voir avec les clichés trop souvent véhiculés par l'Église. Au contraire, Marie-Louise a toutes les allures d'une femme parfaitement normale. Effrontée certes, mais comme toutes les autres. Le curé n'a pas manqué de noter toute la tendresse avec laquelle elle traitait son père. Il comprend mieux pourquoi tant de paroissiens se sont entichés d'elle.

Mais pas question de se laisser attendrir, Fernando Drouin s'est vu confier une mission. Le cardinal Bégin lui a ordonné d'exorciser Marie-Louise Gilbert, comme il l'a fait avec les deux possédés de la Gaspésie. S'il réussit, une promotion l'attend. Le poste d'exorciseur du diocèse de Québec en remplacement du curé Tanguay, devenu trop vieux pour bien remplir cette fonction, sera le sien. Et le plus tôt sera le mieux !

Si l'exorcisation des deux Gaspésiens s'est avérée facile, grâce à une collaboration de tous les instants, celle de Marie-Louise le sera beaucoup moins. Non seulement elle ne se laissera pas faire, mais elle risque de rallier plusieurs personnes à sa cause et de le mettre en minorité dans la paroisse. Agit-il trop vite ? La patience n'a jamais été sa principale qualité. Déjà, il déteste ce village et veut en sortir le plus rapidement possible.

Dans l'immédiat, il doit démontrer hors de tout doute que Marie-Louise a introduit les rats dans le presbytère. Mais le marguillier du banc qu'il a chargé de l'enquête tourne en rond, comme d'habitude. Il n'a trouvé aucun témoin et ceux qui pourraient l'être, comme les Côté, s'entêtent dans leur mutisme.

En fin d'après-midi, le curé convoque le maire au presbytère. Vénérin s'empresse de s'y rendre. Il aimerait bien établir avec ce nouveau prêtre le même genre de relation complice qu'il avait avec Vilmond Leblanc. Mais, pour l'instant du moins, le courant ne passe pas.

— C'est au sujet de Marie-Louise Gilbert. Vous devez savoir en tant que maire qu'elle est une menace pour la paroisse. Je lui ai proposé ce matin de l'exorciser avant la messe dimanche, mais elle a ri de moi. Si elle refuse de se soumettre, il faudra utiliser la force.

— La force ? réplique Vénérin, hébété.

— Vous avez une meilleure solution ? J'imagine que vous voulez aussi la protéger, parce que votre fils s'est acoquiné avec elle, à ce qu'on m'a dit ?

— Pantoute, j'ai pas l'intention de la protéger. Moi et Elmina, on a tout fait pour décourager Delphis de sortir avec elle, mais à moins de l'attacher, on y arrive pas. Elle l'a ensorcelé.

Le prêtre fait le tour de son bureau. Il est très agité.

— Donc, s'il faut recourir à la force, vous serez avec moi, vous et les trois marguilliers?

Vénérin ravale sa salive. Il se voit mal tenir Marie-Louise de force avec les trois marguilliers pendant que le prêtre expulse le diable du corps de la jeune femme. Delphis ne le lui pardonnerait jamais. D'autant plus que depuis quelques jours, il menace ses parents de quitter son emploi et d'aller vivre avec sa bien-aimée. Aura-t-il l'audace de le faire? Delphis est un faible que Marie-Louise manipule sans vergogne. Sans compter qu'il est follement amoureux d'elle.

— Moi, monsieur l'curé, en tant que maire, je pense pas que ce soit mon rôle de forcer quelqu'un à subir l'exorcisation.

— Vous n'avez pas le choix! tonne le prêtre.

Le curé est abasourdi. Même le premier citoyen du village refuse de l'aider.

— Vous ne réalisez pas que si votre fils doit passer sa vie avec cette Marie-Louise, il est préférable qu'elle soit propre et libérée de l'emprise du diable? Vous voulez que vos petits-enfants naissent possédés du démon?

Vénérin est de plus en plus mal à l'aise. Et si le curé avait raison et que l'exorcisme faisait de Marie-Louise une femme normale? Il en parlera à Elmina.

42

Soyez sobres, veillez. Votre partie adverse,
le Diable, comme un lion rugissant, rôde,
cherchant qui dévorer.

Saint Pierre

La nouvelle de l'exorcisation de Marie-Louise, par la force, fait grand bruit, mais pas l'unanimité. Dans le village, ils sont nombreux à lui donner raison. Cette solution est exagérée. Mais le maire et les marguilliers ont promis d'aider le curé. Dès que Marie-Louise arrivera à l'église, ils l'immobiliseront et l'attacheront s'il le faut, pendant que le curé chassera le démon de son corps. Et si elle ne vient pas ? Fernando Drouin ne peut pas croire qu'elle ignorera son ultimatum. Si tel est le cas, il demandera au maire et aux marguilliers d'aller la chercher.

Le prêtre se frotte les mains de plaisir, juste à y penser. La solution est radicale, mais il n'a pas le choix. Il a promis au cardinal Bégin de purifier Marie-Louise Gilbert.

— Tu sais que l'curé t'attend dimanche pour sortir le diable de ton corps, déclare Achille à Marie-Louise. Que c'est que tu vas faire ?

Elle hausse les épaules. Elle n'arrive pas à y croire. Son regard se durcit quand Achille lui apprend que le maire et les marguilliers ont l'intention de s'en mêler.

— Tu veux v'nir pêcher avec moé, dimanche, plutôt que d'écouter ces folies-là ?`

196

— Ben oui.

Marie-Louise est tracassée. Cette histoire prend des proportions démesurées. Est-elle vraiment possédée du diable ? Elle ne se sent pas différente depuis que le grand-duc est dans son sillage. Elle ne perçoit pas d'inclinations particulières à faire le Mal. Elle n'a pas les soubresauts, les contorsions, la bave à la bouche qu'on associe habituellement aux possédés. Seulement cette relation platonique avec le grand hibou. La forcera-t-il à faire le Mal ? Que pourrait-elle obtenir de lui si elle faisait une demande ?

Dimanche, après le barda, elle récupère sa canne à pêche et jette un dernier coup d'œil à son père. Après une nuit agitée, il dormira toute la matinée. Elle tire la couverture sur ses épaules, laisse sortir Elma, met la barre à la porte et se sauve par une fenêtre.

Achille est prêt, une boîte de vers de terre en poche.

Avant la messe, Fernando Drouin accueille les paroissiens sur le perron de l'église. Ils se regroupent autour de lui en prévision du spectacle. Drapé dans ses vêtements sacerdotaux, bénitier et goupillon en main, il est impatient de vaincre le démon. Le maire et les marguilliers sont prêts à passer à l'action dès que la démone arrivera. Après de longues minutes d'attente, ils doivent conclure que Marie-Louise ne viendra pas. Frustré, le prêtre se mord la lèvre inférieure. Il se tourne vers le maire.

— Vous allez la chercher ?

Les quatre hommes se regardent, penauds. Une voix jaillit de l'assemblée, celle de Pitre Bolduc.

— Vous pardez vot' temps. Vous pourrez jamais la pogner. Pis si vous la pognez, vous aurez affaire au diable.

Un long silence coiffe l'assemblée, assorti d'une peur non dissimulée. Abasourdi par l'intervention de Pitre, le curé cherche ses mots. Il comprend que personne ne se lancera à la poursuite de la jeune femme. Tous les yeux sont posés sur lui.

— J'ai une autre solution. Après la messe, on se rendra tous ensemble chez elle, on la forcera à sortir de la maison et je l'exorciserai.

La proposition est accueillie par un mélange de déception et de soulagement. Et beaucoup de doutes aussi. Après la messe, un petit groupe de paroissiens attend le curé sur le perron de l'église, mais la plupart préfèrent se rendre chez Marie-Louise par leurs propres moyens. S'ils hésitent à suivre le curé, il n'est pas question de rater le spectacle. Après tout, une exorcisation n'est pas une mince affaire!

Le temps est lourd d'humidité, la lumière diffuse. Quand il arrive devant la maison de la possédée du diable, le cortège s'immobilise. Le prêtre s'avance de quelques pas. Une vache meugle au loin.

— Marie-Louise Gilbert, je vous ordonne de sortir de la maison immédiatement.

Rien ne bouge, on dirait la maison inhabitée. Une corneille croasse son mécontentement.

— Pour la deuxième et dernière fois, Marie-Louise Gilbert, je vous ordonne de sortir.

La voix du curé est forte, le ton presque violent. Un frisson court sur l'échine des fidèles. Le moment est dramatique. Le prêtre s'approche de l'habitation, tire une poignée de sel béni de la poche de sa soutane et la lance sur la maison. Il l'asperge ensuite d'eau bénite à trois reprises et, après s'être recueilli, récite la formule de l'exorcisme.

«Je t'exorcise, créature, au nom de Dieu le Père tout-puissant, de Notre Seigneur Jésus-Christ et par la vertu du Saint-Esprit, je t'exorcise par le Dieu qui t'a créée. Démon, sors du corps de Marie-Louise Gilbert par le commandement de Dieu et fais place au Saint-Esprit. Ouvrez, Seigneur, la porte de votre gloire, afin qu'étant marquée du sceau de votre sagesse, votre servante Marie-Louise Gilbert soit exempte de puanteur, des attaques et des désirs de cet esprit immonde qui l'habite. Je t'exorcise, esprit impur et rebelle, au nom de Dieu le Père, Dieu le Fils et Dieu le Saint-Esprit. Je te commande de sortir du corps de Marie-Louise Gilbert. Je t'adjure de te retirer au nom de Celui qui donna la main à saint Pierre, lorsqu'il était près de s'enfoncer dans l'eau. Obéis, maudit démon, *à ton Dieu et à la sentence qui est prononcée contre toi. C'est pourquoi, maudit démon, je t'ordonne de fuir de la part du Dieu Saint, par Celui qui a dit et tout a été fait. Rends honneur au Père, au Fils et au Saint-Esprit et à la très Sainte Trinité. Je t'exorcise, créature infâme, je t'exorcise par le Dieu qui t'a créée.* »

Le prêtre baisse la tête et murmure une dernière prière. Il fait un signe de croix et reste immobile. Derrière lui, les fidèles n'osent pas bouger pour ne pas rompre la solennité du moment. D'autres, plus en retrait, se regardent, incrédules. Elmina et Vénérin ne comprennent pas comment l'intervention au ton apocalyptique de ce curé en transe aura raison de cette femme qu'ils voudraient tant éloigner de leur fils. À quoi rime ce mauvais théâtre ?

43

Si l'on vend son âme au Diable, c'est que
Dieu n'en est pas toujours acquéreur.

Robert Sabatier

En voyant arriver Delphis, Marie-Louise s'impatiente. Comment ose-t-il venir la voir alors que son père a été prêt à collaborer avec le curé pour l'exorciser? Devrait-elle l'accueillir avec une poignée de cailloux? Non. La meilleure vengeance contre Vénérin et Elmina est encore de leur enlever leur fils, même si elle ne l'aime pas. Plus encore, une fois à ses côtés, Delphis lui servira de bouclier, de rempart contre les projets saugrenus du maire et du curé. Ils n'oseront plus la toucher si Delphis lui sert de caution. Si seulement elle pouvait tomber enceinte pour le forcer à vivre avec elle. Comment expliquer qu'elle ne le soit pas? Est-ce la faute de Delphis, cet être timoré accroché aux jupes de sa mère? Devrait-elle se donner à un autre homme? Parfois, elle se surprend à avoir envie de faire l'amour avec l'un des fils de Nolasque Boulet, tellement séduisant! Même Achille, robuste et empressé, l'attire à l'occasion.

— Bonjour, Marie-Louise, s'annonce Delphis, qui entre sans frapper.

Il jette un coup d'œil à Caius et s'approche de sa bien-aimée. Il tente de la prendre dans ses bras et de l'embrasser, mais elle le repousse fermement.

— Qu'est-ce qui s'passe? s'étonne-t-il.

— Tu te sens mieux, maintenant que l'curé a exorcisé la maison? J'imagine que ta mère et ton père sont repartis heureux, après cette cérémonie ridicule?

Le ton de Marie-Louise est cinglant. Même si elle n'en a pas été témoin, le récit des événements par Pitre Bolduc l'a horripilée. Quelle bêtise! Si les rats n'ont pas suffi à décourager le curé, Marie-Louise se promet de le harceler, de l'humilier sans jamais désarmer. De faire appel au diable.

— Je te ferai remarquer que je me suis tenu bien loin de la cérémonie.

— C'est tout? Pas un mot? T'as rien fait d'autre que d'rester au large? J'te dis que t'es brave pas pour rire, Delphis Breton. Tu vas faire tout un mari! Tu t'cacheras chaque fois que quequ'un te contredira ou te fera peur? Chaque fois que quelqu'un s'en prendra à ta femme?

— Arrête, j'ai compris... je...

— Non, t'as pas compris, pis laisse-moé te l'répéter pour la dernière fois. Tu t'installes avec moé ou tu disparais pour de bon. On peut pus vivre comme ça, sans jamais savoir c'qu'y va arriver. Quand j'vais tomber en famille, j'veux que tu vives icitte, pas ailleurs. Ou ben tu restes pis on vit comme un vrai couple, ou ben tu sacres ton camp une fois pour toutes. C'est-tu clair?

— Je t'ai déjà demandé d'être patiente, pourquoi...

— Non, non et non. Si t'es pas icitte avec tes affaires à soir, c'est fini. F-I-N-I!

Désemparé, Delphis se lève, caresse machinalement la tête d'Elma et s'en va. Marie-Louise l'observe. A-t-il enfin compris? Elle est bien décidée à ne plus le revoir s'il n'accepte pas de vivre avec elle.

Pour se changer les idées, elle sort de la maison avec la chienne et va vérifier si sa recette magique pour sauver les semis d'avoine a fonctionné. Depuis quelques semaines, la terre s'assèche. La chaleur rabougrit la végétation et tarit les cours d'eau. Pas une goutte de pluie n'est tombée. Les prières du curé n'ont servi à rien. En désespoir de cause, Pitre Bolduc et Trefflé Labonté ont demandé à Marie-Louise si elle ne pouvait pas secourir leur récolte. Elle a fouillé dans *Le Petit Albert* et trouvé une recette.

«*Il faut avoir le plus gros crapaud que l'on pourra trouver. On l'enfermera dans un pot de terre neuf avec une chauve-souris. On écrira, en dedans du couvercle du pot, ce mot, Achizech, avec du sang de corbeau. On enterrera ce pot dans le milieu du champ ensemencé. Il ne faut pas craindre que les oiseaux en approchent. Quand les grains commenceront à mûrir, il faut ôter ce pot et le jeter loin du champ dans quelque voirie.*»

Attraper un corbeau ne lui a pas posé beaucoup de difficultés. Quant à la chauve-souris, elle a fabriqué un filet qu'elle a attaché au bout d'une longue perche et, à la brunante, elle en a rapidement intercepté trois. Pour le reste, le vieux dictionnaire d'Obéline lui a indiqué qu'une voirie signifiait un dépotoir. Elle a dissimulé cette potion magique dans les champs de Trefflé et Nérée. Malgré la sécheresse, quelques épis d'avoine commencent à blondir. Marie-Louise se réjouit. Quel beau pied de nez au curé! Elle s'assurera que Trefflé et Nérée répandent la bonne nouvelle. Elle s'empare du pot, soulève le couvercle pour examiner ce qu'il reste de sa potion miraculeuse. Une odeur infecte s'en dégage. Elle le referme aussitôt et lance le contenant sur un tas de roches et de bois mort au bout du champ de Nérée. Au retour, elle pique une pointe du côté de Trefflé, l'éternel optimiste qui a remodelé sa vie sur une seule jambe.

— J'pense que vous aurez une bonne provision d'avoine, monsieur Trefflé, promet Marie-Louise.

— T'es-tu sérieuse?

— Ça commence à mûrir. Ma recette a marché. L'année prochaine, vous allez me montrer comment faire, pis j'en sumerai moé itou.

— J'peux pas l'craire! s'exclame Trefflé. Moé qui crayais que ma récolte était pardue. Pis pour l'année prochaine, compte sus moé, m'en vas t'en donner un minot, t'en auras assez pour un grand champ.

— En plus, poursuit Marie-Louise, on aura d'la pluie avant la fin de la journée.

Trefflé ne se contient plus. Deux miracles dans la même journée! À n'en pas douter, Marie-Louise est la meilleure. Il se félicite de ne pas avoir suivi la procession du curé. L'idée lui est passée par la tête, mais, unijambiste, il avait une excellente raison de rester à l'écart. D'autant plus que Nérée l'a convaincu que les dons de Marie-Louise n'avaient rien à voir avec le diable.

— J'sais pas comment te r'marcier, Marie-Louise.

— Tout c'que j'vous demande, c'est de répandre la bonne nouvelle.

Elle rentre à la maison, Elma sur les talons. Après la traite des vaches, elle les renvoie au pâturage. Une pluie fine commence à tomber. Une toute petite ondée qui s'écoule faiblement, mais quand la pluie arrive lentement, elle se prolonge pour le plus grand plaisir des champs d'avoine. Marie-Louise a un sourire de satisfaction. Elle se retourne vivement en entendant Elma japper de joie. Delphis, baluchon au dos, se dirige vers la maison.

44

Quand Delphis a annoncé à ses parents qu'il abandonnait son emploi et quittait la maison pour aller vivre avec Marie-Louise Gilbert, son père a piqué une sainte colère. Au début, Delphis s'est dit que c'était encore du théâtre, mais il a vite réalisé qu'il ne plaisantait pas.

— Si tu te mets en ménage avec cette enfant de chienne-là, tu ne remettras jamais plus les pieds ici. Tu m'entends, jamais !

Le ton est brutal. Elmina n'a jamais vu son mari dans un pareil état. Vénérin est rouge comme une betterave, les veines des tempes saillantes, les mains tremblantes. Lorsque son fils fait un pas vers la porte, il se place droit devant lui, les bras en croix pour lui bloquer le passage.

— Laissez-moi sortir. Je suis assez vieux pour décider comment je veux vivre ma vie.

Quand Vénérin a un geste de menace, Elmina s'interpose aussitôt. Elle repousse son mari et suit Delphis à l'extérieur. Le vent froid l'incite à enrouler son châle autour de ses épaules.

— Delphis, pour l'amour de Dieu, jette-toi pas dans la gueule du loup. Cette fille-là n'est pas pour toi. Tu mérites mieux que ça.

Il fait un autre pas, s'arrête et revient vers sa mère.

— Marie-Louise et moi, on va avoir un bébé. Et je serai là pour l'élever. Vous ne me ferez jamais changer d'idée.

Un enfant? Elmina met la main sur sa bouche. Elle est bouleversée. Tout son corps lui fait mal. Un enfant? Voilà un obstacle incontournable au retour de Delphis à la maison. Elle voudrait le rattraper, le prendre dans ses bras, le protéger, le cajoler. Comme autrefois. Ce fils en qui elle avait fondé tant d'espoir! Toutes ces années de collège qui ne serviront à rien. Que fera-t-il dans une ferme, lui qui n'a aucune inclination pour les travaux manuels, lui qui est toujours fatigué? Comment pourra-t-il endurer une besogne aussi éreintante?

— Delphis!

Il ne l'écoute plus. Un sac de jute sur le dos, il marche d'un bon pas sans se retourner. Les larmes de sa mère n'y peuvent rien. À la fenêtre, Vénérin fulmine en voyant Delphis aller rejoindre Marie-Louise Gilbert. Le scandale! Le fils du maire acoquiné pour de bon avec une vaurienne. Une faute que ses adversaires ne manqueront pas d'exploiter.

— Je le déshériterai, promet Vénérin quand sa femme revient dans le magasin. Je donnerai tout à Blaise et aux filles, et rien à ce fainéant. Et si elles n'en veulent pas, je vendrai plutôt que de lui céder mon bien.

Elmina s'écrase sur une chaise et laisse libre cours à ses larmes. Vénérin marche de long en large comme un blaireau en cage.

— Il y a sûrement une solution, la rassure son mari.

Elmina branle vivement la tête.

— J'ai peur qu'il soit trop tard. Ils vont avoir un enfant, pleurniche Elmina. Il s'est dérangé avec elle.

— Quoi? hurle Vénérin. Je mettrais ma main au feu que c'est elle qui a fait les premiers pas et qui l'a entraîné dans le péché! C'est évident qu'elle le contrôle. Viens, on ferme le magasin et on va voir le curé. Il nous aidera à y voir clair.

Elmina le suit de mauvaise grâce. Elle n'a pas confiance en ce prêtre. Elle n'aime pas ses manières ni ses tactiques. Le faux exorcisme de Marie-Louise était un spectacle pathétique.

Rien d'autre qu'une bravade pour impressionner des gens naïfs. Depuis quelques jours, la rumeur court que le curé sera rappelé à Québec parce qu'il a échoué misérablement.

Fernando Drouin est renversé en apprenant la nouvelle de la fugue de Delphis. Il n'en croit pas ses oreilles. Parti ? Pour vivre dans le péché ? Elle est enceinte ? Il réalise tout à coup que non seulement il a perdu la face en voulant exorciser Marie-Louise Gilbert, mais qu'elle lui fait tout un pied de nez en attirant chez elle le fils du maire. Comment expliquer cela à l'évêché ?

— On est désespérés, monsieur le curé, dit Vénérin. Qu'est-ce qu'on peut faire ?

Nerveux, le prêtre tourne autour de son bureau, en se creusant les méninges à la recherche d'une solution. Il s'arrête soudainement.

— Saint-Michel Archange !

Elmina et Vénérin se regardent intensément. Saint-Michel Archange, l'hôpital des fous ? Ils ne sont pas certains de bien comprendre.

— Je fais les démarches dès demain. On va la faire renfermer avec les arriérés, déclare le curé.

Si son mari se frotte les mains de plaisir, Elmina a des réserves. L'impression que le prêtre emprunte encore une fois un raccourci. Comment justifier d'arrêter Marie-Louise et de l'amener de force à Québec ? La police refusera encore de s'occuper de charlatanisme. Sans penser à Delphis. Quelle sera sa réaction ? Il ne pardonnera jamais à ses parents d'avoir orchestré l'enlèvement de sa bien-aimée avec le curé.

— Merci, conclut Vénérin en quittant le presbytère. C'est une vitamine de bonne idée !

Vénérin s'étonne que sa femme ne partage pas sa joie. Pourquoi n'a-t-elle pas renchéri ? Ce n'est pourtant pas son habitude.

— Ça ne marchera jamais, laisse-t-elle tomber. Tu sais comme moi que Marie-Louise n'est pas folle. Si on réussit à l'amener à l'hôpital, ils vont l'examiner et réaliser bien vite qu'il n'y a aucune raison de l'interner à Saint-Michel Archange.

206

Vénérin est contrarié.

— Peut-être qu'elle n'a pas sa place dans l'hôpital, mais j'ai entendu dire que bien des gens ont été casés là sans qu'ils soient vraiment fous. Ils font ça souvent avec du monde un peu arriéré ou d'autres qui ont pas de famille. Ils leur donnent des remèdes et le tour est joué. Pourquoi ils feraient pas la même chose avec la Marie-Louise? C'est pas une femme normale!

Du revers de la main, le marchand essuie la bave aux commissures de ses lèvres et renfonce son chapeau jusqu'aux oreilles pour que le vent ne l'emporte pas.

— Je suis bien certain que le député pourrait nous aider à débarrasser le village de cette guidoune.

— Vénérin, arrête. C'est assez! Pense à l'enfant que Delphis aura avec elle.

Mais l'autre n'en démord pas. Le départ de son fils le mine.

— Pour l'instant, dit Elmina, la seule solution, c'est de menacer de le déshériter.

Vénérin préfère encore l'approche du curé. Sinon, il écoutera sa femme et servira un ultimatum à Delphis: tu reviens et tu promets de ne pas revoir la Marie-Louise, ou tu n'auras jamais ta part du magasin.

— Et l'enfant?

Vénérin réfléchit un instant.

— On paiera Delphis pour qu'il le donne à la crèche. Ça sera d'autant plus facile si on réussit à envoyer la Marie-Louise à l'hôpital des fous.

— Ça ne marchera pas.

Elmina est découragée. Elle ne voit pas comment elle pourra ramener son fils à la maison. Comment empêcher Marie-Louise Gilbert de l'enfermer dans ses griffes? De le détruire? Depuis les premières journées d'école, Elmina se méfie d'elle. Obéline Roy lui a souvent répété que Marie-Louise était très intelligente, l'élève la plus douée qu'elle ait connue. Capable du meilleur et du pire. Manipulatrice, elle arrive toujours à ses fins. À l'évidence, elle a décidé depuis longtemps que Delphis deviendrait son mari. Elmina n'est même pas certaine qu'elle soit amoureuse de son fils, mais de tous les garçons de son âge, Delphis est de loin le plus intéressant, le plus éduqué et celui dont les parents ont le plus de ressources. Chercherait-elle à se servir de Delphis pour mettre la main sur le patrimoine familial?

45

Marie-Louise Gilbert et Delphis Breton se sont mariés un samedi matin, tôt, devant le vicaire de Beauceville. Une cérémonie rapide, à la sauvette avec un seul témoin, Lucien Veilleux, le bedeau.

Un mois après le départ de Delphis, le curé a rendu visite à ses parents. Après l'exorcisation ratée, sa tentative d'expédier Marie-Louise à Saint-Michel Archange a aussi échoué. À défaut de convaincre les dirigeants de l'hôpital, il s'est tourné vers le député qui s'est moqué de lui.

— Il me semble évident que votre fils ne reviendra pas à la maison. Il ne vous a donné aucune nouvelle depuis qu'il est parti? a demandé le curé aux parents de Delphis.

— Non, fait piteusement Elmina. Rien, et on n'a pas tenté de le relancer. Une de mes filles a essayé de lui parler, mais ça n'a rien donné. Il ne veut pas discuter.

— Avec le temps, enchaîne Vénérin, il va se rendre compte qu'il était bien mieux chez nous.

Le curé a de sérieux doutes. Cette femme l'a ensorcelé. Delphis ne reviendra pas. Il est urgent de mettre fin au scandale. Comme il n'y a aucun moyen de se débarrasser de Marie-Louise Gilbert, le prêtre propose que le couple se marie. L'évêché ne lui pardonnerait pas qu'il tolère que des catholiques vivent ensemble sans être mariés.

— Elle voudra jamais, interjette Elmina. Comment réussirez-vous à l'attirer à l'église? Est-ce qu'elle a fait ses Pâques au moins?

— Non.

— On va quand même pas organiser des noces pour deux personnes qui nous traitent comme des étrangers. Moi, dit Vénérin, je reste en dehors de ça. Ce n'est plus mon fils.

— Vénérin! lance Elmina, agacée. Ce sera toujours notre fils, mais je suis pas d'accord pour le mariage. Je ne le serai jamais. Cette femme est en train de détruire Delphis.

Le prêtre avait prévu la réaction des parents. La blessure est encore béante. Impossible de pardonner.

— Vous comprendrez, madame, que je n'ai pas le choix. C'est mon devoir de veiller sur la vertu des paroissiens. Ils vivent dans le péché mortel et c'est un très mauvais exemple pour notre jeunesse.

— Mariez-les sans nous, monsieur le curé. Moi non plus, je suis pas d'accord, ajoute Vénérin.

— C'est pas moi qui le ferai. Je demanderai au vieux vicaire de Beauceville de me remplacer. Je refuse d'être associé à cette démone, ni de près ni de loin. Je vais leur envoyer une lettre dès aujourd'hui.

Madame, monsieur,

Comme vous devriez le savoir, notre sainte Mère l'Église exige qu'on se marie avant de demeurer ensemble. Souhaitez-vous continuer à vivre dans le péché mortel? Je suis certain que vous voudrez régulariser votre situation. Samedi matin à huit heures, le vicaire de Beauceville bénira votre mariage. Le bedeau servira de témoin et vous fera signer les registres de la paroisse.

Fernando Drouin, curé

Marie-Louise et Delphis ont d'abord cru à une blague. Puis, l'amusement a fait place à la colère de Marie-Louise. De quel droit leur imposerait-on ce mariage?

— Jamais, dit-elle. On se mariera quand je le déciderai.

Delphis laisse passer quelques heures avant de la relancer.

— Ce n'est pas une si mauvaise idée, après tout.

Depuis qu'ils vivent ensemble, la plupart des paroissiens les évitent ou les regardent d'un œil méfiant. Personne n'a sollicité Marie-Louise depuis que Delphis a emménagé chez elle. Ils voudraient bien faire appel à ses dons, mais à la condition qu'elle respecte quelques règles élémentaires de l'Église comme celle du mariage. Vivre en concubinage, voilà une faute aussi grave que de parler au diable!

— On a tout à gagner, soutient Delphis.

Marie-Louise l'a d'abord fusillé des yeux avant d'écouter ses arguments et de réaliser qu'il n'a pas complètement tort. Et puis, une fois mari et femme, son emprise sur Delphis sera complète. Que ses parents essaient seulement de les séparer!

— T'as raison, Delphis. J'ai un peu d'argent que j'ai gagné en tirant aux cartes. Demain, on attelle la jument pis on va à Beauceville. On s'achète du beau linge pis des joncs.

Deux jours plus tard, le temps est radieux. Le bedeau a ouvert toutes grandes les portes de l'église de Saint-Benjamin. Marie-Louise et Delphis arrivent en robétaille, endimanchés, elle dans une robe blanche, lui dans un complet de tweed qui lui rappelle ceux qu'il portait sur le chemin de l'école. Dans le village, ils ne sont pas passés inaperçus. En les voyant de la fenêtre du magasin, Elmina a pleuré amèrement. Vénérin est allé pêcher avec Héliodore.

— Voulez-vous prendre Marie-Louise Gilbert comme épouse?

— Oui, répond Delphis, haut et fort.

— Oui, fait à son tour Marie-Louise, d'un ton détaché.

Ils ressortent de l'église, bras dessus, bras dessous, tout sourire, sous les yeux ébahis d'enfants curieux et de quelques adultes, soulagés que le couple de pécheurs ait retrouvé le droit chemin. Lucien Veilleux sonne les cloches avec un entrain qu'on ne lui connaît pas. Le bedeau veut narguer le curé qui le méprise et le bouscule sans arrêt. Sans compter que Marie-Louise lui a promis de le tirer aux cartes gratuitement.

46

Automne 1921

Elma court comme une folle dans le sous-bois. Un premier gel a tirebouchonné les dernières feuilles des merisiers. Engourdi, le soleil n'arrive pas à réchauffer ce matin annonciateur d'hiver. Novembre sera froid, mais sans neige, a prédit l'Apauline. Une perdrix glousse à l'approche du chien.

Marie-Louise Gilbert repousse les branches qui recouvrent le sentier du lièvre. Encore un! Depuis le début de sa tournée des collets qu'elle a tendus l'avant-veille, huit lièvres s'y sont pris. Marie-Louise lui attache les pattes arrière et l'ajoute à la jarre sur laquelle sont suspendus les sept autres. Elle souffle sur ses mains pour les réchauffer et replace le piège. Au suivant, elle est moins chanceuse. Un lièvre gît au sol, éventré, probablement par un renard ou un rapace. Qui sait si ce n'est pas le grand-duc? Elle le désengage du collet, repousse Elma qui le renifle, et accroche la carcasse à une deuxième jarre. Elle fera disparaître les restes de l'animal plus loin pour ne pas attirer d'autres prédateurs autour de ses collets.

Marie-Louise est songeuse. La veille, elle a eu une altercation avec Delphis. Depuis quelque temps, tout est prétexte à de l'impatience, des gros mots et parfois des insultes. Qu'est-ce qui a déclenché la dernière empoignade? Toujours les mêmes raisons. Comment se fait-il que Marie-Louise ne soit pas encore enceinte? Le diable s'y oppose? Elle n'ose pas encore lui demander de l'aider. Frustrée, elle met tout le blâme sur Delphis, cet être fragile qui «n'est pas assez homme pour faire un bébé». L'insulte a porté. S'il était conciliant au début, s'il s'écrasait toujours devant Marie-Louise, aujourd'hui, Delphis riposte plus fréquemment. «Et si c'était toi qui ne pouvais pas avoir d'enfants? T'as des dons? Sers-toi-s'en!»

Ses dons ne lui sont d'aucune utilité pour devenir enceinte. Marie-Louise a consulté quelques-unes de ses voisines avec lesquelles elle a développé une relation cordiale. «D'mande à la Sainte Vierge de t'aider», a suggéré Félixine Bolduc. Thérèse, la mère d'Achille Côté, lui a répété d'être patiente et de faire confiance à la nature.

— Pis choisis l'bon moment.

Le bon moment? «Asseye la recette de grand-maman Victoria.» D'abord, bien déterminer la date d'ovulation, habituellement le quatorzième jour du cycle menstruel s'il est normal. Ensuite, il faut faire l'amour les soirs de pleine lune, l'astre de la fécondité, dans la position idéale, celle qui permettra à l'homme de s'enfouir au plus profond de soi. Une fois le coït terminé, la femme doit garder les jambes en l'air. Marie-Louise a respecté la formule à la lettre, sans succès.

Au-delà de l'absence de maternité, ce qui l'embête davantage, c'est l'inertie de Delphis. Bien sûr, il effectue quelques petites besognes. Hier, il a fendu et cordé du bois. Il l'accompagne souvent dans les tâches plus difficiles, mais se plaint toujours qu'il est fatigué. Il passe beaucoup de temps à jouer avec Elma. Lorsqu'elle insiste, il aide Caius à se déplacer, à se laver ou à manger. Quand elle a de gros travaux à faire, Marie-Louise menace de faire appel à Achille Côté. Jaloux, Delphis s'y oppose et accélère le rythme pendant quelques heures.

Parfois, il reste assis de longs moments sans bouger, l'air perdu. Est-il malheureux? Partira-t-il? Quand Marie-Louise le presse, il jure qu'il ne l'abandonnera jamais, mais elle a des doutes. Souhaitera-t-il un jour retrouver le confort de la maison familiale? Veiller à la bonne marche du magasin? Depuis qu'il a quitté ses parents, Delphis n'a eu aucun contact avec eux.

Sa sœur a bien voulu jouer les intermédiaires, mais il a rejeté vivement la proposition de ses parents. Les conditions de son père l'auraient forcé à renoncer à Marie-Louise et à rentrer la tête basse. La réconciliation n'est pas pour demain. Delphis ne leur a jamais pardonné cette tentative loufoque de faire enfermer Marie-Louise à l'hôpital Saint-Michel Archange. Quand le bedeau s'est pointé à la maison avec cette prétendue lettre des autorités de l'établissement, Marie-Louise l'a lue et l'a déchirée à la face de Lucien Veilleux. «Dites à votre curé pis au maire que c'est eux autres qui devraient être enfermés avec les fous.»

Depuis ce temps, Fernando Drouin a changé de tactique. Il a entrepris un long travail de sape pour discréditer Marie-Louise. Il avait l'impression d'avoir réalisé de grands progrès, jusqu'au jour où elle a fait «un miracle». Grâce à elle, le dernier enfant de Pitre Bolduc a été sauvé d'une mort certaine. Le garçonnet respirait difficilement et ne mangeait plus. Marie-Louise n'a pas hésité à voler à son secours. Comment refuser d'aider un bambin? Elle l'a pris dans ses bras comme s'il était le sien, l'a bercé pendant quelques heures, le temps que le souffle se régularise et qu'il retrouve l'appétit. Miracle? Non, s'est évertué à dire le curé, lui dont les prières n'avaient pas été exaucées. «Simple hasard, a-t-il affirmé, l'enfant avait déjà commencé à prendre du mieux.» Mais au village, personne n'a cru le prêtre. L'exploit de Marie-Louise a fait l'unanimité.

En arrivant à la maison, elle jette le mammifère éventré sur le tas de fumier et va distribuer les autres à ses voisins parmi les plus pauvres.

— Tiens, dit-elle à Pitre Bolduc en lui tendant deux lièvres, ça vous fera un bon repas.

Ce n'est pas la première fois que Marie-Louise fait preuve de générosité. L'hiver dernier, elle a cousu des vêtements chauds pour la progéniture de Bidou Turcotte à même les vieilles robes de sa mère. Elle ne pouvait plus endurer de les voir grelotter sur le chemin de l'école. Régulièrement, elle s'assure que les quatorze enfants de Pitre Bolduc ont de quoi se nourrir trois fois par jour.

— Si vous avez pas assez de manger pour tout l'monde, répète souvent Marie-Louise à Yvonne et Bidou Turcotte, dites-leur de v'nir à la maison, j'leur remplirai l'ventre.

À l'occasion, les plus vieux viennent fouiner à sa fenêtre au retour de l'école, dans l'espoir qu'elle leur offrira un grand sac de galettes à la mélasse.

— Pourquoi tu les gaspilles comme ça? lui reproche Delphis. Ils vont en prendre l'habitude et tu pourras plus t'en débarrasser.

Marie-Louise branle furieusement la tête. «Radin comme son père!» Sans être riche, elle n'aime rien de mieux que de porter secours aux moins nantis.

Les temps sont durs dans la province de Québec. L'économie, pourtant si vibrante depuis la fin de la guerre, est en déclin. Le travail est rare et les chantiers d'hiver tournent au ralenti. Les cultivateurs survivent, mais ceux qui ont accumulé des dettes sont menacés de perdre leur bien. Les bûcherons se sont transformés en chasseurs, seule façon de faire vivre leur famille. À l'Assemblée législative, le gouvernement libéral de Louis-Alexandre Taschereau vient de faire adopter une loi d'assistance publique pour lutter contre la pauvreté persistante. L'Église s'y oppose vivement, considérant que cette législation est une ingérence dans l'aide aux démunis, qui lui était réservée en exclusivité. Dans *Le Devoir*, Henri Bourassa est mordant : «Une mauvaise *loi basée sur un principe faux, susceptible d'applications fort dangereuses, menaçantes pour la liberté religieuse et l'ordre social.»*

47

Delphis dort à poings fermés, recroquevillé dans un coin du lit, sans s'apercevoir que Marie-Louise vient de se lever. Parfois, elle le réveille et l'intime de l'aider à faire le barda. Ce matin, elle choisit de le laisser dormir, préférant travailler seule. Quand la jeune femme sort de sa chambre, Elma remue la queue de plaisir. Marie-Louise jette un coup d'œil à son père, allume le feu dans le poêle et se rend à l'étable.

Le sol est saupoudré d'un frimas blanc. Au bout de l'allée des vaches, un renard fuit vers la forêt. «Encore lui!» s'inquiète Marie-Louise. Après le déjeuner, elle ira relever ses collets avant qu'il ne dévore ses lièvres. Ce soir, elle rendra visite à l'Apauline. Pour la première fois depuis qu'elle tente de devenir enceinte, elle lui demandera de la tirer aux cartes, de lui dire si un jour elle aura des enfants avec Delphis. La réponse lui fait peur, mais elle veut en avoir le cœur net. Jusqu'à maintenant, elle a résisté à l'envie de confier ses craintes à la vieille femme, préférant chercher l'explication dans ses propres cartes. Mais le résultat n'est pas concluant. Chaque jour, elles lui donnent une version différente.

Quand elle ouvre la porte de l'étable, une odeur âcre de fumier et de tiédeur d'animaux lui monte au nez. Une odeur qu'elle aime. Après la traite, elle nourrit les vaches, la jument, les poules, les trois cochons et prend le temps de

216

caresser la tête de son coq qui s'est amouraché d'elle. Elle met deux œufs dans ses poches et retourne à la maison. Delphis et son père dorment toujours. Elle ressort aussitôt avec Elma et va vérifier ses collets. Autre bonne récolte. En plus des lièvres, une perdrix s'est prise dans un piège. Marie-Louise la donnera à l'Apauline. Le hibou hulule, mais elle ne le voit pas.

En fin de journée, après le barda du soir, quand l'obscurité efface tout, elle s'en va sans fournir d'explications à Delphis. La tireuse de cartes est contente de voir Marie-Louise, qu'elle considère comme sa propre fille. L'âge afflige de plus en plus l'Apauline. Elle a du mal à marcher. Comme elle ne peut plus se rendre à l'église, le curé lui rend visite une fois la semaine, pour entendre sa confession et la faire communier. Souvent, il lui fait de sévères remontrances au sujet des cartes. «Arrêtez de faire croire au pauvre monde que leur avenir dépend d'une carte. Vous devriez avoir honte!» Chaque fois, la cartomancienne fait mine de l'écouter, mais oublie sa recommandation aussitôt qu'il a franchi la porte.

— T'as ben l'air dépité, dit-elle à Marie-Louise. T'as des problèmes?

— Un seul, mais un gros.

L'Apauline la dévisage, tâchant de deviner la nature des ennuis de Marie-Louise.

— Ça va pas avec Delphis?

Marie-Louise hoche la tête.

— Ça fait plus qu'un an qu'on essaie d'avoir un enfant, pis ça arrive pas. Pensez-vous que vous pourriez m'tirer aux cartes pour me dire si j'en aurai un jour? J'me suis tirée moé-même, mais ça montre toujours des affaires différentes.

— Faut jamais s'tirer soué-même. Ça peut pas marcher.

— J'sais ben.

L'Apauline se lève péniblement, puise un verre d'eau dans une chaudière et revient vers Marie-Louise.

— Vous faites c'que vous d'vez faire, pis assez souvent?

— Oui, mais y s'passe rien.

— Y faut dire que l'Delphis au Vénérin, c'est pas l'plus charpenté des hommes !

L'Apauline tend la main vers la commode, ouvre le tiroir et saisit son jeu de cartes.

— T'es ben sûre que tu veux savoir ?

Marie-Louise approuve d'un geste de la tête.

— Promets-moé d'abord que tu fais pas de cochonneries avec l'diable ? Parce qu'y pourrait ben t'empêcher de tomber en famille.

Marie-Louise est surprise par la question. Son pacte avec le diable lui cause beaucoup de frustration. Elle souhaiterait une relation plus directe, ponctuée de conversations, d'une réelle complicité, mais à l'évidence, Satan a un modus operandi différent.

— J'ai pas vu l'diable, pis j'ai pas essayé de l'voir.

L'Apauline brasse lentement les cartes, les yeux fixés à la fenêtre.

— Merci pour la perdrix, pis merci de l'avoir plumée.

À trois reprises, elle demande à Marie-Louise de piger une carte. L'Apauline les regarde, le visage indéchiffrable. Elle referme le paquet et se cale dans sa chaise.

— Tu veux la vérité vraie ?

— Oui.

— J'vois pas d'enfant dans ton futur, en tout cas, pas pour un sapré boutte de temps.

Le cœur de la jeune femme bat soudainement trop vite. Elle a mal. Jamais ! Elle ne peut pas l'envisager. Comment renoncer à un rêve qui lui est si cher ? Pourquoi est-elle la cible d'une telle injustice ? Pourquoi le destin envoie-t-il quatorze enfants à Yvonne et Pitre Bolduc, mais ne lui en donne pas un seul ?

— Vous êtes ben certaine ?

L'Apauline le confirme de petits coups secs de la tête, une moue de déception aux lèvres.

— Vous pensez, ose Marie-Louise, que ça pourrait marcher avec un autre homme que Delphis?

La tireuse de cartes la regarde avec étonnement. Tromper son mari? Marie-Louise parle-t-elle sérieusement? L'infidélité est un péché mortel. Elle ne cautionnera jamais un tel geste. Bien des femmes avant Marie-Louise n'ont pas enfanté, parce que Dieu en avait décidé ainsi.

— J'pourrais lui faire croire que le bébé est de lui. Y l'saura jamais.

L'Apauline branle furieusement la tête. Tout ça lui déplaît. Pourtant, elle avait prévenu Marie-Louise qu'elle faisait erreur en épousant Delphis. Les cartes avaient été très claires. Un couple désassorti.

— Penses-y ben avant de te déranger avec un autre homme. Pas seulement l'Bon Dieu, mais tout l'village te l'pardonnera pas.

Marie-Louise enfouit sa tête entre ses mains. Renoncer? Ne jamais avoir d'enfants? Une vie misérable avec un mari impuissant qu'elle n'aime pas?

— Auriez-vous pu vivre sans enfant?

L'Apauline en veut souvent aux siens de ne jamais lui rendre visite. Mais toute une vie sans eux? Elle ne peut pas l'imaginer.

— Donne-toé du temps. T'es encore ben jeune. Des fois, ça pogne pas tout d'suite. La Valéda à la Toune, a l'a attendu sept ans avant qu'les sauvages passent. Pis après, a l'a cordé un enfant par année.

Marie-Louise se lève, remet son manteau et s'en va. Tout tourne trop vite dans sa tête. Des idées contradictoires se bousculent. Rester bien sagement avec Delphis et espérer que le miracle se produise? Accepter de ne jamais avoir d'enfants? Cette hypothèse lui donne un haut-le-cœur. Être infidèle à Delphis? Voilà une solution remplie de dangers. Le tromper avec qui? Nelson Boulet, le fils de Nolasque, qui s'arrête souvent pour jaser? Elle n'aurait pas de difficulté à l'attirer dans la grange et à s'offrir à lui. Mais Nelson est une grande gueule qui prendrait plaisir à raconter partout qu'il a rendu Delphis cocu. Achille? Sa discrétion serait assurée, mais ce grand garçon timoré n'est pas le père idéal. Demander l'aide du diable? Au risque qu'il lui vole ensuite ses enfants? Le temps est-il venu d'exploiter à fond cette relation et de cesser d'avoir peur?

Quand elle revient à la maison, Delphis est déjà endormi. Caius également, la tête renversée dans sa chaise. Marie-Louise fulmine. «Il aurait pu le mettre au lit.»

48

Marie-Louise a mal dormi. Les ronflements de son père l'ont tenue éveillée. Delphis roupillait comme si rien ne le dérangeait. Au moins une fois, Marie-Louise a eu l'impression d'entendre le hibou. Ou était-ce une illusion, un son qu'on a dans la tête parce qu'il y est incrusté depuis longtemps? Le diable l'appelait-il? A-t-il un message à son intention? Pourquoi ne pas se rendre une ultime fois là où elle a enterré la poule noire?

Après le barda, Marie-Louise réveille brusquement son mari, lui reproche de gaspiller sa vie à dormir et lui ordonne de garder Elma à l'intérieur pendant qu'elle va relever ses collets. Delphis ne comprend pas. Pourquoi, soudainement, Elma n'est plus la bienvenue?

— Elle fait peur aux lièvres et aux perdrix, marmonne Marie-Louise en sortant de la maison.

Elle ferme la porte derrière elle, mais la rouvre aussitôt, retenant Elma du bout de son pied pour l'empêcher de s'enfuir.

— Pis aide papa à se l'ver, pis donnes-y à manger. T'aurais pu l'coucher hier soir. Ça t'aurait pas tué.

Cette fois, elle claque la porte et ignore les aboiements de la chienne. Penaud, Delphis se frotte les yeux et choisit de dormir quelques minutes de plus. Marie-Louise prend la direction de la forêt.

Elle marche lentement comme si elle voulait retarder la rencontre. Le sol mouillé exsude une odeur rance de fin d'automne. Un bruyant geai bleu s'envole d'un érable. Elle le suit des yeux. L'oiseau s'évanouit dans la forêt. La jeune femme s'arrête tout d'un coup et observe attentivement la scène. Quelle est cette masse sombre qui recouvre l'endroit où elle a enterré la poule noire? Elle fait quelques pas additionnels et s'immobilise, ahurie. Le grand hibou gît au sol, les ailes déployées, vraisemblablement mort. Est-ce bien le même? Celui qu'elle a entendu et vu si souvent ces dernières années? Les grands-ducs ont-ils une telle longévité? Elle saisit une jarre, se penche au-dessus de l'oiseau, le retourne et recule aussitôt. Les yeux globuleux du rapace la fixent comme s'ils étaient encore vivants. Marie-Louise sent un frisson lui glacer le dos. Devrait-elle l'enterrer? Elle assemble quelques branchages et l'en recouvre.

Plein d'idées se bousculent dans sa tête. Pourquoi le hibou a-t-il choisi de mourir là où elle a sacrifié la poule noire? Quel est le message? Pourquoi cet endroit cache-t-il autant de mystères?

Elle refoule ces questions, mais d'autres remontent à la surface. Le hibou mort signifie-t-il la fin du pacte qu'ils ont conclu? Le diable se réincarnera-t-il dans un autre rapace?

Ses premiers collets n'ont pas été déplacés. Ils sont tous vides. Les lièvres boudent ce matin piteux. Elle est déçue, elle en avait promis à Pitre et à Bi Côté. Quand elle sort de la forêt, un bruissement ténu la fait sursauter. Sur la branche la plus basse d'un érable, un grand-duc l'observe. Elle en tremble de peur. Le hibou ressuscité? Impossible. Pourtant, il est identique à celui qu'elle a vu il y a quelques minutes. Le hasard? Tous les oiseaux d'une même famille ne se ressemblent-ils pas? Celui-ci a-t-il été chargé par Lucifer de prendre la relève et de l'accompagner? Si seulement le diable se manifestait et lui expliquait clairement ce qu'il attend d'elle, ce qu'il peut faire pour elle. Marie-Louise dévisage le hibou qui ne remue pas d'une plume. Elle songe à le faire fuir, mais hésite. Et

222

s'il sautait sur elle et lui crevait les yeux de son bec acéré ? Trefflé Labonté lui a raconté qu'un grand-duc en colère avait attaqué son père pour le chasser de son territoire. Claquant du bec et hululant, l'oiseau avait lacéré la veste de l'intrus, heureusement épaisse. Marie-Louise choisit de l'ignorer et retourne à la maison, la tête en désordre.

En la voyant, Delphis comprend que sa femme n'est pas de bonne humeur. Il l'interroge, mais elle se réfugie dans la chambre sans lui répondre. Quand elle en ressort une demi-heure plus tard, elle caresse le cou d'Elma qui sautille autour d'elle, fait chauffer un bol d'eau pour laver et raser son père et se tourne brusquement vers son mari, mais avant qu'elle ait le temps d'ouvrir la bouche, on frappe à la porte.

— Entrez, crie-t-elle.

Achille Côté, livide, couine comme un rat pris au piège. Il se tient la main gauche qu'il a entortillée dans un tissu crasseux.

— Arrête le sang, arrête le sang, gémit-il, la larme à l'œil.

Marie-Louise dépose son bol sur la table et dégage la main d'Achille, rougie par le sang. Elle décèle aussitôt une plaie peu profonde entre le pouce et l'index.

— As-tu fini de pleurnicher comme un bébé, t'en mourras pas !

Elle nettoie la blessure avec un linge propre, l'examine et la désinfecte avec du camphre. La tête penchée, ses cheveux touchant le visage d'Achille, elle lui fait un pansement et l'attache solidement avec une corde. Achille suit chacun de ses mouvements, trop heureux d'une telle proximité.

Delphis observe la scène, brûlant de jalousie. De les voir si près l'un de l'autre l'horripile. Il n'est pas sans noter l'intensité du regard d'Achille posé sur Marie-Louise. Devrait-il le reprocher à sa femme ?

— Bon, r'viens demain, j'te r'ferai ton bandage. En attendant, sers-toi juste de ta main droite. Y faut que l'autre reste propre si tu veux pas que ça s'infecte pis qu'y soient obligés de t'couper la main comme y ont coupé la jambe de monsieur Trefflé.

Achille ravale sa salive. L'idée de l'amputation le terrorise, ne réalisant pas que Marie-Louise a exagéré le danger dans le seul but de s'assurer que la blessure ne sera pas souillée.

— Ton père peut s'occuper du barda tout seul?

— Oui, bredouille-t-il.

Il se lève sans jamais quitter Marie-Louise des yeux.

— Merci ben. Une chance que t'as l'don d'arrêter l'sang!

Marie-Louise sourit. Pas besoin de pouvoirs particuliers pour soigner un si petit bobo. En sortant, Achille ignore Delphis complètement.

— Salut, m'sieur Caius!

Le vieil homme ne réagit pas, perdu dans son délire habituel. Quand Delphis fait remarquer à sa femme qu'Achille la mangeait du regard, elle le dévisage froidement.

— Achille, c'est le meilleur gars du monde. Y est pas ben d'adon, mais courageux pis travaillant comme y s'en fait pus.

Le ton est sans appel. Delphis abandonne la conversation.

49

La boutique de forge de Vidal Pouliot empeste le crottin de cheval et la corne roussie. Elle déborde d'objets hétéroclites dont seul Vidal connaît l'usage. Marie-Louise se souvient que son père parlait de lui comme d'un «chèdevreux», un «gosseux».

Le forgeron ajuste un fer rougi sur l'enclume quand Marie-Louise arrive. Avant d'entrer, elle est forcée de reculer pour laisser sortir Vénérin Breton et sa Brumeuse fraîchement ferrée. Il la dévisage avec un profond mépris.

— Maudite chienne!

L'insulte la blesse, mais Marie-Louise ne baisse pas les yeux. Elle voudrait lui hurler à la face que son fils est un bon à rien, un paresseux qui craint de se salir les mains à l'ouvrage. Un homme sans colonne vertébrale, élevé dans les jupes de sa mère et qui n'est même pas capable de faire un enfant. À quoi bon? Elle n'a aucune envie d'engager la conversation avec Vénérin Breton. Dès qu'il est sorti, elle entraîne sa jument dans la boutique de forge et demande à Vidal de renouveler la ferrure de la bête.

— Y faut que j'me rende à Saint-Odilon, pis les routes sont glacées par bouttes. J'veux pas qu'a tombe.

Vidal Pouliot s'approche, prend le cheval par la bride et le conduit dans l'enclos de travail. Il retrousse les pattes une

225

à une, s'assure que la corne des sabots est ferme et invite Marie-Louise à s'asseoir sur un petit banc.

— Pourquoi tu vas rôder à Saint-Odilon?

Marie-Louise ne veut pas lui donner les vraies raisons de sa visite, même si Vidal a la réputation d'être discret et de rester à l'écart des commérages du village.

— Une vieille tante que j'essaie d'aller voir une fois par année. A m'a écrit pour me dire qu'a l'était pas ben.

Vidal Pouliot enlève les quatre fers de la jument, retranche une couche de corne, s'assure qu'ils sont toujours de la bonne taille et les recloue sur les sabots de la bête. Marie-Louise l'observe, convaincue qu'avec les outils nécessaires, elle pourrait faire ce travail.

— Vénérin t'a pas manquée, laisse finalement tomber Vidal. En par cas, pour un marchand général, y est pas ben avenant. Y t'en veut ben gros d'y avoir volé son gars.

Marie-Louise se rebiffe.

— J'ai rien volé pantoute. Delphis est assez vieux pour savoir c'qu'y fait.

— Fache-toé pas, j'disais pas ça pour te faire étriver. J'sus d'ceux qui pensent que l'curé pis Vénérin exagèrent quand y parlent de toé. Tu leu fais peur!

— Bande de pissoutes! réplique-t-elle.

Marie-Louise bouillonne depuis l'admonestation de Vénérin. Elle lui fera ravaler cet affront. Elle fera payer à Delphis son incapacité à lui faire un enfant. À Elmina, son mépris. Elle déteste la famille Breton. Avec l'aide du diable, elle la détruira.

— Mais laisse-moé t'dire que ben du monde ont foi en toé, moé l'premier.

Marie-Louise force un sourire, rassérénée par la bienveillance du forgeron.

— Combien j'vous dois? demande-t-elle, pressée de partir.

— Cinquante cennes, c'est-y trop?

Marie-Louise lui tend l'argent, réattelle la jument au borlot et file vers Saint-Odilon. Dix milles de mauvais chemins d'hiver. La première bordée de neige s'est terminée en pluie, suivie d'un gel, de sorte que les routes sont glacées. Elle arrive dans le village au moment où sonne l'Angélus du midi. Épuisé par le trajet, le cheval peine dans la côte abrupte qui mène à destination. La maison du docteur Linière Drouin voisine l'église et le magasin d'Adélard Cloutier. Deux personnes attendent leur tour dans la pièce attenante au bureau du médecin.

— Il vous verra dans une demi-heure environ. Vous êtes de la paroisse? demande une femme élégante, les cheveux retroussés en nid d'abeilles.

— Non, de Saint-Benjamin.

Elle s'étonne. Ce village ne fait pas partie du territoire desservi par son mari.

— Le docteur Desrochers ne vous visite plus?

— Oui, mais y vient juste une fois par mois pis je l'ai manqué.

La dame examine Marie-Louise de la tête aux pieds et inscrit son nom, son âge et son adresse dans un cahier.

— Qu'est-ce qui vous amène, chère madame? C'est loin, Saint-Benjamin! la taquine le docteur avec un sourire moqueur.

Grand, le teint pâle, des cheveux bien lisses, Linière Drouin est visiblement pressé d'aller dîner, sûrement attiré par la bonne odeur de soupe qui flotte dans la maison.

— Depuis plus d'un an, dit Marie-Louise, on essaie, mon mari pis moé, d'avoir des enfants, mais ça marche pas.

Elle a hésité longtemps avant de se décider à passer à l'étape suivante. Après s'être pliée aux recommandations de ses voisines sans succès, Marie-Louise en est arrivée à la conclusion qu'avant de s'en remettre au diable, elle consulterait un médecin. D'entrée de jeu, elle a rejeté l'idée de faire appel au docteur Desrochers, de Beauceville, qui n'a jamais caché son mépris à l'endroit des «vulgaires jeteuses de sorts». Elle se souvient que la fille de Boromée Poulin lui avait dit beaucoup de bien du «beau docteur de Saint-Odilon»!

— Vous n'êtes pas la première à qui ça arrive, réplique le médecin, comme si le problème de Marie-Louise ne lui semblait pas très important.

— Vous pouvez faire queque chose?

Le docteur Drouin se frotte le menton et hoche la tête. Il n'existe pas de remède miracle ou de potion magique.

— Vous m'avez l'air en bonne santé. Vous fumez? Prenez de l'alcool?

— Non.

Il l'examine sommairement. Le pouls, le cœur, le blanc des yeux. Des gestes mécaniques qui ne révèlent rien.

— Vous n'avez jamais fait de fausse couche?

— Non.

— Votre mari n'est pas malade?

— Non.

— Vous vous donnez à lui chaque fois qu'il le souhaite?

Marie-Louise songe à lui dire que c'est elle qui impose les relations à Delphis quand le moment est propice, mais se contente d'acquiescer.

— Dans ce cas-là, conclut le docteur, vous devrez vous résigner à patienter encore un bout de temps ou à ne pas avoir d'enfants.

— Ça peut-tu être la faute de mon mari?

Il la regarde avec étonnement, comme si elle avait blasphémé.

— Non, madame. C'est la femme qui fait l'enfant et c'est sa faute si elle ne peut pas en avoir. Très, très rarement celle des hommes. Vous n'avez que vous à blâmer.

Le ton du médecin est incisif, définitif. Marie-Louise se sent humiliée. Pas assez femme pour enfanter. Comment sait-il qu'elle est la seule responsable?

Frustrée, elle sort du bureau de Linière Drouin après avoir défrayé le coût de la visite. Dehors, elle s'empare d'un grand bol d'avoine dissimulé sous le siège du borlot et fait manger la jument avant de prendre le chemin du retour.

228

Bouleversée par le verdict cruel et sans appel du docteur, elle tente de se convaincre qu'il a raison. Elle doit se montrer patiente. L'Apauline ne lui a-t-elle pas fait la même recommandation? La patience? Un mot qu'elle déteste de toutes les fibres de son corps.

50

L'hiver a été doux, sans neige ni grand froid. La saison des sucres écourtée. La mince couche blanche a vite été avalée par le soleil. Un couple de merles a déjà posé son nid au-dessus de la porte de l'étable, au désespoir d'Elma, mais Marie-Louise lui a fait comprendre que les oiseaux étaient les bienvenus.

Au magasin général, Elmina est perdue dans ses pensées. Elle écoute distraitement les habitués qui n'en reviennent pas encore de la vigueur avec laquelle le curé s'est opposé au vote des femmes.

— Catin de Bon Dieu, y avait pas à s'défaire la margoulette comme ça, on est tous d'accord avec lui. Une femme, ça vote pas, hein Elmina?

Elle sursaute.

— T'as bien raison, Augustin, moi non plus j'aime pas cette loi.

Comme la majorité de ses consœurs de la province de Québec, Elmina rejette ce projet déposé à l'Assemblée législative par le député libéral Henry Milnes. Devant la vive opposition des évêques, les politiciens ont décidé de ne pas le soumettre à un vote. Quelques femmes ont protesté vigoureusement. «Quelles gourdes!» s'est dit Elmina.

Quand Augustin quitte le magasin, elle s'approche de son mari.

— T'es bien songeuse, observe-t-il.

— J'arrête pas de penser à Delphis. La femme d'Héliodore m'a dit qu'il avait l'air triste comme un chien battu quand elle l'a vu la dernière fois.

— Qu'est-ce que tu veux qu'on fasse? tranche Vénérin. C'est la vie qu'il a choisie. Je peux rien faire pour lui et encore moins pour sa vaurienne.

— On pourrait lui envoyer des provisions. Ça l'amadouerait. Va savoir, il mange peut-être pas à sa faim?

— Non, Elmina, c'est à lui de faire les premiers pas. Pas à nous. Arrête de remâcher ces idées-là.

Comme ailleurs, les cultivateurs de Saint-Benjamin sont dans les champs très tôt. Marie-Louise a déjà commencé à relever ses clôtures. Dès que le sol sera complètement asséché, elle le hersera, avant de l'ensemencer d'avoine. Elle songe aussi à faire quelques abattis pour agrandir sa terre. Des travaux qui nécessiteront beaucoup d'effort et de longues heures de labeur.

— Delphis, lance Marie-Louise au déjeuner, si tu m'aides pas c'printemps, j'engage Achille.

— Ton beau Achille!

La jalousie suinte dans le ton de Delphis. Quand il s'agit de petites besognes de quelques heures, il ne rouspète pas trop, mais l'employer à plein temps?

— Mon beau Achille, comme tu dis, a pas peur d'la grosse ouvrage. Tu m'donnes un coup de main ou ben c'est lui, c'est aussi simple que ça.

— Et si c'est non?

Marie-Louise le fusille du regard.

— Tu m'aides ou y vient travailler avec moé! Si oui, ça veut dire que tu sors du lit en même temps qu'moé pis qu't'es là toute la journée. C'est pas négociable.

Le mariage est vacillant. Tout un hiver à se disputer, à se bouder et à se réconcilier. Dès après ses menstruations, Marie-Louise impose à Delphis, souvent récalcitrant, deux ou trois relations sexuelles par jour, mais elle n'y prend aucun plaisir. Comble du désespoir, elle n'est toujours pas enceinte. La jeune femme réalise de plus en plus que sans enfants, elle n'a aucune raison d'être avec lui.

— Tu feras bien ce que tu voudras, laisse tomber Delphis.

Après le déjeuner, Marie-Louise se rend chez Achille et lui propose de l'engager pour les gros travaux du printemps et de l'été. Son père passant la majorité de son temps dans les chantiers, Achille est chargé de veiller sur la terre, mais peut-on vraiment la qualifier de ferme ? Deux vaches pour le lait, trois cochons pour la viande, des poules pour les œufs, le jeune homme a peu à faire. Achille se tourne vers sa mère.

— Vas-y, l'encourage-t-elle, tes gages nous aideront à joindre les deux bouts.

Même si elle est mariée à Delphis et si elle lui fait peur avec les sorts qu'elle jette parfois autour d'elle, sans oublier le diable qu'elle invoquerait, Achille n'a jamais cessé de l'aimer. Un amour platonique qui lui suffit. Que peut-il espérer de plus ? Jamais une fille ne lève les yeux sur lui. Qui voudrait de ce grand échevelé qui peine à prononcer deux phrases et qui rougit comme une betterave dès qu'on lui adresse la parole ?

De retour, Marie-Louise attrape une masse, des pinces et de la broche. Elma sautille de joie. Achille jette sur ses épaules trois longues perches de cèdre et lui emboîte le pas. Delphis les observe par la fenêtre. Il a beau se dire qu'Achille ne fait pas le poids, un doute subsiste. Dès qu'ils se sont éloignés de l'autre côté de la côte, il sort de la maison, fait un grand détour par le chemin des vaches de Nolasque Boulet jusqu'à un petit plateau, qui a vue sur la clôture que sa femme a entrepris de réparer. Recroquevillé derrière un sapin, il passe une longue heure à les observer.

Marie-Louise travaille rapidement. Elle vérifie tous les pieux, renfonce à grands coups de masse ceux qui boitillent, remplace trois perches vermoulues et renforce les plaquettes de bois qui les soutiennent. Achille est empressé, lui tendant les outils dont elle a besoin et disposant des restes de la clôture. Ils échangent peu de mots et Marie-Louise a souvent l'air d'oublier sa présence, absorbée dans ses pensées. Achille,

232

de son côté, la suit constamment des yeux, attentif à ses moindres désirs.

Delphis en a assez vu. Il retourne sur ses pas, ignorant les veaux de Nolasque qui gambadent maladroitement, aiguillonnés par ce printemps hâtif. Il s'efforce de repousser le sentiment de culpabilité qui l'envahit. Paresseux, lui dit souvent Marie-Louise. L'est-il vraiment? Ces travaux lui répugnent. La proximité des vaches, des cochons ou des poules lui donne parfois des haut-le-cœur. Il lui arrive régulièrement de penser à la chaleur du magasin, aux tasses de thé que sa mère lui apportait en même temps qu'à Vénérin. Des idées qu'il s'efforce toujours de refouler. Il est trop tard pour revenir en arrière.

51

Mai est sec, trop sec. Marie-Louise s'inquiète de la survie des graines d'avoine que Pitre Bolduc étend dans son champ. Elle en cultive pour la première fois. La terre a été bien préparée, hersée en profondeur et débarrassée des milliers de roches qui ont surgi.

Comme promis, Trefflé Labonté lui a donné un minot d'avoine et elle a confié à Pitre, le «meilleur sumeur de Saint-Benjamin», le soin d'ensemencer un petit lopin. D'un pas décidé, Pitre avance en jetant des poignées de grains qui jaillissent de ses mains comme une volée d'insectes. Pas un seul repli de terrain n'est oublié. Un artiste! Mais sans pluie, la céréale germera-t-elle? Oui, l'a-t-il rassurée, mais s'il ne pleut pas, sa croissance sera plus lente et les épis seront chétifs. Pour une première récolte, Marie-Louise aurait souhaité de meilleures conditions.

— C'est l'Bon Dieu qui décide ça, conclut Pitre. Moé, y m'a donné la main pour sumer, mais toé qui a des dons, tu peux pas faire mouiller un peu?

Utiliser ses dons pour faire pousser l'avoine? Pourquoi ne pas faire appel au diable? À l'évidence, le hibou la suit et il n'attend qu'une requête de sa part. Elle le voit souvent à l'aube quand elle rassemble ses vaches pour la traite, mais elle évite de s'en approcher. Sauf aujourd'hui. L'apercevant, perché contre le flanc d'un bouleau dans la grisaille matinale, elle a fait quelques pas en sa direction et, d'une voix forte, elle lui a intimé de jeter un mauvais sort à Vénérin Breton.

— Si tu es le diable, venge-moé de cet homme.

Deux jours plus tôt, le marchand a craché aux pieds de Marie-Louise, qu'il a croisée à la beurrerie. «Vitamine de dévergondée! Un jour, tu vas payer pour ce que t'as fait!» Cette fois, Marie-Louise a jugé qu'elle en avait assez entendu. C'est alors que, pour la première fois, elle a résolu de demander au diable de régler son compte.

Quand Pitre finit d'ensemencer le champ, il grimpe sur une roche saillante et contemple son œuvre. Fier de lui, il mange les derniers grains d'avoine collés au fond de son écuelle. Marie-Louise s'en approche et lui offre une piastre qu'il refuse carrément.

— T'en fais assez pour ma femme pis les enfants, j'accepterai jamais que tu m'payes. Salut ben!

Marie-Louise remet l'argent dans la poche de son pantalon et cherche Achille des yeux. Pendant que Delphis s'amuse à courir avec Elma autour de la maison, sa femme et l'engagé filent vers la forêt, hache et godendart aux mains. Elma a tôt fait d'abandonner Delphis pour les suivre. Un très gros érable est tombé et Marie-Louise veut le débiter et l'ajouter à sa provision de bois de chauffage.

— T'as pas peur, Achille, de venir dans la forêt avec moé?

Il blêmit, ne réalisant pas immédiatement que Marie-Louise le taquine. Et si elle invoquait le diable?

— Ben non, arrête de t'énerver, j't'ai juré que j'te ferai jamais d'mal pis j'vais tenir ma promesse, mais aujourd'hui j'ai besoin que tu me rendes un petit service particulier.

De nouveau, Achille hésite avant de dire oui. Il a toujours en mémoire l'incendie raté et la poule noire volée à Nolasque.

— Viens, propose Marie-Louise, étends-toé à côté d'moé.

Achille s'exécute, inquiet de la suite des choses.

Lentement, Marie-Louise commence à le caresser. Elle glisse sa main sous sa chemise et descend ses bretelles. Achille ne comprend pas ce qui se passe. Marie-Louise dégage le pénis du jeune homme de plus en plus abasourdi et enfonce le membre dur en elle. Il gémit de satisfaction. Marie-Louise se surprend à y trouver un plaisir absent avec Delphis, dont les érections durent le temps d'un meuglement de veau. À califourchon sur lui, elle va et vient, en se mordant les lèvres pour ne pas hurler son bonheur pendant qu'Achille, les yeux fermés, gronde comme un gros chat. Elma a détourné la tête, comme si elle ne voulait pas être témoin de l'infidélité de sa maîtresse. Repue, la respiration saccadée, Marie-Louise se retire, roule sur le dos et relève ses jambes pour bien absorber la semence. Achille l'imite, croyant qu'il s'agit d'un jeu, mais elle lui ordonne de se rhabiller. Au bout de dix minutes, elle lui tend son bout du godendart et d'un bon rythme, ils découpent de grosses bûches, qu'il faudra ensuite fendre à la hache et transporter à la maison.

Marie-Louise ne regrette pas son geste. Elle y a longtemps réfléchi, elle a tâché d'en évaluer les conséquences et en a conclu que c'était la meilleure solution. La seule façon d'avoir un enfant rapidement. Elle en rêve déjà. Garçon ou fille, cela n'a pas d'importance. Une bonne chaleur a envahi son corps. Elle observe Achille à la dérobée et se surprend à lui trouver plein de qualités. À n'en pas douter, l'enfant conçu par lui sera grand et fort comme son père. Pour le reste, il aura les traits de caractère de sa mère.

— Tu viens, Achille? Ça m'a ouvert l'appétit, lui dit-elle avec un clin d'œil.

Sourire béat, il se demande encore pourquoi il est l'objet d'une telle attention. Pourquoi Marie-Louise s'est-elle donnée à lui? Il s'est si souvent caressé en pensant à elle, convaincu que le rêve ne deviendrait jamais réalité. Quand, en après-midi, elle lui propose de recommencer, il n'en croit pas ses oreilles. Même si elle est persuadée qu'une seule fois suffit pour être enceinte, elle veut mettre toutes les chances de son côté. La lune est bonne, l'enfant à naître sera vigoureux, sans compter le plaisir qu'elle en aura.

52

*Ne disons pas du mal du diable : c'est
peut-être l'homme d'affaires du Bon Dieu.*

Bernard Fontenelle

Vénérin Breton est mort, piétiné par sa vieille jument.
Une bête paisible qui n'a jamais levé une patte plus haut que
l'autre. À n'y rien comprendre. Le seul témoin, le bedeau
Lucien Veilleux, raconte que la Brumeuse a heurté un gros
caillou et qu'elle s'est aussitôt cabrée. Il a voulu intervenir, mais
les hennissements furieux du cheval l'ont forcé à reculer. Que
s'est-il passé ensuite ? Vénérin est descendu du robétaille et
l'a saisi par la bride pour le calmer. Mal lui en prit, l'animal
affolé l'a d'abord frappé violemment avec ses sabots avant
de le piétiner mortellement. Le crâne éclaté, du sang partout.
Lucien Veilleux, le souffle court, a tourné en rond, n'osant pas
s'approcher de peur d'être écrasé à son tour. Il a finalement
hélé un garçon et l'a sommé d'aller prévenir le curé.

— J'comprends pas, se désole Lucien, un joual écrapoutine
jamais son maître. Jamais. J'ai jamais vu ça avant aujourd'hui.
J'me d'mande si l'diable a pas affaire avec ça.

Fernando Drouin, qui arrive au pas de course, le fusille
du regard. Chaque fois qu'un paroissien invoque Satan ou
quelque force mystérieuse, il se met en rogne. Avant toute
chose, le prêtre administre les derniers sacrements à Vénérin.
Il lui tâte ensuite le pouls, mais ne décèle aucun signe de vie.
Petit à petit, les villageois se regroupent autour de la scène,

décontenancés. De mémoire d'homme, c'est la première fois qu'un tel drame se produit dans leur paisible patelin.

— Lucien, arrête de raconter des sornettes comme ça! lui reproche le prêtre. C'est un accident, rien d'autre. Va chercher sa femme et envoie quelqu'un prévenir son fils.

Des balivernes? Le curé serait-il le seul à croire au bête accident?

— Catin de Bon Dieu, murmure Augustin, si c'est pas l'diable qui a fait ça, j'mange mes culottes!

Lucien Veilleux et Augustin Leclerc n'en démordent pas, Lucifer est le coupable. Marie-Louise aurait-elle jeté un sort à son beau-père? Ils n'en seraient pas surpris. Vénérin a tellement déblatéré contre elle.

Quand Elmina arrive avec Héliodore, le groupe s'écarte pour la laisser passer. Livide, elle examine d'abord son mari inanimé, le visage démoli, méconnaissable. Elle lève ensuite les yeux vers la vieille jument, redevenue paisible comme toujours et branle la tête d'incompréhension. Elle se penche sur Vénérin, touche sa joue du bout des doigts comme si elle voulait la reconstituer, mais voit bien qu'il n'y a plus aucun espoir. Elle implore le curé du regard. Il s'approche et maladroitement lui prend la main.

— Courage, madame Breton. Le Bon Dieu va vous aider.

Elmina éclate en sanglots. Héliodore Bolduc dépose une couverture sur le cadavre de Vénérin pour le soustraire aux mouches et aux yeux des curieux. Sa femme veillera à l'embaumer, mais défiguré comme il l'est, la tâche ne sera pas facile.

— Suivez-moi à l'église, ordonne le prêtre à ses ouailles. Nous allons prier pour l'âme de Vénérin.

Un à un, ils lui emboîtent le pas jusque dans la nef, laissant Elmina seule avec sa peine. Héliodore reste en retrait. Le bedeau sonne le glas, plainte lugubre qui déchire cette matinée gorgée de soleil.

Quand le fils de Lucien Veilleux frappe à la porte de Marie-Louise et de Delphis, il n'obtient pas de réponse

238

immédiatement. Elma hurle son mécontentement. Au bout de quelques minutes, Delphis ouvre la porte.

— Ton père vient d'mourir, dit l'autre, sans ménagement. Son joual y a cassé la face avec ses pattes.

Delphis croit d'abord à une mauvaise blague. La Brumeuse? Impossible! Delphis nie de la tête, mais réalise au visage crispé de Roland Veilleux qu'il ne badine pas.

— Maman le sait-tu?

— Oui.

Delphis court aussitôt vers la grange en hurlant.

— Marie-Louise, Marie-Louise, où es-tu?

Dans la tasserie, sa femme se rhabille en vitesse et demande à Achille de se cacher dans le foin avant l'arrivée de Delphis. Elle n'a jamais entendu son mari crier de la sorte. L'événement doit être tragique pour qu'il s'extirpe ainsi de sa placidité. Elle sort de la grange en toute hâte. Delphis se jette dans ses bras, pleurant comme un enfant.

— Papa est mort.

Marie-Louise le repousse un peu et essaie de le calmer, mais d'abord de comprendre ce qui s'est produit.

— Mort? De quoi?

En pleurnichant, Delphis réussit à lui dire l'essentiel. Tué par un cheval inoffensif? Marie-Louise comprend que le diable l'a exaucée. Un frisson lui parcourt le corps. Elle souhaitait punir Vénérin, mais l'éliminer? Quelle est l'étendue de ses nouveaux pouvoirs? Le diable se rendra-t-il à tous ses désirs? Elle ne regrette pas la disparition de cet homme qu'elle détestait plus que tout. Tant de fois, il l'a ridiculisée, souvent devant tout le monde. Le décès de Vénérin ne lui soutirera aucune larme, mais elle réalise rapidement toutes les conséquences du drame. Le désarroi de son mari n'annonce rien de bon pour la suite des choses. Sa rupture avec ses parents était en grande partie imputable à l'intransigeance de son père. Maintenant qu'il est parti, Delphis voudra-t-il renouer avec sa mère?

— Lui as-tu jeté un sort? demande Delphis. C'est impensable que cette vieille jument ait réagi comme ça. J'arrive pas à le croire.

Marie-Louise se détache de lui. Elle ne répond pas à la question. Oui, elle a fait appel au diable. À l'évidence, le sort a porté. Le diable s'est incarné dans la Brumeuse. Parmi les animaux qu'il utilise, le cheval est l'un des préférés de Lucifer.

— J'ai rien à voir avec ça, réplique Marie-Louise. T'as vu comme moé que j'sus pas partie d'la maison aujourd'hui.

Delphis tourne les talons et s'enfuit vers le village au pas de course. Marie-Louise le suit des yeux, la tête pleine de scénarios plus embêtants les uns que les autres.

Saint-Benjamin est plongé dans la consternation. La majorité est convaincue que seul Satan, encouragé par Marie-Louise, peut avoir commis un crime semblable.

— Si l'diable est caché dans la Brumeuse à Vénérin, dit Nolasque Boulet, y va falloir qu'Elmina la fasse tuer au plus ciarge. C'ta jument-là pourrait s'en prendre à moé pis toé.

La remarque de Nolasque est accueillie par des hochements de tête approbateurs. Pendant que des hommes déposent la dépouille de Vénérin sur une voiture plate, Nolasque s'approche de l'animal avec mille précautions. Le vieux cheval renâcle. Il saisit la bride et guide la bête docile vers le magasin. Il l'attache solidement à sa stèle et referme la porte derrière lui. Demain, il parlera à Elmina et si elle est d'accord, il tuera la jument diabolique.

Des bruits de bottes qui battent la route les font se retourner. Elmina relève la tête. Delphis se précipite dans ses bras, pleurant à s'en étouffer.

53

L'église est pleine pour les funérailles du maire de Saint-Benjamin, Vénérin Breton. Tous les paroissiens s'y sont donné rendez-vous, en cette triste journée que le soleil de juillet n'arrive pas à égayer. Un parfum de foin fraîchement coupé se mêle à celui de l'encens. Quatre jours après le drame, une sorte d'hébétude enveloppe les villageois. Elmina, le visage défait, un crêpe noir sur les yeux, est flanquée de ses enfants et petits-enfants. Même Delphis assistera à la cérémonie, mais pas Marie-Louise. Elle a carrément refusé de l'accompagner.

— Ce s'rait de la pure hypocrisie de ma part, a-t-elle dit. T'as pas besoin d'moé pour enterrer ton père.

Delphis l'a suppliée, invectivée, menacée, mais Marie-Louise n'a pas changé d'idée. Elle s'est promis de ne plus remettre les pieds dans l'église, sauf pour les funérailles de son père.

— Arrête de finasser, j'irai pas. Que c'est que tu comprends pas?

Depuis la mort de Vénérin, Marie-Louise est au centre de toutes les discussions, l'objet de toutes les suppositions, des plus improbables aux plus farfelues. Ses partisans les plus farouches n'en démordent pas, surtout ceux qui ont si souvent entendu Vénérin mépriser, maudire la jeune femme. «Y a eu c'qu'y méritait!» a tranché Bi Côté.

D'autres la défendent du bout des lèvres, forcés d'admettre qu'elle a sans doute jeté un sort à la jument de Vénérin sans réfléchir aux conséquences.

— A l'a sûrement pas voulu défuntiser Vénérin, a l'a juste voulu y faire peur, mais ç'a mal tourné, analyse Lucien Veilleux.

Peu importent les arguments, ils seront beaucoup plus nombreux à se méfier d'elle. Tuer un homme seulement parce qu'il vous a insulté ? Injustifiable ! Quels que soient ses pouvoirs ou sa relation avec Satan, elle ne peut pas s'octroyer un droit de vie ou de mort sur les gens.

Depuis le décès de Vénérin, Marie-Louise ne sort plus de chez elle. Quand Bi Côté lui a rapporté les commérages du magasin, elle s'est cramponnée. «Fais ben attention à toé, y a du monde au village qui t'en veulent, pas pour rire!» Mais ceux qui lui en veulent, se rassure Marie-Louise, hésiteront avant de lui faire mauvais parti de crainte qu'elle demande au diable de la venger.

Depuis la mort de son père, Delphis passe beaucoup de temps avec sa mère, son frère et ses sœurs. Marie-Louise en est agacée. Le moment est mal choisi pour lui barrer la route, mais dès après les funérailles, elle compte bien avoir une bonne discussion avec lui. Avant que les siens le convainquent de remplacer son père au magasin. Si elle finit par tomber enceinte d'Achille, elle aura besoin de Delphis pour élever l'enfant et les autres à venir.

— Chers paroissiens, entonne le prêtre pendant la messe funèbre, encore une fois, le Mal est parmi nous. Un homme intègre qui voulait protéger sa famille contre Lucifer en a été victime. Mes frères, poursuit le prélat sur un ton pugnace, tous ensemble nous devons le combattre. Notre ami Vénérin Breton mérite bien cela.

«Hypocrite!» pense le bedeau qui a une relation de plus en plus corsée avec le curé. Il reproche au prêtre son double discours. D'une part, il jure dur comme fer que le diable n'existe pas, mais d'autre part, il farcit ses sermons de références à Lucifer et à son enfer éternel. En cela, Fernando

Drouin n'est pas différent de tous les prêtres de la province, qui brandissent à qui mieux mieux la menace du Mal incarné dans le diable dont ils nient par ailleurs l'existence.

Engoncé dans sa chaise, Delphis ne réagit pas. Les événements le dépassent. Il en voulait à son père, mais pas au point de désirer sa mort. Marie-Louise en est-elle responsable? Il n'ose pas répondre à cette question. Il avait fait la paix avec les présumés dons de sa femme et s'était convaincu que ses interventions les plus spectaculaires étaient le fruit du hasard. Mais là, il doute. Il n'arrive pas à croire que cette vieille jument inoffensive, sur laquelle son père le faisait monter lorsqu'il était enfant, se soit soudainement transformée en monstre. Qu'est-ce qui l'a aiguillonnée de la sorte? Même quand on la bousculait, quand on rabattait les cordeaux trop durement sur elle ou qu'on tirait la bride assez fort pour lui arracher les mâchoires, elle ne rouspétait jamais. L'expérimenté maquignon de Saint-Prosper, Réda Gagnon, n'a jamais rien vu de semblable durant toutes ses années de commerce de chevaux.

Après la messe, presque tous les paroissiens accompagnent Vénérin au cimetière. Même s'il était fanfaron, parfois arrogant, il était aimé des siens, sauf de quelques irréductibles conservateurs. L'occasion est belle de lui rendre un dernier hommage, car, à l'exception de la famille immédiate, Elmina a refusé qu'ils défilent devant la dépouille de son mari. Son visage a été tellement déformé par les coups de sabots du cheval qu'elle l'a recouvert d'un mouchoir pour le dissimuler.

— *Requiescat in pace!*

Les deux filles d'Elmina la soutiennent. Delphis penche la tête pour ne pas voir les yeux accusateurs qui sont fixés sur lui depuis le début de la cérémonie. Que lui reprochent-ils? D'être le complice de Marie-Louise? De n'avoir pas su protéger son père? Ce fils ingrat refusera-t-il d'aider sa mère et la forcera-t-il peut-être à vendre le magasin? Delphis n'aimerait rien de mieux que de prendre la relève, mais comment convaincre sa femme?

De retour du cimetière, Nolasque Boulet se rend au magasin. La veille, il a eu une courte discussion avec Elmina qui lui a donné le feu vert immédiatement. Il détache la Brumeuse, docile et douce, et la conduit en forêt, à son dernier repos. Nolasque est le seul qui a accepté de mettre fin aux jours de la jument. Tous les autres ont refusé, persuadés que Lucifer les punirait sévèrement.

— Qu'y vienne, le ciarge de diable, m'a vas y arranger la binette! a crié bravement Nolasque.

54

Delphis est rentré à la maison tard dans la soirée, après avoir passé la journée avec les siens, dans le but de vivre son deuil en famille et de préparer la suite des choses. Dans l'immédiat, l'une de ses sœurs restera avec sa mère et verra à la bonne marche des affaires, mais pas pour très longtemps. Elle doit retourner auprès de sa progéniture. Ensemble, Elmina et ses enfants ont envisagé différentes options. Vendre le magasin? Il n'en est pas question, elle ne veut pas en entendre parler. Engager un employé? Voilà la solution préférée d'Elmina, si Delphis «ne l'aime pas assez pour lui venir en aide».

— Ta place est à côté de maman, lui intime Aldérie, sa sœur aînée. Tu vas passer le restant de ta vie avec une diablesse?

Delphis ne demanderait pas mieux que de travailler avec sa mère plutôt que de sombrer dans l'oisiveté. Mais Marie-Louise, là-dedans? Il devine déjà sa réponse. Sans compter que sa présence au magasin la justifierait d'embaucher Achille à plein temps. Ils sont si souvent ensemble… Depuis quelques jours, il a l'impression que sa femme a changé. Les relations sexuelles sont beaucoup moins fréquentes, une seule au cours du dernier mois. A-t-elle renoncé à son rêve d'avoir des enfants?

Ce qui dérange encore plus Delphis, c'est ce procès que certains, le curé en tête, sont en train de faire à Marie-Louise. Ils ont la conviction profonde qu'elle a jeté un sort à la jument et qu'elle est directement responsable de la mort de son père. Le tribunal populaire soutient qu'elle devrait être jugée et punie. Delphis ne sait plus quoi penser. A-t-elle autant de pouvoir? A-t-il été naïf de ne pas y croire? Et si elle utilisait ses dons contre lui?

En rentrant, il est accueilli bruyamment par Elma. Il lui caresse le cou. Caius, maintenant affligé d'un léger zézaiement, tient un propos incompréhensible. Marie-Louise est occupée à coudre une robe pour enfant, probablement pour la plus jeune de Pitre Bolduc qui n'a pour vêtement que deux sacs de farine, dans lesquels sa mère a percé des trous pour les bras et la tête.

— Mon père a eu de belles funérailles, raconte Delphis pour entamer la conversation.

Marie-Louise ne répond pas, absorbée, ou feignant de l'être, par son travail.

— Tu dis rien?

Elle relève les yeux un instant et les replonge aussitôt dans son ouvrage.

— J't'ai déjà dit ce que j'pensais de ton père. Y m'a toujours traitée comme une picouille, pis ta mère m'a jamais défendue. J'ai pas changé d'idée sus tes parents.

Delphis se mord l'intérieur des joues. Il aurait envie de la rabrouer. Le moment n'est-il pas venu de pardonner? De faire preuve d'un peu de compassion pour sa mère? Mais il choisit l'approche douce.

— Maman est ben inquiète pour le magasin. Ma sœur Aldérie va rester avec elle un bout de temps, mais elle devra retourner à Beauceville la semaine prochaine.

Marie-Louise fait comme si la conversation ne l'intéressait pas. Elle est préoccupée. Ce matin, elle s'est levée avec un terrible mal de ventre, celui qui annonce le premier jour de ses menstruations. Même avec Achille, elle n'arrive pas à tomber enceinte. Elle redresse ses épaules engourdies, pose la robe sur la table et tend un verre d'eau à son père.

— Pourquoi a vend pas l'magasin pis à t'donne pas ta part? A pourrait aller vivre avec une de tes sœurs. Pis t'aurais pas à quémander chaque fois que t'as besoin d'argent.

246

Delphis ravale l'insulte. Il n'a pas de défense. Quand il a emménagé avec Marie-Louise, il avait quelques dollars d'économie, qu'il a dépensés en frivolités.

— Je t'ai pas obligée à te marier avec moi.

— Non, pis j'te forcerai pas à rester non plus. Arrête de tourner en rond comme une poule mouillée, pis dis-moé c'que tu veux faire. Tu veux r'tourner avec ta mère?

— Juste pour l'aider.

Marie-Louise blêmit. Même si elle l'avait devinée, la proposition de Delphis la met en rogne.

— T'es pas capable de travailler icitte, qu'est-ce qui m'dit que tu pourras l'faire au magasin?

— Parce que j'aime ça plus que la terre.

Marie-Louise a compris depuis longtemps que Delphis détestait la ferme. Elle a espéré qu'il y prendrait goût, mais au fil des jours, elle a bien vu qu'il n'aurait jamais l'étoffe d'un cultivateur.

— Qu'est-ce qui m'dit, Delphis Breton, que ça commencera pas par quelques heures, pis deux, trois jours par semaine, pis que finalement tu vas pas y passer tout ton temps?

— J'te promets que non.

— Fais pas d'promesses que tu pourras pas t'nir.

Marie-Louise est tourmentée. L'idée de renvoyer Delphis dans les jupes de sa mère la vexe. Que dira-t-on? Elle entend déjà les railleries. «Le petit Delphis à sa maman est revenu!» De savoir qu'Elmina dorlotera son fils, lui passera tous ses caprices et répondra servilement à toutes ses exigences horripile Marie-Louise. Un souvenir lui revient à l'esprit, quand Delphis tirait un bonbon de sa poche et s'exclamait fièrement: «Regarde ce que maman m'a donné!» Combien de fois elle aurait eu envie de lui refaire le coup des souris! Elle s'approche de lui.

— Écoute-moé ben, Delphis Breton. Ta maudite famille de baveux, j'm'en sacre. Qu'y meurent toutes, pis j'pleurerai certaine…

Furieux, Delphis lui administre une solide taloche à la figure. Figée par la surprise, Marie-Louise le dévisage, les yeux en feu. Devrait-elle s'emparer d'un rondin et l'assommer? Delphis récupère rapidement son chapeau et sort de la maison. Marie-Louise le suit, mais s'arrête sur la galerie.

— Tu perds rien pour attendre, Delphis Breton!

— Tu vas demander au diable de courir après moi et de me tuer comme tu l'as fait pour mon père? hurle-t-il en se sauvant au pas de course.

Lancer le diable à ses trousses? Pas maintenant.

Une fois la silhouette de son mari dissipée, la jeune femme fait quelques pas et s'assoit dans l'herbe près de l'étable. Elma s'allonge à ses côtés, le museau sur sa cuisse. Une belle soirée d'été, mais Marie-Louise ne sent pas le vent léger qui fouine dans le potager. Elle ne voit pas cette grosse lune brouillée par un chiffonnement de nuages. Ce qui l'inquiète davantage que le geste violent et si inattendu de son mari, c'est qu'elle ne soit pas encore enceinte. Pourquoi? Achille serait-il stérile comme son mari? Devrait-elle amadouer le fils de Nolasque Boulet? Et si c'était elle qui ne pouvait pas avoir d'enfants? L'idée la démoralise, elle ne veut pas y croire. Le diable pourrait-il l'aider? Mais à quel prix? «Il voudra tes enfants», lui a souvent répété l'Apauline. Elma retrousse les oreilles. Marie-Louise jette un long regard autour d'elle. Des chauves-souris s'adonnent à un chassé-croisé acrobatique près de la grange. Elle flatte la chienne pour la rassurer.

Et Delphis? Devrait-elle s'apitoyer sur son sort? Ne vient-il pas de perdre son père? Elle se souvient de la douleur qui avait été la sienne à la mort de sa mère. Un chagrin qui se répétera quand Caius partira dans peu de temps, même si elle ne reconnaît plus cet homme détruit par la maladie. Se retrouvera-t-elle bientôt seule avec Delphis, celui qu'elle a épousé sans l'aimer? Doit-elle le répudier? Elle rejette cette idée, toujours pour la même raison. Si elle finit par devenir enceinte d'Achille, elle aura besoin d'un père pour ses enfants. Elma redresse de nouveau la tête. Au loin, le grand-duc hulule.

55

La Brumeuse est revenue au cours de la nuit. Elmina l'a retrouvée devant le magasin ce matin en se levant. Elle n'a pas osé sortir pour attacher l'animal dans son enclos. Pourtant, Nolasque lui avait juré que la jument était bien morte. Elle tente, sans trop de succès, d'éteindre les pensées maléfiques qui surgissent dans sa tête. La Brumeuse serait-elle vraiment possédée du diable? Marie-Louise aurait-elle poussé la méchanceté jusqu'à demander au cheval de revenir la hanter? Ébranlée par la disparition de son mari, fatiguée de ne pas avoir dormi, elle n'arrive pas à réfléchir clairement, à mettre de l'ordre dans ses idées.

— Aldérie, viens ici, vite, lance Elmina.

Sa fille aînée accourt aussitôt, descendant l'escalier deux marches à la fois. La main sur sa bouche, elle est sidérée.

— Sainte foi du Bon Dieu, monsieur Nolasque l'a pas tuée?

Sa mère secoue la tête d'incompréhension. Quand Aldérie fait un pas vers la porte, elle lui saisit le bras.

— Vas-y pas, c'est trop dangereux! C'est peut-être le diable!

— Ben voyons donc, maman, ç'a pas de bon sens. On se mettra pas à voir le diable partout.

Les deux femmes examinent longuement la Brumeuse, qui broute de l'herbe paisiblement, en chassant de sa queue les mouches qui lui taquinent le dos.

— Attendons que quelqu'un vienne, propose Elmina. Ça devrait pas prendre de temps avant qu'un des hommes du village l'aperçoive.

C'est Augustin Leclerc qui, le premier, remarque le cheval devant le magasin. Il est décontenancé. Il immobilise son attelage à bonne distance, en descend et s'approche, la peur au ventre. «Catin de Bon Dieu, comment ça s'fait que c'ta jument-là est pas morte?»

Il tourne les talons et va chercher du renfort. En route, il somme deux enfants de rentrer chez eux au plus vite.

— Scrammez, l'diable est dans l'village!

Au bout de quelques minutes, une demi-douzaine d'hommes, dont le curé, surveillent la jument comme s'il s'agissait d'une bête féroce. Le prêtre a beau essayer de leur dire qu'il n'y a aucun danger, personne ne veut s'approcher de l'animal. De la fenêtre du magasin, Elmina et Aldérie observent la scène, souhaitant que l'un des hommes les libère au plus vite.

— Si c'est le diable qui vous empêche de l'approcher, fait le prélat, vous vous trompez, c'est impossible.

Mais sa voix n'a pas le mordant habituel et il ne convainc personne. Surtout depuis son dernier sermon, dans lequel il a imputé à Lucifer le mors aux dents de la Brumeuse et le décès de Vénérin. Tant d'incohérence mine sa crédibilité.

— Si vous avez peur, allez chercher Nolasque. Je serais curieux de savoir pourquoi il nous a menti.

Aussitôt dit, aussitôt fait. Nolasque Boulet croit d'abord à une mauvaise blague. Quand il aperçoit la jument, il a un long moment d'hésitation.

— Ciarge de ciarge, c'est pas possible. Y a juste le diable qui peut l'avoir empêchée de défuntiser.

Nolasque, même si des frissons courent sur sa peau, s'approche de l'animal qui tourne lentement la tête, renâcle un peu et recommence à brouter l'herbe qui borde la galerie du magasin.

— Me semblait, l'apostrophe le curé, que tu t'en étais débarrassé au fond des bois. Ça doit être comme le hibou que t'as jamais réussi à tuer.

Nolasque lève les bras dans un geste d'impatience.

— J'y ai fait manger d'l'avoine empoisonnée, j'comprends pas, ciarge. J'y en ai donné assez pourtant.

Comment un cheval peut-il survivre à une telle dose de poison, un mélange de Vert de Paris et d'arsenic? Est-ce possible sans l'aide de Satan? Même le prêtre est dérouté.

— Vous voyez ben, monsieur l'curé, que c'est le diable, argumente Augustin Leclerc. Catin de Bon Dieu!

— La Marie-Louise, ajoute Lucien Veilleux, a s'est vengée de Vénérin pis là, a punit Elmina. J'donne pas cher d'la peau du Delphis!

Fernando Drouin bondit.

— Veux-tu arrêter de radoter ces peurs de Bonhomme Sept Heures! Ça n'a rien à voir avec le diable. Combien de fois faudra-t-il vous le répéter?

Lucien Veilleux, les bretelles pendantes le long de ses pantalons, en a assez entendu.

— Comment pouvez-vous prétendre que c'est pas l'diable pis qu'aux funérailles de Vénérin, vous avez dit l'contraire?

Fernando Drouin est furieux. Il en a soupé de ce bedeau paresseux, qui s'amuse à le contrarier et pis encore, devant d'autres fidèles.

— Lucien Veilleux, je ne veux plus de toi. J'en ai assez de tes fanfaronnades.

— C'est pas à vous à décider ça, c'est à la Fabrique!

Le silence se fait, tous les yeux rivés sur Nolasque qui fait quelques petits pas vers la Brumeuse. Tout à coup, elle frappe le sol de son sabot. Nolasque tombe à la renverse en reculant et tous les autres s'éloignent encore un peu plus.

— Ciarge de ciarge! jure Nolasque.

Il se tourne vers les hommes en les implorant du regard de l'aider. Personne ne réagit. Pour ne pas être la risée de la paroisse, Nolasque s'arme de courage et avance prudemment vers l'animal. Le cheval relève la tête, renâcle et retourne à son repas. Tous retiennent leur souffle. Aldérie et Elmina ont tiré le rideau du magasin de peur que la Brumeuse prenne de nouveau le mors aux dents et défonce la fenêtre.

— Nolasque! crie Augustin Leclerc. Pourquoi on va pas charcher la Marie-Louise? C'est la seule qui s'ra capable de v'nir à boutte de c'te joual-là! Fais-toé pas estropier pour rien, catin de Bon Dieu!

Le curé fulmine, mais ne dit mot. Nolasque refuse d'écouter Augustin. Céder le pas à une femme serait beaucoup trop humiliant. Et en plus, il a une longue habitude des chevaux, des plus sages aux plus rétifs. Jamais l'un d'eux ne lui a écrasé le pied. Lui qui s'est si souvent moqué de la Brumeuse de Vénérin, «un joual de salon», ce n'est sûrement pas aujourd'hui qu'il en aura peur.

Après quelques minutes d'hésitation, Nolasque arrive à la hauteur de la jument.

— Whoa, doucement, ma belle!

La Brumeuse, une bave verte coulant le long de sa bouche, ne semble pas s'inquiéter du tout de la proximité de Nolasque. Il la saisit par la bride qu'il n'avait pas enlevée la veille de peur qu'elle lui porte malheur. La bête le suit docilement. Il retourne chez lui, le cheval en laisse, remplit un grand bol d'avoine et ajoute le poison. Il double la portion.

56

Nolasque jure que cette fois l'animal est bien mort. Au retour de la forêt, il a rencontré Réda Gagnon, le maquignon de Saint-Prosper, peu étonné que la Brumeuse ait résisté à la première tentative d'empoisonnement. «Pour un joual, y faut trois fois la dose. C'est ben dur d'empoisonner un joual. Y ont l'estomac solide!»

Quand Nolasque a entraîné la jument dans la forêt, elle s'est arrêtée à une ou deux reprises, ce qui l'a beaucoup inquiété. Avait-elle deviné qu'il tentait une autre fois de la conduire à son dernier repos? Il lui a permis de retrouver ses forces et il est reparti. «En par cas, si a l'avait l'diable dans l'corps, a l'a pas résisté ben fort», s'est vanté Nolasque après l'expédition.

Les péripéties de la Brumeuse amusent Marie-Louise. Elle a écouté le récit que lui en a fait Bi Côté en hochant la tête, incrédule, un demi-sourire aux lèvres. À n'en pas douter, le diable l'a écoutée. Plus elle y réfléchit, plus l'idée la réjouit. Son ascendant sur le démon est évident. Que l'intervention de Lucifer ait aussi permis à la jument de survivre à la dose d'arsenic et de Vert de Paris et qu'elle soit revenue toute seule à la maison, voilà qui la comble d'aise.

— Pensez-vous vraiment que c'est le diable qui a tué Vénérin Breton? demande Marie-Louise à l'Apauline.

La vieille femme, comme tous les habitants de Saint-Benjamin, a été ébranlée par le drame. La mort d'un homme dans des circonstances semblables soulève une tonne d'inquiétudes, que la disparition de la Brumeuse n'atténue pas. Et si elle revenait de la forêt une autre fois? S'il était impossible de l'éliminer pour de bon parce que Satan la protège? Dans la paroisse, tous les chevaux sont devenus suspects. Le moindre hennissement, renâclement, coup de sabot, engendre la panique. Réda Gagnon, qui s'y connaît, a confirmé ce que disent les vieux du village : le cheval est l'animal préféré du diable. Et c'est seulement quand il y est poussé par Lucifer qu'il piétine son maître.

— Si tu me d'mandes si c'est l'diable qui a fait ça, j'sus ben obligée de te répondre que oui. Ça s'explique pas autrement.

L'Apauline fait une pause, pensive. Elle a beaucoup réfléchi, tenté de se convaincre qu'il s'agissait d'un accident, mais elle n'y arrive pas.

— Une vieille jument qui a toujours été ben traitée pis qui a jamais eu à travailler fort défuntise pas son maître comme ça. J'ai beau m'tordre les ouïes, ça m'rentre pas dans la caboche.

Elle relève les yeux sur Marie-Louise, inquiète.

— C'est-y toé qui a d'mandé au diable d'écrapoutir Vénérin?

Marie-Louise hausse les épaules. Oui, elle a invoqué le diable.

— J'voulais juste y j'ter un sort pour me venger.

— Tu t'es faite amie avec le diable?

Marie-Louise hoche la tête. Amie? Si le diable s'est incarné dans le grand-duc qui est toujours dans son sillage, oui, elle est amie avec le diable.

— J'ai l'impression qu'y m'écoute.

L'Apauline fait un signe de croix. Il est trop tard pour soustraire Marie-Louise à l'emprise du diable. La vieille femme se surprend à être jalouse, elle qui aurait souhaité si souvent aller au-delà des cartes.

— À mon avis, avance-t-elle, la seule façon, c'est l'Bon Dieu. Va t'confesser pis communier. Ensuite, trouve-toé de l'eau bénite pis une médaille du scapulaire, ça fait peur au diable.

Accuser ses fautes à Fernando Drouin? Jamais! Et quels péchés se ferait-elle pardonner? L'adultère qu'elle commet avec Achille? Qui lui dit que le prêtre respecterait le secret de la confession? Non, jamais.

— Vous avez vu la mort de Vénérin dans vos cartes?

— J'ai pas r'gardé. Pis si Vénérin me l'avait d'mandé, j'aurais jeté un coup d'œil, mais y m'a jamais rien demandé. Y riait d'moé dans l'village. Y m'a souvent traitée de vieille folle.

L'Apauline ne va pas plus loin. Vénérin a-t-il eu ce qu'il méritait? Elle se défend bien de le dire tout haut, pour ne pas donner à Marie-Louise l'impression qu'elle approuve son crime.

— Pis le bébé, l'interroge la tireuse de cartes, ça vient?

Marie-Louise fait un non désespéré de la tête. Exténuée, bouleversée par les événements des derniers jours, elle sent les larmes lui envahir les yeux.

— Non, pis j'commence à penser que c'est à cause de moé. Le docteur de Saint-Odilon prétend que c'est la faute des femmes quand y ont pas d'enfants.

— Quoi?

L'Apauline s'insurge. Quelle bêtise!

— Les curés pis les docteurs disent toujours ça. Y blâment les femmes qui sont stériles. Si les hommes ont les mêmes maladies que nous autres, la grippe, la jaunisse, les oreillons, pourquoi y aurait pas des hommes qui seraient stériles?

L'Apauline se lève lourdement, fait deux pas vers Marie-Louise et la serre dans ses bras. La jeune femme étouffe ses larmes.

— Braille comme y faut, murmure l'Apauline, ça fait du bien.

Quand Marie-Louise cesse de pleurer, la cartomancienne essuie ses yeux mouillés avec le revers de sa robe et lui prend les deux mains.

— Laisse pas personne te faire du mal, lui conseille-t-elle.

Marie-Louise fait oui de la tête et l'embrasse sur la joue.

— Pis fais ben attention à toé, recommande l'Apauline, y a du monde qui t'en veulent pour ce qui est arrivé.

La nuit est tombée, gorgée d'humidité, striée à l'occasion d'éclairs de chaleur. Quelques bougies sautillent encore aux fenêtres. Marie-Louise marche lentement dans la route gravillonnée quand des voix la font sursauter. L'a-t-on suivie pour lui faire un mauvais parti ? Sa méfiance s'envole quand elle réalise que ce sont deux jeunes garçons, pressés de rentrer à la maison. En l'apercevant, ils fuient à toutes jambes en se tenant par la main et sans se retourner. Elle a cru reconnaître Roméo, celui qu'elle a retrouvé là où elle avait enterré la poule noire. Pourquoi s'est-il enfui si rapidement ? On lui a dit qu'à l'école ses camarades le taquinaient souvent, parce qu'il avait été sauvé par le diable. Marie-Louise ne s'en était pas offusquée, convaincue qu'Obéline ou les parents de l'enfant avaient sûrement rétabli les faits. La réaction de Roméo lui laisse croire qu'il n'en est rien.

57

Le vent a tourné. Presque tous les partisans de Marie-Louise l'ont désertée. Plus personne ne fait appel à ses dons. «A l'est allée ben d'trop loin, catin de Bon Dieu, s'est lamenté Augustin Leclerc. On tue pas un homme parce qu'y est baveux!» La dernière fois que Marie-Louise s'est aventurée hors de la maison, elle a été vertement insultée par Héliodore Bolduc. Les deux petits garçons qu'elle a rencontrés après sa visite à l'Apauline ont raconté qu'elle les avait poursuivis en criant «j'sus l'diable». Même ses voisins sont plus distants, sauf Bi, Trefflé et Pitre.

Chaque jour, Delphis entend des commentaires déso-bligeants au sujet de sa femme. Parfois de la colère. Des menaces. Il est inquiet, mais il ne prend jamais sa défense. Pas plus que sa mère. Comment défendre l'indéfendable? Delphis s'efforce de croire que Marie-Louise n'a pas les pouvoirs qu'on lui prête, même si les derniers événements tendent à prouver le contraire.

— Comment tu fais pour rester avec une sorcière de même? lui a lancé peu subtilement Nolasque Boulet en plein magasin. Tu sauras me l'dire, a va t'faire la même chose qu'à ton père.

Delphis n'a pas répondu. Il a eu l'impression que sa mère opinait de la tête. Elmina continue d'exercer beaucoup de pression sur lui. Elle agit comme si Marie-Louise n'existait plus. Elle lui a déjà aménagé une chambre, anticipant le jour où il reviendra définitivement au bercail. Comme un encouragement à s'y installer pour de bon, tous les habitués du magasin louent le talent de Delphis pour le commerce. «T'es meilleur que ton père», a déclaré Nolasque Boulet.

La veille, Delphis est retourné à la maison pour la première fois depuis qu'il a giflé Marie-Louise, craignant qu'elle ne lui ouvre pas sa porte. Il a pensé s'excuser, mais ne l'a pas fait. Sa femme s'est comportée comme si rien n'était jamais arrivé.

— T'as pas l'air contente de me voir?

Non, elle n'est pas contente de le voir. Elle souhaiterait qu'il disparaisse à tout jamais, mais elle a trop à perdre. Elle ne veut pas provoquer la dissolution du mariage. Delphis doit être le premier à partir. Ainsi, elle aura l'avantage sur lui.

— T'es mon mari, j'ai pas l'choix. Pis si j'comprends ben, tu travailles au magasin à plein temps? Ça veut dire que j'te verrai pas souvent? On aura moins d'chances de s'chicaner!

Sans trop y croire et dans l'espoir naïf de rapprocher Marie-Louise et sa mère, il veut savoir si elle pourrait accepter un jour de vivre au magasin.

— J'lâcherai jamais ma terre. Jamais. Pis, j'vas engager Achille à plein temps parce que j'ai décidé de l'agrandir pis d'en faire la plus grosse terre de Saint-Benjamin.

Delphis grimace, il préférerait qu'Achille ne soit pas aussi présent autour de sa femme.

— Je comprends, fait-il, mais maintenant que les gros travaux sont presque finis, as-tu besoin de lui tant qu'ça?

Les propos de Delphis trahissent sa jalousie. Marie-Louise, qui aime bien l'attiser en temps normal, choisit de l'ignorer. «On voit ben qu'y connaît rien au roulement d'une ferme», pense-t-elle. Les lourdes besognes ne manqueront pas d'ici aux premières neiges. Delphis l'aidera-t-il à récolter l'avoine, à labourer et à couper son bois de chauffage au boxa, sorte de petit godendart qu'elle déteste et qu'Achille manie de façon experte?

— Pis mon père prend de plus en plus de mon temps. J'sens qu'y s'en va tranquillement pis avant qu'y meure, j'veux rester avec lui aussi souvent que possible. Alors, Achille, c'est pas négociable.

Delphis est forcé de réaliser qu'il ne fait pas partie des plans de Marie-Louise. Elle ne l'associe à aucun de ses projets. C'est avec Achille qu'elle ira de l'avant. Les mains dans les poches, il fait quelques pas vers la fenêtre et se retourne vers elle.

— Je peux t'poser une question?

— Depus quand tu me d'mandes la permission?

— As-tu toujours envie de tomber en famille?

L'interrogation ne surprend pas Marie-Louise. Elle ne le sollicite plus comme avant. Ils n'ont pas eu de relations depuis un mois. Delphis en a-t-il conclu qu'elle avait renoncé à avoir des enfants? Se doute-t-il qu'elle se dérange avec Achille?

— Oui, mais ça marche pas. À cause de toé, de moé, je l'sais pas. La mère d'Achille pis l'Apauline m'ont conseillé de laisser passer du temps et de recommencer quand j'srai plus calme.

La réponse soulage Delphis.

58

Tous les matins, Delphis Breton se rend au travail sans rechigner. Avant de partir, comme sa femme le lui a demandé, il aide Caius à se lever, l'installe dans sa chaise et le fait déjeuner pendant que Marie-Louise fait la traite des vaches. Delphis passe toute la journée au magasin, ne revenant que pour souper avec elle. De temps à autre, il lui apporte des biscuits Viau, une pomme ou du chocolat qu'elle refile à Achille.

Marie-Louise s'ennuie avec Delphis. Seuls les travaux de la ferme la passionnent. Son champ d'avoine a survécu à un début d'été brûlant. Les orages bienfaisants des nuits d'août l'ont revigoré. Elle en est très fière. Souvent, elle s'accoude à la clôture de perches et admire les épis dorés que la brise émeut à peine.

— Demain, dit-elle à Achille, on va faucher l'avoine.

Débordée, besognant avec son engagé jusqu'à la tombée du jour, Marie-Louise n'a pas beaucoup de temps à consacrer à son mari. C'est dans les bras d'Achille qu'elle se blottit le plus souvent, d'abord dans l'espoir de se retrouver enceinte, mais aussi parce qu'elle y prend beaucoup de plaisir. Elle réalise cependant, avec agacement, que si elle poursuit sa relation avec Achille, elle devra se donner à Delphis au moins une fois par mois pour ne pas avoir à lui expliquer qu'elle est devenue enceinte par l'opération du Saint-Esprit.

— C'est notre secret, Achille. Personne doit l'savoir. C'est comme la poule noire pis les rats. Y a juste nous deux qui sont au courant. Ça restera toujours entre nous deux, tu m'le jures?

À Marie-Louise, Achille promettrait n'importe quoi. Il l'aime tellement qu'il n'en voit pas clair. L'attention qu'elle lui prête le comble. Chaque jour, il souhaite que Delphis ne revienne pas du magasin, qu'il parte à tout jamais. Il n'ose pas avouer ses sentiments à Marie-Louise, il ne saurait comment le faire, mais qu'elle se donne à lui aussi souvent lui laisse croire qu'un jour elle répudiera Delphis et l'invitera à partager sa vie.

— Tiens, mets ça dans tes poches, tu les mangeras quand t'auras trop faim.

Achille entrouvre le petit sac de papier et y découvre deux gros morceaux de sucre à la crème. Il salive déjà.

— Pas tout d'suite. Attends plus tard.

Marie-Louise est consciente de l'emprise qu'elle a sur lui. Parfois, elle le regrette, craignant de briser la vie de cet être fragile. Elle se dédouane en se disant qu'il ne trouverait nulle part ailleurs pareille attention. Son désir d'avoir des enfants justifie-t-il un tel comportement? Ne devrait-elle pas mettre fin à son mariage avec Delphis et vivre avec Achille? Pas maintenant. Elle est déjà au ban des pestiférés de la paroisse. Un nouveau scandale déchaînerait les passions. Assez pour que tous les bien-pensants montent aux barricades.

En sortant de la maison, Delphis ne peut que constater encore une fois la grande complicité qui unit sa femme à son engagé. Avec Achille, Marie-Louise badine, rigole et s'esclaffe, ce qu'elle ne fait jamais avec lui. Il se surprend à ne pas s'en inquiéter. Un tout petit picotement a remplacé la vague de jalousie qui le submerge normalement. Est-il en train de se détacher d'elle?

— J'm'en vais au magasin, dit-il. J'ai laissé ton père au lit, il est trop fatigué pour se lever.

— Salut, fait-elle simplement.

Elle l'observe avec suspicion. Elle l'a rarement vu aussi enthousiaste, heureux de se rendre au travail. «Sa mère va-t-elle réussir à le convertir?»

Delphis marche d'un bon pas, en contournant les bouses de vaches. Le soleil plombe déjà. Les moutons de Nolasque Boulet sont regroupés sous un gros peuplier.

— Bonjour, maman, lance Delphis en entrant dans le magasin.

— Bonjour, mon grand, dépêche-toi d'aider Héliodore et Pitre. Ils patientent depuis une vingtaine de minutes.

Les deux hommes veulent emporter la broche, les clous et la moulée qu'ils viennent d'acheter. Elmina a toujours horreur du hangar et laisse à son fils le soin de s'en occuper.

Après avoir exécuté sa tâche, il retrouve sa mère. Une tasse de thé l'attend sur le comptoir. Tout pour le rendre heureux. Elmina ne lui parle jamais de Marie-Louise, elle ne lui reproche pas ses décisions. Tout ce qu'elle espère, c'est que Delphis en vienne à la conclusion que sa vie auprès d'elle est plus valorisante. Elle l'initie à tous les aspects du commerce : la vente, la commande des produits, la tenue de livres et la négociation avec ceux qui tardent à payer. À l'évidence, Delphis y prend goût. Assez pour vouloir diriger le magasin un jour ? Elmina le souhaite de toutes ses forces… et de préférence sans sa bru.

Au village, les esprits se sont calmés, mais la méfiance à l'endroit de Marie-Louise n'a pas diminué. Elle est le suppôt du diable, la meurtrière de Vénérin.

— Si tu la lâches pas, a va t'faire du mal en catin de Bon Dieu, répète Augustin Leclerc.

En apprenant la mort de Vénérin Breton dans des circonstances mystérieuses, l'évêché est revenu à la charge. «*Vous devez exorciser cette femme, par tous les moyens, sinon nous serons forcés de faire appel à quelqu'un d'autre. Nous vous donnons un mois pour y arriver.*»

Fernando Drouin tentera d'abord d'attirer Marie-Louise à l'église. Avec l'aide de quelques personnes qu'il paiera s'il le faut, il exorcisera la démone. Doit-il mettre Delphis dans le coup ? Il n'écarte pas l'idée. Elmina pourrait arriver à le convaincre. En attendant, elle s'efforce de rassurer son fils qui est ébranlé par le commérage de Rolande Veilleux, la femme du bedeau. Exubérante commère, elle ne rate jamais une occasion de répandre les nouvelles, vraies ou fausses.

— J'te dis qu'ta Marie-Louise a pas l'air de s'ennuyer avec le beau Achille.

— Marie-Louise l'a engagé pour les gros travaux. C'est un bon homme et pas très dangereux. C'est pas lui qui a inventé la danse carrée!

Le ton de Delphis trahit un certain agacement. S'il se croyait immunisé contre la jalousie, force est d'admettre qu'il n'est pas encore guéri. Simple réaction d'orgueil? Vanité d'un homme qui n'aime pas être humilié?

59

Quand le curé lui demande son aide pour exorciser Marie-Louise, Delphis relève brusquement la tête.

— Vous y pensez pas?

— Tu veux continuer à vivre comme cela? Toujours menacé? Qu'est-ce qui te dit qu'elle te fera pas mourir dans ton sommeil?

Delphis est décontenancé. Le plan du curé lui fait peur. Un peu en retrait, Elmina écoute la conversation. Elle doute que l'opération réussisse.

— Je sais vraiment pas, hésite Delphis. Ça changerait quoi, selon vous?

— Une fois exorcisée, elle ne serait plus dangereuse. Puis, elle recommencerait à faire sa religion. Elle redeviendrait une femme normale.

Delphis se gratte la tête en se tournant vers sa mère pour qu'elle vienne à son secours, qu'elle lui suggère une réponse, mais Elmina a baissé les yeux. Au bout de quelques instants, elle déclare au prêtre:

— Laissez-nous y penser comme il faut, monsieur le curé.

Fernando Drouin aurait souhaité que Delphis accepte sa proposition sur-le-champ. Pourquoi tergiverser? Il est déçu, mais garde espoir que le jeune homme l'aidera à réaliser sa mission.

— Je me sauve, je vous laisse à vos clients.

Trois hommes entrent dans le magasin, qui n'a jamais fait d'aussi bonnes affaires. Les ventes augmentent et les comptes impayés diminuent. Augustin Leclerc fait maintenant la navette entre Beauceville et Saint-Benjamin deux fois par semaine. «Catin de Bon Dieu. J'fournis pus!» Delphis se réjouit que l'argent ait recommencé à circuler. Plusieurs hommes de la paroisse ont trouvé du travail dans les chantiers et d'autres, dans la construction de nouvelles routes. D'ailleurs, le discours du trône du premier ministre Louis-Alexandre Taschereau, devant les membres du Conseil législatif et de l'Assemblée législative, confirme le retour à la prospérité. «Le chômage, dû aux conditions économiques d'après-guerre, prend fin peu à peu. La confiance se rétablit, l'industrie renaît dans nos centres manufacturiers, la construction redevient active, et nos ouvriers n'ont plus les mêmes raisons d'appréhender l'avenir.»

Cette effervescence ne fait pas le bonheur de Marie-Louise. Ce soir, elle est furieuse. Delphis n'est pas rentré. Encore une fois, il couchera à la maison de sa mère. Pourtant, ce matin, il avait promis de revenir immédiatement après son travail. Non pas que sa présence lui manque, mais elle n'aime pas perdre la face, lui laisser l'impression qu'il peut faire ce qu'il veut.

— Delphis! Delphis! marmonne Caius.

— Papa, calme-toé, y va arriver betôt.

Caius Gilbert a sombré dans une profonde démence sénile. Quand le docteur Desrochers l'a examiné, la semaine dernière, il a conclu que le vieil homme «avait complètement perdu la carte».

— Tout est déréglé dans sa tête, a dit le docteur. Il n'y a rien à faire sauf attendre la fin, mais physiquement, il peut durer encore un bout de temps.

Caius parle sans arrêt. Il a de complexes discussions avec Hermance. Il la tance parce qu'elle refuse qu'Anselme et Dorilas viennent pêcher avec lui. Quand Marie-Louise essaie de se mêler à la conversation, son visage se fige. Il la regarde comme si elle était une étrangère. Ce qui l'inquiète davantage, c'est que son père n'accepte plus de rester sagement assis dans sa chaise berçante. Souvent, il se lève et, chambranlant, tente de sortir de la maison. La veille, elle l'a surpris alors qu'il ouvrait le rond du poêle pour y ajouter une bûche. Elle a peur qu'il s'y brûle ou pire, qu'il mette le feu. Que faire? L'enfermer dans sa chambre? L'attacher? Aucune de ces solutions ne lui plaît. Elle a tenté de convaincre son frère ou ses sœurs de l'héberger à leur tour, mais ils ont tous refusé, prétextant leurs trop nombreuses obligations familiales. Célina a été cinglante. «Me semble qu'on s'était entendus pour que tu t'en occupes pis qu'on t'donnait la terre?»

Marie-Louise n'a pas insisté. Elle est toujours étonnée de constater que son frère et ses sœurs ne lui rendent pas visite plus souvent. Même s'il a perdu la raison, il reste leur père. Parfois, Caius réclame Thérèse. Marie-Louise souhaiterait qu'elle vienne le voir. Peut-être la reconnaîtrait-il, jaillirait-il de sa torpeur, mais les religieuses du Bon Pasteur ne permettent aucune sortie.

Quand Delphis revient le lendemain soir, Marie-Louise l'accueille froidement. Le sac de farine Fleur de lis qu'il lui a apporté ne l'amadouera pas.

— Tu vas pas prendre l'habitude de dormir chez ta mère chaque fois qu'elle te l'demande ou chaque fois qui f'ra trop frette pour marcher?

— Une fois n'est pas coutume, laisse tomber Delphis, sur la défensive.

— Ça fait déjà trois nuittes que tu découches.

— J'ai pour mon dire que tu te débrouilles très bien sans moi. Ma mère se sentait pas bien et j'ai décidé de rester avec elle.

Marie-Louise le dévisage durement.

— Le petit garçon à sa maman!

Delphis se retourne vivement, le visage crispé.

— Je suis plus un enfant, Marie-Louise Gilbert. J'ai pas d'ordres à prendre de toi.

— J'te rappelle qu'on est mariés, au cas où tu l'aurais oublié.

Delphis sort de la maison, allume une cigarette et fait quelques pas sur la route. Il songe à retourner chez sa mère, mais y renonce. Cette vie lui déplaît de plus en plus. Serait-elle plus agréable après l'exorcisation de Marie-Louise ? Il n'en est pas certain. La proposition du curé comporte trop de risques. Si elle échoue, Marie-Louise sera encore plus dangereuse. Si elle réussit, rien ne dit que Marie-Louise deviendra l'épouse docile et soumise qu'il souhaiterait avoir à ses côtés.

En attendant, rien ne l'exaspère plus que de rentrer à la maison après une journée bien remplie. De plus en plus, il veut refaire sa vie autour du magasin. Elmina n'a de cesse de l'encourager. Que faire ? Annoncer à Marie-Louise qu'il la quitte ? Quelles seraient les conséquences s'il la quittait ? Si l'exorcisation échoue, il en parlera au curé. Accepterait-il de fermer les yeux sur le divorce, un si gros péché mortel ?

Marie-Louise s'est réfugiée dans l'étable avec Elma. Pour une très rare fois, elle aurait envie de pleurer. La lente agonie de son père, Delphis, sa stérilité, tout ça la désarçonne. Car malgré ses ébats nombreux avec Achille, elle n'est toujours pas enceinte, et ni Delphis ni Achille n'en sont responsables. Elle s'est rendue à l'évidence, elle est inféconde. Son beau rêve d'une grande famille est en train de s'effondrer. Sans enfants, elle n'a plus besoin de Delphis.

60

Le mois d'octobre est particulièrement chaud. Pas de neige ou de froid mordant en vue. Épargnés par le gel, les érables ont mis plus de temps à perdre leurs feuilles. L'Apauline prévoit un hiver clément «avec ben des doux temps». Quand il rentre à la maison, Delphis a une grande nouvelle à transmettre à Marie-Louise, mais il craint sa réaction. Plus tôt, Elmina lui a annoncé qu'elle lui cède le magasin. Une fois passé chez le notaire, il en sera le seul propriétaire. Il s'est engagé à veiller sur sa mère jusqu'à sa mort. «Je commence à me faire vieille, lui a-t-elle dit, tu vas devoir prendre de plus en plus de responsabilités.»

— Comme tu le fais avec ton père, explique Delphis à sa femme pour se justifier.

Marie-Louise n'est pas surprise. L'attitude de Delphis au cours des derniers jours lui laissait croire qu'un changement se tramait.

— T'aurais pu m'en parler?

— Je pensais pas que ça t'intéresserait, réplique Delphis avec agacement. Tu lèves toujours le nez sur le magasin.

Marie-Louise voit clair dans son jeu. Delphis vient de franchir une nouvelle étape vers la sortie. Une fois propriétaire de l'endroit, toutes les raisons seront bonnes d'y passer tout son temps, y compris ses soirées et ses nuits. Pourquoi ne part-il pas définitivement? Le plus tôt sera le mieux, pense Marie-Louise.

— Ça veut-tu dire que tu t'en vas pour de bon?

— J'ai pas décidé de partir pour de bon ni de me séparer de toi. On est mariés pour le meilleur et pour le pire, comme a dit le vieux curé de Beauceville. La vie change pas. Je travaille au magasin et maman continue d'y demeurer. C'est pas plus compliqué que ça. Il y a des hommes qui partent dans les chantiers huit mois par année et leur femme se lamente pas.

Marie-Louise choisit d'ignorer la remarque désobligeante. Elle fait quelques pas et réarrange la bavette de son père, tâchant de voir clair dans tout ça. Est-ce une si mauvaise nouvelle que Delphis devienne propriétaire du magasin?

— T'es ben sûr que ta mère te donne le magasin juste à toé? Tes sœurs pis ton frère vont pas chialer?

— Non, ma mère m'a dit qu'elle leur donnerait de l'argent et ils ont tous accepté. C'est comme toi avec ta famille, ils t'ont laissé la terre à la condition que tu t'occupes de ton père jusqu'à sa mort.

— Ça veut dire que j'te voirai pus?

— Non. J'viendrai le plus souvent possible et quand maman et ton père seront morts, on s'installera ensemble.

— Au magasin?

— Pourquoi pas?

— Pis ma terre?

— On la vendra. J'sus ben sûr qu'Achille détesterait pas avoir une terre voisine de celle de ses parents.

Marie-Louise branle la tête pour marquer son hésitation. Delphis est-il sincère quand il lui propose de vivre à ses côtés au magasin? Tout cela lui semble cousu de fil blanc. Il sait très bien qu'elle n'abandonnera pas sa ferme.

— Faut que j'aille à l'étable, dit-elle pour mettre fin à cette conversation qui lui pèse.

Elle fait quelques pas vers la grange. Un coup d'aile à deux doigts de sa tête la fait sursauter. Le grand-duc l'a frôlée. Elle ne l'a pas entendu s'approcher, mais elle se souvient qu'à l'automne, le hibou est plus silencieux. Elle essaie de le repérer dans l'obscurité, sans succès.

L'oiseau était-il porteur d'un message? Si oui, lequel? Un bruit de carcans qui s'entrechoquent la fait tressaillir. Ses moutons sont revenus du pâturage. Ils ont l'air effrayés. Un animal sauvage les poursuit-il? Ce maudit chien errant qu'on voit rôder de temps en temps? Marie-Louise ouvre la porte de l'étable et les laisse entrer. Elle va chercher deux grosses brassées de foin dans la tasserie pour les nourrir. Ses bêtes se regroupent autour d'elle, dégageant un parfum âcre et tiède. Les plus jeunes bêlent. Elle enlève les chardons enchevêtrés dans la toison de la plus vieille brebis, lui caresse la tête, sent son souffle chaud sur ses mains et se surprend à penser que c'est avec ses animaux qu'elle est la plus heureuse.

Cette nuit, elle les gardera dans la bergerie, à l'abri du prédateur. Elle flatte le flanc de sa jument, ignore le caquètement du coq qui réclame une caresse, referme la porte et met le loquet. En sortant, elle balaie les environs du regard. Une nuit d'octobre paisible. Les grenouilles ne coassent plus, les oiseaux sont partis, sauf quelques braves. Elle tend l'oreille. Le hibou se fait discret, mais une étoile filante tombe derrière la maison de Pitre Bolduc.

61

Tôt le lendemain matin, Marie-Louise sort de la maison avec Elma, renvoie les moutons aux champs et va chercher les vaches qui broutent à l'orée de la forêt. Fin octobre, l'automne reste doux, mais les pâturages ont peu à offrir aux animaux. Le temps est venu de les mettre à l'abri dans l'étable, la nuit, tout en leur permettant de passer la journée au grand air en attendant les premiers froids.

Une fine rosée mouille les bottes de Marie-Louise. Le soleil rosit la ligne d'horizon. Avant de rassembler son troupeau, elle décide de faire un détour jusqu'à l'endroit où elle a enterré la poule noire. Elle s'en approche lentement, comme on s'avance vers un danger. Un tapis de mousse et de feuilles mortes recouvre le site. Difficile de croire que c'est un lieu maléfique, où le diable rôde. Dans la lumière naissante, elle scrute les environs et détaille chaque arbre, en espérant y repérer le hibou. Persuadée de perdre son temps, elle est sur le point de retourner à ses vaches quand le grand-duc se pose à quelques pieds devant elle. Sa gorge se serre. Pourquoi cet oiseau est-il toujours dans son sillage? Parce qu'il incarne Satan et se met à son service ou bien, comme le lui a expliqué Trefflé, parce qu'elle pénètre dans le territoire exclusif qu'il occupe sa vie entière? Elle s'approche un peu, mais s'immobilise lorsque le rapace fait mine de prendre son envol.

— Si t'es le diable pis si tu m'entends, aide-moé à envoyer un sort au magasin de Delphis, pas pour le tuer, mais pour y faire peur, à lui pis à sa mère.

Comme toujours, il la dévisage de ses yeux indéchiffrables. Au début, il lui inspirait crainte et dégoût. Un rapace répugnant! Aujourd'hui, elle le trouve majestueux, confiant, fier. Elle aime sa superbe. Quand il s'éloigne, Marie-Louise admire son long vol plané. Elle regroupe ses vaches et les conduit vers l'étable, tapant parfois gentiment sur le flanc d'une bête moins pressée. Son troupeau a encore grandi cette année. Douze têtes, c'est plus que la plupart des cultivateurs de Saint-Benjamin. À quelques reprises, elle se retourne pour vérifier si le hibou la suit, mais elle ne le voit plus.

Après le barda, elle renvoie son bétail au champ, soigne les poules, donne une brassée de foin à la jument, de la moulée aux cochons, remplit leurs auges d'eau fraîche et revient à la maison.

Delphis est déjà parti. Caius est toujours dans son lit. Marie-Louise l'aide à en sortir et le fait déjeuner. Il marmonne comme toujours, cette fois pour convaincre Célina de devenir religieuse.

— Ben non, papa, c'est Thérèse qui est rentrée chez les sœurs. Si on est chanceux, a viendra peut-être nous voir à Noël.

Caius la regarde sans comprendre. Si son esprit n'avait pas chaviré, il réaliserait que sa fille est fatiguée. Elle a peu dormi la nuit dernière, cherchant à deviner ce que lui réservent les prochains jours. Elle a la certitude que Delphis s'en ira. Il voudra probablement passer le temps des fêtes avec les siens. Elle est ambivalente. Le laisser partir et mettre fin à un mariage qui n'a plus sa raison d'être ou le retenir le plus longtemps possible pour leur empoisonner l'existence, à lui et à sa mère? Se venger parce que son beau rêve ne se réalise pas? Elle se surprend à souhaiter que le sort qu'elle a lancé sur le magasin provoque le chaos.

— Papa, tu vas retourner dans ta chambre jusqu'à ce que je revienne. Viens.

Elle lui prend le bras et le guide jusqu'à son lit. Caius grogne, mais ne résiste pas.

Dehors, Elma jappe de joie. Ce doit être Achille. Marie-Louise jette un coup d'œil à la fenêtre et lui fait signe qu'elle arrive.

— Salut, Achille. On a une grosse journée qui nous attend, pis demain on pique à Beauceville. Tu vas v'nir avec moé?

— Pour quoi faire?

— J'te l'dirai en temps et lieu. Rien de ben compliqué.

Marie-Louise et Achille se rendent dans la forêt, hache et godendart aux mains. Un autre érable trop âgé à abattre et à débiter. Quand Delphis revient à la maison en début de soirée, il a l'air timoré. Marie-Louise s'en étonne. Se serait-il querellé avec sa mère? Le nouveau propriétaire du magasin est-il trop exigeant? Ou pas assez vaillant?

— Non, non, jure Delphis. Y a eu un accident dans le magasin.

Marie-Louise se retourne vivement. Un accident? Grave? Le diable l'a-t-il écoutée?

— Ç'aurait pu être dramatique. Maman aurait pu être blessée gravement.

La semaine précédente, explique Delphis, il a construit un grand rayon derrière le comptoir pour y exposer davantage de produits. Il en était très fier.

— La maudite tablette est tombée. Les pots ont cassé. Tout un dégât! Et deux secondes plus tôt, elle aurait écrasé maman. Je venais tout juste de sortir pour aller pisser. En plus, Augustin Leclerc m'a reproché d'avoir mal installé le rayon et m'a dit que j'avais aucun talent.

Delphis est tellement déprimé que Marie-Louise a l'impression qu'il va se mettre à pleurer. Comme un petit garçon à qui sa mère a fait des remontrances. Chaque fois que la vie le maltraite, Delphis est démuni, incapable de rebondir.

— L'as-tu réparée? s'enquiert Marie-Louise.

— Non, Héliodore m'a promis qu'il le ferait demain.

Marie-Louise se réjouit, certaine que la chute de la tablette est le résultat du sort qu'elle a lancé sur le magasin avec l'aide du grand-duc. Elle reconnaît cependant que l'accident est plausible, Delphis est si malhabile. Elle se souvient que chaque fois qu'elle lui a suggéré d'utiliser un marteau, il finissait par se cogner sur les doigts ou par courber le clou sans jamais l'enfoncer complètement. Mais aujourd'hui, elle est convaincue que le diable, bien plus que les maladresses de son mari, est à l'origine du bris de la tablette. Si seulement c'était tombé sur Elmina ou Delphis !

— Il y a des jours, réfléchit Delphis à voix haute, où je me demande si le malheur s'acharne pas sur notre famille ou si on n'est pas victimes d'un mauvais sort.

Il jette un coup d'œil furtif à Marie-Louise qui ignore la remarque. Elle prépare un bol d'eau chaude et du savon pour laver son père.

— Viens, papa, on va faire ta toilette.

62

Marie-Louise Gilbert lit et relit la courte missive du curé : « Vous devez vous confesser et communier dès que possible, sinon j'entreprendrai les démarches pour vous faire excommunier et chasser de la paroisse. J'ai signé : Fernando Drouin, prêtre de Saint-Benjamin. »

Communier, se confesser ? Elle n'a pas mis les pieds dans l'église depuis son mariage, encore moins dans le confessionnal. D'aussi loin qu'elle se souvienne, elle a toujours détesté ces séances de torture, pendant lesquelles elle s'inventait des péchés pour justifier le curé de lui donner une pénitence. En cinquième année, elle avait même accusé une faute vénielle d'avarice, parce qu'elle gardait un sou noir plutôt que de le remettre à ses parents. Mal lui en prit, elle dut réciter trois *Je crois en Dieu*, alors qu'elle s'en tirait normalement avec deux *Je vous salue, Marie*.

Delphis a tenté de convaincre sa femme de renouer avec la messe dominicale, sans succès. Elmina fait souvent pression pour qu'il « fasse sa religion. ». Son fils lui a promis qu'il viendrait dorénavant à la messe tous les dimanches et qu'il partagerait son banc dans la nef.

Et si l'Apauline avait raison ? se demande Marie-Louise. Si le seul moyen d'avoir un enfant était de renoncer au diable et de s'en remettre à Dieu ? Est-elle prête à effectuer

275

ce virage? L'idée de se retrouver à l'étroit dans l'isoloir avec Fernando Drouin l'horripile. Elle le déteste et devine qu'il lui posera toutes sortes de questions auxquelles elle n'aura pas envie de répondre. Elle ne lui fait pas confiance. Qui dit qu'il respectera le secret du confessionnal? Et quelles fautes accuser? L'adultère, la sorcellerie?

Depuis qu'il a voulu l'exorciser, Marie-Louise n'a pas eu de contact avec le curé. Longtemps, elle a souhaité que le prêtre porte les sacrements à son père, mais il n'est jamais venu. À quoi bon maintenant? Caius a perdu contact avec Dieu comme avec l'univers.

Alors, pourquoi le curé veut-il l'attirer dans le confessionnal? La mort de Vénérin Breton l'a-t-il ébranlé à ce point? Marie-Louise relit la courte lettre, la déchire et la jette dans le poêle.

Le dimanche suivant, Delphis convainc Marie-Louise de profiter du dernier beau dimanche avant l'hiver pour emmener son père à l'église.

— Il ne réalisera pas ce qui se passe, mais ça lui fera du bien. C'est une messe en l'honneur des 50 ans de mariage de son grand ami Pitre. Ça ferait plaisir à Pitre et qui dit que ton père aura pas quelques moments de lucidité?

Marie-Louise n'est pas convaincue. Son père ne vit plus dans ce monde. Mais peut-être qu'une visite à l'église, parmi tous ces paroissiens qu'il côtoie depuis le milieu du siècle dernier, lui ferait le plus grand bien. Peut-être que le contact de Pitre et de Trefflé dessinerait un sourire sur son visage. Qu'a-t-elle à perdre? Elle demandera à l'Apauline de partager son banc avec son père pendant qu'elle les attendra à l'arrière de l'église, près du bénitier.

Pitre Bolduc et sa femme se sont endimanchés. Les fidèles leur réservent un accueil digne d'un premier ministre. En arrivant à l'église, tenant son père par le bras, Marie-Louise a un mauvais présage. Quand elle aperçoit le curé dans l'encadrement de la porte, elle ne comprend pas pourquoi il est là plutôt que dans la sacristie.

— Marie-Louise Gilbert, tonne le curé, je vous ordonne de vous agenouiller pendant que je vais vous exorciser.

— Quoi?

Marie-Louise réalise qu'elle a été piégée. Et par son propre mari par-dessus le marché! Elle fait demi-tour avec son père, mais aussitôt, deux hommes l'empoignent fermement pendant qu'un troisième repousse Achille qui veut intervenir.

— Achille, ramène papa à la maison, le supplie Marie-Louise.

Il hésite, regarde ses parents qui lui font signe d'obéir. Pitre Bolduc veut s'en mêler, mais sa femme lui fait comprendre que le moment est mal choisi.

— Lâchez-moi, hurle Marie-Louise.

Rien à faire, les deux hommes resserrent leur emprise. Elle ne peut plus bouger. Encore sous le coup de la surprise, les fidèles se regroupent devant la porte de l'église, sidérés. Personne ne lui viendra en aide, Marie-Louise a compris qu'elle ne pourra pas y échapper. Elle choisit de jouer le jeu, d'accepter d'être exorcisée. Elle cherche Delphis du regard, mais ne le voit pas. Il s'est faufilé dans l'église avec sa mère. Elle le déteste de toutes les fibres de son corps.

Fernando Drouin, d'une voix forte et dramatique, exhorte Satan à quitter le corps de Marie-Louise. Il l'asperge généreusement d'eau bénite et lui lance une poignée de sel sacré.

— Je vous pardonne vos péchés, Marie-Louise Gilbert. Maintenant que vous êtes purifiée, vous pouvez communier.

Elle entrouvre la bouche juste assez pour que le prêtre puisse y glisser l'hostie. Quand les deux hommes la relâchent enfin, Marie-Louise défroisse sa blouse, tourne le dos à l'assemblée et rentre chez elle d'un bon pas. Les fidèles sont déçus. Ils s'attendaient à une exorcisation beaucoup plus spectaculaire. Les plus naïfs croyaient que le diable hurlerait sa rage, que Marie-Louise résisterait, souffrirait, mais rien de tout cela n'est arrivé.

— Catin de Bon Dieu, fait craintivement Augustin, peut-être ben qu'a l'est pas possédée tant qu'ça!

Même le curé est étonné de la facilité avec laquelle il a pu l'exorciser.

— Faudra la garder à l'œil pendant quelques jours, murmure-t-il à l'oreille de Delphis en revenant dans la nef. Faites-moi signe si vous réalisez qu'elle n'a pas changé.

63

À plusieurs reprises, Achille revient à la charge avec ces questions qui le chicotent.

— Pis, t'es débarrassée du diable?

Elle sourit, mais ne répond pas.

— Ça t'a-tu fait mal quand y est sorti?

Marie-Louise a passé le reste de son dimanche à mijoter sa revanche. Évidemment, Delphis n'est pas revenu à la maison. Le reverra-t-elle? Elle en est convaincue. Dans quelques jours, il voudra vérifier si l'exorcisation a réussi.

— Quel diable, Achille? L'as-tu déjà vu autour de moé? C'est des folies du curé.

Le ton de Marie-Louise est cassant. Il n'insiste pas, mais une autre question le tracasse. Pourquoi aller à Beauceville pour se procurer du Vert de Paris et de l'arséniate de plomb? Pourquoi ne pas acheter ces produits au magasin de son mari? «Tu pourrais les avoir gratis!» Que veut-elle en faire? Normalement, on utilise le Vert de Paris comme insecticide sur les légumes et les pommes, mais en été, pas aussi tard en automne. À Paris, d'où vient son nom, il sert à tuer les rats dans les égouts.

Marie-Louise sourit. Elle ralentit le pas de la jument. La route est recouverte d'un tapis de feuilles si épais qu'elle n'arrive plus à en voir le tracé.

— Arrête de poser toutes ces questions, Achille. J'veux m'débarrasser des rats pis avoir provision de poison pour le printemps prochain. Pis en plus, j'pourrai tuer le chiendent dans mon jardin pis toutes les bibittes à pétaques aussitôt qu'y s'montr'ont l'bout du nez.

Achille rit bêtement. Le plaisir de se retrouver avec Marie-Louise lui suffit.

— Pis les maudits rats, dit-il, not' grange en est encore pleine. Y en a partout. Y en a un qui est aussi gros qu'mon chat.

— T'exagères pas un peu, Achille?

— Non, ça fait deux fois que je l'vois. Maman a peur qu'y la morde.

Il se tourne vers elle, un sourire narquois au visage.

— J'pourrais l'pogner pis on pourrait aller l'donner au curé?

— Ça, c'est une bonne idée. Mais y en faudra plus qu'un, pis vivants, comme l'autre fois. On ira les lâcher dans le presbytère en pleine nuit. Y paraît qu'y s'vante qu'y barre jamais ses portes.

Elle fait une pause, songeuse, en repensant à l'exorcisation.

— J'y en doué une, à part de ça.

Quand ils arrivent à Beauceville, Marie-Louise doit partager la route principale, le long de la rivière Chaudière, avec de nombreux attelages. Un va-et-vient de tous les instants. La jument est nerveuse, mais la jeune femme la rassure. Elle se tourne vers Achille.

— Tu vas acheter le Vert de Paris pis moé, l'arsenic.

Encore une fois, Achille s'étonne. Pourquoi ne pas obtenir les deux au même endroit? Pour l'apaiser, Marie-Louise lui explique qu'elle a vu dans *L'Éclaireur* que le Vert de Paris coûte moins cher chez P.-F. Renault et l'arséniate de plomb, à la pharmacie. Elle lui donne de l'argent pour en acheter une demi-livre. Le commis du magasin est surpris. Une telle quantité à ce temps-ci de l'année? Achille ne dit rien. L'autre le conduit dans le hangar où le Vert de Paris est entreposé avec la moulée et les autres produits de ferme. Il verse l'insecticide dans une boîte de métal.

Marie-Louise se rend ensuite à la pharmacie Deschênes pour acheter de l'arséniate de plomb, de la mélasse pour son père qui en raffole, un sac de bonbons brûlés pour Achille et un dernier de peppermint Candiac pour elle-même. Elle remonte ses cheveux et les recouvre d'un large chapeau qui masque ses yeux. Achille éclate de rire. À quoi joue Marie-Louise? Une autre de ses fantaisies! L'endroit est bondé. Les clients sont pressés et ne lui prêtent pas attention. Le commis lui vend les produits sans l'interroger, sans paraître le moindrement surpris. L'arsenic est utilisé fréquemment en agriculture. Ajouté au Vert de Paris, le mélange très toxique sert à brûler les mauvaises herbes et même les arbustes.

En sortant de la pharmacie, Marie-Louise est soulagée, personne ne lui a posé la moindre question. Elle tend le sac de bonbons à Achille qui les croque à belles dents.

— Mange-les pas toutes d'un coup!

Ils reprennent la route, mais Marie-Louise arrête la jument en face du magasin O. Nadeau & frères, le manufacturier de voitures. Des borlos et des traîneaux sont en montre dans la cour.

— Tu vois ce borlot, Achille? J'vais r'venir pis m'en acheter un pour l'hiver.

— T'en as un, me semble, lui objecte-t-il.

— Oui, mais j'l'ai abîmé quand j'sus allée à Saint-Odilon. Pis j'veux avoir le plus beau borlot pis le plus beau robétaille de la paroisse. C'est moé qui sera la plus importante personne du village.

Sur le chemin du retour, ils s'arrêtent en bordure de la route, sur le haut de la côte à Jos Lélé, où elle déballe un pique-nique. Achille est tout sourire. Après avoir mangé, il tente d'entraîner Marie-Louise un peu plus loin, à l'abri des curieux.

— Pas aujourd'hui, Achille. J'ai pas la tête à ça.

Même s'il a très envie d'elle, le jeune homme ne lui en veut pas.

— J'pense ben que Delphis viendra pas coucher à la maison a soir. Si t'es capable de pogner le gros rat pis trois-quatre autres, on les mettra dans un sac pis vers minuit on ira les lâcher dans l'presbytère. Que c'est que t'en dis?

Un immense sourire illumine le visage d'Achille. Il n'aime pas ce curé qui l'intimide à chacune de ses confessions. Combien de fois a-t-il tenté de lui faire admettre qu'il commettait des péchés d'impureté? Achille ne l'a jamais reconnu pour ne pas avoir à lui dévoiler ce qu'il faisait avec Marie-Louise. Il est allé jusqu'à accuser des blasphèmes qu'il n'a jamais prononcés pour détourner l'attention du prêtre, mais Fernando Drouin insiste, pas de péché de la chair, pas d'absolution.

De retour, Marie-Louise s'empresse de tester le poison. Elle mélange du Vert de Paris et de l'arséniate de plomb à un morceau de viande à l'intention du chien errant de Philémon Perras, qui n'a de cesse de terroriser ses moutons et ses vaches. Elle se rend au bout du pâturage, y dépose bien en vue une écuelle contenant l'amalgame mortel et revient à la maison.

Le lendemain matin, elle retrouve le chien, raide mort. Le plat est vide. Marie-Louise attrape l'animal par la queue et traîne la dépouille dans le bois. À n'en pas douter, le poison est efficace.

64

Fernando Drouin s'est réveillé tôt, plus que d'habitude. Le bruit d'objets tombés de la table de la cuisine l'a tiré du lit. Il a enfilé quelques vêtements, allumé une lampe et est descendu à l'étage principal. Dans la demi-obscurité, il a cru percevoir du mouvement. Un chat qui serait entré dans le presbytère par mégarde? Pourtant, la porte était fermée. Il inspecte tous les recoins, ouvre le garde-manger, le placard, saisit un balai et pose la lampe sur la table, quand un gros rat file entre ses jambes. «Encore!»

— Il était gros comme un chat, a dit le curé au magasin, où les habitués se sont moqués de lui.

— Pour moé, a rigolé Héliodore Bolduc, vous avez des problèmes de vue ou ben vous fermez pas vos portes comme y faut!

Le curé ne comprend pas. Il est certain d'avoir bien fermé les portes. Devra-t-il les verrouiller? Quelqu'un lui aurait-il joué un tour pendable? Il a eu maille à partir avec quelques paroissiens qui tardaient à payer la dîme. Il a été rude avec l'un d'eux, mais de là à se venger d'un prêtre?

— Avez-vous d'mandé à la Marie-Louise? s'enquiert Nolasque Boulet, mi-sérieux. Y paraît qu'a l'attrape les rats à pleines mains.

Le visage du curé se contracte. Marie-Louise? Il ne l'a pas revue depuis son exorcisation ratée. Héliodore Bolduc lui a dit qu'elle était devenue bien sage. Mais ça n'a pas suffi à convaincre les deux hommes à qui il a versé dix piastres pour qu'ils l'immobilisent. Ils ont tous les deux quitté le village, de peur que Marie-Louise lance le diable à leurs trousses. Si seulement il pouvait prouver que c'est elle qui a lâché les rats dans le presbytère... Il se tourne vers Elmina en espérant une réponse.

— Ça tombe mal, Delphis pourra pas vous renseigner, il est allé porter des provisions au bout du rang 12, dit-elle. Et hier soir, il était tellement fatigué qu'il a couché ici.

En fin d'après-midi, Achille s'arrête chez Marie-Louise, piteux, désemparé.

— Que c'est qu't'as? s'inquiète-t-elle.

À la demande de sa mère malade, Achille a fait des courses au magasin. Quand il est arrivé, les habitués l'ont taquiné sans malice jusqu'à ce que Delphis s'en mêle. «Tiens, si c'est pas mon gros colon de voisin qui fait de l'œil à ma femme. Tu devrais savoir, Achille, qu'elle s'intéressera jamais à un demeuré comme toi.» Il a encaissé les insultes et est sorti en catastrophe.

— Y a vraiment dit ça?

Achille le confirme de petits gestes saccadés de la tête. Marie-Louise tâche de le rassurer, mais au plus profond d'elle, une grande colère surgit. Encore une fois, Delphis a dépassé les bornes.

Quand il revient enfin à la maison, Marie-Louise prépare son plan. Si le poison a été assez puissant pour tuer un gros chien, une plus petite quantité aura raison de Delphis. Lorsqu'elle a acheté l'arséniate et le Vert de Paris à Beauceville, elle jonglait avec l'idée de l'empoisonner, mais aujourd'hui, sa décision est prise.

Discrètement, elle mélange un peu de Vert de Paris et d'arséniate de plomb avec du poivre que Delphis saupoudre toujours généreusement sur ses aliments, la viande en particulier. Elle lui propose ensuite une tranche de porc avec des patates et des betteraves dans le vinaigre, un plat dont il raffole.

— T'as passé une bonne journée? lui demande-t-il, un peu étonné que sa femme soit aussi prévenante.

Delphis est convaincu que l'exorcisation a réussi. Marie-Louise est redevenue normale. Il craignait qu'elle l'apostrophe, qu'elle lui reproche de l'avoir livrée au curé, mais non, aucune allusion.

— Oui, j'ai presque fini de couper not' bois pour l'hiver.

«Notre bois!» Delphis est de plus en plus étonné. Devrait-il lui demander comment elle se sent depuis l'exorcisation? Si elle souhaite renouer avec la religion?

— T'as su ce qui est arrivé au curé?

— Non, quoi?

Delphis lui raconte l'histoire du rat, «gros comme un chat». Et des soupçons du curé à l'endroit d'un paroissien qui n'a pas payé sa dîme.

— Y a été mordu? demande-t-elle.

— Non, par chance!

Marie-Louise cache sa déception. En lâchant les rats dans le presbytère, elle avait demandé au diable de les accompagner et de mordre le prêtre. Erreur, elle aurait dû transmettre sa demande directement, en passant par le hibou.

— Y a pas à dire, il attire les rats! C'était quoi déjà, la phrase de madame Obéline? Qui se ressemble s'assemble!

— Tu peux pas parler comme ça du curé. Franchement!

Marie-Louise hausse les épaules. Cet homme ne mérite pas son respect. Elle s'assoit à la table et dépose la poivrière devant Delphis. Comme d'habitude, il asperge généreusement ses aliments et avale une première bouchée sans rien remarquer.

— Augustin m'a dit qu'il t'avait vue revenir de Beauceville avec Achille. Tu m'as pas parlé de ça?

Marie-Louise frémit d'appréhension. Augustin? Où était-il? À la pharmacie? A-t-il vu Achille entrer chez Renault? Pourtant, pendant tout le trajet et le séjour à Beauceville, elle a gardé l'œil ouvert et n'a reconnu personne. Quelqu'un a-t-il raconté à Augustin qu'il les avait observés et qu'il trouvait bizarre qu'elle s'arrête à la fois à la pharmacie et au magasin général de Beauceville? Delphis avale une deuxième bouchée de viande.

— Achille s'est coupé à la main à la même place pis ça guérit pas. C'était devenu verdâtre et avant que l'infection s'mette là-dedans, je l'ai amené voir le docteur Desrochers en vitesse. J'voulais t'en parler, mais t'es pas v'nu coucher.

Delphis est rassuré par l'explication. Il avale le reste de son repas auquel il a rajouté encore plus de poivre. Après le souper, Marie-Louise conduit ses moutons dans la bergerie et s'assure que tous les accès à l'étable sont bien fermés. Elle scrute longuement les environs à la recherche du grand-duc, d'un signal qui lui confirmerait qu'elle a eu raison d'empoisonner Delphis.

La nuit est calme. Pas de hibou ni d'étoile filante. Novembre refuse de céder le pas à l'hiver. Quand elle revient à la maison, Delphis est calé dans une chaise, parcourant des dépliants de nouveaux produits. Elle lave son père, le déshabille et le met au lit. Il grogne.

— Dors ben, papa!

Au milieu de la nuit, Delphis se lève et court vers la bécosse. Il tente de vomir, mais rien ne sort. Marie-Louise allume la lampe et s'assoit en attendant le retour de son mari. Les premières lueurs du jour rosissent l'horizon.

— C'est bizarre, ment-elle, moé aussi j'ai l'ventre qui m'fait mal. Comme si j'avais une grosse indigestion.

C'est exactement ce que ressent Delphis. De sévères brûlements d'estomac. En apprenant que Marie-Louise a le même malaise, il en déduit qu'ils ont mangé de la viande avariée.

— Pourtant, dit Delphis, ça goûtait comme d'habitude. J'comprends pas. Ton père est pas malade, au moins?

Marie-Louise va vers la chambre de Caius qui dort profondément, ses ronflements assourdissants en témoignant.

— J'devrais peut-être ben j'ter ce morceau de lard, suggère-t-elle. Pis tu d'vrais rester à la maison aujourd'hui.

— Je peux pas, j'ai trop de travail qui m'attend.

À son arrivée au magasin, Delphis se sent plus mal. Cette fois, son vomi est vert comme le Vert de Paris. Il a la figure légèrement bouffie et les yeux rouges. Sa mère s'inquiète.

— C'est sûrement ton manger qui te fait tort.

— C'était du lard. Marie-Louise a été malade aussi.

Elmina se penche sous le comptoir, en tire une bouteille de pepsine lactée et lui en sert une grande cuillerée. À midi, il ne se sent pas mieux. Haut-le-cœur, étourdissements et toujours cet arrière-goût de plomb dans la bouche. Sa mère lui propose d'aller dormir un peu. Quand il revient en fin de journée, Marie-Louise lui fait croire qu'elle a vomi et que c'est finalement une tisane qui l'a aidée à retrouver son aplomb. Delphis s'écrase dans sa chaise. Marie-Louise constate à regret que la dose était trop faible.

65

Delphis a été malade pendant une dizaine de jours. Étourdissements, manque d'appétit, envies de vomir, mais finalement, il a recouvré la santé. Les séquelles de l'empoisonnement alimentaire ont disparu. Marie-Louise s'interroge. Doit-elle s'en réjouir ou le regretter? Doubler la dose la prochaine fois? Ou la tripler pour être certaine de l'éliminer? Abandonner ce projet risqué? À l'évidence, elle sera pointée du doigt dès après la mort de son mari. Ne devrait-elle pas plutôt oublier la traîtrise, la gifle au visage, les mensonges? Pourquoi ne pas le foutre à la porte? Faire une croix sur ce premier chapitre malheureux de son existence. Pourquoi ce désir de vengeance au fond de son cœur? Il n'est pas le seul responsable de l'échec de sa vie. On frappe à la porte.

— Salut, Marie-Louise. J'sais ben que ça te dérange pas, mais y s'dit des affaires au magasin sur toé, l'informe Thérèse Côté.

Marie-Louise l'invite à entrer.

— Que c'est que vous avez entendu?

Alors qu'elle se préparait à sortir du magasin, Thérèse Côté a entendu Héliodore Bolduc déclarer: «Delphis a pris la place de son père pis vous saurez me l'dire, y restera pas longtemps avec la sorcière à Caius même si l'diable est sorti d'son corps!»

Marie-Louise fronce les sourcils, elle sent la colère monter en elle.

— Vous êtes ben sûre de ça?

— J'l'ai entendu de mes deux oreilles!

— Et Delphis aussi?

Non, la rassure Thérèse, il était absent, mais Elmina s'est contentée de sourire, se gardant bien de se porter à la défense de sa bru. À n'en pas douter, ils sont tous en train de comploter pour éloigner Delphis de sa femme. «Tu d'vrais surveiller ton Delphis, y a ben du fun au magasin», lui a glissé à l'oreille Trefflé, l'avant-veille, sans lui donner plus de détails. Pitre Bolduc lui a même raconté que les «placoteux» du magasin faisaient pression sur Delphis pour qu'il devienne maire de Saint-Benjamin, à la condition «qu'y s'montre pas avec la Marie-Louise». Comme si personne ne croyait qu'elle était exorcisée.

— Merci, Thérèse. J'sus ben a veuille de m'en débarrasser!

Thérèse Côté branle la tête. Elle souhaite depuis toujours qu'Achille épouse Marie-Louise. Si les dons de sa voisine ou ses accointances avec le diable l'agacent, elle voit en Marie-Louise une femme forte, déterminée, capable de grande tendresse, bref, la partenaire idéale pour Achille. Car elle commence à désespérer que son fils trouve un jour le bon parti. Elle voudrait bien qu'il suive l'exemple de ses frères et qu'il fonde une famille. Mais, timoré, reclus, il n'attire aucune des filles de son âge. Thérèse a vite compris qu'il était très amoureux de Marie-Louise. Elle accepterait qu'ils «s'accotent» même si l'Église le réprouve avec véhémence. Mais il y a Delphis.

— Comment tu vas t'y prendre pour t'en débarrasser?

Marie-Louise se contente de hausser les épaules. Elle l'accompagne jusqu'à la route.

— Avez-vous toujours envie de vendre la terre?

— Oui, mon mari n'en veut pus. On pourrait la laisser à Achille, mais on a huit autres enfants qui sont pas riches et qui d'manderaient pas mieux que d'avoir une petite part des profits.

Thérèse a un sourire intrigant, ambigu.

— Achille aura tout son temps pour toé.

Marie-Louise lui touche le bras, un rictus fade aux lèvres et se rend à l'étable avec Elma. Soudainement, le souffle de novembre est devenu plus froid, annonciateur de l'hiver. Un vent sournois, rampant comme une couleuvre, décoiffe les dernières touffes de foin roussi et force les moutons à se regrouper en cercle et à lever un bouclier laineux contre l'intrus.

Toute à ses pensées, Marie-Louise ne réalise pas immédiatement que ses bêtes gèlent. Elle est dépitée, animée par la seule envie de se venger de Delphis, ce faiblard qui rit comme un grand niais des blagues au sujet de sa femme. Qui l'a livrée au curé. Qui méprise Achille. L'empoisonner? Existe-t-il un moyen plus sûr de l'éliminer sans laisser de traces, sans qu'elle soit aussitôt soupçonnée? La description de l'empoisonnement qu'elle a lue dans le journal, même si elle est terrifiante, correspond à ce qu'elle veut imposer à son mari. Violentes douleurs abdominales, ongles bleus, taches jaunes sur le corps, vomissements verdâtres, parfois zébrés de sang, convulsions, délire et mort, voilà ce qui attend Delphis si elle choisit cette solution. Mérite-t-il de souffrir autant? Elle pourrait l'assommer, le suspendre dans la grange et soutenir qu'il s'est pendu. Mais la croirait-on?

Quand elle entre dans l'étable, une vache est en train de mettre bas. Elle s'étonne. Selon ses calculs, ce n'était pas prévu avant la mi-décembre. Elle s'est trompée d'un mois. La jeune vache qui met bas pour la première fois se tortille dans son enclos. Marie-Louise détache la vache voisine et l'éloigne pour laisser toute la place à la nouvelle maman qui vacille d'inconfort. Quand elle aperçoit enfin les pattes avant du veau, elle tire très légèrement pour aider la mère. Avec patience et mille attentions. Au bout de quelques minutes, Marie-Louise s'inquiète pour sa bête. «Pourquoi ça prend tant de temps?» Devrait-elle demander secours à Achille? Cogner à la porte de Pitre? Finalement, le veau est expulsé. Gluant, il s'écrase dans la paille qu'elle avait étendue sous la vache. Elle prend le petit animal dans ses bras et le tend à sa mère

290

qui entreprend de le lécher. Noir et blanc comme sa maman, le nouveau-né ouvre de grands yeux étonnés. Marie-Louise sourit. Elle a oublié Delphis et ses tracas.

66

Quand la nouvelle arrive aux oreilles de Marie-Louise, elle est incrédule. Sûrement une blague! Delphis s'intéresse à une autre fille? Elle ne peut pas y croire. Elle a toujours été convaincue que son mari la quitterait pour retrouver la douceur de la vie familiale et non pas pour les bras d'une autre femme. L'information que lui a rapportée Pitre Bolduc est incomplète, mais Marie-Louise en est quand même agacée.

La semaine dernière, Delphis et sa mère ont engagé une fille pour les aider au magasin. Fleurima Pépin a l'âge de Delphis, elle est jolie et célibataire. Celle-là même qu'Elmina avait tenté de jeter dans les bras de son fils pour l'éloigner de Marie-Louise. Une fille de bonne famille dont deux sœurs sont religieuses.

— Je commence à me faire vieille, a invoqué Elmina pour justifier l'embauche de Fleurima. Depuis la mort de ton père, je n'ai plus d'énergie, je suis toujours fatiguée. Il y a de plus en plus de matins où je n'ai pas le goût d'ouvrir le magasin.

Quand Fleurima est arrivée, Delphis s'est tout de suite chargé de lui montrer tous les rouages de l'établissement. Avec beaucoup de gentillesse. À la fin de la première journée, une belle complicité les unissait. Elmina en salivait de plaisir. Grande, de longs cheveux blonds, les pommettes proéminentes, de beaux yeux, Fleurima Pépin titille Delphis. Tous ceux qui les ont vus ensemble l'ont immédiatement remarqué. Les regards qu'ils s'échangent vont bien au-delà de la connivence. Delphis déborde d'attention pour la jeune femme. Il lui offre du chocolat, lui prépare le thé et lui met parfois la main dans le dos pour la guider. Il se surprend à vouloir la toucher, l'embrasser. Jamais il n'a éprouvé de tels élans pour Marie-Louise. Tout à coup, il réalise pleinement que son mariage est un échec. Jusqu'à maintenant, il a repoussé l'idée pour ne pas avoir à prendre une décision. Aujourd'hui, il est forcé de constater qu'il n'a plus envie de retourner auprès de sa femme, même si elle est exorcisée et beaucoup plus conciliante. Il voudrait passer tout son temps avec Fleurima, mais il est prisonnier d'un mariage indissoluble. Comment en sortir? Jamais le curé n'acceptera le divorce. Jamais il ne permettra que Delphis fréquente Fleurima tout en étant marié. Même dans les pires conditions, l'Église rejette ce genre de relation. Ce n'est pas négociable.

— Ça m'surprendrait ben gros que Delphis soit capable de s'intéresser à une autre fille, dit Marie-Louise à Pitre. Depuis que je l'connais, y m'a jamais montré le plus petit sentiment. C'est toujours moé qui dois faire les premiers pas. Y est frette comme un glaçon!

La réponse de Marie-Louise relève davantage de l'agacement, mais elle s'empresse de refouler ce sentiment. Si ce n'était de l'humiliation qu'elles lui font subir, les amours de Delphis la laisseraient parfaitement indifférente. D'ailleurs, elle a remarqué le changement de comportement de son mari dans les derniers jours. À tort, elle l'a attribué à la fatigue, à la charge de travail trop lourde pour un homme qui a l'habitude de ne rien faire. Elle l'a ignoré.

— J'vas lui parler à soir, dit-elle à Pitre en le remerciant.

— C'est peut-être juste des ragots, s'excuse Pitre, mais j'ai pensé ben faire en te l'rapportant.

La nuit est tombée quand Delphis rentre finalement à la maison. Auparavant, il a raccompagné Fleurima chez elle et ils ont longuement discuté sur le pas de sa porte.

— Dure journée au magasin, observe Marie-Louise, surprise de le voir arriver, lui qui rentre si rarement à la maison.

— Oui, j'ai été obligé de ranger une grosse commande dans le hangar. Je suis éreinté.

— T'aurais pu d'mander à Fleurima de t'aider. Y paraît qu'elle est prête à tout pour se rendre serviable.

Le ton de Marie-Louise est railleur. Delphis ne mord pas à l'hameçon.

— T'écoutes les racontars du village, c'est pas dans tes habitudes.

— Quand ça concerne mon mari, c'est différent. Que c'est qu'y s'passe entre toé pis Fleurima ?

Delphis se renfrogne. Il mâchouille sa lèvre supérieure comme chaque fois qu'il est contrarié.

— Absolument rien. Maman et moi, on l'a engagée parce qu'on a trop de travail. Fleurima et moi, on placote, c'est tout.

Le regard de Delphis est évasif. Il est sur la défensive. Marie-Louise le connaît assez pour savoir qu'il ne lui dit pas la vérité.

— Menteur !

Delphis se lève d'un bond, avec une énergie dont il fait rarement preuve.

— T'es mal placée pour traiter les autres de menteurs, Marie-Louise Gilbert. Tu vas me faire croire qu'il se passe rien entre toi et Achille Côté ? Il y a du monde qui vous ont vus ensemble et vous aviez pas l'air de vous ennuyer. Faudrait pas que tu me prennes pour un imbécile.

Marie-Louise ravale sa colère. Que sait-il de sa relation avec Achille ? Elle a toujours été très prudente.

— T'inventes des histoires parce que tu meurs de jalousie. Ç'a t'rend malade qu'Achille fasse le travail que t'es top lâche pour faire.

Dans sa chaise berçante, Caius maugrée comme s'il était importuné par la querelle. Delphis lui jette un coup d'œil, se lève, récupère son manteau et sort de la maison en claquant la porte. Elma veut le suivre, mais Marie-Louise la rappelle aussitôt. Un instant, elle songe à hurler à Delphis de ne plus jamais revenir, mais elle se donnera un peu de temps. Si elle met son projet d'empoisonnement à exécution, il faudra bien qu'elle trouve un moyen de le revoir au moins une fois.

Demain, et même s'il est plus difficile de l'apercevoir en hiver, elle tentera de retrouver le hibou. Leurs dernières collaborations ont donné de bons résultats, de la mort de Vénérin à la chute de la tablette du magasin. Elle sollicitera l'aide du grand-duc pour jeter un sort à Fleurima et Delphis.

67

Il a encore neigé, mais l'accumulation recouvre à peine les traces que la jument de Marie-Louise a laissées la veille. Elle suit le sentier des vaches qu'elle connaît par cœur. Le froid la revigore. Trouvera-t-elle le hibou? Les oiseaux se font rares en cette saison. Ils sont tous partis, sauf quelques volées de gros-becs errants ou de nerveux bruants des neiges qui s'abattent parfois derrière l'étable. Mais certains rapaces bravent l'hiver même le plus rigoureux. *L'Éclaireur* racontait que vers la fin de l'automne, le grand-duc devient de plus en plus territorial et que dès le début de décembre, il émet un mélange de bruits, de cris et de claquements, prélude à la parade nuptiale. «En plein hiver!» s'est-elle étonnée. Si le hibou est déjà plongé dans la saison des amours, Marie-Louise a bon espoir de le retrouver dans son habitat préféré.

Elle s'approche lentement et s'arrête quand elle entend une série de gloussements. Elle fouille les environs des yeux. Une perdrix s'envole d'un bosquet. Elle est déçue. Devrait-elle s'enfoncer dans la forêt? L'article du journal expliquait que le territoire du rapace peut s'étendre sur deux ou trois milles. Souvent, le jour, il est difficile à repérer, l'oiseau se fondant dans le tronc d'un arbre. Dérangé, il peut foncer sur un intrus. Marie-Louise connaît sa cachette préférée, la grande épinette pas loin de l'endroit où elle a enterré la poule noire.

L'arbre est tapissé d'une chape de neige fine. Le voilà! Marie-Louise est énervée comme si elle venait de retrouver un ami trop longtemps parti. Elle s'approche. L'oiseau l'observe. Si seulement il était aussi familier qu'Elma, restée à la maison avec Caius. Pourrait-elle un jour le domestiquer? se prend-elle à rêver. Elle fait quelques pas jusqu'au pied de l'épinette. Une buée froide jaillit de sa bouche. Le grand-duc la suit des yeux, mais ne s'envole pas. Elle voudrait lui parler, mais elle se sent ridicule. Pour l'instant, sa seule présence lui suffit. Sans jamais rien manifester, il a toujours été à ses côtés dans les moments charnières de sa vie. Il l'a inspirée, il a répondu à ses requêtes et elle est convaincue qu'il le fera encore. Doit-elle lui demander de punir Delphis et Fleurima? De faire disparaître l'un des deux? Ou les deux? Sa vengeance serait-elle mieux assouvie si elle se chargeait elle-même de Delphis? Elle n'est plus certaine de vouloir l'empoisonner de peur d'être aussitôt arrêtée et accusée. Pourquoi ne pas demander au diable de s'en charger, comme il l'a fait avec Vénérin? Elle décide de repartir quand le grand-duc émet un drôle de bruit. L'intensité de son regard donne un frisson à Marie-Louise. Attend-il sa requête?

— Diable, tu sais sûrement ce que je pense de Delphis et Fleurima. Est-ce que je peux compter sur toé pour m'aider?

Le rapace est impassible, à peine esquisse-t-il un petit mouvement pour se blottir un peu plus contre l'épinette. Il a entendu Marie-Louise. Elle peut repartir, il dormira toute la journée. À la tombée du jour, il prendra son envol.

Marie-Louise revient lentement vers l'étable. Le soleil papillote sur la neige. Elle met sa main en visière sur ses yeux pour les protéger. Sa décision est prise. Si le diable ne s'en charge pas, elle invitera Delphis à souper une dernière fois pour qu'il récupère son bien. Elle lui proposera de mettre fin à leur mariage en «bons amis» et elle en profitera pour l'empoisonner avec un morceau de tarte au sucre auquel il ne peut pas résister. Mais avant de passer à l'acte, elle consultera l'Apauline. Les cartes lui indiqueront la marche à suivre. Quand elle entre dans l'étable, elle a la surprise d'y trouver Achille qui a son air des mauvais jours. Il piétine, boudine le pouce de sa mitaine, visiblement désemparé. Elle le dévisage en attente d'une explication.

— Maman est ben malade, pis j'sais pas quoi faire.

Quand Achille s'est levé ce matin, sa mère râlait, en sueur malgré le froid qui régnait dans la maison. Il a vite rallumé le poêle et couru chez Marie-Louise.

— Tu t'occupes de mon barda pis moé, j'me dépêche d'aller la voir tout de suite. Inquiète-toi pas, j'en prendrai ben soin.

Le visage d'Achille se détend un peu.

— Tu vas t'servir de tes dons pour la sauver, hein?

Marie-Louise lui flatte légèrement la joue et s'enfuit à toute vitesse. Thérèse Côté est étendue dans son lit, mal en point. Marie-Louise lui met la main sur le front et réalise aussitôt qu'elle souffre d'une forte fièvre.

Pas nécessaire d'invoquer le diable, la vieille recette de sa mère suffira. Elle se rend dans la cuisine, épluche une patate, la coupe en tranches, les saupoudre d'un peu de poivre et place le tout dans un linge propre qu'elle applique sur le front de la fiévreuse.

— Quand les tranches seront devenues noires, explique-t-elle à Thérèse, ça voudra dire que la fièvre est rentrée dans les pétaques pis que vous êtes guérie.

Elle s'empare ensuite d'une serviette froide et rafraîchit la malade en lui épongeant le visage.

— C'est toute une grippe que vous avez attrapée. Achille était tellement inquiet que j'ai ben cru que vous aviez dételé!

Thérèse Côté a un rictus à peine perceptible. Elle fait un petit geste de la main pour signifier à Marie-Louise qu'elle s'en sortira et que son fils n'a pas raison de craindre le pire. Marie-Louise remonte la couverture sur les épaules de Thérèse, vérifie que le poêle chauffe bien et promet à la malade de revenir plus tard. De retour à la maison, Achille a terminé le barda du matin. Ses grands yeux interrogateurs fixent Marie-Louise en attente d'une parole rassurante.

— Y a pas d'danger, arrête de t'en faire. J'r'passerai tantôt pour y changer ses pétaques. Suis-moé, j'vais t'faire déjeuner. Quand c'est que ton père r'vient du chantier ?

— Samedi, y m'semble.

— D'ici là, lui ordonne Marie-Louise, tu restes dans la maison avec ta mère pis tu viens m'chercher au besoin, mais j'pense ben qu'a guérira vite. A l'est forte, la Thérèse !

Achille a un grand sourire. On dirait un petit garçon qui a retrouvé ses jouets.

68

Elmina a longuement hésité. Elle a examiné tous les aspects de la question. Pénible remue-méninges de plusieurs jours. Quand l'idée lui est venue une première fois, elle l'a aussitôt rejetée, sa foi chrétienne prenant le dessus, avant d'en arriver à la conclusion qu'elle n'avait rien à perdre.

Bravant le premier grand froid de la saison, elle s'emmitoufle, met une enveloppe dans sa poche et sort du magasin par la porte arrière, pour ne pas attirer l'attention des voisins. D'un bon pas, la main sur la bouche pour couper l'air sec qui l'empêche de respirer, elle se rend au presbytère. Le curé est étonné de la retrouver devant lui.

— Bonsoir, monsieur le curé, j'aimerais vous parler d'une affaire très importante.

— Entrez, venez vous asseoir.

Le prêtre est intrigué, incapable de deviner ce qui la tracasse ainsi.

— Rien de grave, j'espère?

— Non, non. Ça va peut-être vous sembler, comment dirais-je, inacceptable, mais je fais cette démarche comme une mère qui se préoccupe de l'avenir de son fils.

— Il est arrivé un malheur à Delphis? s'inquiète le prélat.

— Non.

300

Elmina fait une pause, s'essuie les commissures des lèvres avec son mouchoir et, appréhendant la réaction du curé, en vient finalement au but de sa visite.

— Je me demandais si vous accepteriez de fermer les yeux si Delphis se séparait de la Marie-Louise pour vivre avec Fleurima Pépin, qui travaille maintenant avec nous au magasin?

Le visage du prêtre se pétrifie, ses yeux cessent de ciller comme si tout son corps venait de se figer.

— Vous n'êtes pas sérieuse, madame Breton? finit-il par marmonner.

Elmina avait prévu cette première réaction. À l'évidence, le curé n'allait pas se réjouir de sa proposition. Elle ne se laisse pas démonter pour autant.

— On pourrait loger Fleurima chez nous, j'ai trois grandes chambres en haut. On dira au monde qu'on l'a prise en pension. Elle pourrait retourner dans sa famille la fin de semaine pour sauver les apparences.

— Vous n'y pensez pas, madame Breton. Si l'évêché l'apprend, je suis pas mieux que mort! Déjà qu'ils m'ont félicité d'avoir réussi à exorciser la Marie-Louise, je vais quand même pas me remettre dans le trouble.

Elmina baisse la tête un long moment. Le curé est embarrassé. Il n'a d'autre choix que d'apposer une fin de non-recevoir catégorique à la requête, mais le contexte est différent. Il a affaire à une femme abjecte qui, même exorcisée, ne vient pas davantage à l'église. Et, il en est maintenant persuadé, qui a lâché des dizaines de rats dans le presbytère.

— Quand la Marie-Louise en aura assez parce qu'il reste au magasin presque tous les soirs, elle se mettra en ménage avec quelqu'un d'autre, probablement le gars de Bi Côté avec qui elle passe tout son temps.

— Achille? s'écrie le curé.

Elmina fait oui de la tête, une moue méprisante aux lèvres comme s'il s'agissait d'une évidence, d'une situation absolument dégoûtante. Le prêtre est exaspéré. Il croyait avoir résolu le problème en chassant le diable, voilà qu'une autre difficulté surgit. Des couples illégitimes!

— Vous êtes en train de me dire que j'aurais deux couples qui vivraient dans le péché?

Elmina hausse les épaules d'impuissance. Elle n'avait pas analysé la relation de Delphis et Fleurima sous cet angle.

— Vous refusez?

Fernando Drouin se lève, allume sa pipe pour s'aider à réfléchir. Il n'aimerait rien de mieux que de prendre sa revanche sur Marie-Louise et lui enlever son mari. Mais le péché est trop gros. Fermer les yeux, prétendre qu'il n'est pas au courant? Voilà un scénario peu crédible. Les villageois auront tôt fait de deviner que Fleurima n'est pas seulement une pensionnaire dans la maison d'Elmina, mais qu'ils ont affaire à deux tourtereaux.

— Et si Fleurima tombe en famille? demande le prêtre. Que ferez-vous?

Voilà une autre situation qu'Elmina n'avait pas prévue. Elle hoche la tête et finit par bredouiller une réponse.

— On cachera le bébé le temps qu'il faudra.

Fernando Drouin grimace. Ce scénario pourrait lui coûter sa cure et le condamner au vicariat pour le reste de sa vie.

— Je ne vois sincèrement pas comment je pourrais accepter cela. Delphis aurait dû réfléchir avant de se jeter dans la gueule du diable. Il n'a que lui à blâmer, car je sais que vous avez tout fait pour empêcher cette union dégradante.

Elmina fait mine d'essuyer une larme.

— J'en suis rendue à craindre pour la vie de mon fils. Cette femme-là est capable de tout. Il a été très malade récemment. Je me demande si elle n'a pas tenté de l'empoisonner.

— Vous parlez sérieusement?

— J'ai pas de preuve, mais ça ne me surprendrait pas. Pendant plusieurs jours, il était toujours fatigué et en avait perdu l'appétit. C'est le diable en personne, cette Marie-Louise. Vous le savez comme moi!

— Je compatis avec vous et je partage vos sentiments à son endroit, mais approuver le péché, je n'arrive pas à m'y résigner.

— Je vous comprends. J'ai beaucoup hésité moi-même avant de vous en parler. Je reconnais que c'est contraire à ma foi la plus profonde. J'admets que je me fais complice d'une faute extrêmement grave. Mais la vie de mon fils est en jeu, je n'ai pas le droit de refuser de l'aider. Je demanderai à Dieu de me pardonner, sinon j'accepterai sa punition.

Le prêtre ne doute pas de la sincérité d'Elmina, mais il ne peut pas lui donner raison. Elle remet son manteau et se prépare à partir, la mort dans l'âme. «Ç'aurait été tellement plus facile avec la bénédiction du curé.» Elle fait un pas et s'arrête, le regard fixé au plancher. Doit-elle jouer sa dernière carte? Elle relève la tête et se tourne vers le prélat.

— J'avais pensé vous offrir un petit cadeau.

Elle lui tend une enveloppe. Fernando Drouin la dévisage avec appréhension. Un cadeau? Il prend l'enveloppe, la décachette et pose des yeux ahuris vers Elmina. Quarante piastres! Une fortune! Doit-il lui redonner l'argent? La semoncer pour avoir tenté de soudoyer un prêtre? Il hésite, songe à sa vieille mère qui pourrait faire bon usage d'une partie de cette somme et glisse le pot-de-vin dans le tiroir de son bureau.

— Allez en paix, madame Breton, Dieu est infiniment bon et pardonne toutes les fautes, même les plus graves.

69

Une neige légère tombe paresseusement sur Saint-Benjamin quand Marie-Louise quitte la maison pour rendre visite à l'Apauline. Le chemin est désert et sombre. La longue hibernation des hommes et des bêtes est commencée. Une lampe brûle encore à la fenêtre de Thérèse Côté dont la grippe a été avalée par quelques rondelles de patate! Achille a remercié le ciel d'avoir donné de tels dons à son amie. Ce matin, il lui a apporté deux galettes à la mélasse. Marie-Louise a beaucoup de tendresse pour ce garçon. Pourrait-elle l'aimer un jour? Elle en doute. Un bon voisin avec qui elle partagera travaux et plaisirs, une fois Delphis parti pour de bon. Mais un mari? Non.

En se rendant chez l'Apauline, Marie-Louise fait quelques pas de plus et sous le couvert d'un bouquet de sapins, elle s'arrête devant le magasin. Une grosse bougie éclaire faiblement le comptoir. Quelles sont les deux silhouettes qu'elle distingue dans la demi-obscurité? Delphis et Fleurima? Son intuition est habituellement très fiable. Alors qu'elle se rapproche pour mieux voir, le magasin est plongé dans le noir. Elle se replie aussitôt dans sa cachette. Fleurima en sort avec Delphis. Il lui enfile ses mitaines, ajuste sa capine et lui plante un court baiser sur la bouche. Marie-Louise se retient de bondir de son abri et de foncer sur les deux amoureux. Elle tend l'oreille. Quelques paroles murmurées qu'elle n'entend pas, puis son mari qui dit : «J'ai hâte de te revoir demain.» La jeune femme a un geste de tendresse à son endroit et se sauve au pas de course. Marie-Louise, furieuse, attend qu'elle soit hors de vue. Delphis grelotte en la suivant des yeux, puis rentre dans le magasin. Marie-Louise sort de sa cachette. Blessée dans son orgueil, humiliée, outrée de le voir si heureux, son désir de vengeance grandit. Le froid est plus intense et la neige roule sur elle en gros flocons. Elle tourne en rond pendant quelques minutes, tout à sa réflexion. Elle renonce à régler ses comptes immédiatement avec son mari et se rend chez l'Apauline. En accueillant sa protégée, celle-ci devine que des événements malheureux bouleversent sa vie. Elle a bien entendu les rumeurs, pour la plupart farfelues. Quand elle est venue se faire tirer aux cartes, Marie-Rose Perras lui a raconté qu'elle avait vu Delphis passer sa main dans le «très très bas du dos» de Fleurima. L'Apauline a simplement haussé les épaules.

— J'viens de les voir ensemble, murmure Marie-Louise.

Elle est tendue, tout son corps lui fait mal. La cartomancienne est inquiète. Elle craint une réaction violente. La jeune femme, fière, à l'imagination fertile, le diable à l'appui, n'acceptera pas facilement une autre humiliation. D'ailleurs, l'Apauline s'étonne que Marie-Louise n'ait pas réagi plus vigoureusement à l'exorcisation. Qu'elle se soit contentée de disperser quelques rats dans le presbytère pour se venger du curé, mais qu'elle ait épargné son mari.

— Que c'est que tu vas faire?

Marie-Louise se prend la tête à deux mains. Elle ne veut pas lui dire la vérité, convaincue qu'elle la découragera de commettre un crime.

— Pouvez-vous me tirer aux cartes? J'ai besoin de savoir c'qui arrivera dans les prochains jours.

La vieille dame attrape son jeu et brasse longuement les cartes.

— Vous me promettez de m'dire la vérité, même si ça fait mal? la supplie Marie-Louise.

L'Apauline se mouille les lèvres, retrousse le nez et lui tend le jeu.

— Tu m'jures que tu f'ras pas d'folies?

Marie-Louise fait un petit oui, à peine perceptible.

— Pige, pis r'garde pas.

Marie-Louise s'exécute rapidement et remet la carte à l'Apauline qui l'observe sans réagir.

— Une autre?

Cette fois, Marie-Louise prend bien son temps. Elle choisit la dernière carte à l'extrémité du paquet et la lui rend. La vieille femme la contemple pendant de longues secondes comme si elle ne la reconnaissait pas. Elle ravale sa salive et plonge ses yeux dans ceux de Marie-Louise. Aussi bien lui dire la vérité pour la décourager de se faire justice elle-même.

— J'vois un grand malheur dans ta vie, mais c'est comme si ça s'passait autour de toé. Y a une femme dans ton malheur, mais j'sais pas c'qu'a fait au juste. J'sus même pas sûre que c'est toé.

Fleurima? pense aussitôt Marie-Louise, confuse. Est-ce que le diable a choisi de ne punir que l'amoureuse de Delphis? Même si elle a séduit son mari, Marie-Louise ne souhaite pas sa mort pour autant. C'est Delphis et Delphis seul qui doit payer pour sa trahison.

— M'en vas t'poser une question directe. As-tu décidé de te venger de Fleurima Pépin?

— Non, répond Marie-Louise sèchement. C'est pas elle, la coupable, c'est l'autre bon à rien.

L'Apauline a un mauvais pressentiment. L'impression que sa protégée est sur le point d'exploser et de commettre l'irréparable. Jamais les cartes n'ont annoncé une telle abomination. Une personne mourra, elle en est certaine, mais ce n'est pas Marie-Louise. Elle ne peut même pas dire avec précision que la victime sera une femme. Est-elle devenue trop vieille pour lire les cartes correctement? Le moment est-il arrivé de brûler le jeu, de mettre fin à sa «carrière»?

— Encore une fois, promets-moé, Marie-Louise, que tu feras rien de mal pis que tu laisseras passer un peu de temps avant d'décider quoi que ce soit. J'serais pas surprise que ton Delphis, y r'vienne la queue entre les deux pattes. Le monde, y accepteront pas qu'y s'dérange comme ça avec une autre femme. Sans compter que l'curé doit être dans tous ses états.

Marie-Louise rejette l'idée de vifs coups de tête. Jamais elle ne rétablira sa relation avec Delphis Breton. Elle le reverra une seule fois pour l'empoisonner et c'en sera fini de lui. Elle n'attend rien des habitants du village, encore moins du curé. Sauf quelques voisins, personne ne prendra sa défense. D'ailleurs, on ne la sollicite plus pour guérir une maladie ou connaître son avenir. Elle a été mise au ban de la paroisse. Une question oppressante trotte dans sa tête. Si elle empoisonne Delphis, sa propre vie sera-t-elle menacée ? Pourra-t-on prouver sa culpabilité ? Elle a conservé une toute petite quantité de Vert de Paris et d'arséniate de plomb et, avant que le sol gèle, elle a enfoui le reste profondément là où elle avait enterré la poule noire. Une vague inquiétude persiste. Si les vendeurs de P.-F. Renault et de la pharmacie Deschênes se souvenaient d'elle ou d'Achille ?

70

À une semaine de Noël, le village bouillonne de ragots au sujet de Delphis et Fleurima. L'un les a vus s'embrasser, l'autre, se tenir discrètement la main derrière le comptoir. Des gestes accueillis par un mélange d'indignation et d'approbation. «Il est marié, après tout. C'est inacceptable et un scandale pour le village», disent les âmes chagrines. Mais la très grande majorité des villageois réagit autrement, convaincue que l'exorcisation n'a pas réussi. «A l'est encore possédée, soutient Nolasque Boulet. Delphis doit s'sauver d'elle parce qu'y va y arriver la même chose qu'à son père. Si j'étais à la place de Fleurima, j'aurais ben peur que la sorcière me jette un sort.» À l'évidence, Marie-Louise n'est pas devenue la femme sage, pieuse, empressée auprès de son mari que les fidèles pensaient retrouver tous les dimanches à l'église.

Aujourd'hui, ils s'attendent que le prêtre dénonce la relation de Fleurima et Delphis du haut de la chaire. Il n'en fait rien. L'approuve-t-il? La question est chaudement débattue, mais personne n'ose la lui poser directement. Autre question sans réponse: pourquoi n'a-t-il pas ramené Marie-Louise dans le droit chemin de l'Église catholique? L'évêché pose de nouveau des questions. Fernando Drouin est amer et devient carrément rude chaque fois qu'on lui parle de Marie-Louise Gilbert. Cette femme dépravée a ruiné sa vie.

Delphis évite de retourner à la maison. Sa mère le rassure chaque jour. «N'est-elle pas à l'origine de la mort de ton père? Et ne l'as-tu pas soupçonnée d'avoir empoisonné ta nourriture, quand t'as été si malade le mois dernier?» Delphis n'a pas de preuve, mais il a flairé la mise en scène. Caius qui a avalé le même repas n'a pas eu l'ombre d'un malaise. Quant à Marie-Louise, certes elle affirme avoir vomi, mais il se demande si elle n'a pas joué la comédie pour effacer les soupçons.

Il sait que tôt ou tard, il devra expliquer ses trop nombreuses absences. Deux longues semaines. Il pourra toujours plaider l'achalandage des fêtes, mais Marie-Louise n'acceptera plus d'excuses. Il espère qu'elle le mettra à la porte. Il n'aura pas à prendre la décision.

Si cette perspective lui réchauffe le cœur, la suite semble plus compliquée. Non seulement Fleurima fait pression pour qu'il quitte Marie-Louise définitivement, mais elle veut qu'il demande au curé d'obtenir de Rome une dispense qui annulera le mariage et leur permettra de s'épouser en toute légitimité. Les parents de Fleurima sont heureux qu'elle trouve un si bon parti, mais ils souffrent de tous ces ragots qu'on leur lance à la figure chaque fois qu'ils sortent de chez eux. Sa mère en particulier vit très mal avec cet énorme péché de complicité sur la conscience.

Pour en avoir le cœur net, Delphis, poussé dans le dos par Fleurima, va consulter le curé. Une dispense? Le prélat se gratte la tête. Quels arguments invoquer pour convaincre l'évêché d'acheminer la requête jusqu'au Vatican? Que l'épouse n'est pas digne puisqu'elle est possédée du démon? Admettre que la deuxième exorcisation a été un échec? Le prélat n'a pas très envie d'être humilié de nouveau par ses supérieurs.

— Je te dis, Delphis, que le cardinal Bégin ne voudra pas écrire au pape.

Fernando Drouin tente de le raisonner. Les dispenses sont accordées pour des raisons de consanguinité, pour reconnaître un mariage clandestin ou, très rarement, pour soustraire une femme menacée de mort à un mari violent ou ivrogne. Mais à un homme aux prises avec une possédée? Le prêtre ne voit pas comment il pourrait plaider la cause. Encore faudrait-il faire la preuve que le diable cohabite avec Marie-Louise Gilbert, celle-là même que le curé n'a pas réussi à purifier. Fernando Drouin sait qu'il est en disgrâce auprès de l'évêché et qu'il n'obtiendra rien du cardinal. Voilà pourquoi il choisit de décourager le jeune homme.

— Dis-toi bien une chose, Delphis, les exemptions sont peu nombreuses et si par miracle le pape t'en donne une, ça sera très long. Il exigera que ses collaborateurs étudient ton dossier, t'interrogent, rencontrent ta femme, bref, ça peut prendre des mois, même des années, avant d'avoir une réponse.

Déprimé, Delphis secoue légèrement la tête.

— Je veux plus vivre avec elle, c'est Fleurima que j'aime, dit-il d'une voix pleurnicharde.

— J'aurais jamais dû te forcer à la marier, reconnaît le curé. Trop tard, le mal est fait.

Delphis s'éloigne, quand le prêtre le rappelle.

— C'est vrai, ce que ta mère m'a raconté, qu'elle a tenté de t'empoisonner ?

— J'en suis pas absolument certain, mais je pense qu'elle m'a fait manger de la viande avariée. Est-ce qu'elle l'a fait par erreur ou pour se débarrasser de moi ? Je suis pas sûr.

Le curé se gratte le menton, hésite, pousse la porte du presbytère comme s'il allait la fermer, mais revient sur ses pas. Il regarde au loin.

— Il pourrait bien arriver qu'elle avale de la nourriture de mauvaise qualité, elle aussi.

Le prêtre referme aussitôt derrière lui. Delphis est confus. Que veut-il dire ? Lui recommande-t-il d'empoisonner Marie-Louise ? La proposition l'ébranle. Delphis Breton se demande s'il doit exécuter les basses œuvres du curé. À l'évidence, il en profiterait, mais les conséquences pourraient être désastreuses. La disparition de sa femme serait sans doute la meilleure solution, mais cette idée lui donne froid dans le dos. Est-il seulement capable d'aller aussi loin ? Si Marie-Louise a tenté de le faire mourir, elle l'a fait avec un sang-froid remarquable. Pourrait-il en faire autant? Ne pas trahir ses émotions, cacher sa nervosité? Devrait-il demander l'avis de Fleurima au réveillon?

Avec l'accord tacite de ses parents, Fleurima a invité Delphis à réveillonner avec elle après la messe. Son père a même prévu de la bagosse pour bien célébrer l'occasion, mais il a convenu avec sa femme de ne pas importuner les tourtereaux trop longtemps et de les laisser à leur bonheur nouveau.

Quand il revient au magasin, Delphis croise Pitre Bolduc qui l'intercepte, fouille dans sa poche et lui remet une lettre. Delphis la déplie rapidement, regarde la signature, «Marie-Louise», fronce vivement les sourcils et remercie Pitre.

71

Saint-Benjamin, le 22 décembre 1921

Delphis,

J'ai compris que tu reviendras pas à la maison et je suis tannée de t'attendre. J'aurais préféré que tu me dises franchement que t'es parti pour de bon, mais c'est pas grave. Tu veux plus vivre ici et j'en suis pas surprise. T'as plus envie d'être avec moi et je comprends. Plutôt que de se chicaner, je te propose qu'on finisse notre mariage dans la bonne entente. Comme ça, chaque fois qu'on se reverra, on pourra se parler sans s'arracher les cheveux. Et je pourrai aller au magasin quand ça me tentera. Tu pourras refaire ta vie et moi aussi. Je te souhaite même de trouver une femme qui te donnera des enfants. Moi, je sais que j'en aurai jamais. C'est l'échec de ma vie et j'en suis très triste, mais je sais maintenant que ça dépend pas de toi.

Je suis sûre que le curé chialera, mais moi, ça me dérange pas. Je vais plus à l'église à cause de lui. Ses tentatives d'exorcisation sont ridicules. En passant, t'aurais dû le savoir. Quand mon père mourra, je l'enterrerai moi-même dans le cimetière à côté de ma mère, s'il refuse de le faire.

Ça fait que, après les fêtes, viens donc chercher tes affaires. Pour te montrer que je t'en veux pas, je te ferai une tarte au sucre comme tu les aimes et après, tu partiras pour de bon.

Marie-Louise

312

Delphis ne sait pas trop comment interpréter la courte lettre de Marie-Louise. Ce ton aimable cache-t-il un piège? Devrait-il en profiter, comme le curé l'a sous-entendu, pour empoisonner Marie-Louise? Ce serait facile de glisser un peu de poison dans une tablette de chocolat. Mais si elle s'abstenait de la manger et la donnait à son père ou à Achille? Et qu'un innocent mourait par sa faute? L'idée du prêtre lui déplaît depuis le début. Il ne jouera pas avec le feu. Il ne sera jamais capable de commettre un tel crime. Il préfère croire que sa femme a compris et qu'il ne sert plus à rien d'étirer leur union. Y mettre fin de façon civilisée, voilà la solution idéale. Delphis s'en réjouit. Un obstacle de moins. Il pourra consacrer toute son énergie à renforcer sa relation avec Fleurima. La convaincre d'être patiente, d'avancer lentement, de ne pas s'afficher en public pour laisser aux paroissiens le temps de digérer ces fréquentations adultères. Et espérer que Rome les entendra et leur accordera la dispense.

Delphis replie la lettre et la dissimule parmi d'autres documents dans un petit tiroir sous le comptoir, quand une pensée agaçante lui vient en tête. Et si Marie-Louise voulait en finir au plus tôt pour mieux se jeter dans les bras d'Achille? L'idée l'agace, mais il ne comprend pas pourquoi. Il n'aime plus Marie-Louise. Pourquoi se tourmenter? Pourquoi ne referait-elle pas sa vie avec quelqu'un d'autre? Cette vieille jalousie le dévore. Souvent, au magasin, il s'impatiente quand un client, même Augustin Leclerc, complimente Fleurima.

Il se dépêche de chasser ces pensées gênantes. Après Noël, il rendra visite à Marie-Louise et lui apportera un cadeau d'adieu, cette belle étoffe qu'il vient de recevoir de Québec. Et pourquoi pas quelques gâteries pour son beau-père et Elma? En se gardant bien de le dire à Fleurima et à sa mère.

72

La poudrerie tournoie à la fenêtre d'Elmina. La maison est froide. Delphis a-t-il encore oublié d'ajouter une bûche dans la fournaise avant de se coucher? Elle se lève, cogne à la porte de sa chambre, mais il n'y est pas.

Aurait-il dormi chez les parents de Fleurima? Voilà un comportement qui lui semble prématuré, inacceptable. Que dira-t-on si on le voit sortir de la résidence des Pépin de bonne heure, ce matin? Les voisins comprendront immédiatement qu'il a passé la nuit avec Fleurima. Heureusement, la tempête de neige qui balaie le village le soustraira aux regards goguenards des curieux.

Vers le milieu de l'avant-midi, Elmina commence à s'agiter. Pourquoi ne revient-il pas? À bout de patience, elle s'emmitoufle, défie la rafale et se rend à la maison de Romuald Pépin.

— Entre, lui dit Philomène Pépin, étonnée de la trouver à sa porte. Qu'est-ce qui t'amène par un temps pareil?

Elmina jette un regard tout autour et s'alarme de ne pas voir son fils dans la cuisine, où sont assis Fleurima et Romuald.

— Je cherche Delphis, murmure-t-elle, de plus en plus inquiète.

Fleurima bondit aussitôt, son père sur les talons.

— Delphis? s'étonne la jeune femme. Il n'est pas ici. Il est parti vers deux heures du matin, après le réveillon.

Elmina met la main sur sa bouche. «Mon Dieu, où est-il?» Elle tourne des yeux angoissés vers Fleurima qui est mal à l'aise, rouge comme un radis.

— Il avait bu un peu de bagosse, avoue-t-elle, embarrassée.

— De la bagosse? Mais il a pas l'habitude de boire, se désole Elmina.

Delphis a ingurgité deux grands verres de cet alcool maison qui l'ont rendu joyeux et même intrépide. Quand il est parti, rappelle Fleurima, il menaçait, mi-sérieux, d'aller régler ses comptes avec Marie-Louise et Achille. Elle l'a découragé de mettre son plan à exécution et lui a fait promettre de rentrer bien sagement chez lui.

— Je peux pas croire, se lamente Elmina, qu'il a marché jusque chez la Marie-Louise et qu'il a passé le reste de la nuit avec elle.

Le regard de Fleurima se durcit. Il lui avait pourtant juré de ne plus la revoir. Visiblement déconcertée, Philomène Pépin fixe le bout de ses souliers. Le malaise est palpable.

— Monsieur Pépin, supplie Elmina, est-ce que vous seriez assez bon pour aller chez Marie-Louise et vérifier s'il est là?

Romuald Pépin s'habille aussitôt et brave la tempête. Un profond sentiment de culpabilité l'habite. Pourquoi a-t-il encouragé Delphis à boire de la bagosse? Pour lui démontrer l'amitié de la famille? Lui confirmer qu'il est le bienvenu même s'il est marié à une autre femme? Romuald s'en veut. De gros bancs de neige dissimulent la route. Souvent, il s'enfonce jusqu'aux genoux. Quand il frappe à la porte de Marie-Louise, elle l'accueille bouche bée.

— Je cherche Delphis Breton, marmonne l'autre, gêné.

Marie-Louise fronce les sourcils.

— Delphis est pas icitte. Je l'ai pas vu depuis trois semaines. Qu'est-ce qui s'passe?

Romuald Pépin est forcé de lui dire que son mari a quitté sa maison au milieu de la nuit et qu'il avait «laissé entendre» qu'il lui rendrait peut-être visite avant de rentrer au magasin.

— J'vous garantis que je l'ai pas vu.

Les deux se regardent, inquiets. Où se trouve-t-il? Romuald retourne chez lui. Assises devant leurs tasses de thé, Elmina, Fleurima et Philomène l'interrogent des yeux.

— Y é pas là. A jure qu'a l'a pas eu de ses nouvelles depuis trois semaines.

— Mon Dieu! pleurniche Elmina. Peux-tu avertir monsieur le curé?

Romuald Pépin file vers le presbytère. Fernando Drouin refuse de croire qu'un autre drame secoue la paroisse. Est-ce que toutes les vérifications ont été faites? Peut-être s'est-il arrêté chez un voisin en raison de la tempête? Hypothèse peu plausible, car il serait revenu à la maison à l'heure qu'il est.

— Il faut organiser des recherches malgré le mauvais temps, suggère le prêtre. Allez frapper à toutes les portes et demandez à tous les hommes d'y participer. Assurez-vous que les voisins de la Marie-Louise sont mis à contribution.

Une demi-heure plus tard, une douzaine d'attelages battent la route entre la résidence de Romuald Pépin et celle de Marie-Louise. Achille et son père se joignent au groupe. Mais où chercher? La neige recouvre tout. Se serait-il réfugié dans une grange? Engourdi par la bagosse, dort-il encore enseveli dans le foin?

Quand Romuald revient chez Marie-Louise, il propose de fouiller l'étable avec l'aide d'Achille. Elle ne comprend pas pourquoi il aurait choisi de passer la nuit au froid plutôt que de frapper à sa porte. Les recherches ne donnent aucun résultat.

Elmina et Fleurima sont en pleurs. Philomène Pépin, agenouillée devant la statue de la Vierge, récite le chapelet. Elles attendent les nouvelles avec encore un mince filet d'espoir. Pourquoi cette damnée tempête ne décolère-t-elle pas?

Vers midi, Achille Côté hurle de tous ses poumons. Son père accourt aussitôt. À la croisée de la route et du sentier qui mène à la maison de Marie-Louise, le bout d'une botte se détache d'un monticule de neige. Craintifs, les deux hommes n'osent pas tirer dessus. Quand Romuald et Nolasque Boulet

316

s'approchent, ils hésitent un instant, redoutant ce qu'ils vont trouver. Nolasque se penche, dégage la botte avec ses mains, repousse la neige vivement et découvre le corps gelé de Delphis. Mort, selon toute évidence. Il le soulève, tente de plier un bras, mais le cadavre est rigide. Achille se sauve à la course. Nolasque met la dépouille sur son traîneau et prend congé des autres.

Se sentant terriblement responsable de la mort de Delphis, navré en pensant à la douleur de sa fille qui cherchait depuis si longtemps le mari idéal, Romuald se charge d'annoncer la mauvaise nouvelle aux trois femmes.

— On l'a r'trouvé gelé ben dur dans l'banc d'neige devant la maison d'la Marie-Louise.

Un silence stupéfait tombe sur le groupe.

— Mort de froid? Mais pourquoi je l'ai pas empêché de partir? s'écrie Fleurima en éclatant en sanglots.

La nuit dernière, la jeune femme a eu un mauvais pressentiment. Elle a même songé à reconduire Delphis chez lui, mais la tempête l'en a découragée. Elle va bientôt cacher son désespoir dans sa chambre pendant qu'Elmina s'effondre et que Philomène fait son signe de croix.

— Non, non! sanglote Elmina, ses épaules sautillant comme la cascade de la rivière Flamand.

Quand Bi Côté frappe à sa porte, Marie-Louise devine la mauvaise nouvelle.

— Vous l'avez r'trouvé?

Bi tortille le revers de son manteau, cherchant les bons mots.

— Mort raide, dans l'banc d'neige en face de ta maison.

Bi Côté tourne les talons et disparaît. Marie-Louise se laisse tomber dans sa chaise berçante, incapable de voir clair dans les pensées contradictoires qui se bousculent dans son esprit. Pourquoi Delphis voulait-il la voir à deux heures du matin? Pour lui annoncer qu'il partait définitivement? Il aurait pu choisir un meilleur moment. Le seul effet de la bagosse? Se sentait-il coupable de la laisser seule avec son père le jour de Noël? Toutes ces explications ne tiennent pas la route. Rapidement, elle réalise qu'on la rendra responsable de la mort de son mari, même si elle n'y a pas été mêlée. Elle se dépêche de jeter au feu le petit sachet de poison qu'elle avait gardé pour Delphis. Que faire maintenant? En tant qu'épouse légitime, elle devrait s'occuper de la suite des choses, mais elle restera à l'écart, comme elle avait prévu le faire en planifiant l'empoisonnement final de Delphis. De toute façon, Elmina et les siens ne voudront pas la voir. Aucun doute dans sa tête, le coroner conclura à une mort accidentelle. Est-ce que ce sera suffisant pour faire taire ses détracteurs? En entendant des petits coups frappés à la porte, Marie-Louise hésite avant d'aller répondre. Dès qu'elle ouvre la porte, le vent s'engouffre et Thérèse Côté s'empresse d'entrer.

— J'me d'mandais si t'avais besoin d'parler, hasarde sa voisine.

— Pas vraiment. Y a rien à dire.

Le ton de Marie-Louise est froid. Aucune émotion.

— C'est mieux comme ça, ajoute Marie-Louise. Pis, merci ben d'être venue.

73

La nuit a finalement maté le vent, mais la tempête a déversé une telle quantité de neige que tout déplacement reste périlleux. Le corps de Delphis Breton repose sur un tréteau dans le hangar attenant au magasin. Après la cérémonie funèbre, la dépouille sera conservée dans la chapelle des neiges, ce petit abri du cimetière qui accueille les morts en hiver, en attendant que le sol dégèle au printemps.

Désemparée, Elmina a demandé à Augustin Leclerc de se rendre à Beauceville pour prévenir sa fille Aldérie, mais il n'a pas encore osé prendre la route. Et quelle route? Comment en repérer le tracé? «Catin de Bon Dieu, j'me rendrai jamais!» Saint-Benjamin est coupé du reste du monde, comme après chaque tempête. Il faudra quelques jours avant que la vie retrouve son cours normal.

La nouvelle de la mort de Delphis commence à peine à se répandre dans le village, suscitant des réactions diverses. La plupart des gens sont portés à croire que Marie-Louise a jeté un sort à son mari et qu'elle est la seule responsable de cette mort tragique. Mais il y a tant de zones d'ombres. Que faisait Delphis avec Fleurima? N'aurait-il pas dû être avec sa femme? Ou avec sa mère à la maison? Pourquoi a-t-il décidé de rendre visite à Marie-Louise, au beau milieu de la nuit, et en pleine tempête à réveiller les morts? Est-ce le diable qui l'y a poussé, avant de le tuer et de l'enfouir dans la neige devant la maison de Marie-Louise? Autant de questions sans réponses.

— Y paraît qu'y était ben soûl, murmure Augustin Leclerc à Nolasque Boulet.

Le curé a demandé aux deux hommes de déneiger l'entrée de l'église, le bedeau, «ce misérable traîne-la-patte», étant encore une fois trop fatigué pour accomplir cette tâche éreintante.

— Y aurait dû faire attention. Moé, j'me suis toujours méfié de la bagosse à Romuald. J'sais pas c'qu'y met d'dans, mais a m'a déjà fait ben tort, pis pendant plusieurs jours.

Que Delphis ait été ivre, ivre mort ou malade, selon les différentes versions, ajoute encore au mystère. Fleurima l'a-t-elle enivré pour l'empêcher de se rendre auprès de Marie-Louise? Et si elle était la vraie coupable? Toutes les hypothèses s'entrecroisent, plus farfelues les unes que les autres.

La faute de Fleurima? Voilà l'explication privilégiée par Marie-Louise, qui n'a pas dormi depuis la découverte du cadavre. Elle a examiné tous les aspects du casse-tête. Certes, elle avait l'intention de le tuer, mais elle ne l'a pas fait. Elle n'a rien à se reprocher, c'est lui qui a quitté le foyer conjugal et, qui plus est, s'est acoquiné avec une autre femme. Ils ne pourront jamais l'incriminer. Le curé et sa cour voudront faire croire qu'elle a invoqué le diable, puisque Delphis est venu mourir devant sa porte. Qu'ils essaient seulement de le prouver! Même si son innocence ne fait aucun doute dans sa tête, cela ne lui rendra pas la vie plus facile pour autant. Ses détracteurs trouveront plein de raisons pour la condamner sans procès, mais elle entend se défendre bec et ongles. Ils ne pourront jamais l'incriminer ni la forcer à quitter la paroisse comme le souhaite le curé. Une question plus pressante la hante: devrait-elle assister à la cérémonie funéraire? Si oui, quel accueil recevra-t-elle?

Dès son arrivée, le lendemain, Aldérie décrète que le magasin restera fermé jusqu'à nouvel ordre. Personne n'a le cœur au commerce. Elle est particulièrement inquiète de la réaction de sa mère, qui vient de perdre son mari et son fils en moins d'un an. «J'ai peur qu'elle se laisse mourir, a-t-elle dit à son frère Blaise, arrivé de Québec par le train. Parce qu'il était plus fragile, elle aimait Delphis plus que tous nous autres réunis.»

Aldérie appréhende les prochains jours. Elle aura des décisions importantes à prendre très rapidement. Qui veillera sur sa mère? Que faire du magasin? Lancer un appel à Fleurima qui en connaît un peu les rouages? Mais elle est tellement bouleversée par la mort de Delphis qu'elle refusera probablement la proposition. Il n'y a pas de solution immédiate. Ni elle, ni son frère, ni leurs sœurs n'ont le moindre intérêt dans l'affaire.

— On a deux choix, résume Blaise. Engager des employés ou le mettre en vente.

Aldérie penche du côté de cette deuxième option. «Maman viendra vivre avec moi à Beauceville», promet-elle.

À l'église, le lendemain, les paroissiens sont nombreux autour du cercueil de Delphis. Elmina est soutenue par ses filles. Elle n'a jamais semblé aussi fragile. Fleurima et sa mère ont les traits tirés des gens privés de sommeil. Quand Marie-Louise arrive, à la surprise générale, Aldérie l'apostrophe aussitôt.

— Tu vas payer ça, mais j'aime encore mieux le voir mort que de le savoir avec toi.

Marie-Louise la dévisage durement, mais évite de répliquer. Elle le fera au moment opportun. Elle trouve une chaise près de Thérèse Côté et en chasse Achille qui restera debout à l'arrière de l'église. Tous les regards sont tournés vers elle. Marie-Louise ne baisse pas la tête. Elle jette un long coup d'œil au cercueil de son mari. Hormis un peu d'agacement, son cœur ne s'émeut pas. Delphis ne représentait plus rien pour elle, sinon quelqu'un dont elle voulait se débarrasser parce qu'il l'avait humiliée et trahie.

Quand le curé fait son entrée, il a un instant d'hésitation en l'apercevant. Devrait-il la chasser de l'église? Il l'interpellera pendant le sermon. À peine a-t-il entonné le Kyrie que Fleurima Pépin éclate en sanglots et sort en courant, avec sa mère dans la foulée. Alors que tous les fidèles les suivent des yeux, Marie-Louise feint de les ignorer. Elle tient à la perfection le rôle de l'épouse éplorée qui s'élève au-dessus de la mêlée, laissant à la maîtresse éprouvée le soin de verser toutes les larmes de circonstance. Elle se surprend même à se réjouir du malheur de sa rivale.

— Les desseins de Dieu sont insondables, dit le prêtre, mais aujourd'hui, il est très clair qu'il nous envoie un message sans équivoque. On ne s'acoquine pas au diable, surtout si on est une femme faible et incapable de lui résister. Possédée du démon, hurle-t-il soudain en pointant Marie-Louise du doigt, sors de mon église immédiatement. *Retro, satana !*

Un silence opaque enveloppe l'assemblée. Stoïque, Marie-Louise ne bouge pas, si ce n'est d'un léger haussement d'épaules. Dans la nef, les fidèles sont embarrassés par le mauvais théâtre de leur pasteur, mais il n'en a pas encore fini avec eux.

— Je le répète, il n'y a pas de place pour Satan dans cette église. Sors !

Marie-Louise le dévisage durement. Elle ne bouge pas. Thérèse Côté a passé son bras autour du sien, en solidarité. Le curé fait une longue pause, les yeux fixés sur elle. Les fidèles sont de plus en plus mal à l'aise. Quand le prêtre se tourne vers les marguilliers, en les implorant du regard de chasser la pécheresse, ils baissent tous les trois les yeux. Fernando Drouin maugrée et se résigne à poursuivre son sermon, mais il en change l'orientation.

— On ne bafoue pas la religion. Quoi qu'il arrive et malgré les difficultés, le mariage est indissoluble. Je n'aurais jamais accepté et je n'accepterai jamais qu'on transgresse un aussi noble sacrement. Je m'oppose de toutes mes forces à ces fréquentations clandestines. Je ne tolérerai jamais l'adultère, quelles qu'en soient les raisons.

Elmina relève la tête. Indissoluble ? Adultère ? Ne lui a-t-il pas dit à mots à peine couverts que Dieu pardonnait tout ? Ne lui a-t-il pas laissé entendre qu'il fermerait les yeux sur l'union condamnable de Fleurima et Delphis ? Aujourd'hui, alors que le scandale ébranle la paroisse et humilie sa famille, le voilà qui revient sur sa parole. Quel hypocrite !

74

Une semaine plus tard, en raison des rumeurs persistantes et à l'insistance de la famille, le curé demande au coroner d'examiner les entrailles de Delphis.

— Il vaut mieux en avoir le cœur net, plaide Aldérie auprès du prêtre. Mon frère n'était pas le plus robuste des hommes, mais qu'il meure gelé dans un banc de neige, ça ne me rentre pas dans la tête. Ma mère est certaine qu'une mystérieuse maladie, peut-être provoquée par un empoisonnement, l'avait beaucoup affaibli.

Elle n'a eu aucune difficulté à convaincre le prélat, qui serait trop heureux d'incriminer Marie-Louise Gilbert. La disparition de Delphis lui fournit l'occasion rêvée d'éliminer pour de bon cette diablesse.

Le coroner Rodolphe Labbé, un médecin de Québec, arrive deux jours plus tard. Le bedeau sort le corps de Delphis de la chapelle des neiges en rouspétant. L'idée de transporter un cadavre lui donne un haut-le-cœur. Il le dépose sur une table dans la sacristie en attendant qu'il dégèle.

— Il a été très malade dernièrement, dit le curé. Sa mère se demande si on n'a pas tenté de l'empoisonner. Sa femme est une possédée du démon que je n'ai pas encore réussi à exorciser.

Le coroner plisse les yeux. Une possédée? La remarque du prêtre l'étonne. Il refrène un petit rictus. Blague-t-il? Il a déjà entendu de tels propos, mais jamais dans la bouche d'un ecclésiastique.

— L'empoisonner avec quoi? demande-t-il.

Le curé hausse les épaules, il ne peut que spéculer. Mort-aux-rats, arsenic, Vert de Paris?

— On va voir ça, répond le médecin, un gros homme joufflu, le crâne dégarni, le sourire engageant.

Fernando Drouin se garde bien de lui dire que Delphis Breton a consommé une grande quantité de bagosse quelques heures avant de mourir. Et encore moins de lui raconter que Romuald Pépin en fabrique une de très mauvaise qualité. D'ailleurs, Fernando Drouin se donne comme prochaine mission de mettre fin à ce commerce clandestin et d'éliminer tous les alambics de la paroisse.

— Vous avez besoin d'aide? s'enquiert le prêtre.

— Non, non. J'en ai jusqu'à midi, tout au plus.

Le coroner met plus d'une heure à examiner le cadavre. Une fois son travail terminé, il demande au bedeau de retourner le corps dans la chapelle des neiges. Cette fois, Lucien Veilleux s'esquive et ordonne à son fils d'effectuer cette besogne dégoûtante.

— Je vous donne des nouvelles très bientôt, monsieur le curé. Je vous enverrai un certificat de décès en même temps. Au revoir.

Trois jours plus tard, le rapport du coroner tombe sur le bureau du curé.

«La mort de Delphis Breton est accidentelle. Elle est due au froid. Il y avait dans son système une quantité importante d'alcool. Je ne vois pas la nécessité d'entreprendre une enquête plus approfondie. Rien n'indique qu'un acte criminel a été commis.

Bien à vous. Rodolphe Labbé, coroner.»

Très déçu, le curé met le rapport dans la poche de son manteau et se rend au magasin. Elmina, Aldérie et Blaise, le fils aîné, sont encore plus frustrés des conclusions. Sont-elles crédibles? Le prêtre n'ose pas remettre en question la compétence du médecin.

— Si le poison a été administré à Delphis il y a quelques semaines, c'est peut-être plus difficile à détecter.

— C'est probablement pour ça qu'il n'a vu que la bagosse, opine Blaise Breton.

Il examine ensuite le certificat de décès et fronce les sourcils.

— Comment se fait-il qu'il a été émis au nom de Marie-Louise Breton?

— Je n'y peux rien, reconnaît le curé. La loi est ainsi. Ils étaient mariés, donc le certificat revient à sa femme.

— Marie-Louise Breton, s'indigne Aldérie. Je peux pas le croire. C'est une honte pour la famille. Je refuse qu'elle porte notre nom.

— Il est un peu tard pour y penser, observe son frère.

Assise un peu en retrait, Elmina écoute la conversation en branlant la tête de dépit. Marie-Louise Breton! Autant recevoir un coup de massue. Cela aurait pourtant dû être évident dès la journée du mariage.

— Que diriez-vous si j'allais voir le chef de la police provinciale et que je lui demandais de faire enquête? suggère Blaise.

Elmina a un geste d'impatience. Et si un examen plus poussé révélait que c'est la bagosse de Romuald Pépin qui est en cause? Elle se souvient d'avoir entendu Vénérin se moquer de lui, parce que chaque fois qu'il en faisait, sa bagosse le rendait malade.

— Il faudrait pas que les Pépin soient accusés à cause de nous, soumet Elmina, même si j'en veux beaucoup à Romuald et à Fleurima de l'avoir laissé boire comme ça. Je me demande si on ne devrait pas renoncer, tout simplement.

Aldérie et Blaise échangent un long regard. À l'évidence, ils ne sont pas d'accord avec leur mère. Le curé semble de leur avis.

— Je comprends vos réserves, madame Breton, mais vous connaissez cette femme encore mieux que moi. Si on peut profiter de l'occasion pour se débarrasser d'elle à tout jamais, on ne devrait pas hésiter. Ce serait faire un grand honneur à votre fils.

Elmina esquisse une moue de résignation.

— Je retourne à Québec demain, dit Blaise. Je prendrai rendez-vous avec le chef de la police provinciale. J'ai rien à perdre à essayer. S'il refuse, alors on renoncera.

On frappe à la porte du magasin. Ils trouvent Nolasque Boulet dans l'encadrement. Il a l'air timoré.

— J'voulais juste vous informer que ma Pauline pense avoir vu quelqu'un sortir de la maison de la Marie-Louise pendant la nuit de Noël. A mettrait pas sa main au feu à cause de la poudrerie, mais a l'a ben cru que la personne est tombée dans la neige, mais a l'a perdue d'vue après ça.

Le curé en salive de plaisir. La voilà, la preuve irréfutable! Marie-Louise a attiré Delphis chez elle et, constatant qu'il avait bu, elle l'a renvoyé à sa mère, en sachant fort bien qu'il ne pourrait pas faire cinquante pieds avant de s'écraser et de mourir gelé.

— De chez vous, monsieur Nolasque, l'interroge Blaise Breton, on aperçoit bien la maison de Marie-Louise, même pendant une tempête de neige?

— Tu peux venir voir par toé-même, mais oui, on la voit ben.

— Merci, monsieur Nolasque.

Le curé lui emboîte le pas et les deux hommes sortent du magasin.

— Tu penses que ça suffira? demande Aldérie à son frère.

Blaise Breton a des réserves. Reconnaître quelqu'un à plus de cinq cents pieds au beau milieu d'une tempête de neige et en pleine nuit – il n'est pas certain qu'un éventuel témoignage de Pauline Boulet serait crédible. Mais tout ce qu'il a besoin, c'est d'un témoin pour convaincre la police d'enquêter.

75

Blaise Breton ne lésine pas sur les arguments pour convaincre la police provinciale. La tentative d'empoisonnement de Delphis, les invocations diaboliques de Marie-Louise, les deux tentatives de l'exorciser, la mort de Vénérin, tout y passe. Sans grand succès. Le chef, Jean-Paul Kelly, estime que les relations avec le diable relèvent de l'imaginaire, que le seul témoin n'est pas crédible et que le rapport du coroner est très clair, il n'y a pas lieu de croire qu'un crime a été commis.

— Laissez-moi faire quelques vérifications et je vous reviens dès demain.

Jean-Paul Kelly raccompagne Blaise Breton à la porte, retourne à son bureau et jette ses notes à la poubelle. «Dossier clos, pense-t-il, je ne gaspillerai pas le temps de mes détectives sur une cause aussi farfelue.» En fin d'après-midi cependant, il doit revoir sa décision, quand un représentant de l'évêché demande à le rencontrer.

— Le curé de Saint-Benjamin nous a fait parvenir un compte rendu détaillé des agissements de Marie-Louise Gilbert. Nous avons toutes les raisons de croire qu'elle est possédée du démon et qu'elle serait responsable de la mort de son mari. Nous aimerions beaucoup que vous vous penchiez sérieusement sur cette affaire avant qu'elle ne prenne des proportions démesurées.

Jean-Paul Kelly se gratte la tête. Comment dire non au cardinal Bégin? S'il ose le faire, le gouvernement interviendra à son tour. Il est coincé et, en raison de ses démêlés récents avec le chef de cabinet du procureur général de la province, qui s'adonne à être le premier ministre Louis-Alexandre Taschereau, il est préférable d'accéder à la requête de Sa Grandeur.

Les détectives Onézime Giroux et Roland Gadbois se chargent de l'enquête préliminaire. Ils ont un mandat pour effectuer toutes les fouilles nécessaires et interroger les personnes liées de près à l'affaire. Dès leur arrivée à Saint-Benjamin, ils installent leurs pénates dans l'école, le seul local assez grand pour accueillir les enquêteurs, les témoins et les curieux. La nouvelle fait beaucoup de bruit. La conclusion est évidente, Marie-Louise Gilbert sera jugée et pendue, et pourquoi pas sur le perron de l'église? Le curé s'en frotte déjà les mains. Quand Pitre Bolduc l'a informée de l'enquête préliminaire, Marie-Louise n'a pas semblé ébranlée. Elle ne se défilera pas.

Le lendemain, la salle de classe déborde avant même l'arrivée des deux policiers. Marie-Louise est debout à l'arrière, en compagnie de Pitre. Le premier témoin convoqué par les deux enquêteurs est Romuald Pépin. Les deux mains rivées sur le siège de sa chaise, il mouille ses lèvres de sa langue. Onézime Giroux brandit le rapport du coroner.

— Monsieur Pépin, commence-t-il, quelle quantité de bagosse Delphis Breton a-t-il consommée durant la nuit de Noël?

— Trois verres, j'pense ben.

— Trois grands verres?

Romuald fait oui de la tête.

— Trois verres pour quelqu'un qui n'a pas l'habitude, c'est beaucoup.

Cette fois, le témoin fronce les sourcils, mais ne répond pas.

— Ben souvent, poursuit le détective, ce genre de bière frelatée est de piètre qualité et très dangereuse. Pouvez-vous garantir que la vôtre ne représentait aucun danger?

Romuald se contente de hausser les épaules. Silence embarrassé dans la salle de classe. La «bagosse de pétaques» de Romuald a mauvaise réputation, mais personne ne le dénoncera. Comme bien d'autres, il fait fermenter des patates dans de grosses cruches en terre cuite en arrière du poêle. Parfois, les bouchons sautent. Romuald les remet. La fermentation doit durer un mois. Pourquoi la bagosse de Romuald vous rend-elle malade? «Parce qu'y prend des pétaques pourrites!» a dit Augustin Leclerc.

— J'en ai bu moé itou pis j'ai pas été malade, affirme Romuald d'une voix peu convaincante.

Par la suite, Fleurima Pépin, la larme à l'œil, raconte qu'elle a voulu empêcher Delphis de boire, qu'elle a tout fait pour le convaincre de ne pas aller chez Marie-Louise, qu'elle a même songé à le raccompagner et que ce n'est que le lendemain qu'elle a appris sa mort.

— C'est comme s'il y avait une force mystérieuse qui le poussait vers elle.

Marie-Louise ravale sa langue et se retient de l'admonester. Son tour viendra. À midi, la séance est suspendue pour la journée. En début d'après-midi, les deux policiers frappent à la porte de Marie-Louise, armés d'un mandat les autorisant à fouiller la maison, l'étable et la grange, de fond en comble. Elma jappe de tous ses poumons.

— Faites comme chez vous, répond-elle laconiquement.

Elle fait sortir la chienne. Avec précautions, prenant bien soin de tout replacer, ils examinent tous les recoins, demandant même la permission de vérifier le fond des poches de pantalon de Caius, dont les divagations les indisposent.

— Il est comme ça depuis deux ans, leur apprend Marie-Louise, qui ne semble pas dérangée le moins du monde par les deux visiteurs. Faites-vous-en pas, y est pas dangereux!

Quand l'un d'eux ouvre la poivrière et en sent l'odeur, elle a un moment d'inquiétude. Elle aurait dû la vider complètement. Mais le policier la referme aussitôt. Ils passeront ensuite près de deux heures dans la grange et l'étable avant de repartir les mains vides.

— N'oubliez pas de venir témoigner demain, lui rappelle Roland Gadbois.

Comme chaque année en janvier, le temps doux ravine la route. Augustin Leclerc n'a qu'une chemise sur le dos quand il se rend à l'école pour la deuxième journée de l'enquête.

— Catin de Bon Dieu, on s'crairait en été !

Marie-Louise est étonnée et inquiète quand elle constate que Pauline Boulet est le premier témoin de la matinée. Pourquoi ? Cette dernière est tellement nerveuse que les policiers doivent lui donner deux fois l'occasion de reprendre son souffle.

— Quelle température faisait-il cette nuit-là, madame Boulet ?

— Pas ben beau. Y neigeait pis y ventait ben gros.

— Vous avez reconnu l'homme que vous avez vu ? Vous ne dormiez pas ?

— J'regarde toujours dehors quand j'me lève la nuit.

Elle fait une longue pause.

— De loin, bredouille-t-elle, y r'semblait à Delphis Breton.

Marie-Louise n'en croit pas ses oreilles. Quelle menteuse ! À n'en pas douter, ce témoignage est un coup monté. Quelqu'un l'a forcée à faire une fausse déclaration. Elle n'est pas crédible. «On voyait pas à dix pieds devant l'bout de son nez.»

— Vous jurez sur l'Évangile que vous avez bien reconnu Delphis Breton ? Vous savez qu'un faux témoignage peut vous conduire tout droit en prison ? lui explique Roland Gadbois. Vous êtes bien certaine que c'était lui ?

Elle hésite longuement, se tourne vers Nolasque dont le visage est impassible.

— Non.

Marie-Louise est soulagée. Les deux policiers ne sont pas surpris. Comment aurait-elle pu identifier Delphis alors qu'on ne voyait ni ciel ni terre ? Les enquêteurs entendent ensuite Elmina Breton. Soutenue par Aldérie, frêle, elle s'assoit devant

330

les deux hommes. Ils l'interrogent avec compassion, mais n'obtiennent aucune réponse convaincante.

— Vous pouvez nous démontrer clairement que Marie-Louise Gilbert a tenté d'empoisonner votre fils?

— Il a été ben malade pendant une dizaine de jours.

Pressée par Onézime Giroux, elle est forcée d'admettre que Delphis a toujours été un enfant fragile et souvent malade. L'a-t-elle encouragé à retourner vivre avec sa femme? Non, elle avait peur qu'elle le fasse mourir. Croit-elle que Marie-Louise Gilbert est possédée du démon? Elle hésite entre oui et non. Le détective en a assez entendu.

— Avant de questionner madame Marie-Louise Breton, notre dernier témoin, nous ferons quelques vérifications chez vous, dans les affaires de votre fils, dit le policier à Elmina.

Marie-Louise lève la main. Les policiers lui donnent la parole.

— Je r'fuse qu'on m'appelle Breton. J'veux pas de ce maudit nom-là! Mon nom, c'est Gilbert.

Un grondement sourd roule dans la salle. Les policiers opinent de la tête.

— Nous ajournons jusqu'à une heure cet après-midi.

Jusqu'à maintenant, l'enquête ne rime à rien. On dirait que les deux policiers sont pressés d'en finir. Plusieurs villageois sont frustrés. Pourquoi n'interrogent-ils pas le curé, les habitués du magasin, les voisins de Marie-Louise, Achille Côté? Comme si tous souhaitaient avoir l'occasion d'ajouter un élément à la preuve, comme s'ils voulaient que le spectacle se poursuive le plus longtemps possible.

Mais les deux enquêteurs ont reçu des directives très claires de leur supérieur. «N'interrogez que les témoins pertinents et ne perdez pas trop de temps avec les niaiseries reliées à la sorcellerie. C'est improuvable devant un tribunal.»

Dans la maison d'Elmina, les deux enquêteurs font d'abord le tour de la chambre de Delphis sans rien y découvrir d'intéressant. Ils vont repartir quand Onézime Giroux ouvre le tiroir sous le comptoir du magasin. Des documents en tombent. Roland Gadbois est intrigué par une feuille qu'il déplie, et lit en fronçant les sourcils. Il la tend à son collègue.

— Regarde ce que je viens de trouver.

L'autre parcourt la lettre et branle la tête. Pourquoi Elmina n'en a-t-elle pas parlé? N'est-ce pas la confirmation que Marie-Louise Gilbert n'avait aucune intention malveillante?

— Nous allons quand même l'interroger, propose Onézime Giroux, mais je suis maintenant certain qu'elle sera coriace.

Marie-Louise ne fait pas attention aux murmures qui soulignent son arrivée. Elle s'installe devant les deux policiers, les bras croisés, et les regarde d'un air de défi.

— Vous avez vu Delphis Breton, cette nuit-là?

— Non. Quand j'm'sus couchée, on ne voyait pas de l'autre côté de la route, encore moins la maison de Nolasque Boulet.

Des murmures montent dans la salle.

— Tenez-vous-en aux questions, madame Breton... pardon, Gilbert. Vous jurez sur l'Évangile que vous l'avez pas vu?

— Je l'jure. S'y était venu, j'l'aurais pas renvoyé en pleine tempête, mais y m'a laissée y a trois semaines pour s'acoquiner avec Fleurima Pépin. Si quequ'un l'a empoisonné, c'est elle.

Les policiers s'impatientent. Le mécontentement est palpable. L'arrogance de Marie-Louise les importune.

— Vous n'avez jamais tenté d'empoisonner Delphis Breton?

Marie-Louise se fait cinglante.

— Si quelqu'un l'a empoisonné, c'est ceux qui lui ont faire boire d'la bagosse. Tout l'monde sait dans l'village qu'y faut jamais toucher à la bagosse de Romuald Pépin. Sa fille aurait dû...

— Madame Gilbert, c'est assez!

Devant une nouvelle vague de grondements, plus prononcés encore, Roland Gadbois menace de faire évacuer la salle. Le calme revient lentement. Marie-Louise n'a pas décroisé les bras. Le policier tire une lettre d'une grande enveloppe et la lui tend.

— La reconnaissez-vous?

— Oui, c'est moé qui l'a envoyée à Delphis avant les fêtes.

L'étonnement est total. On pourrait entendre voler une luciole dans la salle. Que dit la missive? Marie-Louise la redonne à Roland Gadbois.

— Vous lui avez remis personnellement la lettre?

— Non, c'est mon voisin, Pitre Bolduc, qui lui a apporté.

— Merci, madame Gilbert. Ne partez pas tout de suite, j'aimerais la lire et demander à madame Breton si elle veut toujours qu'on poursuive l'enquête.

Le policier se racle la gorge et lit la lettre lentement. Aldérie est sidérée. Elmina, la bouche ouverte, ne comprend pas que Delphis ne lui en ait jamais parlé.

Le policier termine sa lecture. Un profond silence tombe sur l'assemblée, coupé seulement par les pleurs d'Elmina et de Fleurima. Marie-Louise a décroisé les bras. Au bout d'une minute, Onézime Giroux se tourne vers Elmina.

— Aviez-vous déjà vu cette lettre, madame Breton?

— Non.

— Diriez-vous qu'elle tend à disculper madame Gilbert?

Elmina Breton éclate de nouveau en sanglots. Aldérie la soutient. Marie-Louise sort de la classe, repoussant vigoureusement ceux qui ne s'écartent pas assez vite de sa voie.

— Madame Gilbert, ne partez pas immédiatement.

76

— Quelqu'un a quelque chose à déclarer, des informations sérieuses qu'on devrait connaître ? demande Onézime Giroux à la cantonade.

Tous se dévisagent, personne n'a rien à ajouter. Certains se préparent à partir quand, soudainement, Augustin Leclerc lève la main.

— On vous écoute, dit Onézime Giroux.

Augustin s'avance, jette un regard furtif à Marie-Louise et se tourne vers les policiers.

— L'an passé, j'ai vu la Marie-Louise pis Achille Côté r'venir de Beauceville. Un de mes amis du magasin Renault m'a dit qu'la même journée, un gars qu'y connaissait pas avait acheté une ben grosse quantité de Vert de Paris. Tard à l'automne comme ça, y était ben surpris, pis la façon qu'y me l'a décrit, c'est le portrait tout craché d'Achille Côté.

Un murmure vite étouffé passe dans l'assistance. Marie-Louise, qui croyait la partie gagnée, fulmine. «Y pourront rien prouver.» Pour la première fois, le curé fait son entrée, le plus discrètement possible, comme s'il avait attendu l'intervention d'Augustin pour se manifester. Il reste debout au fond de la salle.

— Pis, y paraît qu'la même journée, une femme que personne connaissait non plus, avec un grand chapeau, a acheté de l'arsenic pis a l'est r'partie avec le gars qui était allé chez Renault.

Cette fois, les spectateurs grognassent. Elmina et Aldérie se tiennent la main, tout à coup revigorées. Les deux policiers se consultent à voix basse. Marie-Louise cherche Achille des yeux, mais ne le voit pas.

— Est-ce qu'Achille Côté est dans la salle? demande Roland Gadbois.

Chacun regarde autour de soi, il est introuvable.

— Quelqu'un peut le retrouver? En attendant, madame Gilbert, pouvez-vous vous approcher?

Marie-Louise prend bien son temps.

— C'est vous qui êtes allée à Beauceville, cette journée-là?

— Oui.

— Avec Achille Côté?

— Oui.

— Pour y faire quoi?

— Des commissions.

L'enquêteur s'impatiente. Pourquoi faut-il lui arracher chaque mot, elle qui était si volubile quelques minutes auparavant? Pitre Bolduc est de retour avec Achille qui tend aussitôt l'oreille au témoignage de Marie-Louise.

— Allons droit au but, madame Gilbert : vous avez acheté du Vert de Paris et de l'arsenic?

— Oui, pour mon usage personnel sur ma terre.

— Vous n'en avez jamais utilisé sur les humains?

— Je vous l'ai déjà dit, non. Vous avez fouillé tous les recoins de ma maison et de mon étable. Vous en avez trouvé?

Les deux enquêteurs ignorent sa provocation. Leurs recherches ont été vaines, mais qui dit qu'elle n'a pas enfoui le poison quelque part dans le sol recouvert de trois pieds de neige? Onézime Giroux, qui veut en finir au plus vite et quitter ce village déprimant, a maintenant un doute en tête, celui du policier expérimenté qui est capable de détecter le mensonge dans le comportement d'un témoin. La belle assurance de

Marie-Louise, poussée jusqu'à l'arrogance, lui laisse croire qu'elle n'a pas la conscience en paix.

— Et pourquoi à Beauceville?

Marie-Louise a un sourire narquois.

— Vous vous imaginez toujours pas que j'allais au magasin des Breton? Je me respecte un peu plus que ça!

Cette fois, le policier est sérieusement agacé par le comportement de Marie-Louise. Dans la salle, le mécontentement s'accentue.

— J'tez-la en prison pis pendez-la! hurle un homme.

Marie-Louise a reconnu Nolasque Boulet qui tente de se faire élire maire de la paroisse. Au nombre de voix favorables qui ont salué son esclandre, ses chances de l'emporter sont bonnes.

— À l'ordre, s'il vous plaît. C'est tout, madame Gilbert. Est-ce qu'Achille Côté est arrivé?

Pitre Bolduc lui souffle quelques mots à l'oreille. Il s'approche lentement, la peur au visage. Il jette un rapide coup d'œil à Marie-Louise qui le regarde avec douceur. «Non, il ne me trahira pas», pense-t-elle. Il n'est peut-être pas doté d'une intelligence supérieure, mais elle est certaine qu'il a assez de jugement pour ne pas l'incriminer.

— Monsieur Côté, vous êtes allé à Beauceville avec madame Gilbert pour acheter du Vert de Paris et de l'arsenic?

— Oui.

Achille explique ensuite qu'il a acheté le Vert de Paris chez Renault et que Marie-Louise a acheté l'arsenic et les bonbons à la pharmacie Deschênes. Quand Onézime Giroux lui demande pourquoi ils se sont séparé les tâches, il hausse les épaules comme si ce n'était pas important. Une nouvelle vague de chuchotements parcourt la salle.

— Vous savez ce qu'elle en a fait, de ces produits?

— C'était pour faire mourir du chiendent pis les chicots dans l'abattis qu'a l'a faite à l'automne.

«Bonne réponse», songe Marie-Louise.

— Selon vous, insiste Onézime Giroux, elle a tout utilisé ce qu'elle avait acheté?

— Me semble, oui.

— Elle n'en a pas gardé pour autre chose?

— J'pense pas, non.

Dans la salle, ils sont nombreux à hocher la tête. Achille et Marie-Louise sont-ils de connivence? Les deux policiers se regardent. Doivent-ils aller plus loin? Que tirer de plus d'Achille et de Marie-Louise?

— Quelqu'un d'autre dans la salle aurait des informations à nous communiquer?

Silence. Marie-Louise fait mine de partir quand le prêtre s'approche des deux policiers.

— Pour en avoir le cœur net, la seule solution, c'est de demander à vos experts d'examiner sérieusement le corps de Delphis Breton, ils pourraient bien y trouver du poison. C'est tout ce que j'avais à vous dire.

Des bruits d'approbation montent dans la salle, même si l'idée d'éviscérer le cadavre de Delphis répugne à plusieurs, à commencer par Elmina, qui se cache le visage dans ses mains. Aldérie passe son bras autour de l'épaule de sa mère.

— D'abord, laissez-moi vous rappeler que le coroner Rodolphe Labbé est l'un des meilleurs, sinon le meilleur de la province de Québec. Permettez-moi d'ajouter que nous ne pouvons pas prendre une telle décision sur-le-champ, continue Roland Gadbois. Je devrai consulter mon directeur et je vous en donnerai des nouvelles le plus tôt possible. Entre-temps, je demanderais à Marie-Louise Gilbert et à Achille Côté de ne pas quitter le village. Merci.

Marie-Louise sort de la salle en trombe, furieuse, faisant tomber au passage Augustin Leclerc qui ne s'est pas enlevé de son chemin assez rapidement.

— Catin de Bon Dieu, tu m'parles d'une énarvée!

77

Deux jours plus tard, vers la fin de l'après-midi, le médecin légiste, Arthur Lemieux, arrive au village. La police provinciale a fait appel à un de ses officiers qui a une longue expérience. Complet élégant, lunettes épaisses, manteau en fourrure d'opossum, il cogne à la porte du presbytère et, sans plus de préambule, se fait indiquer par le curé où est le cadavre de Delphis Breton. Le prêtre le conduit à la chapelle des neiges.

— On détecte ça facilement, des traces d'arsenic dans le sang? demande Fernando Drouin, plein d'espoir.

Arthur Lemieux n'a pas l'habitude de discuter de son travail. Il passe tout son temps dans son laboratoire et ne rend de comptes qu'à ses supérieurs. Il est de nature prudente, mais il n'a aucune raison de se méfier d'un prêtre.

— Si on en trouve, ce ne sera pas dans le sang, mais dans les viscères, réplique le médecin légiste. Et ça dépendra du temps qui s'est écoulé entre l'absorption et la mort, et bien sûr de la quantité qu'il a avalée. Habituellement, quand on veut empoisonner quelqu'un, on en utilise une bonne dose et c'est très facile à détecter.

Le curé est encouragé. La description de la maladie de Delphis faite par Elmina lui laisse croire que le malheureux avait absorbé une bonne quantité d'arsenic. Arthur Lemieux se rend dans la chapelle des neiges, sort un tablier de son sac, se l'attache autour de la taille et retire le drap blanc qui recouvre le corps de Delphis. Le redoux aidant, le cadavre n'est pas congelé. Le prêtre l'observe dans l'encadrement de la porte. Le cercueil de la vieille Imelda Laflamme, décédée en décembre, repose sur une table. Le médecin tire quelques instruments de son sac, examine les marques laissées sur la peau par le premier coroner, éviscère le cadavre et met le tout dans un contenant. Le curé a détourné les yeux, le cœur dans la gorge.

— La putréfaction n'est pas très avancée, dit Arthur Lemieux, mais j'aime mieux apporter les viscères avec moi pour les analyser à fond dans mon laboratoire. Je saurai à quoi m'en tenir demain au plus tard.

Aussitôt arrivé, aussitôt reparti. Encore une fois, le prêtre se demande si le médecin légiste se donne la peine de faire une autopsie complète.

Au village, les lendemains de l'enquête sont teintés d'amertume à l'endroit de Marie-Louise. À première vue, la preuve contre elle est mince et elle s'évaporera s'il ne reste aucune trace d'arsenic dans le corps de son mari. Le problème avec cette preuve, soutiennent plusieurs paroissiens, c'est qu'elle ne tient pas compte de la relation privilégiée qu'elle a avec le diable. Cet oubli les fait enrager.

— Si y avaient pris la peine de demander au monde, y auraient su qu'a l'est possédée, pis que c'est pour ça qu'y faut l'arrêter pis la pendre, décrète Nolasque Boulet.

Sans parler de cette lettre qui menace de tout faire chavirer. Au moment de sa lecture par l'enquêteur, tous étaient persuadés qu'elle démontrait clairement que Marie-Louise n'avait aucune mauvaise intention. Aujourd'hui, ils en sont moins certains. L'a-t-elle écrite en sachant qu'on la retrouverait et que cet écrit suffirait à la disculper?

— J'y cré pas pantoute à c'ta lettre-là. A l'a encore réussi à enfirouaper tout l'monde! éructe Héliodore Bolduc.

Le curé, le seul qui connaît la loi, évite de les contredire. Au contraire, il ferme les yeux sur tous leurs raccourcis et encourage leurs préjugés et idées préconçues. Le moindre détail devient prétexte à pourfendre Marie-Louise.

— J'ai jamais vu un air de beu comme ça! maugrée Augustin Leclerc, qui ne lui a pas pardonné de l'avoir renversé en sortant de la salle d'audience.

Autre source de mécontentement, le magasin général reste fermé. Ni Elmina ni Fleurima n'ont le goût de retourner derrière le comptoir. Aldérie a convaincu sa mère de le vendre. «Si on le vend, a dit Elmina, ce ne sera pas à un étranger.» Mais qui, à Saint-Benjamin, est assez riche pour l'acheter? En attendant, il faut tout faire venir de l'extérieur.

— Catin de Bon Dieu, se lamente Augustin, j'fournis pas, à courir à Beauceville pour faire les commissions de tout un chacun. On a besoin d'un magasin. Si Elmina peut pas s'raplonter, y va falloir qu'a l'vende au plus sacrament!

Le sort réservé au magasin est la dernière préoccupation de Marie-Louise en ce moment. Un problème à la fois. Tout en tentant désespérément de convaincre une brebis d'allaiter ses deux agnelets nés pendant la nuit, elle attend avec appréhension le rapport du médecin légiste. Avec un mélange d'inquiétude et de colère. Et si le médecin légiste trouvait des traces d'arsenic dans les viscères de Delphis? Se peut-il, si longtemps après, qu'il en reste encore quelques résidus? Elle en veut à Nolasque Boulet et au curé qui ont tout fait pour étirer l'affaire. Si elle est exonérée, elle promet de se venger, surtout de Nolasque et de sa femme qui ont inventé de toutes pièces un faux témoignage. Avec l'aide du hibou, elle n'hésitera pas un instant à leur jeter un très mauvais sort.

Malgré ses efforts, Marie-Louise n'arrive toujours pas à ramener sa brebis à des sentiments plus maternels. En désespoir de cause, elle tire le lait de la bête, en remplit une bouteille, y appose une suce et fait boire les deux agnelets. Elle devra répéter le manège aussi longtemps que la brebis ne sera pas mieux disposée à leur endroit!

Deux jours plus tard, alors qu'un froid mordant assaille les hommes et les bêtes, le verdict tombe: «*Je n'ai trouvé aucune trace de poison dans les viscères de Delphis Breton. Il y avait une grande quantité d'alcool frelaté, mais pas de poison. J'en arrive à la conclusion que la mort a été accidentelle. Aucune démarche additionnelle n'est justifiée. Arthur Lemieux, médecin légiste.»*

Dépité, Fernando Drouin lance le rapport sur son bureau. Encore une fois, Marie-Louise a triomphé. Nolasque Boulet propose d'aller voir le député, mais le curé s'y oppose. Cette démarche n'a rien donné dans le passé. Il s'est moqué d'eux lorsqu'ils ont suggéré que Marie-Louise Gilbert était possédée du démon. Sont-ils les seuls habitants de la province de Québec à croire à la sorcellerie?

La frustration est grande dans le village. À l'évidence, Marie-Louise voudra se venger de tous ceux qui grognaient dès qu'un témoignage semblait l'inculper ou l'exonérer.

La frustration, mais la peur aussi. Depuis la dernière invasion de rats, le curé barre les portes du presbytère chaque fois qu'il en sort. Si la Marie-Louise a été à l'origine de la mort de Vénérin et de Delphis Breton, si elle a forcé l'évêché à rappeler le prêtre Vilmond Leblanc, si les rats la suivent, quels autres malheurs provoquera-t-elle? On aurait tant souhaité que la justice réussisse là où l'Église a échoué.

78

Marie-Louise Gilbert jette un coup d'œil par la fenêtre. Le temps est beau, mais froid. Janvier a resserré son emprise. Après le barda, elle se rend chez les Grondin, demande à Achille de faire boire les deux agnelets vers midi et de rester avec son père jusqu'à ce qu'elle revienne de Beauceville.

— À Beauceville encore? l'interroge Achille, intrigué.

— Oui, mais sans toi. J'm'en vais toute seule.

Tant Thérèse qu'Achille brûlent d'envie de connaître les raisons de ce voyage, mais ils n'en sauront rien.

Marie-Louise attelle sa jument au borlot et met le cap sur Beauceville. La route est cahoteuse, sur fond glacé, mais dégagée. Parfois, des plaques de gravier, épandu l'automne dernier, émergent. Dans un peu plus d'une heure, elle sera rendue. La veille, elle a eu une discussion avec Pitre Bolduc. Maintenant que Delphis est mort, Marie-Louise s'interroge: ses biens, incluant le magasin, lui reviennent-ils? Pitre s'est longuement gratté la tête.

— Tu peux être ben sûre qu'y t'laisseront jamais avoir le butin de ton mari, surtout le magasin. Pour l'avoir, tu vas devoir te trouver un maudit bon avocat qui risque de manger ta terre à plaider. Ça coûte cher, un gibier comme ça. Je sais de quoi j'parle.

342

Pitre Bolduc a dû engager un avocat, il y a dix ans, pour défendre son fils qui avait été accusé à tort d'avoir incendié une étable pleine d'animaux. Le procès a duré deux semaines pendant lesquelles il a effectué, tous les jours, le trajet entre Saint-Benjamin et le palais de justice de Saint-Joseph de Beauce.

— Y était bon, votre avocat ?

— Dépareillé, le meilleur de Beauceville, mais ben chérant. J'ai été forcé de vendre la moitié de mes vaches pour le payer.

Marie-Louise ne se laisse pas démonter pour autant. Elle a des économies et elle n'hésiterait pas à dépenser une centaine de piastres pour avoir gain de cause. En arrivant au bureau de l'avocat Édouard Dionne, elle attache sa jument à la rambarde de la galerie, lui jette une grosse couverture sur le dos et cogne à la porte. L'homme vient lui ouvrir.

— Bonjour, madame.

— Bonjour. Mon nom est Marie-Louise Gilbert de Saint-Benjamin. J'aurais besoin de vos services.

Édouard Dionne la détaille. Un autre cas de jalousie ? De mari ivrogne ? Violent ? Toutes ces causes dont la banalité l'horripile. Sans compter la question principale. A-t-elle de quoi payer ? se demande-t-il. Quand elle lui explique que Pitre Bolduc lui a recommandé de le voir, il la fait entrer dans son bureau.

— C'est une histoire de mauvais mariage ? ose demander l'avocat.

— Non, mon mari, Delphis Breton, vient de mourir, mais depuis un mois on vivait pus ensemble. Il était retourné chez sa mère pour s'occuper du magasin qu'a lui a finalement vendu. J'ai pour mon dire que s'il était propriétaire du magasin, ça m'appartient.

L'avocat recule dans sa chaise. Il n'en croit pas ses oreilles. Une chicane de famille avec à la clef un magasin. Voilà un défi qui lui plaît.

— C'est ce que prévoit la loi. Les biens du mari reviennent à sa femme après son décès. Et vous en ferez quoi, du magasin, si vous gagnez votre cause ?

Elle hausse les épaules, elle ne veut pas en parler.

— Si vous avez gain de cause, dit l'avocat, vous pourriez le vendre et empocher les profits…

Renoncer à sa terre et prendre la direction du magasin? L'idée fait sourire Marie-Louise. Elle s'imagine déjà la réaction des villageois en la voyant derrière le comptoir.

— Je n'ai pas décidé, répond-elle.

— Vous savez avec quel notaire il a passé le contrat?

— Non. Y m'a juste dit que sa mère lui avait vendu le magasin. Je devrais dire donner, parce qu'y avait pas une cenne noire qui l'adorait.

— C'est probablement un notaire de Beauceville ou de Saint-Georges, je les connais tous. Ça devrait être facile à trouver. Et vous vous êtes mariés à l'église de Saint-Benjamin? Vous avez signé les registres?

— Oui, mais c'est un curé de Beauceville qui nous a mariés.

Surpris, l'avocat l'interroge du regard.

— Celui de Saint-Benjamin voulait qu'on se marie, mais y voulait pas nous marier. J'ai toujours pas compris pourquoi.

— En partant, votre mari vous a laissé des biens?

— Non, mais j'ai une grosse terre que j'ai héritée de ma famille. Et si vous demandez si j'ai de l'argent pour vous payer, inquiétez-vous pas. Si vous prenez ma cause, je vous donnerai une avance de vingt piastres.

L'avocat ouvre de grands yeux ébahis quand elle lui tend vingt billets d'une piastre, les profits de vingt tirages de cartes.

— Comment est la route vers Saint-Benjamin?

— Ça sabote en masse, mais a l'est passable partout.

— Je m'y rendrai en snow demain. Je parlerai à Elmina Breton et au curé. Je commencerai par trouver les documents et ensuite, je pourrai décider comment procéder.

— Ça va être long? demande-t-elle.

— Si le contrat de vente est conforme avec la loi et le registre de mariage en bonne et due forme, ça ira bien. Mais si Elmina Breton engage un avocat pour contester votre requête,

344

ça pourrait prendre pas mal de temps. Aussi bien vous le dire tout de suite, si vous perdez, ça vous coûtera cher, son avocat exigera que vous payiez ses honoraires, en plus des miens. Si vous gagnez, c'est eux qui assumeront tout. Pensez-y bien.

— Je veux en avoir le cœur net.

Sur le chemin du retour, Marie-Louise essaie de deviner la réaction du curé et d'Elmina quand ils verront arriver l'avocat. «Lui donner le magasin!» Ils en feront sûrement une syncope! Elle a un petit rictus de satisfaction rien qu'à imaginer la scène. Est-elle optimiste? La question qui la chicote tourne autour du contrat que Delphis et sa mère ont signé. Quelles en sont les clauses? Son mari était-il le seul propriétaire du magasin?

En arrivant au pied de la côte du village, Marie-Louise relève vivement la tête. Un hibou tout blanc l'observe, perché sur un piquet de clôture. Elle n'en a jamais vu de semblable. Sans oreilles, il ne ressemble pas du tout au grand-duc. L'oiseau tourne la tête, s'élance, bat des ailes et se laisse couler dans une élégante glissade au-dessus du champ d'Appolinaire Bolduc. «Bon ou mauvais présage?» se demande-t-elle.

79

Édouard Dionne est frustré. Le curé est absent alors qu'il vient de se casser le dos dans les mille cahots de cette mauvaise route, longue et parsemée d'obstacles. À quelques reprises, son autoneige a dérapé sur la chaussée glacée, recouverte d'une mince couche de neige. Cette autoneige, qu'il a achetée à gros prix, lui permet de voler à la rencontre de ses clients, peu importe les conditions hivernales.

— Y est en retraite fermée pour trois jours, lui dit Belzémire Perras, la servante, qui l'examine comme s'il arrivait des vieux pays.

— Je suis l'avocat Édouard Dionne, de Beauceville. Je veux voir les registres de la Fabrique, lui demande-t-il.

Belzémire hausse les épaules. Elle ignore où le curé les entrepose. De toute façon, elle a reçu ordre de ne jamais fouiller dans le bureau du prêtre, sous peine de congédiement.

— Est-ce que le bedeau pourrait m'aider ?

— J'l'ai pas vu dernièrement. Y doit être parti bûcher dans l'bois.

— Dites à monsieur le curé que je reviendrai dans quelques jours.

Contrarié, Édouard Dionne fait demi-tour et va rencontrer Elmina Breton. Le magasin a l'air abandonné. Aucun cheval n'est attaché à la rambarde. Les rideaux sont tirés. La porte principale à peine déneigée. L'avocat se demande s'il a de nouveau fait chou blanc, quand Aldérie vient lui ouvrir après de longues minutes d'attente.

— Bonjour, je suis Édouard Dionne, avocat. Madame Breton est ici?

— Oui, répond Aldérie, surprise.

Comme Belzémire plus tôt, elle détaille cet homme qu'elle croit avoir déjà vu quelque part. À en juger par ses vêtements, c'est sûrement quelqu'un de très important.

— Je peux la voir?

— Oui, bien sûr.

Aldérie l'accompagne jusqu'à la cuisine, où sa mère sirote un restant de thé. À peine relève-t-elle la tête quand l'inconnu s'approche d'elle. Depuis la mort de Delphis, elle vit dans un état de somnolence.

— Bonjour, madame.

Elmina l'observe, mais ne souhaite pas savoir qui il est ni pourquoi il est là. Après le babillage d'usage sur le froid et les mauvaises routes, l'avocat va droit au but.

— J'ai une cliente, madame Marie-Louise Gilbert, qui soutient qu'elle était légalement mariée à votre fils, Delphis Breton, et qui réclame sa part du magasin ou tout le magasin, s'il est exact que vous l'avez vendu à votre fils.

— Quoi? hurle Aldérie. Mais pour qui se prend-elle?

Le regard d'Elmina s'est figé. Voilà une mauvaise nouvelle dont elle se serait bien passée. Aldérie s'ébroue comme une poule en cage.

— C'est la loi de la province de Québec, madame. Tout ce qui appartenait à son mari lui revient au moment du décès.

Elmina se cache le visage dans les mains. Abandonner le magasin à Marie-Louise! Combien d'autres malheurs devra-t-elle encore endurer à cause de cette femme?

— Vous avez une copie du contrat passé avec votre fils?

Elmina regarde sa fille, impuissante. Aldérie s'indigne de l'empressement de l'avocat. À n'en pas douter, il tente de les intimider. Avant que sa mère n'ouvre la bouche, elle saute dans la mêlée.

— Non, ça fait pas longtemps et le notaire devait nous en envoyer une, mais on l'a pas encore reçue.

Elmina se réjouit du mensonge de sa fille. Voilà qui permettra de gagner du temps, mais Édouard Dionne n'en démord pas.

— Avec quel notaire avez-vous fait affaire?

Elmina est de plus en plus tourmentée. Elle a vendu le magasin à Delphis pour une piastre symbolique, dans le seul but de l'éloigner de Marie-Louise. Peut-elle faire annuler le contrat dont elle a une copie dans son bureau?

— Le notaire Poirier, laisse-t-elle tomber faiblement.

— Très bien, j'irai le voir pour en obtenir une copie. Mesdames, merci de m'avoir reçu.

L'avocat se lève, salue ses hôtes et s'en retourne à Beauceville. Il songe à rendre visite à Marie-Louise, mais préfère attendre d'avoir vu le contrat de vente et le registre de mariage. Il reviendra dans trois jours.

Dès qu'Édouard Dionne est parti, Elmina et Aldérie s'agitent. Elles songent à consulter le curé, mais il a annoncé à ses fidèles, dimanche, qu'il s'absentait pour quelques jours. Qui d'autre? Elles sont désemparées. Elmina ne peut pas envisager l'idée de devoir quitter la maison et d'aller vivre ailleurs. Elle a rejeté les propositions de ses enfants, surtout celle d'Aldérie, prête à l'héberger jusqu'à la fin de ses jours.

— Il faut avertir Blaise immédiatement, suggère Aldérie à sa mère. On va trouver le meilleur avocat de Québec. C'est pas vrai qu'elle va nous voler le magasin. Quelle intrigante! Après tout ce qu'elle nous a fait, je peux pas croire qu'elle en veut encore plus.

80

Trois jours plus tard, Édouard Dionne est de retour au presbytère. Le curé l'attend avec impatience. Il a déjà eu une longue conversation avec Aldérie et Elmina. Il en aura une autre avec Blaise dès son arrivée à Saint-Benjamin. «Marie-Louise Gilbert ne volera pas le magasin des Breton.»

— Vous savez que cette femme est possédée du démon et qu'on est tous convaincus dans le village qu'elle a empoisonné son mari?

L'avocat se demande s'il doit rire ou s'étonner. Le propos du prêtre le laisse pantois.

— Possédée du démon? Vous n'êtes pas sérieux, monsieur le curé! Il n'y a plus personne qui croit à de pareilles sornettes.

Fernando Drouin se lève de sa chaise comme s'il avait été propulsé par un ressort, rouge de colère, les veines du cou saillantes.

— Vous pouvez me croire ou non, mais c'est la pure vérité. Tout le monde veut se débarrasser d'elle dans le village.

Nouvel étonnement de l'avocat, qui s'interroge sur la santé mentale du prêtre. Mais il n'est pas ici pour parler de sorcellerie ou jouer les psychiatres.

— Écoutez, monsieur le curé, j'aimerais voir le registre des mariages, c'est tout.

349

Le prêtre fait quelques pas, les deux mains dans les poches de sa soutane.

— Ils n'ont jamais été mariés officiellement. J'ai fermé les yeux et j'aurais pas dû, mais ils vivaient accotés.

— Pourtant, ma cliente m'a bien dit qu'elle avait épousé Delphis Breton parce que vous l'aviez forcée à le faire.

— C'est faux.

Le prêtre s'est renfrogné, le regard fixant le vide. L'avocat sent la fourberie, il le soupçonne de mentir. Il se rappelle que Marie-Louise lui a raconté qu'un vieux curé de Beauceville avait béni le mariage. «Sûrement l'abbé Rodrigue, pense-t-il, j'irai le voir en revenant.»

— Je peux voir le registre? demande l'avocat.

Le prêtre s'impatiente. N'a-t-il pas compris qu'ils n'étaient pas mariés? Comment réussira-t-il à se débarrasser de ce visiteur encombrant?

— Vous n'êtes pas sans savoir que Marie-Louise Gilbert ne s'est pas confessée, n'a pas communié et n'a pas fait ses Pâques depuis deux ans?

— Je veux juste voir le registre de la Fabrique. Je vous rappelle que c'est un document public et que vous ne pouvez pas refuser de me le montrer.

Le ton est ferme. Le prêtre tourne les talons.

— Attendez deux minutes.

Fernando Drouin sort de son bureau et va dans sa chambre. Il revient deux minutes plus tard et lui tend le registre. Édouard Dionne le parcourt attentivement, mais ne trouve aucune mention d'une union entre Marie-Louise Gilbert et Delphis Breton. Il examine le document de plus près et il a la nette impression qu'une page a été arrachée. En quittant le presbytère, l'avocat rend visite à Marie-Louise.

— Il a arraché la page! hurle-t-elle de rage.

— Calmez-vous. Ce soir, j'irai voir le vicaire de Beauceville qui vous a mariés. Vous souvenez-vous de son nom? Est-ce que Rodrigue, ça vous semble familier?

— Oui, c'est exactement ça. Y était un peu bizarre, mais bien avenant. Pis j'ai encore la lettre que le curé nous avait envoyée.

Marie-Louise fouille dans le tiroir de la commode et tend la lettre à l'avocat. Il la lit avec un petit rictus de satisfaction.

Madame, monsieur,

Comme vous devriez le savoir, notre sainte Mère l'Église exige qu'on se marie avant de demeurer ensemble. Souhaitez-vous continuer à vivre dans le péché mortel? Je suis certain que vous voudrez régulariser votre situation. Samedi matin à huit heures, le vicaire de Beauceville bénira votre mariage. Le bedeau servira de témoin et vous fera signer les registres de la paroisse.

Fernando Drouin, curé

«Le bedeau servira de témoin.» Voilà quelqu'un qui pourra témoigner si nécessaire. Avec la confirmation à venir du vicaire de Beauceville, il sera facile de démontrer que le mariage a bel et bien eu lieu et que le prélat a non seulement menti, mais qu'il a détruit un document important. À moins que le bedeau ne soit à la solde du prêtre ou un ennemi juré de Marie-Louise et qu'il nie tout.

— Je pense pas, dit-elle. Y s'appelle Lucien Veilleux pis y reste en biais avec l'église. La maison au pignon rouge.

— J'arrêterai le voir en repartant vers Beauceville.

L'avocat n'en revient toujours pas du comportement du curé. À l'évidence, Aldérie s'est rendue au presbytère dès son retour de retraite et elle a tout manigancé avec lui.

— Pis s'y refuse de vous montrer la page arrachée?

— Je parlerai au bedeau et au vicaire de Beauceville d'abord, et si les deux confirment que le mariage a bel et bien eu lieu, je vais envoyer une mise en demeure au curé de Saint-Benjamin.

— Une mise en demeure? s'interroge Marie-Louise.

— Un ordre de remettre le document, sinon c'est la police qui s'en chargera.

Elle cache mal un petit sourire narquois. «Le curé aux mains de la police! Quel bonheur!»

— Pis le contrat, demande Marie-Louise, l'avez-vous trouvé?

— Oui. En fait, c'est un testament. Elmina Breton donne le magasin à son fils Delphis à la condition qu'il l'héberge jusqu'à sa mort. Par souci de justice à l'endroit de ses autres enfants, elle leur laisse tout son argent et elle en a beaucoup, soit dit en passant.

— Ça veut dire que j'ai le magasin, mais que je devrai garder la vieille?

— Je doute qu'elle accepte de rester avec vous. Si je ne réussis pas à les convaincre, par mise en demeure, de vous céder le magasin immédiatement, il faudra aller devant le tribunal et je suis pas mal certain qu'un juge vous donnera raison. En attendant, ne discutez de cette affaire avec qui que ce soit. Ne dites rien qui pourrait vous nuire. Si les Breton vous approchent, envoyez-les-moi.

Marie-Louise fait oui de la tête. Malgré les propos rassurants de l'avocat, elle a des doutes. Et si la cour rejette sa cause? Vaut-il la peine de consacrer toutes ses économies à un exercice qui durera des mois? Contre une adversaire qui a beaucoup plus de ressources qu'elle? Abandonner? Non. Elle ne va pas les laisser faire.

Fin janvier, les journées sont déjà plus longues. Édouard Dionne se réjouit, il pourra rentrer à Beauceville avant la tombée du jour. Il trouve facilement la maison du bedeau. Lucien Veilleux l'accueille avec méfiance, comme chaque fois qu'il reçoit un étranger. Il détaille le visiteur, son gros manteau de fourrure et son chapeau de même confection. «Un maudit pedleur», pense-t-il.

— Que c'est que vous vendez?

— Rien. Je me présente, Édouard Dionne, avocat.

— Sainte foi du Bon Dieu, un avocat!

— Ne vous inquiétez pas, monsieur Veilleux. J'ai besoin d'une information et je vous laisse en paix tout de suite après.

— Ben, rentrez donc. J'vous écoute.

— Vous souvenez-vous d'avoir servi de témoin au mariage de Marie-Louise Gilbert et de Delphis Breton?

— Ben oui, pourquoi donc?

— Vous rappelez-vous s'ils ont signé le registre?

— Certainement, le curé m'aurait tué si j'avais oublié.

Avant de s'en aller, l'avocat veut savoir pourquoi le curé n'a pas béni le mariage lui-même. Les explications de Lucien Veilleux le laissent perplexe. Les rats dans le presbytère, la tentative d'exorcisation de Marie-Louise, la mort de Vénérin piétiné par son cheval, encore les rats, la mauvaise bagosse, le diable partout... Lucien est intarissable. Édouard Dionne ne l'écoute plus.

— Merci, monsieur Veilleux.

Le bedeau le voit partir à regret. Pourquoi a-t-il besoin de ces informations? L'avocat lui serre la main et saute dans son autoneige. Édouard Dionne se demande s'il rêve. Qu'ont-ils tous à dénigrer sa cliente? Qu'a-t-elle fait pour mériter une telle réputation? Il ne veut pas croire qu'elle a des dons et encore moins qu'elle est possédée par le diable.

81

Quand le curé apprend que le bedeau a ouvert sa porte à l'avocat et qu'il a répondu à ses questions, il se met en colère.

— Tu lui as dit quoi, au juste?

Lucien Veilleux ne comprend pas pourquoi le prêtre s'énerve de la sorte. Faudra-t-il désormais lui demander la permission avant de dire un mot? La relation entre les deux hommes est toujours aussi mauvaise. Le bedeau prie chaque jour pour que Fernando Drouin soit rapatrié à Québec.

— Vous parlez du gars d'la ville avec le grand manteau d'poil?

Le prêtre le dévisage durement. Le bedeau sait très bien de qui il s'agit. Pourquoi passe-t-il le plus clair de son temps à le contrarier? Pourquoi n'a-t-il pas encore réparé la neuvième station du chemin de croix, comme il le lui avait ordonné?

— Je te parle de l'avocat de Beauceville. J'imagine que tu t'es fait aller les babines? Tu devrais travailler un peu plus fort, plutôt que de perdre ton temps à placoter.

Le bedeau hausse les épaules comme si ça n'avait pas d'importance.

— J'y ai dit que j'ai servi de témoin au mariage pis que je leur ai fait signer le grand livre, comme VOUS me l'avez demandé.

Fernando Drouin retrousse sa soutane pour essuyer l'écume qui s'accumule aux coins de sa bouche.

— Tu te rends pas compte de ce que tu viens de faire? T'as donné le magasin des Breton à la Marie-Louise. Tu dois être fier de toi, espèce d'arriéré!

Lucien Veilleux ne comprend toujours pas. Il a donné le magasin à la Marie-Louise? Parce qu'il a été témoin à son mariage? Décidément, il lui manque des morceaux du casse-tête.

— S'il revient, tu lui dis que t'as mal compris ses questions et qu'à ta connaissance, Marie-Louise Gilbert et Delphis Breton ne se sont jamais mariés.

— Pourquoi voulez-vous que j'conte des menteries?

Le curé lève les deux poings. Il aurait envie de secouer Lucien comme on secoue un pommier jusqu'à ce que tombe le dernier fruit.

— Parce que je te l'ordonne! hurle le prêtre.

Lucien Veilleux en a assez. Il lui tourne le dos, récupère la neuvième station du chemin de croix et la suspend entre la huitième et la dixième, fier de lui. Ce n'est que plus tard dans la journée qu'il comprendra la raison de la visite de l'avocat et de la colère du curé. Car la venue d'un tel personnage à Saint-Benjamin est inusitée. La nouvelle est vite disséminée aux quatre coins du village. L'exagération aidant, Elmina Breton va être chassée de sa maison et risque en plus de subir le même sort que son fils et son mari. Après le magasin, Marie-Louise voudra faire main basse sur la beurrerie, la boutique de forge et, tant qu'à y être, pourquoi pas l'église? Sous peu, elle contrôlera la paroisse au complet.

— Ça n'arrivera pas, jure le curé. Jamais! Cette fois, je la détruirai, dit-il à Nolasque qui vient de le retrouver dans l'église.

— En tout cas, si jamais a réussit à avoir le magasin, personne ne l'encouragera. A va faire faillite ben vite, promet Nolasque.

Le bedeau observe ce mauvais théâtre avec un brin d'incrédulité. Pourquoi Marie-Louise craindrait-elle cette menace trop souvent proférée par ses adversaires, mais jamais mise à exécution ?

— Ça vaudrait quasiment la peine, suggère Nolasque, que quequ'un ouvre un nouveau magasin. Si un jour la Marie-Louise vole celui des Breton, a l'aura déjà de la concurrence.

Le curé l'approuve mollement, même s'il n'y croit pas. Lequel de ses fidèles a assez d'initiative et, surtout, assez d'argent pour se lancer dans une telle aventure ?

Quand Thérèse Côté frappe à sa porte, Marie-Louise est loin de se douter du brouhaha qui sévit dans le village, de la fronde qui s'organise.

— J'veux juste avoir ce qui m'appartient, se justifie-t-elle. Y m'a assez fait niaiser, Delphis Breton, que je me gênerai sûrement pas. Sa mère n'a jamais levé le petit doigt pour me défendre quand on riait de moi. A l'a tout fait pour me séparer de Delphis. Hier, je me demandais si je devais pas oublier tout ça et dire à l'avocat que j'allais pas plus loin. Mais là, mon idée est faite. A va payer pour ça, même s'y faut que j'me ruine.

— Si tu gagnes, s'enquiert Thérèse, tu en feras quoi du magasin ?

— J'ai pas décidé.

Thérèse a l'impression que Marie-Louise ne lui dit pas la vérité et qu'elle a un plan très précis en tête.

82

Quand Blaise Breton arrive à Saint-Benjamin, il rend d'abord visite au curé.

— Vous êtes bien sûr qu'ils étaient mariés légalement?

— J'ai perdu la page du registre où c'était inscrit. Il n'y a aucune preuve.

— Il paraît que Lucien Veilleux a dit qu'il avait été témoin et qu'il leur a fait signer le registre.

— C'est pas vrai, s'obstine le curé. Lucien Veilleux dit n'importe quoi pour se rendre intéressant.

— Et le curé qui les a mariés?

— C'est un vieux radoteux. Personne ne le croira.

Blaise n'est pas convaincu. La version du curé est cousue de fil blanc. Il veut sauter sur l'occasion pour régler ses comptes avec Marie-Louise, une fois pour toutes. Mais face à un avocat aussi expérimenté que celui de Marie-Louise, les mensonges de Fernando Drouin ne tiendront pas la route. Lucien Veilleux? Il doit plus de vingt piastres au magasin. Il serait facile de le faire taire en lui promettant d'effacer sa dette.

— J'aimerais mieux faire brûler le magasin que de le laisser à cette femme maudite, admet Blaise au curé. Avez-vous tenté de lui parler?

— Une perte de temps. Ça fait trop longtemps qu'elle se moque de moi.

Blaise comprend qu'il ne devra compter que sur lui-même. Au-delà de ses bravades, le prêtre ne lui sera d'aucun secours. Et si, en plus, il a fait disparaître le registre, cela compliquera sérieusement la défense de sa famille contre Marie-Louise. Blaise est tourmenté. Le testament que sa mère a signé est poreux. Un contrat fait de bonne foi, un peu naïvement, sans aucune clause la protégeant contre les Marie-Louise de ce monde. Un contrat qui pourrait bien faire passer le magasin dans les mains de sa belle-sœur. Comment l'empêcher?

Engager un avocat, des frais; dilapider son héritage pour démontrer que l'établissement revient à toute la famille? Tâche difficile. Il a une meilleure idée. Il ira voir Marie-Louise et tentera de la convaincre de renoncer à sa poursuite. Il optera pour une approche en douceur et lui offrira même des excuses pour le traitement que sa famille lui a fait subir au cours des années. D'abord, il devra convaincre sa mère et Aldérie d'entériner sa proposition.

— Non, tu te mettras pas à genoux devant cette timbrée. Jamais! s'écrie Aldérie. Es-tu tombé sur la caboche? Après tout ce qu'elle nous a fait? Jamais, tu m'entends?

Blaise avait prévu la réaction de sa sœur, soupe au lait et rancunière. Il se tourne vers sa mère qui branle doucement la tête.

— Je peux pas me faire à l'idée qu'il va falloir la payer pour se débarrasser d'elle.

Aldérie abonde aussitôt dans le même sens que sa mère.

— Je vous parle pas d'une fortune, mais juste assez pour qu'elle renonce.

— Combien? demande Elmina.

Blaise n'a pas le temps de répondre à la question.

— Non et non, s'indigne Aldérie.

— Si elle accepte mon offre, ce sera bien moins que ce qu'un avocat va nous coûter pour nous défendre contre elle.

L'argument ébranle les deux femmes.

— Combien? répète sa mère.

— Le moins possible, s'insurge Aldérie. Pas plus que dix piastres.

Blaise ne lui répond pas. Après le souper, quand le jour s'est dissipé, il se rend chez Marie-Louise, la tête pleine de doutes. Est-ce la bonne approche? N'est-ce pas l'équivalent d'admettre qu'elle a raison et que le magasin lui revient? Il s'arrête, se demande s'il ne devrait pas rebrousser chemin et rentrer à la maison, mais à la fin, il maintient sa décision. L'argent est toujours plus fort que tout.

Marie-Louise est stupéfaite de le trouver sur le pas de sa porte.

— Je peux te parler? demande Blaise Breton.

Marie-Louise a du mal à comprendre ce qu'il vient faire chez elle. Elle ne lui a jamais parlé auparavant.

— Rentre, dit-elle froidement.

Il jette un coup d'œil à Caius, s'informe de sa santé et en vient au but de sa visite.

— Je sais que ma famille ne t'a pas toujours bien traitée et que t'as raison de nous en vouloir. Je t'offre nos excuses. Si t'acceptes de renoncer au magasin, ma mère est prête à t'offrir 100 piastres.

Marie-Louise relève vivement la tête. Cent piastres! Une jolie somme qui lui permettrait d'apporter plein d'améliorations à sa ferme et d'en faire la plus grosse de Saint-Benjamin. C'est alors qu'elle se souvient des paroles de son avocat. « Si les Breton vous approchent, envoyez-les-moi. » Pourrait-il obtenir encore plus d'argent? Que vaut le magasin? Que les Bretons soient prêts à négocier lui confirme qu'elle a le gros bout du bâton.

— Je sais pas, dit-elle, j'en parlerai à mon avocat d'abord. Il vous donnera des nouvelles.

Blaise est déçu. Il aurait préféré régler cela immédiatement sans passer par l'avocat, mais Marie-Louise est plus coriace qu'il l'avait imaginé.

— Dis à ton avocat qu'on est parés à régler cela hors cour.

— J'y dirai.

Cent piastres ! Marie-Louise n'arrive toujours pas à y croire. Que les Breton qui la détestent soient prêts à dépenser autant d'argent pour l'empêcher de faire valoir son droit lui procure un grand bonheur.

83

Le notaire Janvier Poirier n'a pas mis de temps à trouver la copie du testament d'Elmina Breton. La clause est explicite. Elle cède le magasin à son fils qui s'engage à l'héberger jusqu'à la fin de ses jours.

— J'ai bien essayé de convaincre madame Breton de partager ses biens à parts égales entre ses enfants, en y incluant le magasin. Elle a refusé. « Mon Delphis aurait l'impression que je n'ai pas confiance en lui. » Si elle avait suivi mon conseil, elle ne se retrouverait pas en aussi mauvaise situation. Je ne comprends pas que son fils, qui est notaire, ne lui ait pas conseillé de m'écouter.

— T'as enregistré le testament ? demande Édouard Dionne à son ami le notaire, son compagnon d'étude au collège de Lévis.

Le document a été enregistré la semaine dernière. À moins que le mariage n'ait jamais eu lieu, la loi est du côté de Marie-Louise. L'avocat revient à Beauceville et se rend directement au presbytère.

Patrice Rodrigue, le vicaire, est toujours heureux d'avoir un visiteur. Il se lève douloureusement et s'appuie sur sa canne. Le vieil homme se souvient très bien de ce mariage qu'il a célébré à Saint-Benjamin.

— Oui, oui. La mariée a tenu à faire son entrée seule dans l'église vide, prétendant qu'on la regardait et l'enviait, ricane le prêtre. Son mari trouvait ça bien drôle. Quand il a commencé à l'applaudir, moi et le bedeau, on l'a imité.

— Vous souvenez-vous d'avoir signé les registres?

— Oui, bien sûr, ils ont signé tous les deux et j'en ai fait autant. C'est la partie la plus importante de la cérémonie. Demandez au bedeau de Saint-Benjamin, il a tout vu.

Quand l'avocat veut savoir pourquoi Fernando Drouin lui a demandé de le remplacer, Patrice Rodrigue a un sourire narquois.

— C'est un bien drôle de curé.

— Qu'est-ce que vous voulez dire?

— Rien, je ne dirai jamais de mal d'un collègue.

À l'évidence, le vicaire aurait très envie d'aller au fond des choses.

— Savez-vous que Fernando Drouin soutient que Marie-Louise Gilbert est possédée du démon?

Le visage du vieux prêtre se ferme. Songeur, il reste silencieux un long moment.

— Le diable est partout, laisse-t-il finalement tomber.

Édouard Dionne lui tend la main. Patrice Rodrigue la serre mollement. «Pourquoi le diable effraie-t-il autant le vicaire de Beauceville et le curé de Saint-Benjamin? se demande l'avocat. Ne s'agit-il pas de croyances ridicules des temps anciens, qu'on croyait disparues avec le nouveau siècle?»

En début d'après-midi, l'avocat prend la route de Saint-Benjamin. La poudrerie qui vient de se lever fouette l'autoneige. Il devra faire vite avant que la tempête n'efface la route.

Il s'arrête d'abord chez Lucien Veilleux. Le bedeau est beaucoup moins volubile. A-t-il été intimidé, menacé?

— J'ai dit c'que j'avais à dire pis j'ai pas changé d'idée, laisse tomber rudement Lucien Veilleux.

Édouard Dionne est soulagé. Au tour du curé maintenant. Fernando Drouin feint un mal de tête lancinant dans l'espoir de décourager l'avocat. Mais quand ce dernier l'informe que le vicaire et le bedeau, deux fois plutôt qu'une, peuvent témoigner que Marie-Louise et Delphis se sont bel et bien mariés dans son église, le prêtre se renfrogne.

— Je vous dis que je ne les ai pas mariés et qu'il n'y a rien dans le registre.

L'avocat s'impatiente. Marie-Louise, le vicaire et le bedeau ont-ils inventé ce mariage? Doit-il brandir la menace d'une mise en demeure pour obtenir le document?

— Je vous dis de mon côté que j'ai une copie de la lettre que vous avez envoyée à Marie-Louise et Delphis, leur ordonnant de se marier.

Le prêtre comprend qu'il est coincé. L'avocat revient à la charge.

— Il se peut, monsieur le curé, que quelqu'un ait arraché la page du registre par mégarde. Votre servante m'a dit qu'elle ne touche jamais à vos documents. Est-ce que quelqu'un d'autre y a accès?

Le curé se frictionne la nuque.

— Je sais que la Marie-Louise est venue deux fois lâcher des rats dans le presbytère. Si quelqu'un a arraché la page, c'est elle et son nouvel amoureux.

— De qui parlez-vous?

— D'Achille Côté. Elle et lui sont acoquinés au diable.

Le diable, encore! Quand Drouin comprendra-t-il que cet argument ne tiendra jamais la route? Qu'il se ridiculise en l'invoquant? L'avocat est convaincu que le prêtre essaie de détourner l'attention. De l'orienter sur de fausses pistes.

— Monsieur le curé, vous savez où me joindre. Forcez-moi pas à vous envoyer une mise en demeure qui obligera la police à fouiller le presbytère et même à vous arrêter, si on prouve que vous avez fait disparaître une page du registre.

— C'est du chantage?

— Au revoir, monsieur le curé.

Le ciel est à la tempête. Édouard Dionne se promet de faire vite, le temps d'informer Marie-Louise des derniers développements. Elle éclate de rire quand il lui parle des rats.

— C'était la seule façon de me venger et je le regrette pas pantoute !

— Et Achille Côté ?

Le visage de Marie-Louise se rembrunit. Elle imagine déjà les propos du prêtre.

— C'est un ami et un voisin que j'engage pour les gros travaux.

Marie-Louise change aussitôt la conversation et lui raconte la visite de Blaise Breton.

— Il vous a offert cent piastres ! s'étonne l'avocat.

Marie-Louise le confirme. Elle n'a rien accepté, ne s'est pas montrée intéressée, n'a pas demandé à voir l'argent, bref, elle a suivi ses recommandations à la lettre.

— Ça mérite qu'on étudie cette offre très sérieusement, avance l'avocat.

— Non, tranche Marie-Louise sèchement.

Maître Dionne est étonné. La proposition est intéressante. Il gardera vingt-cinq piastres en honoraires et le reste appartiendra à sa cliente. Le compromis permettra d'éviter un long et coûteux procès.

— Non, rétorque de nouveau Marie-Louise. Ce monde-là a tout fait pour me détruire. Y m'ont fait passer pour une possédée du diable, y ont tenté de m'exorciser et même de m'envoyer à Saint-Michel Archange. J'leur pardonnerai jamais. J'serai contente quand y restera pus rien des Breton dans le village. Rien.

L'avocat se gratte la tête. Il tente de lui faire comprendre que la vengeance est mauvaise conseillère, que parfois il est préférable de refouler sa colère et d'accepter un compromis.

— Non. Si vous êtes pas d'accord, j'vais trouver un autre avocat. C'est le magasin ou rien.

— Très bien, dès demain j'envoie une mise en demeure à Elmina Breton, lui demandant de vous céder le magasin, sinon nous irons devant les tribunaux. C'est bien ce que vous voulez?

— Oui.

En ouvrant la porte, une rafale de neige éclabousse Édouard Dionne. Il aura juste le temps de se rendre à Beauceville.

84

La province de Québec ira aux urnes le 5 février. Le premier ministre libéral sortant, Louis-Alexandre Taschereau, est chahuté dès sa première assemblée dans le quartier Saint-Roch, à Québec. Les manifestants dénoncent le peu d'effort de son gouvernement pour juguler la récession qui perdure depuis 1921. En Beauce, l'avocat Édouard Dionne a songé à se porter candidat pour les conservateurs d'Arthur Sauvé, mais il a renoncé à la dernière minute, parce que ses chances de gagner étaient minces et pour ne pas laisser ses clients en plan. La défense de Marie-Louise Gilbert grugera une grande partie de son temps.

Beauceville, le 2 février 1923

SOUS TOUTES RÉSERVES

Madame Elmina Breton

Route principale

Saint-Benjamin, comté de Dorchester

Province de Québec

Madame,

La présente est pour vous informer que madame Marie-Louise Gilbert de Saint-Benjamin revendique le magasin qui appartenait à son époux, Delphis Breton. Attendu que Marie-Louise Gilbert et Delphis Breton étaient légalement mariés, tous les biens du mari décédé reviennent à sa veuve.

Il a été établi dans votre testament, passé devant le notaire Janvier Poirier de Saint-Georges, que vous avez cédé le magasin à votre fils Delphis sur la promesse qu'il vous hébergerait jusqu'à votre décès.

Je vous mets donc en demeure d'agir en conséquence dans un délai de 10 jours ouvrables. Dans le cas contraire, des procédures judiciaires pourront être intentées contre vous sans autre avis ni délai.

Maître Édouard Dionne, avocat

Route Lévis-Jackman

Beauceville, comté de Beauce

Un huissier de Beauceville vient de signifier la mise en demeure à Elmina qui la lit, secoue la tête de dépit et refile aussitôt le document à Aldérie et à Blaise, qui en prennent connaissance à leur tour.

— Tu lui as pas offert assez d'argent, affirme Elmina à son fils.

Blaise se rebiffe, les bras en l'air.

— Je lui ai proposé cent piastres, une fortune!

— Cent piastres! Es-tu fou? s'indigne Aldérie.

Blaise lui fait comprendre que si cent piastres n'ont pas suffi, cela prouve que Marie-Louise ne veut pas négocier. Aucun compromis ne sera possible. Aldérie se calme aussitôt.

— Je peux pas le croire, gémit-elle.

— C'est évident que pour elle, c'est le magasin ou rien, reconnaît Blaise. Elle va jouer le tout pour le tout et à moins que l'absence de registre permette de démontrer qu'elle et Delphis n'étaient pas mariés légalement, le testament est clair, le juge n'aura pas d'autre choix que de lui donner raison.

Elmina est désemparée. Où trouvera-t-elle la force de se battre contre Marie-Louise? L'idée de céder le magasin à cette ensorceleuse, qu'elle tient responsable de tous ses malheurs, la déprime. Ce magasin est l'œuvre d'une vie! Tant d'heures investies dans ce commerce, à vérifier les comptes, à regarnir les présentoirs, à s'assurer que le travail n'empiétait pas sur l'éducation des enfants. Tous ces clients qui étaient devenus des amis. Elle entend encore le discours incohérent d'Augustin Leclerc, elle revoit le curé Leblanc qu'elle aimait tant, sans oublier les éternelles discussions politiques de son cher Vénérin, mort lui aussi à cause des manigances de cette femme maudite. Si elle perd le magasin, elle aura l'impression de le trahir.

— Qu'est-ce qu'on va faire? pleurniche-t-elle. Je ne veux pas me battre contre cette diablesse.

— Ne dites pas ça, l'interrompt Aldérie. Avec un bon avocat, on peut gagner, mais même si on a gain de cause, le magasin ne rouvrira plus jamais. Alors, j'ai une proposition à vous faire.

Sa mère et Blaise sont tout yeux, tout oreilles.

— Je pense toujours qu'on peut gagner, répète Aldérie, comme pour s'en convaincre, mais juste au cas où ça n'arrive pas, on va lui laisser un magasin complètement vide.

Aldérie propose de distribuer discrètement tout le contenu du commerce aux gens en qui ils ont confiance, ceux qui ont été leurs meilleurs clients au cours des années.

— Absolument tout. Si elle gagne, elle n'aura que les murs. Un grand magasin vide. Pas une chaise, pas de comptoir, pas de rideaux, rien. Il faudra qu'elle reparte à zéro.

— Je suis pas certain que c'est légal, hésite Blaise.

— T'as des contacts qui peuvent nous aider?

— Oui, et je me lance à la recherche du meilleur avocat de Québec. Et si les libéraux sont réélus, je ferai appel à mes amis. J'ai mes entrées en haut lieu, ça pourrait servir.

Début février, le gouvernement libéral de Louis-Alexandre Taschereau est reporté au pouvoir. Il obtient soixante-trois sièges contre vingt-deux pour les conservateurs.

85

Printemps 1923

La province de Québec est en feu. Quatre cent mille âcres de forêt ont été détruits. Le village de Sully au Témiscouata a été avalé par les flammes.

À Saint-Benjamin, la sécheresse menace de brûler les semences. Quand elle herse son champ, le vent rabat sur Marie-Louise un nuage de poussière. Souvent, elle s'arrête pour jeter un œil à l'agnelet qui l'a adoptée depuis la naissance. Fils de la même mère ingrate qui refuse de l'allaiter. Marie-Louise le nourrit à la bouteille. Le petit animal a vite compris qui était sa vraie maman. Il la suit partout, bêlant de désespoir s'il la perd de vue un instant. La nuit, il dort dans une grande boîte de carton au pied du lit de Marie-Louise, sous le regard vigilant d'Elma.

Encore une fois, les travaux de la terre et ses animaux lui permettent d'oublier ses tracas, de ne pas penser à ce procès qui approche à grands pas. Il se déroulera aux assises d'automne du palais de justice de Saint-Joseph-de-Beauce. Les deux avocats ont bien tenté de forger une entente hors cour. Elmina Breton a bonifié son offre, jusqu'à deux cents piastres, mais Marie-Louise a refusé net. Le magasin ou rien. Son entêtement lui a valu d'être insultée, menacée et même bousculée par les habitants du village. Elle ne sort plus sans être accompagnée d'Achille, ce qui ajoute aux rumeurs qu'elle s'est débarrassée de son mari pour mieux vivre son histoire d'amour avec son voisin. Pistonné par sa mère, Achille aimerait bien prendre la place de Delphis, mais Marie-Louise n'est pas pressée.

Fin avril, en revenant de l'étable, encore tout énervée par la naissance de veaux jumeaux, elle a trouvé son père mort dans son lit. Le visage serein, les mains à plat sur la couverture, Caius reposait en paix. Marie-Louise, toute à sa peine, s'est consolée en se disant qu'il n'avait pas souffert et qu'il serait bien mieux dans l'au-delà que dans ce monde qu'il ne reconnaissait plus. Mince consolation, mais la mort d'un parent n'est jamais rassurante. Même s'il ne pouvait plus rien pour elle, sa présence la réconfortait. Jusqu'à la fin, elle en a pris soin sans jamais rechigner. Chaque soir, elle le lavait, le bichonnait et le taquinait quand, dans son délire, il grognait comme un gros chien.

Le curé, qui souffre de sévères maux d'estomac depuis quelques semaines, a d'abord refusé de l'enterrer au cimetière. Outrés, Trefflé et Bi se sont rendus au presbytère et ont fait comprendre au prêtre qu'il ne pouvait pas dire non à des funérailles catholiques pour leur ami Caius. «Y a toujours été un bon catholique. Vous avez pas l'droit de le punir à cause de sa fille.» Ils l'ont menacé d'alerter le cardinal. Fernando Drouin a finalement cédé, mais, prétextant la maladie, il a demandé à son collègue de Saint-Prosper de diriger la cérémonie.

À l'église comme au cimetière, Marie-Louise a reçu l'appui d'une poignée de fidèles ; Achille, ses parents, Trefflé, Pitre Bolduc et sa femme. Son frère et ses sœurs l'ont accompagnée, même Thérèse, que les sœurs du Bon Pasteur ont libérée pour l'occasion. Une Thérèse en pleurs, trop longtemps séparée des siens, que Marie-Louise a pris dans ses bras et a bercée longuement, pour la consoler et se faire pardonner ses méchancetés passées. Travail oblige, Lucien Veilleux, le bedeau, s'est joint au groupe et s'est montré empressé tout au long de la cérémonie, surtout pour narguer le curé qui surveillait le tout de sa fenêtre.

Au lendemain des funérailles, un nouveau magasin a ouvert ses portes en face de l'église. Le fils de Nolasque Boulet en est officieusement le propriétaire même si tous savent que son père est son bailleur de fonds. Marie-Louise n'a pas réagi. Ne craint-elle pas la compétition?

— As-tu d'autres projets pour le magasin des Breton, si tu gagnes ton procès? lui demande l'Apauline.

— Pas encore, répond-elle, mystérieuse.

La vieille tireuse de cartes la dévisage. Elle sait que Marie-Louise a un plan et son intuition lui dit qu'elle devrait s'en inquiéter. Sa jeune protégée est impassible.

— Y vont t'faire la vie dure si tu gagnes.

Marie-Louise hausse les épaules et change de sujet.

— La maison va être ben vide maintenant que papa est mort. Pourquoi vous venez pas finir vos jours avec moé?

L'Apauline a un sourire reconnaissant.

— Merci ben, mais j'sus trop vieille pour déménager. J'veux mourir dans ma maison.

— Vous serez toujours la bienvenue, lui dit Marie-Louise en partant.

Chaque matin, quand elle rassemble ses vaches, elle aperçoit le hibou, souvent perché en des endroits différents. On dirait qu'il la suit, qu'il la protège. Marie-Louise se contente de l'observer. Elle ne lui demande rien. La veille de la mort de son père, l'oiseau était déchaîné. Hululements courroucés, longs vols planés menaçants. Marie-Louise a eu peur et s'est dépêchée de ramener ses vaches à l'étable. Le grand-duc voulait-il la prévenir de la mort de Caius?

86

Cinq mois plus tard, le verdict tombe. Le magasin revient à Marie-Louise. Le juge a refusé que les avocats se perdent en longues palabres. Il a examiné les faits, le testament et le registre des mariages, puis a rendu son jugement sur le banc, au bout de deux petites heures. Menacé de poursuite, le curé a «par hasard» retrouvé la page manquante. Le seul dilemme du juge : que faire de la clause exigeant que Delphis héberge sa mère jusqu'à sa mort?

— Voulez-vous vivre avec votre bru? a demandé le juge.

— Non, a sèchement répondu Elmina, qui habite déjà avec Aldérie.

Le magistrat lui a alors demandé de signer une renonciation, en échange de quoi il fermait les yeux sur la dilapidation du contenu du magasin. Marie-Louise est restée de marbre, dissimulant un léger rictus de plaisir à l'annonce du verdict. Sa décision est prise. Elle attendra quelques jours et elle mettra le feu au magasin. Elle n'en veut pas. Elle n'en a jamais voulu. Elle n'a qu'un souhait : effacer toute trace des Breton, les faire disparaître de sa vie à tout jamais. Pour narguer le curé et les habitants du village, elle fera construire une croix de grand chemin sur l'emplacement du magasin incendié.

Au cours de la nuit, on frappe à sa porte avec insistance. Elma jappe. La jeune femme se lève lentement, saisit un gourdin qu'elle garde près de son lit, mais une voix la rassure.

— Marie-Louise, c'est moé, Achille.

Elle lui ouvre. Il a le souffle court et les traits tirés de quelqu'un qui a peur. Son père l'accompagne, un peu en retrait.

— Ton magasin est en feu!

Marie-Louise ne semble pas surprise ni fâchée. Achille ne comprend pas.

— Laissez-le brûler, répond-elle avec un sourire énigmatique.

Au lever du jour, les ruines fument encore. Des curieux s'assemblent autour, la tête pleine de questions. Ils en arrivent tous à la même conclusion : l'incendie du magasin envoie un message clair à Marie-Louise. Si elle ne quitte pas le village, des gens se chargeront de la chasser. Par tous les moyens. S'il le faut, la paroisse au complet se mobilisera, fourches et bâtons en main.

— Catin de Bon Dieu, j'espère qu'a l'a compris pis qu'a va déguerpir au plus sacrament, se lamente Augustin Leclerc.

Mais les esprits se calment vers midi quand on apprend que le curé s'est évanoui, terrassé par une violente douleur à la poitrine. Augustin Leclerc le conduit aussitôt à l'hôpital dans sa nouvelle automobile. Est-ce le hasard? Non. Marie-Louise s'est vengée. Elle lui a jeté un sort. Le prêtre n'a-t-il pas tenté de détruire la page du registre confirmant son mariage à Delphis? N'a-t-il pas encouragé le projet de nouveau magasin et, aux dires de certains, allongé une grosse somme d'argent au fils de Nolasque pour l'aider à l'ouvrir? À même les coffres de la Fabrique? Mais une autre question, encore plus lancinante, a tôt fait de s'imposer dans tous les esprits. Marie-Louise va-t-elle se venger ainsi de quiconque osera s'en prendre à elle? Jamais dans le passé elle n'a laissé une insulte ou une menace impunie. La peur s'installe. Ceux qui avaient résolu de la lyncher rentrent piteusement chez eux.

Quand elle rassemble ses vaches le lendemain matin, Marie-Louise aperçoit le grand-duc, collé contre le tronc de l'épinette, son perchoir préféré. Le grand oiseau est calme, les yeux mi-clos, comme si les tribulations qui agitent les humains ne méritaient pas son auguste regard.

Après le déjeuner, Marie-Louise va relever ses clôtures avec Achille. Le mouton adoptif, en équilibre précaire dans la voiture, bêle pour attirer son attention. Elma sautille de bonheur devant la jument. De temps à autre, les épaules de Marie-Louise et d'Achille se touchent au hasard des aspérités du chemin de ferme. Le temps est à la pluie. Les semences germeront.

Remerciements

Je tiens à remercier Andrée Roy, mon adorable recherchiste, qui a su trouver tant de petits et de gros détails qui ajoutent à la couleur et à la précision historique de mon roman.

https://sites.google.com/site/patrimoinebeauceville/

AUX ÉDITIONS PIERRE TISSEYRE

DONALD ALARIE
Les Figurants

HUBERT AQUIN
L'antiphonaire

YVES E. ARNAU
Laurence
La mémoire meurtrie
Les Olden. La suite

C. BERESFORD-HOWE
Le livre d'Ève
Cours du soir

GÉRARD BESSETTE
Anthologie
d'Albert Laberge
La bagarre Le libraire
Les pédagogues

DOUGLAS L. BLAND
Soulèvement

ALAIN BORGOGNON
Le cancer

FRANCIS BOSSUS
Tant qu'il pleuvra
des hommes
Quand la mort est
au bout
La couleur du rêve
La tentation du destin

JEAN DE BRABANT
Rédigez vos contrats

MORLEY CALLAGAN
Telle est ma bien-aimée
Cet été-là à Paris
Clair-obscur

EMILY CARR
Klee Wick
Les maux de la croissance

JEAN-CLAUDE CASTEX
Les grands dossiers
criminels du Canada
(deux volumes)

LAURIER CÔTÉ
Zangwill
Abominable homme
des mots

PIERRE DESROCHERS
Ti-cul Desbiens ou le
chemin des grèves
Les années inventées

JACQUES GAUTHIER
Chroniques de l'Acadie
(quatre volumes)

LOUIS GAUTHIER
Anna
Les grands légumes
célestes vous parlent

DIANE GIGUÈRE
L'eau est profonde
Le temps des jeux
Dans les ailes du vent
L'abandon

MONIQUE DE GRAMONT
Le maître du jeu

CLAUDE JASMIN
La corde au cou

DENNIS JONES
Le plan Rubicon
Palais d'hiver

MARQUIS

Québec, Canada

RECYCLÉ
Papier fait à partir
de matériaux recyclés
FSC® C103567